经典新读
文学课堂
Jingdian Xindu
Wenxue Ketang

一以当十
YI YI DANG SHI

王朝闻 著

复旦大学出版社

内容提要

　　本书是著名文艺理论家王朝闻先生具有广泛影响的文艺论著,由三十余篇文艺理论和文艺欣赏随笔组成。作者从艺术欣赏角度探讨艺术与社会生活的联系、区别以及艺术的独创性,并通过对古今中外美术、文学、戏剧、舞蹈等名作的具体分析,阐明了艺术创作与艺术鉴赏的关系与规律。

编 辑 说 明

王朝闻(1909—2004),我国著名文艺理论家、美学家。主要著作有:《新艺术创作论》、《美学概论》、《审美谈》、《论凤姐》、《一以当十》等多部理论著作,1998年辑为《王朝闻集》(二十二卷)出版。

本书是王朝闻先生具有广泛影响的文艺论著,由二十余篇文艺理论和文艺欣赏随笔组成。作者从艺术欣赏角度探讨艺术与社会生活的联系、区别以及艺术的独创性,并通过对古今中外美术、文学、戏剧、舞蹈等名作的具体分析,阐明了艺术创作与艺术鉴赏的关系与规律。

本书以通俗而深入的议论引起读者的普遍重视,成为二十世纪六十年代最受欢迎和具有广泛影响的理论著作之一。

本书1959年9月由作家出版社初版,1962年出版第二版,后收入《王朝闻集》(全二十二卷,河北教育出版社1998年版)。

这本文集中,原刊有两篇奉命批判江丰所谓右派言行的文章及《工农兵美术,好!》一文,在本书中未再辑入。一些写作于大跃进时期的篇目,带有较强的时代痕迹,为尊重历史原貌,本次出版未作改动。

文中页下注除标明编者注外,均为作者注。

目录
CONTENTS

1	前 记
1	不只为了笑
6	只怕不合人情
11	最重要的是人
16	公开了的秘密
22	有景有情
28	不简单
32	为了明天
38	《如此人生》
42	敲得响的语言
49	在莫斯科看《大雷雨》
57	再读齐白石的画
68	"采花蜂苦蜜方甜"
74	齐白石《发财图》的题跋
79	川剧艺术
86	欣赏,"再创造"
95	"意味深长的沉默"

目录
CONTENTS

101 ……………………… 继承·创造
108 ……………………… 把握时机
115 ……………………… 虚中见实
120 ……………………… 宽与不宽
127 ……………………… 跟民歌比美
132 ……………………… 枝高叶大的未来
138 ……………………… 外行内行
144 ……………………… 完整不完整
150 ……………………… 生活不就是艺术
199 ……………………… 心中有数
213 ……………………… 也为了耐看
235 ……………………… 有继承才有发扬
243 ……………………… 一以当十
251 ……………………… 继续提高质量
256 ……………………… 不全之全
268 ……………………… 钟馗不丑
283 ……………………… 适应为了征服

301 ……………………… 附录 劝人自杀的瓦萨

前　记

　　这本集子里的三十八篇文章,有三十七篇是从1957年1月到1959年7月写成的。大多是应报刊之约,临时赶出来的。主要目的在于帮助读者欣赏艺术,不算是经过系统研究的论文或批评,不过是个人欣赏各种艺术时的印象和感受的记录;所以发表时多以"文艺欣赏随笔"为副标题。

　　生活是艺术的源泉,没有生活就没有艺术。可是怎样反映生活,需要结合创作实际继续探讨。这本集子里的文章,大多是从欣赏的需要(包括宣传鼓动)来谈生活与艺术的关系,着重谈生活与艺术的区别。所以当我想不出适当的书名,就决定把其中的一篇谈艺术的概括性的文章《一以当十》的标题当成书名。

　　为了读者查阅方便,文章按问题的性质或谈论的对象分类编排当然较好。可惜,这些文章都不专门;谈雕刻却扯到戏剧和舞蹈,谈农民画又先谈中国画,很难分类编排。因此,都按照发表的时间先后排列。

　　这些文章在报刊上发表之后都作过文字的修改,也有例证的补充,但基本论点和主要例证照旧。写作时没有预订的计划;有些相互间有联系的意见,例如谈欣赏者的想象活动与艺术控制其想象活动的意见,就分散地出现在《欣赏,"再创造"》和《适应为了征服》等篇里。关于意境的意见在《宽与不宽》中谈到,在《生活不就是艺术》中谈到,在《全与不全》中又谈到。就说有关川剧的点滴知识的记述吧,《川剧艺术》一篇之外还有好几篇,只从标题上找就有麻烦。这,对于关心某一问题的读者说来是不便的,可是现在要按问题改写,使它系统化,来不及,只得请读者原谅了。

1959 年 8 月 9 日　北京

不只为了笑

　　戏剧可能深刻影响人的精神品质,可以说戏园子是教人怎样做人的讲坛。在封建社会里,戏台柱子上的对联也毫不隐讳其教化的目的。可见艺术和游戏不同,它是反映现实而又反转来对现实起改造作用的一种特殊的社会意识形态。不过在过去,看戏的人常常不是为了受教育才上戏园的,而是去娱乐,去找美的享受的。在今天,把看戏当作单纯的消遣的观众是极少了,但戏剧对人的教育究竟和上政治课不同,它不应当是耳提面命而应当是潜移默化的。要是简单地了解戏剧的教育作用,不顾人们美的享受和娱乐的需要,使戏剧成为干巴巴的说教,结果难免脱离群众。

　　群众的精神需要不简单。哪怕是单纯的娱乐,只要不是有毒的,也需要。看了魔术而精神愉快,工作起来更有劲头,这种娱乐有什么不好?社会主义共产主义思想是最重要的教育内容,但对达到教育目的的方式不应作狭隘的理解。能够培养和丰富智力的魔术,虽然不等于艺术,从教育的要求着眼,它不能代替揭示阶级斗争的真理的戏剧《白毛女》,却也是一种好东西。看魔术的观众不能直接从魔术中取得社会主义建设的经验,但人们可能因为看魔术而更重视有利于革命工作的智慧。要是看不起这种娱乐对象的积极意义,以为魔盒里变出来的东西必须是"和平万岁"之类的标语才有教育作用,那就好比在碗上写了"增产节约"的文字,在拖鞋上绣了"光明前途"的文字一样，是一种狭窄的不顾群众需要的多样性的做法，在实际上也不能收到深刻教育群众的效果。

艺术对群众思想意识上的作用，也许在面对作品的当时还不很明显，但它可能是深远的。《三国演义》和《水浒》等等评书，对于并不打算接受教育的小孩的影响，何尝低于"修身教科书"？教育人的方式需要多样化。严肃的内容不是只有严正的方式才能表现，有时也运用轻松活泼的形式。《滑稽列传》里，不是就有借说笑话的活动来教育皇帝的史实吗？何况是教育人民的漫画和相声？

漫画的特点是幽默或讽刺，引人发笑是它的必要手段。可是，有不少漫画，也许是怕读者不了解它的主题吧，形象本身没趣味，却在画里写了许多字。它要说明的东西也许是容易看懂的，可惜看起来愿意笑也笑不起来。

相声，笑话，喜剧，漫画，一切把笑当成重要手段来发挥政治作用的艺术，在技巧上有其相似之处。彼此的区别不能不管，可是也可以互相影响。不同部门的艺术家主动向非本行的艺术汲取本行所需要的知识，有益于本行业务的提高。正在北京和观众见面的川剧，也和别的地方戏曲一样，带来了很多严肃性和娱乐性密切结合的剧目。例如《一只鞋》、《萝卜园》、《美洞房》，这些戏看起来又严肃，又滑稽；不因为它有比较积极的内容而使观众觉得自己是在戏园子里听课，也不因为它引人发笑就使人觉得思想贫乏和趣味低级；这分明是《弄参军》等传统艺术的继承和发展。

《一只鞋》在北京彩排的时候，从头至尾都逗得观众发笑。和川剧接近不多的观众，也说他看了一本正经的演员的表演，自己总忍不住要笑。这个戏，就人与虎的关系而论，其实荒唐：世上哪有老虎请人接生，老虎给人送礼，人请老虎辩冤的事情？可是就其内在意义而论，就它对现实的反映而论，并不荒唐。这两个老虎，像跟它们做朋友的老夫妇（乡村医生毛大娘和毛大爷）那样，是旧时代被压迫的人民心目中的善良的人，公正的人，勇敢的人。虽然它们不会说人话,却也是区别于剥削者和压迫者的好人。聪明的剧作者凭他那出众的幻想,用一把扇子作为引线,把乡村医生老两口与老虎、县官、衙役联系起来,编成一个离奇的故事,从而显示了作为好人的虎和毛大娘夫妇的优良品格,也使得那时代的县官和衙役的灵魂,在观众的笑声中暴露得更加明白。

　　生硬的滑稽不见得是有娱乐作用的,有趣的节目看起来总是不吃力的。《一只鞋》这个建立在生活基础上的喜剧,它给人的印象轻松活泼。正所谓"我本无心说笑话,谁知笑话逼人来"(李渔)。醉了的女医生毛大娘遇虎之前,酒性发作,站立不住的时候,她的那些话和行为,又可笑又合乎人物性格及其处境。本来她已经醉了,偏偏不相信自己醉了,对自己说话好像是对别人说话:"我肯信你就倒了?"话还没说完,"咦?"自己也奇怪,人就慢慢软瘫下去了。明明是醉了却不承认是醉了,这是很逗人笑的;而这种企图自持又不能自持的神气无损于她的品质。因为她纯朴,使人想到四川乡下那些勤劳、爽朗而诙谐的老妇人的性格。

　　戏剧家对待毛大娘,态度是幽默的却也是善意的。对待不讲理的县官,却常常采用了尖刻的嘲讽。不过这种嘲讽是真正的嘲讽,不是貌似嘲讽的咒骂(咒骂和申斥无论如何不算嘲讽)。这种嘲讽的力量在于:不是剧作者或演员外加上去的,而是县官对待事物的态度和他的行为自然而然地透露出来的。在他经常作威作福的公堂上,他被老虎吓坏了,糊涂到这样的程度:按照他审案的习惯,问老虎的名姓和籍贯。这还不说,当差人提醒他说老虎没有这些名堂,劝他别问这些名堂的时候,他还正正经经地回答,明确提出必须如此的理由:"这是老爷问案的规矩。"扮县官的演员一笑[①],也遵守了舞台的规矩,用正经的态度来讲出这句台词,自己不笑,观众却忍不住笑了。一本正经的表演为什么这样引人发笑,

---

① 演员人名。

看来是这位昏庸的对事不负责却要讲究规矩的县官,忽略了被审问的不是平时受欺侮的老百姓,而是不管他这一套规矩的老虎。这一句可笑的话不是没有根据的硬滑稽,在它的背后隐藏着具有现实意义的内容。只要在世界范围内还存在着不顾人民死活的反动统治者,以及只讲规矩而不问对象和效果的旧作风旧习惯,这种作品就有帮助我们认识生活的启发作用。

以反封建礼教为主要思想内容的喜剧《萝卜园》,大家最感兴趣的,是未婚夫妇在萝卜园里相逢的那一场。这场戏也很引人发笑,但它也不是没有积极意义的逗乐。就是礼部尚书和女婿争吵的那一场戏,也是用类似形式体现着比较严肃的思想内容。冲突的情况是:一个错怪了未婚女婿和女儿偷情,一个以为岳父是对他私自上街玩耍的行为不满;一个不愿把他所认为败坏门风的事情公开从自己的嘴里说出来,一个怪岳父嫌贫悔亲。岳父和女婿两人的争执,虽然当事人显得一本正经,观众分明觉得是多余的,因而觉得是可笑的。正因为他们都很正经,所以更觉得他们可笑。出于观众的意料之外,两人的争执一步一步地向前发展,愈说愈不对头,愈说愈可笑。观众明知这两个人的争吵是可以避免的、无谓的,可是,却不能不被它所吸引。如果可以说这个戏的重要特点之一是嘲笑礼部尚书的轻信、妄断和固执,那么,就在这一场,不只是翻来覆去地嘲笑他的这些特点,而且是让他自己用自己的言行来尽情地把这些特点暴露出来,几乎可以说是他自己在嘲笑他自己。

另一川剧《美洞房》里的新郎的言行,各方面都和这一个礼部尚书不同。但他在崭新的情况面前,毫无客观态度,和礼部尚书有些相似。他死抱住自己的成见,错以为新娘是他曾经见过的不感兴趣的丑女子。尽管他在冲突中的地位不失为正面人物,但和礼部尚书的思想方法在性质上很相似。戏剧艺术家采取了轻松的方式,紧紧抓住他那不调查不研究的错误或缺点,翻来覆去地尽情加以嘲笑,表现了戏剧家对于这些人的错误、缺点的那种不妥协的精神,却又不损害对于存在这些缺点以致错误的人的善意。

在青岛疗养期间,读了一些莎士比亚的剧本。我以为,有时这位剧作家在借角色的口,发表他那来自实践的关于艺术的见解。喜剧《皆大欢喜》第五幕第四场,剧作者借公爵的口,称赞长于辞令的丑角试金石的智慧和才能:"他把他的傻气当作了藏身的烟幕,在它的荫蔽之下放出他的机智来。"这,我以为不只是称赞了丑角,也可以当成有一定思想内容的喜剧的优点的注解。而这次演出的许多四川喜剧,也为莎士比亚这句话作了生动的注解。

这次在北京演出的川剧,当然不是没有缺点的。它们的好处,也决不只是上面提到的这一点——能够使严肃的内容和诙谐的形式一致,使教育和娱乐相结合,以其独创性的形象,体现着崇高与滑稽相统一的美学原则。但我以为:艺术为社会主义建设服务,使艺术更能够和广大的人民接近,有力地吸引和征服观众,哪怕并不是只有川剧才有的这一点好处,也很值得并不想要当戏剧家的我们好好琢磨。

(载《人民日报》1957年2月1日)

只怕不合人情

  从前,在四川泸州城里,我遇见一种不平常的吃法:吃米花糖这些甜点心,用辣而咸的萝卜干来陪伴。甜的和辣而咸的东西搅在一起,不习惯的人难免觉得这是在乱搞的。可是,尝到这种吃法的好处,下次不这样吃,还要想它呢。对待这种吃法,好比广东人吃不熟的鱼肉那样,最好不要凭自己的习惯妄加否定;至少,得承认这也是一种以需要作根据的吃法。

  有人以为画面上不应当出现背向观众的人物,理由是这种画法不易表现人物的精神。多数的情况,画面上的人物总是面向观众的,因为面部在表情上是重点。《玉堂春》等传统戏曲,就为了适应欣赏者的视听,敢于不受生活的具体性的拘束,多半是让照理应该面向审问者下跪的犯人,背向审问者而面向观众地跪着。但要是以为只许如此,就和根本否定广东和泸州的吃法那样,显得有些武断。我们已经很熟悉了的德国画家珂勒惠支的《农民战争》中那个激动的老妇人,分明是背向观众的,可是,能说它没有表现力吗?不能。几乎可以认为,这种不落陈套的画法,对于战斗中的老妇人是很有表现力的。不是吗?你看,连衣纹都像人物的心情那样,是在激动着的。

  不可背向观众只能面向观众的说法,首先见于戏剧表演常识一类的书上。可是,就连戏剧电影本身,背向观众的现象也是常有的,而且有的还是很有表现力的。京剧《霸王别姬》里的项羽,上场时是背向观众的。1954年苏联戏剧家们在中国演出的舞剧《巴黎圣母院》,那个被人践踏、最后还在法律的名义下冤死的少女,赤脚,拖着薄薄的白衣服,披着长发,失神地走向断头台时的背影;去年在我国演出的日本影片《正是为了爱》,那个木然地走出拘留爱子的牢狱的冷冰冰的大门、像要瘫痪了似地坐在街沿上的母亲站起来时她那显得衰老、伤心、惶惑的背影,都是很有表现力因而动人的背影。川剧演员姜尚峰,在《琵琶记》的《辞朝》一折里,大段唱都是背向观众的。跪在椅上的蔡伯喈的脸,我们看不见;可是和叩头、唱相联系的,哽咽时轻轻耸两下双肩,不只表现了他在抽泣,而且分明表现了这个受了朝廷的羁绊,有家归不得的青年人,想不让自己痛苦的心情流露而又禁不住流露着的那种特殊心情。川剧演员廖静秋,1954年8月在一个表演座谈会上,介绍了她在《李甲归舟》里扮演杜十娘时有意识地背向观众的经验。为了表现杜十娘的绝望、悲哀、怨恨别人和埋怨自己错认了人时的复杂心情,她是这样说的:"……背向着李甲也背向着观众,昏眩无力地坐在椅上,用背的抽动来表现杜十娘暗中的哭泣,我认为这样比面对李甲和观众哭泣,更为有力,更为动人。"

艺术创作怎么可能不利用前人和别人的经验,从中掌握带普遍性的所谓规矩呢?但束缚创造力的规矩不能束缚敢于创造的艺术家,破格的表现方式也完全能够有可靠的客观根据。不只背向观众的问题是这样,其他创作问题也是这样。破格的表现尽管是和某些创作上的清规戒律相抵触的,是违反某些用成见看事物的人的成见的,可是它可能符合百花齐放的原则,可能符合并不简单而被某些人看得简单的生活实际的特征。在以生活为创作依据的艺术里,可能是温柔中充满力量的,粗暴有时恰恰是软弱的表现。不谦虚和不诚恳,有时是用谦虚和诚恳的姿态来表现的。很悲哀时可能发笑,快乐得很也可能哭。有人把别人以致自己的痛苦当成消遣,有人让别人有幸福他才觉得自己幸福。刻薄之至的商人,可能也是非常慈祥的父亲。地位十分低贱的妓女,可能具备了非常高尚的灵魂。生活是很复杂的,艺术形象也应该不是简单化的。

不成问题,京剧《小放牛》的曲调不能和《空城计》的曲调相调换,因为它们服从不同的生活内容,有不同的主题,所以有不同的情调。但不能因此简单了解内容与形式的关系,对创作作出硬性的、违反辩证规律的规定。如同根本不容许背向观众一样,以为悲哀场面就得用紫色、绿色的灯光,台上要暗;愉快的情景就得用红色,台上要亮;情节发生在夜晚,就得要暗,以为台上黑乎乎一片才恰当。这些太"现实"的办法,其实未免机械,常常削弱以至破坏艺术的表现力。这种办法用起来不困难,但它给艺术帮不了太大的忙。这对艺术欣赏者的需要说来,其实并不恰当。真正关心生活,了解艺术特征,重视欣赏者的需要,信任他们的接受能力的艺术家,不受这种简单的也是机械的规格所拘束。"寓刚健于婀娜之中,行遒劲于婉媚之内"。有修养的中国艺术家,从来就不愿使反映生活的艺术简单化,贫乏化。

川剧《柳荫记》的一个特点,还值得再提一提。祝英台被迫上轿之前那一段戏,相伴的音乐是在婚事中常用的那种曲调活泼的管乐。孤立地听起来,这是愉快的,和悲哀的祝英台的表演"不调和",热颜色把冷调子冲淡了或破坏了。实际上恰恰相反,就像在吃甜的食物之间用点辣而咸的食物因而更显出前者的特殊味道似的,听得见壁上的钟表的机件运行的声音就更显得屋子的静寂似的,悲恸欲绝的祝英台此刻的苦痛心情,得到这样愉快的音乐的映衬,反而更能促使观众进一步感到她此刻处境的不幸,体会到她此刻那种难堪的痛苦,自己更能与她的情感交流,眼泪被调子愉快的唢呐催促下来。

不习惯欣赏打击乐,可能以为川剧的锣鼓打得太刺激了。可是听惯了这种锣鼓的人,不一定都这样觉得。相反,觉得如果减掉它的激烈性,会影响欣赏者与角色的情感的交流。例如杜十娘投江之前,有唱词"世间无我安身处,天哪,含恨终身不瞑目",和这种帮腔相伴的,是插在"天哪"之后的很响的激昂的"堂鼓"。这样的伴奏,似乎不相当于一般的伴奏,但它有独特的表现力和感染作用。这样的伴奏,几乎可以说,它的创造基于观众对生活的感受,与观众的感觉经验相互联系,本身曲折地反映了观众的感觉经验与审美能力,所以也有显著的表现力。要是以为它不如某些西洋歌唱所用的伴奏调和,以为它"喧宾夺主"而删去它或降低它,杜十娘悲愤的心情反而丧失了强烈的色彩。夹在白与唱之间的"堂鼓",与其说是角色心理和情绪的补充、衬托或辅助,不如说是角色的心理和情绪的"变形"和"扩大"了的形象的表现,是观众感受的变相的表现。因为这种音乐的配置是基于角色的心理和情绪的基本特征的,即令采用了不逼真的方式来表现,观众也能够了解它,相信它,受它感动。甚至可以说,因为大胆使用了这些打击乐器,角色的心理和情绪因而表现得更鲜明,更便于感受。重要的是:由于演员的表演的影响,在情绪上和角色的情绪有了交流的观众,虽然他的生活地位和杜十娘的地位完全不同,但这时候,自己的心情却得到了"堂鼓"的相应的反映,这种反映反作用于自己的心情,因而更能激发与杜十娘共忧乐的感情。这就是说,用在这儿的激动的打击乐,其意义,不只是角色心理和情绪的形象化的表现,也是观众情绪反应的形象化的表现。这种反应不只来自艺术本身,但艺术反映了这种反应,它就能反转来进一步激发观众对于角色处境的深入体会,观众对戏曲的欣赏,就是在这些复杂现象中,"不知不觉"地接受宣传的。

　　如果还嫌这些例子偏僻,不妨看看很多人接近过的作品——鲁迅的小说《祝福》。《祝福》所反映的是旧时代不只是在物质上而且是在精神上受了损害的人民的生活。《祝福》基于祥林嫂那悲剧性的遭遇,它的情调是够冷的了。可是,过年的晚上,从头至尾,作为"伴奏"的,是毕毕剥剥的爆竹声。这种在一般情况下引起快感的声音,反复出现,真是热闹得很。这热闹的声音,和祥林嫂的心情,和祥林嫂的死,显然是不相适应的。可是,正因为这样,就艺术的作用而论,就艺术对人们精神上的影响而论,它的利用再恰当没有了,可以说是一种不适应的适应。它不仅没有破坏祥林嫂的形象的完整性,反而更显得"谁也不可怜的人"和环境的不相适应,更显得人物的性格和命运的特色很鲜明,很强烈。任何事物,离开了时间、地点和条件,很难正确判断它的意义和价值。用一般的情况来看待热闹的爆竹声,不可能了解《祝福》里的爆竹声的特殊意义和作用。在这篇小说里,热闹的爆竹声,在读者感受上不再令人感到愉快和幸福,而是冷酷无情的。正因为她所处的环境是冷酷的,加重了读者心情的沉重,促使读者更想了解造成祥林嫂的痛苦的社会原因。鲁迅利用了和一般的祝福相适应而与不幸者的性格、命运不相适应的热闹的爆竹声,也许是为了更加显得被作践、被损害了的旧时代的妇女的遭遇的不合理,更引起读者共鸣以至思索,激起"实行改造自己的环境"的自觉吧!

艺术所反映的生活,应当是较之现实生活更典型的,而不是简单化的抽象的。欣赏者的审美要求和接受能力,也不是简单的,所以供人欣赏和反映生活的艺术,形式也应该是多种多样的,别出心裁的。艺术的创造性和生活实际的特点必须统一,双方统一于人对它的感受。只要双方是统一的,形式可以是多样的。艺术表现形式的多样化和新颖,本来和艺术所反映的生活的丰富性多样性不冲突。前人这话值得注意:"传奇无冷热,只怕不合人情"(笠翁剧论)。以反映光辉灿烂的社会主义现实为重要任务的我们,既应当严肃认真,又必须大胆创造。只要符合现实的本质特征,其形式可以不受任何陈旧规格的拘束。

1957年1月15日写成

(载《人民日报》1957年2月9日)

最重要的是人

新近由四川回京的朱丹同志,说我还没有见过的川剧演员彭海清在《打红台》中扮演坏人萧方,表演得很真实;这位演员和访问者的谈话,也很有意思。

彭说在他学戏的年代,有一次表演英雄豫让之后,老师问他:"你拿什么东西杀人?"彭回答道:"木头刀。"老师不满意:"不对,再去想一想。"第二天老师又问他:"你拿什么东西杀人?"彭回答道:"刀。"老师还是不满意:"你不要用你的刀去杀人,你要用你的心去杀人。"

不是用刀而是用心杀人,说得真聪明。听见这种说话,不能不佩服传统歌舞剧专家们,既很讲究"体现"也很讲究"体验",从而自由运用戏曲的表演程式,不是不懂得怎样"进入角色"的。这使我想起另外一个戏剧家的见解,也是和道具——刀有关的,说得也很有意思:

重要的并不在于奥赛罗的刀是硬纸做的还是金属做的,而在于演员本人用来给奥赛罗的自杀提供根据的内心情感是否正确、诚挚和真实。重要的是,假使奥赛罗的生活条件和生活情况是真实的,假使他用来刺死自己的刀是真的,那么作为人的演员要怎样行动。

——斯坦尼斯拉夫斯基《演员自我修养》中译本第一部第244页

这些话表明，演员为了令人信服地塑造人物形象，即为有思想有感情的人物的行为提供可靠的心理依据，研究人物的心理状态，在创作活动中十分重要。彭海清的老师叫什么名字呢？我还没有听说过。但愿至少在不久的将来，至少中国这些虽然没有著书立说，却是满肚子创造经验的老前辈的名字，不再较之外国戏剧家的名字更令人觉得陌生。

表演得出神入化的戏剧，就它能够造成控制观众的境界而论，真有点像魔术；用木头刀或用硬纸做的刀来杀人或自杀，分明是假事情，偏偏能使观众"受骗"而当成是真事情。揭示人生美丑的戏剧，到底不是只求惊人于一时的魔术。它那最动人的力量，不是使人担惊受怕，在一瞬间引起误会，以为台上真有人死了。而是依靠有心理根据的杀人或自杀的行动的模仿，依靠那种很有创造性却又是细致的、深刻的模仿，可信地给观众介绍了一定性格的人，使观众联想到更多的精神上和"这一个"有相似之处的人，进一步懂得生活的意义，追求更高的理想。

我总觉得，有些占压倒优势的机关布景太接近魔术，太不重视应当着力表现人的思想感情。要是仅仅为了在精神上造成一时的刺激，不让观众注意人物而只去注意背景，那么，本来应该是庄严的教育工具的戏剧，可能还不如供娱乐的杂耍更有意义。戏曲演员不是魔术家，但以表演艺术见长的中国传统戏剧的演员，拥有魔术般迷人的本领，这种本领，也可称为无中生有。台上没有门，没有楼梯，没有车、马、桥、船，也没有山和水，依靠他们成熟的表演技巧，使观众来不及怀疑，就相信角色"真是"在某种具体环境中行动着。正如不用真刀杀人或自杀，观众也相信这些行动是真的一样。可是，中国传统戏剧演员，不把自己表演艺术的目的，看成仅仅是为了引起观众的惊叹，观众却更佩服他们拥有无中生有的技术。佩服他们用巧妙的表演给观众提供了摸不着却好像看得见的东西，把舞台空间生动地充实起来。他们更主要的表演目的，是为了把那些在一定环境中行动着的人的幸与不幸，欢乐或痛苦，善与恶，美与丑的精神状态具体表现出来，引起观众的羡慕、惋惜、憎恨或钦佩的感情，帮助观众认识他以及和他相似的现实生活中的人们的品格，从而接受作品所包含的高尚的情感和思想。要是过分强调人物活动场所的具体性，让真门、真马、真山、真水妨碍演员塑造人物，而且转移观众的注意……从审美享受来说，那不是欣赏者的幸福。从思想上的影响来说，也没有尽到戏剧家应尽的责任。

　　成熟的艺术形式表明：与人物性格相关的环境的特征，常常是由人物本身的特性来显示的。人物行动的环境的具体描写，在艺术——例如诗词里，不只是人物的精神状态的衬托，它常常染上了人物情绪的色彩，是人物的精神状态自身的一种具体表现。如果说有些人在读李白的《望天门山》①时需要反复吟味才相信写景就是写情的话，那么，当他读王实甫的《西厢记》时，要了解其中那许多不是太难了解的这种表现，可能也有不易克服的困难。

　　　　对着盏碧荧荧短檠灯，倚着扇冷清清旧帏屏。灯儿又不明，梦儿又不成；窗儿外淅零零的风儿透疏棂，忒楞楞的纸条儿鸣；……

　　这是写景吗？是的，却不止于是写景。如同小说《水浒》里，火烧草料场的景色与林冲的心理关系一样，如同小说《红楼梦》里，王熙凤夜入大观园的荒凉的景色描写一样，景色在这种场合，不是以独立的和孤立的现象出现的，而是表现处于特定情势的人物的精神面貌的一种属于环境的因素。

　　没有细节就没有整体，整体总是许多细节构成的。可是在戏剧里，要区别什么细节是必要的或不必要的，只有把它放在整体中

---

① "天门中断楚江开，碧水东流至此（一作'直北'）回。两岸青山相对出，孤帆一片日边来。"

去考察。如果可以说《秋江》中的陈妙常的心情，是由行进中的船及江水的具体状况来表现的，那么，可见特定情势之下的船及江水的具体描写，和上述《西厢记》中的景色描写一样，其必要性在于塑造人物，而不在于被描写的景色本身。在这里，我们不只要求演员能够用他们的表演技术，把并不存在于舞台上的船和江水的形象，借演员的舞蹈动作再现到舞台上来；而且，更主要的是，要求演员在这种表演里，着重表现这一个急切地追赶情人的姑娘在此时此地的复杂心情，着重表现明知她着急偏偏还要逗她的老船夫的调皮态度。虽然陈妙常的着急、恐惧和愉快是由演员的表演——模仿了处在靠着岸的、动荡着的和急驰着的船里的人的外形特点——来表现的，其目的却在于表现这一个人和这样的人们的特殊的精神状态，而不单纯是为了让戏剧演员成为杂技演员，依靠表演来表现江水和船。

出现在楚剧《百日缘》、黄梅剧《天仙配》以及川剧《槐荫记》里的那棵槐树，它的存在影响情节，能说不过是自然环境的单纯的再现吗？从一定意义上看来，它也可以算是一个角色。它存在的重要性，在于它有利于人物董永及其妻的精神面貌的刻画，它存在于台上的意义，已经不是一般的树木。因此，不如实地搬一棵槐树上舞台，不等于删去一个角色。如果演员不能把他和槐树接触时的心理、情绪突出表现出来，不论台上有没有一棵树，这个戏的表演就不免是不成功的。

在楚剧里，美满姻缘突然遭受了意外打击的董永，感到孤立无援。满腔悲愤无处发泄，只得向槐树发泄："槐荫你不该为媒证，李长庚不该来主婚。"正如川剧《打神》里的敫桂英之对泥塑的责怪①，与其说这是责备，不如说是在控诉。被控诉的不是帮助他们

---

① 王魁曾在海神庙盟誓，说"永偕到老不相离"。后来，被抛弃的敫桂英向海神诉说心事，也怪海神不管她的事。

成配的槐树和李长庚,而是控诉连董永自己也不很明白的东西——破坏了他俩幸福愿望的一种强大的社会力量。从故事看来,这种力量存在于"天上",但从它的性质看来,这种力量存在于人间,有时甚至部分的不自觉地存在于争自由的人们自己的身上,因而构成无可挽回的悲剧。只要演员理解人物(董永和与董永的命运相似的人们),而且拥有较高的表达技巧,台上虽然没有一棵逼真的槐树,当演员无可奈何地叫"哑木头,哑木头"的时候,观众不能不激动,不能不痛苦。因为在角色的这种借题发挥的"责备"里,包含着多少没有直说出来的,而且不只是董永一人才遭遇着的不幸。当观众不只受了这种感情的感染,而且引起他对于造成这种不幸的社会原因的探索,那么,台上没有如实地出现一棵槐树,至少不是艺术家思想贫乏的表现。

不强调布景和道具而强调人物性格的古典戏剧,像不强调背景的八大山人或齐白石的水墨画那样,以简练见长。它的长处,不只在于提炼地反映了直接看到的现象,而且还在于:这些直接反映的现象,能够使欣赏者从具体的形象中感到和联想到许多不直接出现在作品中的景象。不愿意用自然主义态度对待素材的艺术家,不见得是他没有本领把所见、所闻和所感的一切和盘托出,而是他认为没有这种必要,认为这样有时反而破坏了艺术之所以成其为艺术。充分表现人物的思想性格,才是戏剧艺术创造的重要任务;如果演员的表演缺乏性格和心理的根据,不能用他的思想感情来表演,没有在表演里提供诱导观众认识现实的必要条件,那么,对于不把戏剧当成魔术而是为了借此得到帮助,深入认识生活实际的性质和意义的观众来说,不会永远被台上那些以技术见长却不见得是戏剧艺术的逼真的星星、月亮或闪电所魅惑。

1956年12月20日写成

(载《人民日报》1957年3月5日)

公开了的秘密

再一次看见宋画《四羊图》,再一次引起我那儿时的回忆。

刚学识字那一年的夏天,怕热的老师和学生搬到室外阴凉地里上课。我家那只母羊,也在阴凉地里活动(生小羊)。刚落地的小羊,一经洗刷,就调皮捣乱起来。我完全料不到,它比小学生大胆,公然不把老师的威严放在眼里,用它那完全没有长角的头,顶老师那张方桌的腿。顶了一阵,退回,连蹦带跳。就这样,接连闹了两三回。面临这种意外的玩意,小学生们乐得忍不住笑了,觉得仿佛小羊代替他们表达了什么不便表达的意思。老师虽然为了显得不是小孩子见识,装着不在意的样子,却也偷偷瞟了它几眼。

不知道为什么,不只是从前,就是现在,一想起这件事就觉得有趣。其实,人和家畜之间,有严格的区别。可是,我总觉得那只稚气的活泼的以至顽皮的小羊,有一点像不那么容易受人管束的孩子。《四羊图》里的那一只跳跃着的羊,虽然已经长了角,那神气,也有一点像孩子。羊的特点也是复杂的,正像一切事物一样,很复杂。画家不企图记录它的一切,偏偏挑选了它的这些特点——稚气、活泼以至顽皮,这件事情本身也就是有趣的。

中外古今,描写动物而使欣赏者联想到人的作品很不少。单是描写亲与子的关系的作品,例如宋画《柳溪归牧图》,印度古代雕刻《猴子的一家》,都不是人的生活的再现,却能使人联想到亲与子之间的爱。看来有必要在这里声明一下，这种亲子之爱并不是什么抽象的超时代、超阶级的东西，但我要在这里着重研究的，并不是人的阶级性的问题，而是艺术在反映自然时的一个值得注意的特点问题。如同《四羊图》那样，上述这些作者不一定存心使欣赏者联想到人，可是不着重描写生物学的对象的羊的特点，而着重描写了它与人的精神密切联系的特点，结果不能不使欣赏者联想到人与人的关系，所以，看见这种形象感到格外亲切。

在一般情势之下的燕子，如同在一般情势之下的小羊、猴子、小牛一样，很难使人联想到人，联想到人的亲与子之爱。而母燕衔着食物，正在喂那些张着嘴巴的婴儿——小燕的情景，如同正在乱蹦乱跳的小羊那样，能够使人联想到人的生活。这一瞬间，画家觉得很动人的东西，值得着重表现的东西，非画出来不可的东西，不是作为飞禽的燕子的其他属性和特征（例如是蹲着睡觉而不是躺着睡觉），而是大燕子喂小燕子。画家把燕子的其他特点降低到很不重要的地位，而强调了燕子的亲与子的关系，正如画山水时不是把山水当成地质学的对象来对待一样，这恰好切合艺术欣赏者而不是动物标本研究者的要求。

不只是造型艺术，而且民间传说、诗、小说，也有能够使欣赏者从并非描写人的作品联想到人的。这种联想的唤起，当然离不开动物的具体特点的描写。但看来作者不以具体描写动物的特点为目的，不能说这种特点就是作品的基本主题。伟大诗人杜甫的《义鹘行》，不论它所体现的观点如何，我想指出，连标题在内，分明意味着人，是以间接歌颂诗人心目中的理想人物为目的的。但是，抱着这种创作意图的诗人，并不因此不顾鸟的特点，使之成为不动人的象征物，成为不成功的漫画。伟大的革命作家高尔基的名作，影响了千千万万读者的精神品质的《海燕》，分明是借海燕来赞美富于革命精神的人们，或者说为了借此来影响人们的精神，使存在于人的身上的海燕般的战斗精神能够得到发扬，而那蛇似的爬行精神得到克服。这赞美,完全没有脱离飞翔在暴风雨中的海燕的具体特点。小说家莫泊桑的《爱情》,是作者为了歌颂他认为是高尚的坚贞的爱情;这歌颂,紧紧依靠作品中那只不顾自己的安危,追寻那被袭击的伴侣的鸳鸯的具体特点。有趣的是:这些作品并不简单地模仿动物的一切,而是毫不顾惜地抛弃了作家认为无关紧要的琐屑,只把鹘、海燕或鸳鸯在具体情势之下的特点介绍给读者,从而使作品中的鹘、海燕或鸳鸯,远远高出于他们的原型——非社会存在、谈不上阶级性的鸟。这些时代不同、世界观不同的作家、诗人,不是简单地再现眼见或耳闻的材料,而是把对象那种他认为最精彩的东西,最动人的东西,也是他认为对人最有意味的东西强调地加以描写,使读者不把鹘、海燕或鸳鸯看成是平凡的鸟,使读者联想到各种品格高尚的人,想到已经在现实中出现或可能出现的各种美好的人,在精神上受到善与美的影响,从而直接间接地作用于生活,作用于我们今天的读者和观众。这是懂得艺术特点的名副其实的创造性的劳动,而不是和照相机竞赛或向照相机看齐的非艺术的劳动。

在无限丰富的艺术宝库里,不只是描写动物的作品才可能使人联想到人。描写其他自然物的作品,有的也有类似的作用。事物与事物之间总是有联系的,艺术家的联想基于某种联系。艺术形象使人联想到人的作用,离不开被描写的对象本身原有的特点。地平线上的朝阳,激流中的石头,高峦上的苍松,迎风舞动的稚柳……不只是被描写之后才能使人联想到人的美。它在未被描写之前,也就可能使人联想到人的美。艺术家首先是这种美的发现者,然后才是这种美的表现者。

自然界的东西,和社会的人当然很有区别。如果有人以为巧妙地为自己建筑住所的蜜蜂的工作,不是一种本能,而是像建筑家那样的一种有意识有智慧的创造,正如把跪乳的羊当成是孝子的孝道一样,恐怕今天的青少年也会觉得这是违反常识的胡说。可是，不能因此以为它和人没有任何相似之处，以为它根本不能用来寄托人的某种感情，不能用来寄托一定的理想。问题只在于这种理想对不同时代、不同阶级的人来说是不一样的。正因为自然界的东西和社会的人有某些方面的——哪怕是很小的一点点相似，它才能够使人从它联想到人。诗人把桃花和人面联系在一起，把秋水和眼波联系在一起，把坚硬的玉石和温而软的人体联系在一起，之所以能够经得起读者的挑剔，在于形象不是没有客观性的。人能够在自然中看见自己，人可能把自然现象当成有社会意义的现象，这也是花鸟画和山水画所以必要和可以欣赏的原因吧？

从自然中看见人，不只是艺术家才做得到，不只是艺术家才能把这种相似之点揭发出来，普通人也有这种能力。人们批评或议论骄傲或得意的人是在"翘尾巴"，这种批评或议论，既不降低人的尊严，也不抬高动物的身价。正如不是孩子的小羊有时可能被当成孩子看待一样，人的骄傲或得意和动物的翘尾巴，本来多少有一点相似之处。自然与人的相似，表现得很微妙，不是很容易凭眼睛能看出，凭耳朵能听出，凭手能摸得着的，所以优美的山水画和花鸟画，不见得是谁都创造得出来（虽然不难模仿）的。不论有意无意，能够把这种相似点发现出来，加以强调，依靠发现者的敏感与辨别力，想象力，依靠他对于现实生活那并不冷漠的情感态度。为什么社会主义新时代的山水画家和花鸟画家也应当具备革命者的感情，原因就在这里。

形象的概括作用是有限的；任何题材的运用，不可能容纳艺术家的一切思想和感情。莫泊桑的《爱情》，显然不必和中国戏剧《蓝桥会》相比较（因为各有各的好处），《蓝桥会》所表现出来的那一历史时代的人的性格的美，无论如何不可能被鸳鸯的性格所代替。寄托了革命者的英雄的感情以至思想的《海燕》，它所描写出来的英雄气概，无论如何不可能代替社会里阶级斗争中的英雄的行动和性格，例如在高尔基的小说《母亲》中的工人伯惠尔和我们新中国现实中光辉的英雄人物。以花鸟或山水为题材的造型艺术,其思想感情的容量是有限的。直接反映人的生活的作品,在整个美术创作中应该占有重要的地位。尽管我们一再强调花鸟画和山水画的独特意义,而且在这方面也不乏成功的作品;可是,它们毕竟不能代替直接描写人——例如英雄董存瑞——的创作。要是过高地估计花鸟画或山水画的思想力量,甚至舍弃了应当直接描写的对象——人,或把反映人和人的关系这一要求强加之于花鸟画或山水画,把社会主义建设和花鸟拼凑起来,那么,美术难免会变成莫测高深的谜语。

目前有这样的作品:画许多在叫的鸟,用它们来表明"百家争鸣"这一句话的意义。为了给"力争上游"这句庄严的口号作图解,就画一群冲着急水往上游的鱼。这是没有顾到形象的表现力的局限性的办法,这是对语言的生硬的翻译。这种牵强附会的办法,其出发点是积极地以创作为政治服务;可是由于狭隘地理解艺术与政治的关系,由于创作意图违反了造型艺术的特殊规律,结果没有达到目的。欣赏者可以从并非叫做《戏婴图》的《四羊图》里的羊的形象联想到小孩,却不能从绘画《百家争鸣》里的鸟联想到各抒己见、在理论斗争中的学者;从《力争上游》里的游鱼看出社会主义建设者的英雄气概。这种把语言的比喻作用造型化的方法,很可能得到与画家的愿望相反的效果。为了避免在读者中产生误会,避免模糊"百家争鸣"或"力争上游"这些口号的严肃意义,我看不适宜把这些口号勉强加到鸣禽或游鱼的生活状况上去。它们负担不了这样重大的任务,因为它们缺乏和这些政治性的概念所体现的生活相应的联系。

描写动物及其他东西的作品和人的关系,在绝大多数的情况之下,非常曲折,非常微妙。既不因此降低了这一作品的价值,也不妨碍欣赏者的审美享受。只要能够从羊的稚气、活泼以至顽皮,感受到生命力旺盛的美,在不知不觉的状况之下,被健康的感情所感染，不必一定要联想到人的生活的具体状况。要是欣赏者没有从《四羊图》联想到小孩，完全不要紧。花鸟画和山水画和人的关系，在于它可能用美好的健康的感情来影响人的精神品质。这种作用的产生，不是用花、鸟、山、水来直接地也就是简单地比拟人的生活。只要能够寄托人民健康的思想感情，不必要求画中的山水或花、鸟、虫、鱼像人。企图用花鸟画来直接再现人的生活状况，显然是一种脱离实际的主观主义的苛刻的要求。八大山人的鱼，很灵活，逗人爱，可是我还没有听人说过觉得它像小孩子。八大山人或齐白石画的荷花，含苞未放，生意盎然，可是我们不便于硬给他加冠，说它定是对少女的变形的直接写照。马远的《雪图》，大江蒙蒙，群山如睡，可以使人感到静穆、纯洁和庄重，却不宜硬说它简直是对人的行为的直接写照。因为这些忠于自己的感受的画家，十分尊重对象的美的特征，没有按照自己的主观愿望生硬地"改造"它，他们才给我们留下了能够唤起人的情感共鸣的余地，能够影响人的精神品质，也就是和人的生活有联系的艺术品。

《四羊图》、《雪图》等等名作，对于我们的借鉴意义，不仅在于它对自然中那些精彩的动人的东西作了生动的魅人的描写，使我们得到了欣赏的满足，而且在于这种选择和描写，揭示着杰出的创作的窍门——尊重自然而又能动地左右自然。尊重自然才能够形成形象的生动活泼，左右自然才能够充分体现自己的思想感情。如何适当地把对立的两面统一起来，在尊重中求左右，左右基于尊重，也许这是一种秘密。这种秘密是早已公开了的，可惜目前还有一些风景画、花鸟画以至人物画，还没有把它体现出来，因而还缺少某些古典作品那种作为艺术创作而不是习作或图解的特殊力量。

1957年2月5日写成

（载《美术》1957年第3期）

有景有情

4月,我从太原到平遥。火车将要进入一个大站,车上那个回祁县老家的孩子突然叫道:"榆次到了!"也许,有些语文教师以为这是"不科学"的说法吧?这种说法,岂不把宾主关系颠倒了吗?在行车的这种情况之下,列车员惯用的说法"前方是某某车站"或"列车即将到达某某车站",似乎更合乎语法。可是这种语法,似乎比较不便于表达他此刻的特殊心情,即他因为旅途缩短而引起的喜悦。其实,孩子不存心让我们了解他此刻的心情,不过因为一时高兴,情不自禁地这样叫喊了。这使我联想到语言的感情色彩,例如"红通通"、"白生生"、"蓝湛湛"、"绿油油",例如"太阳出来了","月亮进去了",……也使我联想到不是事务地、也不是为了取悦观众地对待艺术创造任务的态度的重要。

太原晋祠圣母殿那些少女塑像,逗人喜欢,却不是为了逗人喜欢才做出一副"可爱"的样子。那种妩媚而庄重的神气,体现了作者喜欢什么,因而企图着重刻画什么的态度。这且不说,连崇善寺大悲殿并排着的那三尊俗名"千手观音"塑像,也是在一定程度上体现了塑造者的某些喜好,或者说塑造者在某些方面表现了观赏者的审美要求。旧时代的雕塑匠师,既然不能不服从宗教的制作要求,塑像也就不能不是宗教性的。所以猛一看,这些塑像似乎没有什么引人注意的好处;甚至可以使人误会,以为它不过是造型规则,色彩堂皇,缺乏个性的东西。可是旧时代的雕塑匠师究竟是劳动者,即令是只得服从宗教的塑造任务,也不能不在一定程度上流露自己的爱好。所以多看一会儿,特别是站在殿堂中间看左面那一尊塑像的八分面时,会忘记它是泥塑,觉得它是较好看的人而不是"神"。可能塑造者不完全把它当成神来对待,而有意无意地按照他所喜欢的、可亲近的人的特点来对待的吧?

　　说它是人,却不知道应该称呼"他"还是"她",虽然我早已知道观音从前是男性的。也许,称呼"她"更确切一些。那神情,和俗名"媚态观音"(自在观音)的不同。不像后者那样近似心情闲适的少妇,却都是女性化的。那精神凝聚、正在冥想却又心胸开朗的样子,不像某些所谓"主题明确"而内容空虚、一览无余的雕塑那样一目了然,却更耐看些。要求雕塑的内容一目了然是容易的,想要让人们爱不忍释却不太容易。面对这一似乎正在冥想的塑像,有一种促使欣赏者想要了解她此刻正在想什么的魅力。她此刻究竟正在想什么,不知道,但这不要紧;她那庄重的、和蔼的、似笑非笑的样子,能够使欣赏者当成现实的人的写照来观赏。塑造者既不得不服从宗教艺术的塑造规格,又相应地突破了它的约束。不管塑造者自觉不自觉,总是把他自己从生活中感受到的美,或者说他认为"人应该这样美好"的愿望,或多或少地体现在塑像中。如果他死守着佛教的教义,机械地按照规格制作,形象难免是僵死的。在没有宗教信仰的我们之前,这些泥塑就不得不丧失它的魅力。正因为塑造者总是要有所表现,所以这样相应地突破了制作任务的拘束。连泥塑的观音也要流露一些作者之情,风景花鸟画创作,更必须有感情,有创造,不宜过分依赖素材,拘拘束束。

　　艺术创作应当是有情可抒的。如果作品的主题是新颖的,它就要求最确切的表现形式;愈是富有独创性的形象,作者思想感情的表现就愈是确切。虽然这种表现不见得是一目了然的,常常需要欣赏者认真的体会,内容却不含糊,而且有耐看的好处。这好比许多不滥用惊叹号和华而不实的字眼的诗,例如李白的《黄鹤楼送孟浩然之广陵》,作者情感的表现,毫不做作,很真挚。如画的诗句"孤帆远影碧空尽,唯见长江天际流",不是自然现象的所谓"全面的"、"充分的"或"如实的"描写,而是掺和了惜别情绪的风景。那些通过惜别的诗人的眼睛看出的自然特性,是惜别情绪的形象化。这样的诗句,较之同一诗人的其他作品,例如《朝发白帝城》,情感的表现似乎更不露骨些,却都取得写景与抒情的一致。这些诗句描写了对象,也表现了自己,两者是和谐地统一着的。绘画,古代的且不说;现代的风景画,例如李可染的《嘉定大佛》等等,因为作者有情可抒,也具备这种动人感情的特点。风景画和风景本身相似,都可娱人。而优美的风景画所以不被风景本身所代替,不只因为它着重表现了风景的精华,也因为它在风景描写中,寄托了影响人们精神的,也就是艺术家健康的思想感情。

《嘉定大佛》不是李可染最动人的作品,可是它把我"引进"自然的美的幻象之中。它所描写的景象,唤起我少年时游岷江的回忆。我曾经坐在较之岩石脆弱得多的木船上,不得不按照夏季的水径,向大佛脚下的岩石直冲过去。谁都明白,这时候全船人的命运掌握在掌舵人的手中,人们但愿他是有把握的。木船快要接近岩石的时候,不知道因为他用力过猛还是因为木料不结实,有决定作用的舵把突然折断了。好在船身已经转了弯,顺着岩石向下游行驶,人们免于被急流吞没。李可染在嘉定写生,不一定恰好碰见这种危险;但他的作品所描写的景象,也是令人惊叹的:头与凌云山齐平的大石佛,安详地坐在惊涛骇浪的岷江岸边,身上披着杂树和野草,脚下有爬虫一样渺小的木船(其实是几十个人才划得动的大船)。被体现了旧时代劳动人民伟大创造的古代艺术雄浑的气魄所激动了的画家,质朴地记录了自己亲切的感受,着重表现了对象的特点,显示着画家的特定的情绪状态。

同是嘉定的风景写生,《凌云山顶》的情调和《嘉定大佛》完全不同。要是说《嘉定大佛》是以对人的力量的作用的反映为主,《凌云山顶》却是以反映不经人力改造的自然美为主。后者虽然不描写人力的伟大,也和人的精神有密切联系,它寄托了画家爱好自然美的感情。看画的人可以想象:游人在参天的大树所构成的幽深的林荫里,在听得见鸟声和蝉声的石级上,呼吸着湿润的带着植物香味的空气,居高临下地眺望着岷江激流及远近的景色,和由下向上看大石佛时所得到的印象完全不同。以游人的心情而不是地理学者的心情面对这些风景的画家,尊重自己在实际中得来的新鲜感觉,紧紧抓住动人的视觉意象,使他的风景画与风景本身之间,取得了既有密切联系,又有不能互相调换的特色和美。

我们一再强调面向生活,不是简单地希望绘画的形象真实;我们提倡写生,不只为了加强画家的写实能力;而且是希望风景画家从自然本身获得新鲜的感受,形成创造的灵感,避免"人云亦云"的内容和"以不变应万变"的形式;希望风景画家和自然进行深交,看出它那微妙的变化,把握对象的精华部分,产生由衷的爱,构成与众不同的意境。出现在李可染作品里的自然,例如《雨中的西湖》、《暮霭》、《江山如画》、《雨后的苏州小巷》、《古老的银杏》、《江边农舍》、《涂山放牧》……不见得每一幅都是很动人的,却都再现了每一个地方那不同的气象,有不能互相代替的特色,也有不重复的境界。李可染虽然还在国画技术上进行探讨,寻求独特的与众不同的方法和形式,虽然不能说这些写生画已经充分体现了他自己的意图①,可是,这些写生画都具备了虽不惊人却也耐看的好处。湖山的静穆,山城的壮丽,南方小巷的雅洁,林木的蓬勃和幽深,农村的恬静,牧童和水牛的自得其乐……是自然的美之所在,也是画家爱自然的感情的体现。

包括着重表现人的力量的风景画在内,崇拜齐白石和黄宾虹

---

① 作者不满足于生动的直观,准备以这些写生画作为根据,再进行提炼取舍的创造。

的李可染,他的创作个性和独特风格是鲜明的。这些作品给人的印象,如果可以用说话来比喻,那么,它完全不像高谈阔论,而像轻言细语、娓娓动听的谈天;如果可以用装束来比喻,那格调,不是目的在于讨人喜欢的涂脂抹粉,也不像是炫耀自己长得好看,而是像初看并不惊人,越看越觉得自然和美的朴素的打扮。甚至很难一一加以说明,美在什么地方,是什么力量打动了你。也许,作者不过是把那些真正感动过他的,他自己舍不得无意丢掉的,来自自然的感受具现在画上罢了。尽管他没有描写热火朝天的革命斗争,但因为他能感受到和抓住了大自然的美,他劳动的结果和我们多方面的审美需要有了联系,也能使人感到亲切,愿意接近。

反映了祖国河山的风景画,适应人们间接欣赏自然美的需要;但不见得凡是风景写生,都具有这种动人的力量。李可染面临不同的对象写生,不是"复习"别人既成的作品和重复别人的感受,也不是消极地简单地记录其所见,而是带着对于它的爱的情绪来表现了不同的自然的特点的,尽管和别人一样画了一些自然现象,却具有出色的效果。近年来,他给自己规定了作画的奋斗目标:"可贵者胆,所要者魂。"意思是说:作画要敢于创造,不停止于前人已有的水平(更不是把前人的成就当成自己的成就);画他自己最感兴趣的真正感动过自己的东西,争取抓住和再现对象最精彩最动人的东西"魂"——精神。什么是对象的精神呢?其实也就是自然本身已具备着的美的个性。反映社会生活需要抓住对象的个性,反映自然对象也要抓住它的个性;而这种个性的反映,是以作者的独特感受和认识为依据的。李可染一再称赞四川人民关于四川山水的说法(剑阁天下雄,巫峡天下险,峨眉天下秀,青城天下幽)聪明,可见相信自然都有个性,而且它不只是画家才能够感受的。可惜有些画家缺乏胆识,不很了解自然的个性,因而对它缺少由衷的感动;所以即令面对着某些感性的自然现象,也没有画出新鲜活泼的动人的特色,显示不出画家由衷的感情。这种平板的现象记录,形象和标题一样是纯说明性的,谈不到再现对象的内在生命,也无从体会作者是不是有真挚感情。只有具备了新时代的劳动人民的思想感情,才能创造出富有新时代特征的风景画。如果艺术家的"胆"只不过是没有经过改造的思想的表现,和新时代人民的感情格格不入,他所描写的对象的"魂"是什么,也就成了问题。可是这一点必须明确:风景画和别的艺术一样,即使拥有革命的思想,如果丧失了对象那动人的特征,如果造型没有寄托艺术家的感情,谈不到意境,谈不到诗意,也不能说它还算是有灵魂的艺术品。

1957年5月26日写成
(载《美术》1957年第8期)

不 简 单

清初山西出了一个有学问的人,名叫傅山(青主),在《霜红龛集》里有这样聪明的话:

> 一双空灵眼睛,不唯不许今人瞒过,并不许古人瞒过。看人行事,有全是底,有全非底;有先是后非底,有先非后是底;有似是而非,似非而是底。至十百是中之一非,十百非中之一是……千变万化,不胜辨别。

这些话给生活的复杂性作了很好的解释,也就是艺术家怎样认识生活的经验之谈。至少,认真体会它的精神,可以帮助我们认识艺术,例如认识戏剧中的人物性格的多样性和多面性。

前两个月我在太原看了好些山西地方戏,从戏里接触了各种各样的人物。《三关排宴》里的杨四郎,坏,和《游西湖》里的贾似道,《赠绨袍》里的须贾,《伐子都》里的子都比较,坏法很不同。《藏舟》里的唐将,既不愿意帮凶,也不敢主持正义。正如《出塞》里的王龙,不能把他当成坏人。《卖布》里的张连,是一个十足的二流子,但又不是没有转变的可能。《打金枝》里的公主,太娇气了,剧作者批评了她,因为她不是坏人,却也原谅她。《二堂舍子》里的母亲,在紧要关头,对于前娘的儿子和她亲生的儿子的态度,偏心眼;

她惟恐别人说她偏心眼,极力掩盖她的偏心眼;尽管如此,观众不大恨她,因为她到底不是有心为恶,她和《芦花》里的后娘不同。《徐公案》里的徐延昭,不能不说暴躁和骄傲是他的缺点,可是这一切不妨碍他性格的主要方面——正直无私。《龙凤旗》里的那个皇帝,是说话荒唐、逗人笑的小丑;但他有点像川剧《九锡宫》里的程咬金,言行虽然可笑,却不能说是反面人物,说他们在本质上和敢于坚持正义的人物例如《徐公案》里的海瑞完全不同。至于《血手印》里的王桂英,《算粮》里的王宝钏,《坐山吵窑》里的皮秀英,《杨金花夺印》里的杨排风和《小宴》里的貂蝉……包括以鬼魂的形象出现的李慧娘在内,许多富于战斗性的女性(就一定的意义而论,好比川剧《困夹墙》中的少女晏娥,她们是理想人物),以其不同的个性和处境,展开了形式大不相同的斗争,万紫千红,形象很"不简单"①。

正在北京上演的蒲州梆子,正如最近在北京上演了的汉剧那样,就人物形象的"不简单"这一意义而论,都有值得学习的地方。

《归宗图》里的薛刚,和鲁智深、李逵、张飞有些相似,但决不是一个模子印下来的。薛刚,在这个戏里是一个重要人物,敌我矛盾和内部矛盾都因为他酒醉闯祸而引起、扩大。戏剧中的其他人物,一再以责备的口气谈到他。他呢,戏开场近一小时才出场。从其他人物的介绍看来,他不过是一个好酒贪杯,喜欢打架的"二憨子"。可是,等到他一出场,听见他叙述闯祸的过程,加上演员杨虎山有声有色的表演,这才了解他"犯错误"的客观原因,了解他性格的一些可爱方面,了解他的刚毅、正直、爽朗和天真。他喝酒的原因和过程的追述,说得很合人情,说得很有趣也很纯朴。

薛　猛　沿途以上无有喝酒,你如何得醉?
薛　刚　哎咦,大哥哥!今春二老爹娘寿诞之期,你命为弟回

---

① 山西有些干部常用的口头语。

家拜寿。是我拜寿已毕,咱娘赐我一杯酒吃。是我上前接杯:咦,观见手掌以上,有兄长写的"禁酒"二字,我就推杯不接。哎嗨,不料闪杯在地。咱娘一见,冲冲大怒。言说是:"薛刚,不肖的奴才!为娘赐你一杯酒吃,你吃也罢,不吃也罢,你为何推杯不接,闪杯在地?"是我上前言说:"母亲,老娘!儿我离阳河时节,吾兄与我手掌以上,写下'禁酒'二字,因此推杯不接,闪杯在地。"咱娘一听,满心欢喜,就是这样,巴巴结结,走上前去,言说是:"佬佬,王爷!如今三子长成人了,也知道遵从长兄之命了。"言说是:"儿呀,儿呀!往常吃酒不吃酒,都莫要说起;今天乃是我二老寿诞之期,哪有不吃之理?"这兄禁母开,你说该吃不该吃?

薛　猛　该吃。
薛　刚　该吃,我就吩咐丫环,端过净脸水,净了手脸,打开皇桶……
薛　猛　怎样?
薛　刚　我就吃了他娘个几桶。

　　这一大段台词,演员念得层次分明,有声有色,充满感情,包含着许多并非软弱的眼泪,这样的台词,就剧本本身而论,也是很好的,因为它字字都是人物性格。好比《西游记》里孙悟空怕老师怪他欺负僧人,强迫那些僧人打打扮扮去接唐僧之类的描写一样,他不敢违背兄长命令而勉强戒酒和受到母亲责备和宽容而大喝特喝的态度的自我描写,不只是逗人笑,而且写出了生活的复杂性,也写出了人物性格的多面性。

　　戏剧里的人物的塑造,当然不只依靠剧本,认真说来,在戏剧里,剧本不过是半成品。《归宗图》里的徐策,要不是阎逢春这样有修养的老生来扮演,不会那么出色。特别是跑城一段戏,他那热爱正义因而引人热爱的性格，就不会显得那么鲜明。蒲剧《十道本》里的褚遂良，要是只读剧本而不看张庆奎的表演，不便于如是深入了解这一个不顾老命、要在死人坑里救人的好人。

　　张庆奎的褚遂良刚一出场，还没有说"官职卑小难见君"，那表情，身段，台步，向代表朝房的后台一摆手，不平常的笑（这种笑很难用现成的词例如"冷笑"来加以说明），利利落落的这几下子，就能让我们分明看出非救人不可而又自知力量单薄的褚遂良此刻的复杂心情。演员使我们了解角色此刻恨造谣的皇妃，怪妄信谗言的皇帝，怕延误救人的时光，怕自己地位低，发言缺少力量。更重要的，是急于上殿为人辩白。真是动作洗炼而内容丰富。富于变化、争论激烈、气氛紧张的十道本章的表演，不必一一记述。单是在最后，好容易说服了李渊，褚遂良得意忘形地走下金殿的一段戏，也就是很有性格很动人的。就情节而论，这其实是可以要可以不要的余波。就人物性格的刻画而论，这是少不得的情节。斗争胜利了的褚遂良，此刻想不到别的，只有胜利的高兴。正因为只顾高兴，一时竟记不得救人性命的宝贝——圣旨，究竟丢失在哪儿去了，很着急，找来找去，圣旨原来还安然挟在自己的腋下，于是又高兴起来。这两次的高兴有不同的具体表现，因为有不尽相同的心理内容。前者夹着尚未消退的斗争的激情，后者包含适应"险些误了大事"的台词的担心。如果是把生活了解得十分简单的演员，这两度的高兴的表现可能都是差不多的。张庆奎在这一段戏里，动作主要是激动的，形象具有诙谐色彩，所造成的舞台气氛却是轻松的。塑造性格的表演技巧既明确，又含蓄；既从容，又热烈；既有传统歌舞剧的功夫，又丝毫不显得是在卖弄技术。正如我在太原所看过的有修养的其他演员那样，富于变化的表演适应了"不简单"的人物性格。可惜因为没有时间，许多感动我的山西戏只能作简单的介绍。

1957 年 7 月 17 日写成

（载《人民日报》1957 年 7 月 30 日）

为了明天

在卓别林的电影剧本《舞台生涯》里,对困苦而没有丧失自尊心的丑角卡伐罗的醉态,是这样描写的:"他向迎面走来的一对男女问好,竭力做出清醒的样子。"

莎士比亚的悲剧《奥赛罗》里,也有类似的描写。奥赛罗的副将凯西奥被坏蛋埃古灌醉之后,一本正经地说:"不要以为我是醉了,各位先生。这是我的旗官,这是我的右手,这是我的左手。我现在没有醉,我站得很稳,我说话很清楚。"

梅兰芳的《舞台生活四十年》里,关于怎样表演醉态的经验,性质相同,很可注意:"一个喝醉了酒的人,最不喜欢别人说他喝醉。贵妃不要他们(内侍)来搀扶,这就是说'我没有醉'。"

四川喜剧《花冠闹营》里的头名状元(我所见的是易征祥扮演的),不只不承认自己是醉了的(让别人闻闻自己,硬要说,"该是没有酒气哈"),而且,还要倒打一耙,说别人是醉了的:"你醉了,你醉了!"

戏剧家的诙谐,不是寄托在角色的一般的醉态,而是寄托在角色自以为不醉的醉态里。这是戏剧动人的地方,也是戏剧家的修养所在。只要不把眼光局限在醉态描写,而是联系着其他艺术现象和生活现象来了解,戏剧家创造醉人形象的经验,对于不准备当演员和写剧本的美术家,对于不愿孤立地看待艺术现象的欣赏者,能够增加许多特殊业务需要的——怎样更真实更生动地创造艺术形象的知识。分明是醉了的人而竭力做出清醒的样子,如同杜诗"少陵野老吞声哭"一样,如同人们常用的形容妇女的美的话"艳如桃李、冷若冰霜"一样,如同《西游记》里的唐僧和妖道比赛打坐、熬不住臭虫的打扰而又不敢伸手去抓它的情节一样,是从对立统一的规律,即人物的性格、心理和处境等复杂因素的相互作用着眼的。这些符合现实规律的表演形式,哪怕不过是醉态的描写,也包含有创造艺术形象的窍门。

动人而且耐看的艺术形象,不论它是出现在"工笔"的还是"写意"的绘画里,它所包含的内容都是丰富的,都可能包含着相互联系和相互制约的复杂因素。如果可以用一个不一定确切的比喻来加以说明,我看艺术创作有一些接近厨师做菜。做味辣的菜偏偏要加一些糖,结果是获得相反相成,相得益彰的效果。和这相反,戏剧家所指责的那些浮夸的讨好观众的表演,那些"甜上加甜、咸上加咸、辣上加辣"的表演(见《斯坦尼斯拉夫斯基谈话录》),才是单调的,乏味的。这种违反规律的形象,在美术领域里也容易碰见。因为内容不丰富,作品的主题虽然明确了,艺术的感染力却很淡薄。简单地传达一个现成的正确的概念并不困难,困难在于首先认识了复杂现象的内在意义,而且依据着活生生的艺术形象,把作者对于生活应有的正确而深刻的判断表现出来。困难必须承认,但也是能够突破的。在美术领域里,有不少善于处理题材的复杂因素,因而能够引起感动和思索的作品。表现了难以支持的劳苦,却又并不萎靡的《倚锄男子》或《背柴的农妇》(米勒)就是这样。我们已经熟悉了的唐代绘画《文苑图》里的人物,那种苦于思索同时又是自得其乐的神气,就真实感而论,和上述梅兰芳的表演经验有共通之点。齐白石的《牧牛图》且不说,许多古典绘画的标题本身,例如《雪江待渡图》、《雪川羁旅图》、《唤渡图》、《盘车图》、《折槛图》,都是多样统一,不因为重点突出或主题明确而使形象贫乏的。

公元前七世纪亚述王宫的浮雕《狩狮图》里的那只受伤的濒死的狮子，也具备着上述艺术的特色。狮子的后半身已经丧失了挣扎的力量，瘫在地上了，头还昂着，前脚尽力支持着前身，好像它不甘心就这样倒下去，这样的形象，至少表现了事物的双重意义，表现了两种对立因素——狮子的不能不毁灭和不甘于毁灭。这样着重描写了两种对立的因素，有可能使人觉得，它不是一只死在猎人手下的普通的战利品（像十七世纪许多荷兰静物画那样），而有可能唤起比较广阔的联想，使人觉得它有一点像不甘屈服的人。浮雕作者是不是有意争取达到这种悲剧性的效果，我不便猜测。可是这一点完全可以肯定：悲剧的结局不是抹煞狮子性格的顽强，悲剧的结局恰好能使顽强的狮子的性格显得更分明。在这一作品中，如果为了强调狮子的顽强而削弱了受伤的一面，其顽强的特征反而丧失了具体的表现形式。如果缺少灭亡与不甘灭亡的双重意义，这一只濒死的狮子的形象就不会那样动人，因为它不便于体现人们曾经寄托在悲剧的创造中的美感特性。顽强是这一即将死亡的狮子的主要特征，突出表现了它这些有联系而又是对立的因素中具有决定意义的方面，大约是艺术形象与普通照相的区别之所在；大约是精心构成艺术形象，与那些虽然细致却不成熟的素描练习的区别之所在。

"八一"美展会场里，有些作品在体现从对立因素的统一去塑造形象这一方面，取得了可喜的成就，不用繁杂的材料而又能体现丰富的内容，形象单纯而又不流于空虚和单调。表现红军战士生活艰苦的雕塑《艰苦岁月》（潘鹤作），没有掩饰红军战士的难堪的疲劳，但是这种疲劳丝毫不会引起任何颓丧的印象。似乎被音乐所陶醉的少年正在向往未来，向往着虽然很不容易实现却又能够使人心花怒放的未来，向往着不惜用宝贵的生命去促其实现的未来，这就是敢于胜利的性格的一种表现。革命者不怕任何艰苦，因为他坚信革命一定会胜利，人民一定会解放，所以虽苦犹乐。苦与乐是对立的东西,艺术家把对立的东西统一于所描写的一瞬的现象之间。因为重点突出,欣赏者看了这样的作品不会意志消沉,而是受到积极的鼓舞。可以说,这不是因为作者善于发挥想象而虚构,而是善于把握存在于生活本身就具备着的复杂内容。在革命的艰苦生活中向往着未来,更显得未来的可贵;正因为在艰苦生活中向往着未来,就更显得革命者意志的坚强。从雕塑的特点来要求,这一作品在细节上还不能说已经很完善了,有些地方例如老战士的脚的描写,有些琐碎,不够完美。但作者抓住了事物的对立和统一,而且突出表现了它的主导方面,因而它的人物,特别是少年的形象,表现了矛盾的主要方面,难怪它很引人注意,获得好感。

"八一"美展会场里有一幅油画,辛莽的《转移》,构图和人物的心理刻画上虽然还不很成熟,可是就集中表现题材的复杂因素和主要特征而论,它和上述雕塑同样是很有创造性的。当然,它不像《艰苦岁月》那样,使复杂内容集中体现于某一个别形象,而是画了比较复杂的事件和众多的人物,却同样体现了强调对立而统一的因素的创作方法。作品叙述的情节,是处于敌强我弱的情势之下的敌后的人民,为了保存有生力量,有组织地奔向比较安全的山沟。说这一作品的内容不简单,因为它不只叙述相依为命的人民与人民、人民与军队之间的血肉关系,而且着重再现了敌后生活的艰苦。可是它不像我国当代另一人作的同一题名的油画那样,使人觉得转移不过是单纯的转移,只强调敌后生活的艰苦而缺乏鼓舞人的力量。我们知道敌后生活是十分艰苦的,在构思时要是忽视这一特征,难免要犯粉饰现实的错误。辛莽的《转移》没有掩饰历史的真实;但敌后人民生活中最重要的具有决定意义的方面,是对敌斗争。要是止于艰苦方面的描写,显然是不足以深刻反映敌后人民的生活。作品里的人物,态度从容,不能以为这就是作品的缺点。这,恰好表现了惯于在敌后斗争的人民,那种有锻炼的坚强性格。作为人民的斗争性的描写,也依靠着不可忽视的细节。参观过《转移》的同志当能想起,辛莽描写人民撤退的同时,描写了不过是画家、雕塑家一再描写过的东西,一种比较一般的武器——地雷。在造型艺术里而不是在诗里,埋地雷的情节很难得到适当处理,不能以为画家的意图是充分表现出来了的,至少不是一目了然的。可是,画家不忽视它在艺术反映生活中的作用,这一点是可喜的。地雷埋藏在山路上,当人民还正在转移的时候,暂时加上警告的标记,让民兵守护在旁边。这一并不新奇的东西和转移的人物行动配合在一起,产生了值得称赞来自生活,因而丰富了画面的效果。并不是说,只有在画面上描写了地雷才能获得良好的效果,我不希望《转移》像《考考妈妈》那样,因为受到称赞而出现许多模仿品,使埋地雷成为流行的题材。可是就作品论作品,辛莽的《转移》,有了地雷,就不只丰富了画面,而且丰富了转移这一行动的内在意义,也使得为了战斗的转移的内在意义,显得更加鲜明。它分明使人觉得,人民被动的转移不是消极的逃避,而是在不得已的退却中,显示了不可战胜的人民强烈的战斗意志。地雷的安排,分明使人感到,退却不只是为了保存战斗的力量,同时也就是为了消灭敌人。退却中的战斗符合抗日战争前期的历史事实,同时也更有利于用健康的情感影响观众这一政治要求。复杂而丰富的内容虽然不足以保证整幅作品的成功,可是它已经给成功的作品提供了可靠的基础。在美术领域里,这种在构思上不落陈套的作品很值得欢迎。

　　看完"八一"美展回家,收到刚出版的《美术》,《美术》封面上也印出了雕塑《艰苦岁月》的照片。好问的孩子奇怪:"他们为什么光着脚丫子呀?"这一问题使我发呆。我感到为难,不知应当怎样回答这些在全国解放之后才出生的,根本没有吃过抗日战争时期的苦头的孩子的问题。不只是孩子,而且有些曾经一度为错误思想所迷惑的青年,显然也不大了解今天的幸福生活是花了什么代价得来的。对立因素的统一是创作技巧的问题,同时却关系作品教育作用的大小。为了人民幸福的现在,为了人民幸福的明天,唯愿画坛上再出现一些以革命历史为题材,真正具有创造性因而形象真实、思想深刻——体现了对立统一法则的作品。

1957年8月18日写成
(载《美术》1957年第10期)

《如此人生》

意大利电影《如此人生》,由五个短小的故事构成。就情节而论,每一个故事都是独立的,表现形式和情调也很有区别。主题不一样,明确的程度也不一样。可是它们结合在一起并不偶然;它们不是随便堆在一起的没有内在联系的生活片断。它们统一在这样的特点之上:有良心的艺术家对于造成这种生活的原因的谴责。

这部电影有一种力量,它迫使观众看过电影之后,想要找出造成人们的不幸的原因。电影没有直接给故事作出结论,只给观众提供了有关结论的材料、事实和线索。也许正因为电影在引导观众关心结论而不直接说出结论,观众就很想了解造成生活如此不幸的原因,从而明白电影谴责了什么。

这些故事里的人物,单说女性吧,性格与遭遇都很不同。穷困的生活迫使她只想到赚钱的重要,不顾自己被糟蹋也不相信真爱情的少女(《玛拉姑娘》);不得不遗弃亲生的婴孩,却又舍不得遗弃,不能克服内心的矛盾而显得精神不大正常的母亲(《弃儿》);为了面包,只能在古装电影片中被当成"增加气氛的活动背景"使用,经常处在轻蔑气氛之中的过了时的贵妇人(《夕阳无限好》,原名《制片外景》);想要用自杀来结束值不得留恋的贫穷、辛苦和孤独的生活,却又唯恐得不到上帝例外的宽恕的老太婆(《生不如死》);在"炸弹、眼泪、贫困和阴沉的脸色中长大",迫切感到爱情的可贵,因而不顾一切地追求爱情的少女(《高拉蒂大爷》)。这些女性的个性不同,处境也很不一样,可是造成她们不幸的根本原因是一致的。是什么原因,电影没有直说,却已经包含在具体的人物和行动之中。

构成整体的五个故事,如果每个都是同样的气氛,观众难免觉得腻味。这五个小戏的背景不同,气氛也不同。有的十分阴沉,有的却很轻松。给玛拉姑娘的恋爱作背景的,是和恋爱很不相称的战后的废墟,粗野的美国军车和士兵,具有狞恶色彩,使人感到不安的音乐。给弃儿作背景的,是反复出现的各种庄严而又冷漠的教堂和伪善的"上帝的仆人"。在电影摄影场里的那两个"背景人物",处在喧嚣、冷酷和极端轻蔑的气氛之中。荒凉灰色的山村,无知的老羊,愚蠢的老牧师,对于困苦的觉得生活没有意义的老妇人,是色彩一致的衬托。最后一个故事《高拉蒂大爷》,充满了引人发笑的喜剧色彩,随处可以引起观众的笑。这一切区别还没有根本改变整部片子的基调。即令最后一个故事未免过多地追求轻松,可是其中也掺和着主人公无形的眼泪。笑料,也可以说相当于绘画上构成冷调子的热色。正如中国的传统戏曲,外国戏,例如莎士比亚的作品,也讲究冷色调子中的热色,悲剧中结合了喜剧成分的。五个故事的气氛很不相同,它们的背景基本上都是阴沉的,灰色的,甚至可以说是可怕的。这一切都是资本主义社会的特点,和整部片子所提出的基本问题联系着。严格要求起来,对于资本主义社会的反映是不够的。意大利人民不都是按照这部电影上的状况生活着,在另一部电影《苦难情侣》里,就表现了另一方式的生活,表现了有觉悟有组织有领导的反抗。《如此人生》虽然没有让观众了解有权活下去的人应该怎样活下去,可是这些小故事生动地反映了善良的普通意大利人民竟然如此的生活,成为有力的刺激,有可能促使观众想要知道给人民造成不幸的社会原因。所以它仍然是值得我们欢迎的电影。

这些故事的结局都具有"以不了了之"的特点，这是资本主义社会生活的反映。故事都结束在事件告一段落可是并非问题已经解决的环节，诱导观众进行思索。诚实的小学教员终于找到了同居一夜就逃走了的妻，女的也没有表示还想要逃走。可是，可贵的爱情能不能改变他们的物质环境，保证生活中不可缺少的面包和咖啡不缺呢？不愿遗弃婴孩的并不狠心的娘，出门的目的是想抛弃自己养不起的婴儿，几经周折，终于抱回自己的亲骨肉。可是，不得不遗弃婴孩的原因，能够因为母亲的爱的加深而消除吗？虚度年华、"盖满了灰尘"的"老古董"，当他们企图结束暮年孤独生活而结婚，离开了"活动背景"（电影拍摄中的临时演员）的地位之后，有没有意外的幸运等待他们？穷苦的，孤独的，并不太信任上帝却也不敢得罪上帝的老妇人，也许因为不敢得罪上帝，不再打算提早结束生命了。可是促使她要自杀的原因——活下去没有幸福的生活状况——已经改变了吗？不顾一切追求爱情的少女达到了目的，和善良的公共汽车司机结了婚，可以算是"大团圆"吧；可是她和失业者结婚之后，能不能依靠他那一双"永远微笑的眼睛"过日子呢？看了这些没有结局的结局，观众更想要知道这些愿意生活得有意义而又难以摆脱不幸遭遇的人们的未来，而且也更想了解是什么原因造成人们的不幸。没有揭示造成不幸的原因，能够让观众因而更想了解它的原因，对资本主义社会的观众也有益。

这部片子虽然只描写一些平常的现象，却也有触目惊心的作用。所选择的材料虽然平凡，已经表现了资本主义社会中的人们的不幸。包括曾经剥削过人而现在却只能给资本家当雇佣的人——没落贵族在内，这些没有金钱和地位的人在资本主义社会中不被尊重。联系着人物的命运及其环境的特点来进行思索，观众可能明白人们之所以不幸决不是人们自己的过失，而是一种不直接在电影上出现的某种力量。在电影里，这种无形的力量，较之铁链更牢固的束缚着人们。电影里没有直接描写那些可憎的把自己的享受建筑在别人的痛苦之上的剥削者,可是有点像作家曹禺名著《日出》里的金八,虽然没有直接上场,透过复杂的情节,观众能够体会什么东西在支配着人的命运,威胁和蹂躏着人民,甚至迫使善良的纯洁的少女丧失了做人应有的尊严。工人的女儿决不是天生愿意堕落的。她不怕堕落,决不是性格的悲剧,而是资本主义社会在无情地蹂躏着人的性格。对于人的精神的伤害,不见得比对于人们肉体的伤害轻松。伤害人的精神的势力,和杀人、强奸等等残酷和野蛮的罪恶比较,不是较不可恨的。

已经摆脱了苦难的生活,可是,曾经在苦难中生活过来的中国人民,在这些惊心动魄的情景之前,不会感到陌生。七八年之前,广大的没有金钱没有地位的中国劳动人民,和意大利人民一样连精神上也遭到了蹂躏和摧残。《如此人生》在中国公映,不只可以加强中国人民对于意大利人民的了解,加强两国之间的文化交流,得到电影艺术上的技巧的借鉴,而且,对于还没有了解或忘记了中国旧社会那种状况的人也很有益。

(载《人民日报》1957年10月31日)

敲得响的语言

丹麦王子哈姆雷特,安排了一场和现实斗争密切结合的戏剧,揭发了他那不忠实的母亲和谋杀他的父亲的继父的罪恶。母亲在寝宫里召见他,责备他,他用一种好像信口开河,表面平淡,其实话里有因的话来回答。

哈　母亲,您叫我有什么事?

后　哈姆雷特,你已经大大得罪了你的父亲啦。

哈　母亲,你已经大大得罪了我的父亲啦①。

看样子,不是必须经过有修养的演员的表演,才可能体会剧作家莎士比亚的才能。光读剧本,也会感到这种剧词的暗示性和语言潜在的煽动力。显然,母亲口里的"父亲",是指那窃取了王位的继父。哈姆雷特口里的"父亲",是指被谋杀了的丹麦王。一个是怪对方得罪(嘲笑)了他的仇人,一个是怪对方得罪(出卖)了她的亲人。引起王后反感的这种"胡说八道"的话,较之下文更露骨的讥笑("凭着十字架起誓,我没有忘记你;你是王后,你的丈夫的兄弟的妻子,你又是我的母亲,——但愿你不是!")虽不那么露骨,对于

---

①　引自朱生豪译本。

主角性格的刻画和矛盾冲突的深化的表现,至少不是软弱无力的。

　　这种听起来多少要用一点点脑筋才明白,一旦明白就会感到它那斤两的语言,也是一种所谓敲得响的语言。其所以能够是敲得响的,不只是观众对它的内容有所体会,也在于它确切表现了人物性格。在莎士比亚的作品里,洗炼而富于表现力的语言很不少。神父眼光中的朱丽叶,美,但他那诗意的语言中有神父的味道。

　　　　这位小姐来了。啊!这样轻盈的脚步,是永远不会踩破神龛前的砖石的;一个恋爱中的人,可以踏在随风飘荡的蛛网上而不会跌下,幻妄的幸福使他灵魂飘然轻举①。

　　这就不只是作者借神父的感受间接地描写和歌颂了朱丽叶,同时也就是附带表现了神父自己。这种话只能是爱惜自己的产业的神父才说得出来,如果改为朱丽叶的奶娘来说,那就使得莎士比亚不成其为莎士比亚了。

　　中国的戏剧,像《西厢记》这样早就被公认的好作品且不说;许多戏曲里的那些双关的,有意重复的,暗示性的,俏皮的,不是说给角色听而是说给观众听的,不用声音却又分明感觉得到的,从生活中来却又高于生活的……语言,以语言的创造性见长。川剧,也有不少这样的语言。

　　正在北京演出的川剧《乔老爷上轿》、《打红台》及其他优秀剧目的语言,不只切合时间、地点和人物性格,而且用得很巧妙。正因为那些语言准确、自然、富于戏剧性,加上有修养的演员的认真的表演,观众常常忘记自己是在剧场里;同时却又庆幸自己是在剧场里。

　　《乔老爷上轿》里有不少经过提炼、精粹而又毫不做作、真实描

---

① 引自朱生豪译本。

写了角色、恰当显示了艺术家对角色的态度、耐人寻味的台词。书生乔溪，在赶考的途中，贪玩风景，回到河边，找不着那只约好等待自己的船只，原来他走错了地方，可是自己没有怀疑走错了地方。看看天色已晚，四下无人，这个受窘的书生，又悔、又怨、又急。

　　　　不但没有船，连拴船的柳树儿也不见了呀！未必然他们开走了？船开走了，未必然这棵柳树儿也开走了呀？
　　　　　　　　　　　　　　　　　　　　　　．．．．．．．．．．．．．．

　　这样有趣的独白，经过演员李文韵适当的强调，观众像受了指挥的乐队似的，一齐都笑了。这样的台词，是易懂的，有趣的，可以给人造成深刻印象，连七岁的小孩子也记得住。这种令人发笑的语言，其实是人物老老实实地说出来的，是找不到船只感到为难的乔溪心理状况的具体表现。这种语言，只有这时的书生乔溪才说得出。这种语言的运用，表现了剧作家的机智和幽默。它用得正是时候，正是地方。作为喜剧的一种主观的条件，戏剧家的机智和幽默在这里发挥了很好的作用。并不机智的角色乔溪，他自己并未意识到自己言行的幽默感。如果把他写成那样聪明的，乔溪就不成其为乔溪，观众也再不感到台词的幽默了。整本戏都表明，乔溪的言行常常是笨拙的。他和对手作战，完全没有哈姆雷特那么辛辣的讽刺。虽然他有些笨拙，却不损害他的行动在冲突中的正义性。按剧作者的设计来说，他的行动是滑稽的，品格却是高尚的。把乔溪的言行写得可笑，不只无损于他那作为正面人物的基本特征，而且使性格的色彩更丰富。正如地位卑下的角色也可能是品格高尚的角色，受了作者嘲笑的乔溪正是作者同情和喜爱的乔溪。看这个戏的观众从头笑到尾，看来这种笑不带恶意，可以说是愈来愈喜欢他的表现。表现他笨拙的台词，其实是剧作者对于他的天真等等特点的一种肯定的方式，所以语言在观众的反应上敲响了。

不只乔溪的台词才是吸引人的,有表现力的。其他人物,例如乔溪的敌人蓝木斯,这个有势力、不讲理、较之乔溪"有办法"得多的花花公子,为剧作者所打击的对象,其台词也是性格化的,也是分明体现了剧作家对他的态度的。当他急于去抢亲,不得不结束和乔溪的争吵的时候,那几句台词就很有性格。名丑李文杰懂得这些台词的意义,紧紧抓住它的特点,着重刻画了这个花花公子无可奈何却又不甘认错、乍阴乍阳、欲雨还晴的流氓气派。

乔　是你亲口说的要见官,我不能饶你!
木　算我没说。
乔　那不行!
木　我叫你撒手!
乔　不行,要见官。
木　好,好,好,算你赢了!
乔　那不行。
木　去你娘的。

《打红台》里的萧方,是外貌并不凶恶而性格十分凶恶的坏人。他和外貌长得不好看却心地善良的乔溪,完全是相反的两路人,乔溪的言行往往是可笑的,例如竟被人家当成少女装在轿子里抬走,闹了一场笑话。可是观众喜欢他,因为在他那有些痴呆的外貌里,包含着善良、严肃和勇于助人的品质。萧方给人的印象却完全相反,论手段,他较之花花公子蓝木斯要厉害得多。这个人称"白面虎"的"跑滩匠",是四川九江八码头"哥老会"中的"舵把子",个性鲜明的个人野心家。他狠毒和好色,也果断、机灵和善变;为了满足个人欲望,杀人不眨眼;惯于利用别人的弱点,害了人不露痕迹;伪装的本领不低,可是有时不免暴露贼子的惊慌(连照在水中的自己的影子也使他害怕),常常在长得还光堂的脸形中流露着贼像。

剧作者常常使这些复杂状况同时出现。要在事物的对立状况中揭发它的本质,这真是测验演员修养的难题;演员李侠林的表演没有使人感到离题。想要认识萧方复杂的性格,只摘引几句剧词是不够的。但那些台词给有修养的演员提供了充分发挥才能的前提。要体会萧方性格的一面——又狠又怯,不妨阅读几句很有戏剧性也很有性格的台词。萧方看见青年人金大用的妻庚娘长得好看,想趁机插脚,占有庚娘。他把自己装成济困扶危的好人,愿出二百两银子为金大用了结官司。他作贼心虚,差人问姓时沉不住气,几乎变脸冲突起来。看出对方不怀疑他,又轻轻一笔,掩盖自己流露出来的警惕,用似乎亲切的口吻,责备差人说话占了他的便宜。剧作者巧妙地把真实性与娱乐性统一在一起,毫不勉强地鞭笞萧方一类的坏人。这些针锋相对的对白,这些不难体会其内心状态的语言,和乔溪寻船时的独白的格调大不同,却都是性格化的,经得起咀嚼的。

丑　差　拿钱来!
萧　　　老子人都认不到,就拿钱呀!听清楚!银子二百两,萧大伯要"见水才脱鞋"。
丑　差　你要会他一下?
萧　　　当然。
丑　差　那,你等到。(要走又回身)喂,老实你贵姓唉?
萧　　　你要告我!
丑　差　你又不是我的儿,我要靠你?
萧　　　你哚话哟!

川剧里有许多语言长于刻画人物,同时也长于展开情节。《借伞》里的青儿,是白娘子和许仙恋爱的促成者;可是剧作者完全避免了很容易掉进去的俗套,让青儿向表演得不成功的红娘看齐,成为一个显得热心而又笨拙的月老,生硬地为白娘子和许仙当撮合人。川剧作者运用了一些切合青儿身份、处境和性格的谈话,适当表现了她在白娘子恋爱事件中的地位和作用。她借题发挥,旁敲侧击地和老船夫"摆龙门阵",问老船夫的家庭生活,发表了一些好像无关恋爱的意见,不是直接地却又是轻而易举地征服了许仙。因为青儿那些暗示性的语言很有力量,观众觉得许仙不能不被征服。

剧本里的台词,不过是戏剧语言的"半成品";有待于演员加以再创造的台词决不是戏剧语言的"完成"。不论是多么巧妙的双关语,离开了演员的体验和体现,它那动人的力量有时很受限制。川剧《芙奴传》的台词,作为文学作品来阅读,实在还需要加工(至少要求语言精炼)。见义勇为的贾瞎子卖新闻挨打之后的话:"看了不拿钱还要打人,哪来的恶人哟!……"因为它本身的文学性不强,普通读者念起来便会感到平淡无奇。可是经过演员笑侬的表演,这句话里的埋怨、仇恨、抗议和怀疑等意义,就不难体会了。正如川剧前辈名演员周慕莲在《情探》里所显示的高超的唱的技巧一样,正如前辈名演员琼莲芳和姜尚峰在《放裴》里所显示的高超的舞蹈技巧一样,《吵闹》(《琵琶记》中的一折)里的蔡母的性格,离不开掌握了念白本领的演员张树芳虽嫌有点琐碎却是细致入微的表演。可是戏剧语言的文学性是构成川剧动人效果的一个重要因素,轻视不得。即令只读《吵闹》的剧本,读到如下的台词,也可能受到很深的感动。蔡母和老头子争吵了一场之后,把普通的行人当成儿子蔡伯喈,最后她说:

哎呀,苦呀!伯喈呀,你若再不回来,只怕母子们不能再见了呵!

这句话使用的全是非常平常的辞汇,它却形象地概括了整场戏的重要内容,切合此时此地的蔡母的心理。

从某种意义上来说演员往往就是剧作者。《吵闹》里这一句富于表现力的台词,是演员在演出过程中逐渐形成的。在最近一次演出时,演员张树芳对这一句心理色彩已经显著的台词,作了进一步修改,改成:

哎呀,苦呀!伯嗻呀,你若再不回来,只怕你再看不到妈了呵!

演员没有乱改台词的权力,却有加强台词的表现力的义务。改过的台词较之没有经过修改的那一句词,显得更有心理描写的深度。这些愈改愈有光彩的台词,似乎不是给演员念的台词,而是发自一个关心儿子更胜于关心自己的母亲内心深处的声音。不断深入体会角色的演员的这种成功的创造,不是不尊重剧作家的妄自尊大。它的成就,不是"聪明"一类辞汇所能说明的。

只从语言着眼,不足以说明川剧的好处,何况这儿只引用了几句还不足以充分说明川剧语言艺术的好处的台词。可是我觉得对于企图使艺术与群众密切结合,创造真实而动人的形象的剧作家,这些敲得响的语言也有借鉴的价值。平易和准确、鲜明、生动的好处可以统一,把生活中的现成话搬上舞台不算是很好地完成了反映生活的任务的。如果说艺术创作好比造酒,生活中的语言不过给戏剧家提供了加工的原料,那么,怎样把高粱变成酒,不只要有辛勤的劳动和本领,也还要预见饮酒者的反应。戏剧语言能不能写得出色,需要生活,需要眼光,需要技巧。所谓技巧,看来并不简单。如果只考虑写得像,不结合演员的表演,不结合观众的反应来考虑,也不容易写出对观众说来是敲得响的,或者说是掉在地上就会打一个坑的台词来的。

(载《戏剧报》1957 年第 10 期)

在莫斯科看《大雷雨》*

现在是莫斯科时间上午一点半,我早已醒来了。不愿躺在床上消磨时间,决定起来写信,把看《大雷雨》的印象告诉你。

早知道这次有机会看到这个好戏,我一定会把中译剧本带来,依靠朋友们临时的口译,妨碍了自己和角色接近,常常担心会影响邻座的安宁,真不便。好在演员的艺术水平高,自己还大体知道这个戏的内容,语言的限制没有完全把我关在门外。

即令是次要的角色例如瓦尔瓦拉,也能给我造成深刻印象;我写信的此刻,她似乎就在我面前。从前读剧本,只知道瓦尔瓦拉天真、大胆、爽朗、有主意。这回看见演出,觉得除了这些之外,她还有一种突出的特征。你没有看戏,怎么说你才明白呢?我觉得她有点"野"。当然,说她"野",不是说她像我们的戏里的傻大姐,更决不是说她像京戏里的彩旦。不,完全不,我说她有一股子泼辣的劲。说她自己不甘愿委屈自己,也许更确切一些。说不清,反正瓦尔瓦拉就是瓦尔瓦拉,不是别的人物。当她怂恿嫂嫂卡杰林娜和鲍里斯幽会,把花园门的钥匙交给嫂子的时候,显出一种令人信赖的威力。和缺乏生活经验,虽然坚定却很稚弱的卡杰林娜相比,她

---

* 这篇短文是作者根据 1954 年 5 月(或 6 月)20 日由莫斯科寄往北京的两封长信改写而成的。——编者注

显然是一个十分天真却又很成熟的姑娘。她善于了解人,也善于影响别人的决心。她不一定比嫂嫂更懂得妇女应该怎样活得更有意义,却更果决地解决当前亟待解决的问题。也许演员的年龄不很小了吧(多少有点胖),可是这决不损害她那少女的也好像是朝阳般的充沛的活力。

女佣格拉沙,更加是次要的角色,她常常在整场中不说一句话。可是我一点不怀疑她在场的必要(我过去看见过不少不必出场的角色)。当老主人卡巴诺瓦强迫卡杰林娜像奴隶一样照老规矩,给她那即将出门的丈夫下跪,格拉沙的反应很真实,不琐碎,有分量。她用弯曲的食指轻轻碰着鼻子来表现悲哀的动作,已经可以看出她对于不幸的卡杰林娜的同情,对于专横的、残忍的、宁肯别人怕她而不爱别人的卡巴诺瓦的憎恶。作为配角,她不是做作地诱导观众关心台上正在进行的冲突;她的动作不离开事件的整体,却很有独立性;她加强了卡杰林娜的不幸的表现,可是,她自己始终不过是一个十分单纯的姑娘。

也许,我从前读剧本就不喜欢某些人物的性格,看戏时没有体会到所有演员出色的地方。有些角色,例如品格远不及其情人的青年,因为无人可爱才引起卡杰林娜的爱的鲍里斯,说不定是我看得粗心,我觉得这个人物性格的刻画,显得不很动人。可是他的情人卡杰林娜,真不愧是这个戏里的主要人物,演得很好。尽管我不能大部分了解她的台词的含义,尽管台词在话剧里占着非常重要的地位,可是我也能够从演员的表演中得出判断,这一形象体现了奥斯特罗夫斯基那卓越的创造意图。卡杰林娜是又怕犯罪,又宁愿犯罪的少妇,是一个黑暗势力的反抗者。这一个"有着无论如何要结束这腐烂生活的决心"(杜勃罗留波夫)的"巾帼英雄",平凡而天真的女性,是依靠这一基本特点来体现的:她反抗了,自己还不明白反抗的意义,甚至不觉得自己是在反抗。

舞台上再现这一复杂的形象,颇不容易。她的反抗,与其说是演出来的,不如说是观众依靠表演,由自己体会出来的。较之钟表匠,卡杰林娜在反抗的这一特点,写得更含蓄。要是简单地了解她的反抗,必然把人物的形象弄糟;舞台上将丧失真实的活生生的卡杰林娜。剧本里的卡杰林娜,戏一开始就给观众造成犯罪和自杀的预感,但随处在着重表现她向往幸福的性格。正因为她向往幸福,所以才敢于犯罪,也才愿意死。她有时从理智出发,一再说"我要爱我的丈夫",可是她只能可怜这一个也是被折磨的男人。她觉得出了嫁的女人和情人幽会是"罪恶",于是她摆不脱和情人幽会的"罪恶"的念头。她害怕自己的这种念头,她发誓要谨守妇道,可是愈来愈想要实现那种人们绝不宽恕,只能当作邪恶看待的念头。她企图用外力来克制自己追求幸福的念头,可是她的成见和理智不能战胜更有力量的追求幸福的强烈愿望。这种也许她自己也不太明白的愿望,有了机会时,宁愿毁灭自己也不回头。她分明感到命运的不幸,却不了解不幸的根源,甚至也埋怨自己。她对自己的埋怨,也体现着无形的对于环境的仇恨(缺乏这一点可能使人物变成真的软弱)。她不得不骗着她的婆婆,可是后来明知不会得到原谅也要把秘密公开。这种公开不完全是被迫的,也因为她受着她那坦率和真诚的性格的驱使。这个像不成年的小姑娘一样羞怯的女人,全身都是热情;临死时还念念不忘"飞"的梦想,不动摇地向往着自由。她的死是为了解脱难耐的精神上的折磨,同时也是一种特殊形式的心理支配着她的结果。这种反抗当然谈不上很尖锐,但却表现得十分坚决……如果我读书的印象没有欺骗我,如果我现在的感受是不错的,那么,我完全相信这个演员无愧于她所担任的这个不易塑造的角色。

在国内,我读到了点滴材料,知道卡杰林娜的表演有两种不同风格。这次亲自看到的卡杰林娜和前人的风格有什么区别,我完全没有资格向你介绍。也许,她是吸收了前人的长处而加以融会的吧。我觉得她既是抒情的,也是悲剧的;这要看在什么情势之下。她的表演风格，要是可以用不一定确切的话来形容，我以为只有说是深沉。两眼闪着晶莹的泪光，不只能够使观众了解她的痛苦，而且能够使人觉得她在憎恨。不故意使声音发抖，观众能够从她那似乎平静的声调中体会到她那不能自抑的悲哀。我不是演员，可是我看过一些戏，知道要达到表演的深沉是不容易的。深沉和难懂之间，正如活泼和轻浮之间一样，只差一步。为了求深沉，装腔作势，结果流于浅薄。为了求明确，尽力做戏，结果还是流于浅薄。不是吗，浮夸地用发抖的声音表现悲哀，正如为了故意表示高兴的放声的笑一样，往往会使人觉得情感的虚伪，把人物性格的丰富糟蹋了。我此次所见的卡杰林娜，其复杂的心理变化，表现得容易体会，却不表面化，不简单化。演员的表演十分令人信赖，完全没有片面追求主题明确反而使主题模糊，让旧时代的人物现代化，脱离了帝俄时代的俄罗斯小城市中被压迫的妇女的特定环境。

也许因为我不大懂得台词的含义才更加注意表演的造型性吧。我觉得她的手势、步调、身姿都是富于表现力的。当她微微战栗地倒在情人怀中，身体和精神似乎已经融解了的样子，充满幸福感而又有些不安的表情……，很不简单。这种复杂的表现，不大明白台词的含义也可以了解。随着情节的发展，觉悟程度逐渐变化时所表现的内心的变化且不说，就是在一个小片段里，在一段独白之间，内心的变化，几乎说也可以由看戏的人的眼睛来接受。当她和唯一的知己瓦尔瓦拉谈心，由"人为什么不像鸟那样会飞呢"开始，谈到她在娘家当小姑娘的生活，谈到她那令人陶醉的梦，谈到"我就飞，这样地飞向天空"的时候，那"飞"的动作，不只是优美，更重要的是，在苦中求甜、悲中带喜的精神状态的明确化。如果你不怪我夸张，我要说，演员使人觉得她手指尖上都贯注着争取自由的热情。她使我觉得，她在一任幻想的支配，神游于幸福的梦境里。当然，那梦想般的声音也是富于表现力的，可是单看她这时候那容光焕发的样子，已经可以把观众带进她所虚拟的天地之中。角色此刻完全改变了随着婆婆散步时那种阴沉的神气,我觉得现在又发现了卡杰林娜的美的另一面。正因为演员掌握了人物性格、情绪的多面性与变化,她的表演愈来愈有魅力。卡杰林娜出场时,那种冥想以至有些迷惘的意味,是她的性格的一种表现。而在此刻,她陶醉在幻想中和渴求着幸福的神气则是她性格的另一种表现。性格的表现是复杂的,情感的变化也是复杂的。当她说"我要死了",使梦想的陶醉变成忧郁、恐惧、绝望时,角色情绪的转换,显得很突然,然而又是自然的,有步骤的,过程分明的。这些地方最容易说明演员的艺术修养,这个演员却完全没有使人失望,她恰到好处地体现了角色的内心变化。

卡杰林娜和即将远行的丈夫奇虹谈话时的内心冲突,接受妹子交来的钥匙(这个似乎是螫手的而又舍不得扔掉的宝贝)时的内心冲突,和缺乏深厚的爱的情人鲍里斯分别之后的内心冲突……这些有大段独白的戏,表现得很明确又不浅薄。她说她应当扔掉钥匙,却反而把它——这似乎烧手的东西抓得更紧。她怀疑自己的行为的正当,却不甘心和压迫她的环境妥协。演员不是枝节地了解大段独白,所以完全没有不成熟的演员那种只在字面上做文章——枝节地用动作直译台词字义的毛病(这种毛病我看得不少了)。剧本里,她接受了钥匙以后,有几句问妹妹瓦尔瓦拉的话:"你这个害人精,你玩的是什么花样呵!这可以吗?你想过没有?你这是什么意思?"不了解台词的复杂意义的演员,可能真是把它当成质问别人的话来处理,而在莫斯科舞台上的卡杰林娜,这个迫切要求爱情而又有顾虑的妇女,她的动态和语调的特点,可能使人觉得这些话也是在问她自己。能够让观众体会这是在问她自己,正好是表演深沉的表现。当接近全剧的高潮,秘密已经由自己的不安而暴露,婆婆在雷雨声中追问她谁是她的情人的时候,她用速度不大,低沉到了极点,却又听得分明的声音回答:"鲍—里—斯。"这时的表演,真动人。也许因为我自己太敏感,我觉得这声调本身也能使人感到她的复杂心情:公开了"罪过"时的不安,对于未来的不幸的担心,甚至自己念着情人的名字而联想到刚过去的一段爱的生活所得来的陶醉。还有:即将投水之前,她那被痛苦折磨得如痴如醉的神气,也是十分动人的。悲哀与狠心,无能为力和激动,轻微的悲哽与压抑不住地叫,哭泣时流露在脸上的笑容,错综复杂,气象万千。看见有才能的演员处理那些大段的独白,使我想到川剧《雕窗》那样的独角戏,虽然卡杰林娜的反抗在形式上不像钱玉莲那么激烈。

这样写下去对于你可能是一种折磨;因为我没有本事用文字代替舞台,使你更具体地了解我所感受到的苏联戏剧艺术的成就。再对你谈谈舞台美术吧,这可能容易体会一些。谈舞台美术让我附带谈一点别的。我这次看话剧《大雷雨》,在事件的进行中,后台有过类似帮腔,至少是加强了气氛的和唱。角色在台上念词,有时台后有人和唱。这手段,加强了戏剧感人的力量,而且在我听起来,简直不觉得是"加"上去的。当然,外国戏的曲牌同中国地方戏的曲牌大不相同,可是后台的和唱也有帮腔的作用。

我相信这些舞台艺术家是敢于创造的,虽然我看到的戏还不多。单说转台吧,这一机械化的装置就利用得很大胆。正如电灯这一现代化的东西一样,转台,可能给观众带来欣赏的幸福,也可能使观众离开戏,觉得是在看魔术。在这些有思想的艺术家手中。转台不只是为了换景的方便,省去布景的时间,而是为了使剧作的基本精神更明朗,更丰富,更深刻。例如:瓦尔瓦拉和情人划船的一场(原剧本中没有这一场)开始,有点像我们的"马门腔"。观众先听到他们那朴素的爽朗的情歌,然后台转,台中的小山转,转出这一对自得其乐的情人,和此刻没有出场的卡杰林娜的痛苦成了对照。一会儿,坐在船中的瓦尔瓦拉用桨向岸一撑,台又转了,转得那么巧妙,那么自然,转出人生的另一面。心中有鬼的卡杰林娜看了破庙的壁画,恐惧,惊呼,跑;她跑着,舞台也随势转着,转出一个和她在小路上对撞的比神像更凶恶的婆婆。舞台的转动不只加强了特定场面的气氛,更重要的是:这些转动,加强了黑暗势力对于卡杰林娜和像她那样要求自由的人们的命运的打击的反映。

最后一场,当人们找到了卡杰林娜的尸首,奇虹抱怨母亲毁灭了她,伏在尸首上恸哭,本来可以闭幕了(我分明记得剧本到此就全剧告终)。可是我这次所见的演出,舞台至此又转动了,台中的小山随着转动了,奇虹等人转到台的背面去了。岸上,那个寻找卡杰林娜,早就扶着一棵小树的少女格拉沙,此刻显得很突出,成为令人注意的中心。她没有特别做戏,可是演员全身有戏。看见这一形象,我立刻就觉得:一个不幸的女人被逼死了,活着的女人的命运怎样呢?我不是说非要这样补充一个尾声似的场面就不足体现原著的思想,不是说奇虹哭妻时的话("卡嘉,你倒好了!你为什么把我留在世上受苦呢?")缺乏思想的力量。可是我觉得,演出时这一余波似的场面,也是有它本身的表现力的,至少不能说是违反原著精神的粗暴的改革,不是脱离情节而强加在原著之上的蛇足。

你怪不怪我太爱注意小地方?我总以为:在成功的艺术里,作为整体的一部分,构成整体的一个环节的这些小地方,至少不是妨碍我们对于原著的基本内容的了解的。

我得躺一躺去。这样写下去,白天休想再同大家一起出去参观了。

还是睡不着,再来告诉你一些有关舞台美术的印象。也许,只有见闻不广的人,才这样兴奋地注意它吧?

坐在观众席里,《大雷雨》还没有开幕,最引人注意的,是两件东西。一是幕布上的白色海鸥(据说是剧院的标志);一是台口竖在左边的几株小白桦树。我开始以为这是一种装饰。等到开幕,它成为台上的布景的一部分了。有趣的是:不论台上换了多少次景,直到剧终,小树还是不动的,而且至少一直和台上的布景没有冲突。它的存在加强了场与场之间的联系,也加强了场与场之间的对比。不知是有意让台口的小白桦树和台上的布景相适应,还是因为小白桦树本身富于适应性,反正,我不觉得它是多余的。有时,我觉得它加强了气氛。卡杰林娜说要飞的时候,和情人幽会的时候,瓦尔瓦拉划船唱歌的时候,女主角感到恐惧的时候,后来她已经投水的时候,这几棵小树本身似乎(我只说"似乎")也随着人物的命运的变化而变化着。当然,它本身是固定的,可是,在不同的形势之下给人不同的感受,加强了观众对于台上的变化的敏感。有时,我觉得它虽然稚弱,却是欣欣向荣的;有时,我却觉得,它太稚弱,再也经不起风雨的折磨。

有见解的舞台美工师,明白他的工作不只是为了再现自然,让观众惊叹技术条件的优越。也不只是为了说明人物行动的所在地,不只是为了装饰舞台,是为了人物性格的刻画。台口的小白桦树的利用,至少较之炫耀布景,在观众中妨碍演员的舞台美术好得多。简单的模仿是艺术的大敌。我不愿我们的戏剧照样在台口上安排一些并不是非有不可的东西。可是我觉得:如果我们注意这个戏的艺术成就时,注意它的创造者怎样关心观众运用联想的可能,怎样争取观众成为舞台形象创造的"合作者",对于克服艺术上的自然主义倾向等方面,都可能是有益的。正如考虑《大雷雨》剧本为什么让疯女人、女香客、钟表匠……在全剧中占有很多篇幅一样,考虑容易被当成纯技术问题来看待的转台的利用,考虑艺术中的景与人的正常关系,我以为不是太爱注意小事情,因为这一切和艺术品思想的体现有关。我把这些并非经过深思熟虑的印象告诉你,算是我从老远寄给你的礼物吧。

(载《戏剧论丛》1957 年第 11 期)

再读齐白石的画

今年9月16日,人民敬爱的画家齐白石长逝了。生活了近一世纪的老人,劳动了一生,留下了难以数计的好作品、丰富而宝贵的艺术知识。老画家别出心裁地描写了可爱的自然,平易近人地揭示了自然的美。永不满足于既有的成就,全国解放之后,力图表现从苦难中站立起来的人民的高兴,歌颂了人民热爱的革命领袖。他是名副其实的杰出的艺术家,一生的努力无愧于他所得到的荣誉。有些以"左"的词句作为进攻武器的论者,力图贬低他和他的作品的社会意义,完全是徒劳的。

齐白石由贫苦的木匠变成杰出的艺术家,经历了悠长的岁月,经历了不平坦的道路。在他的诗(《与儿辈携酒至舍外饮》)里,流露出他的愤慨,也反映了他的遭遇:"成仙无术从他死,伴鬼犹忧处世如。"在他的艺术已经成熟的时期,还引起以因袭为能事的同行的攻击,攻击他大胆创造的态度和清新的风格。他们反对探求多种多样的表现方式,把齐白石当成脱离传统的邪门歪道。其实,他十分尊重徐渭、朱耷、石涛、吴昌硕,可以说尊重到了崇拜的程度。曾经把这些画家的作品当成学习对象的齐白石,正如提倡"借古以开今"却又不让"古之须眉生我之面目"的石涛一样,不过是把因袭当成没有出息的行为;其不拘前人绳墨的创作,并不是脱离传统的怪物。

个人的才能不能脱离集体的智慧;齐白石在艺术上的成就,和前人的成就分不开。可以说没有金冬心、李鲜等前辈画家,也就没有齐白石。可是齐白石和历代勤劳、勇敢和智慧的画家一样,不把前人的成就当成自己的成就,主张"我行我道,下笔要有我家笔法",所以才有他自己的成就。在《梦大涤子》这一首诗里,他记下了自己的感慨:

> 皮毛袭取即功夫,习气文人未易除。不用人间偷窃法,大江南北只今无。

在九十二岁时的题画诗里,也看得见他那作为艺术家而非复制匠的抱负:

> 逢人耻听说荆关,宗派夸能却汗颜;自有心胸甲天下,老夫看惯桂林山。

在题跋和笔记里,齐白石一再表示坚决要改进自己的画风。他认为秦汉刻印的好处是"胆敢独造"。他敢说:"吾有独到处,如令前人见之,亦必倾佩"(见手稿《辛酉日记》)。正因为齐白石敢于进取,所以他的中国画和其他艺术达到了前人未曾达到的造诣。在任何美术展览会里,他的作品总以引人注目的力量,从别人作品之间"跳"了出来。只消看一看他愈来愈洗炼的笔墨,例如画虾的笔墨的表现力,决不会有今不如昔的误会。即令画了别人曾经画过的东西,也有他自己的独到之处。即令是反复使用既成的画稿,第二次也不是第一次的重复,多少有些新的创造。他运用了兼有民间艺术的纯朴和文人画的洗炼的笔墨,扩大了前人取材的范围。

依靠他热爱自然的感情,观察的努力和敏感,深知对象的美之所在,排除了流行的成见,敢于把自己深切的感受表现出来,其作品形成了与众不同的境界。在书桌上入睡了的孩子,两个小鸡同时咬着一条蚯蚓,黄色的葫芦上有一个小瓢虫,枯了的莲蓬上立着一只小蜻蜓,蜘蛛网上有一片落叶,水面上有几朵落花,树干上有一个蝉的空壳,老母鸡的背上站着一个小鸡,一只蜻蜓在追逐水上的花瓣,三个精神饱满的小青蛙好像在嬉戏,几条不知利害的小鱼围着钓钩,不安分的小耗子正在仰头瞅着油灯,甚至,行动不灵的偷油婆在打咸鸭蛋的主意。这些平凡的现象,没有脱离画家的注意,而且一经描写,就渗透了画家的感情。有些作品,使人觉得画家不过是用普通人的眼睛来看生活。有些作品,使人怀疑画家是以孩子般的眼睛来看生活。可是他终究不是平凡的人,而是很有才能的画家,他好像拥有点石成金的魔法;看起来并不新奇的东西,一经他的描写,就把欣赏者诱入特殊的迷人的境界之中,觉得它和自己的生活有了密切联系。

  蝌蚪——青蛙的前身,在有成见的人看来,这有什么好画的?至少,它不会像牡丹一样容易讨人喜欢,不像新鲜的樱桃那样容易讨人喜欢,不像细嫩而且透明的秋海棠那样容易讨人喜欢。可是,一经老画师的描写,存在于蝌蚪本身的美就显得突出了,描写对象显得逗人爱怜了。老画师用浓墨像写字那样沉着地一点,点出一个椭圆,再一拖,拖出一条短短的由粗而细的波状线,蝌蚪的立体感、质感特别是动态,就活现在纸上了。说活现在纸上还不恰当,应当说它是活现在水里的。它那微微地摇摆着尾巴的神气,好像是自在地却也有点胆怯地游动在无形的水里。这是高明的切合创造意图的技术,这是平易近人而又神奇的笔墨,这是容易被人忽视却也很能动人的境界。

  齐白石不是平凡的画师。他那笔墨的好处,决非准确一词可以说明。较之准确,他更注意神似,虽然准确和神似可以是不矛盾的。他一再改变表现的形式,其实是力图表现出对象最精彩最动人的东西。他匠心独运地处理画面的虚实、照应等关系,从而揭示出对象的美,也相应地表现了自己对于对象的爱。去年画的牡丹、葫芦、荷花、老来红,虽然远不及创作盛期的作品动人,却也有它的特点:构图奇特,格调浑厚;牡丹花迎风招展的姿态,画得很有神。齐白石一贯不放弃传统的重要特点——传神。老画家明白:要是刻意求工,忽视对象的精神,画蝌蚪难免丧失蝌蚪最动人的特征——稚气和活泼,而成为昆虫标本。只画出虾的透明和肥嫩,老画家是不满足的;他运用了简到无可再简的笔墨,着重表现了这些小生物欲动不动、正要跃动的神气。

人们说齐白石的画充满诗意,这是不错的。所谓诗意,从齐画来看,不是什么不可捉摸的东西,无非是艺术家的"心"——对社会生活或自然现象在主观上的感受。从对象的某一方面,某一个富于代表性的方面,去和对象相接近,使形象能够集中表现素材中最精彩、最动人的东西,表现了对象的神和美,而且体现了画家对于对象的感受——爱和憎。不用说,齐白石九十岁时画的蝌蚪追逐荷花的侧影是富于诗意的,他的题画诗,例如"鸡、蝴蝶、花",也可以当成富于诗意的画来欣赏:

> 小院无尘人迹静,一丛花傍碧泉井。鸡儿追逐却因何,只有斜阳蝴蝶影。

(见手稿《甲子乙丑白石诗草》)

对象那与众不同的特征,和画家那与众不同的感受的适当表现相统一,形象才能产生诗意,情景交融的形象才是诗意的形象。"意中有意,味外有味"(《樊山题白石诗草》)的形象才是诗意的形象。只求逼真地模仿对象的外形,看不出艺术家的主观能动作用的作品,即令是从写生得来的,也难免使人感到乏味。

基于敏锐的感受和细致的观察,齐白石掌握了别人容易忽略的特点,构成了不落陈套的意境。夏夜的扑灯蛾,曾经妨碍幼童温课,少女挑花,在人们的印象中,它至少不是什么讨人喜欢的东西。可是,当它和古老的油灯一起出现在齐白石的画面上的时候,形成了一种特殊的境界,人们可能得到不同的印象;它有可能唤起人们的怜悯,这是什么缘故?其实齐白石描写的尽管是自然现象,却不是简单地当成自然现象来模写的。那似乎正在颤动的细小的触须和脚的着重描写,如果说经常表现幸福和欢乐的画家,在这儿创造一个生物界的小悲剧,所以强调的是小虫的追逐亮光,不懂得利害的特点,而不是小虫妨碍人们干活的讨厌的特点,不算是毫无根据的猜测吧?许多作品表明:为了在对自然现象的直接描写中,间接表现人,表现人的爱好、愿望以至理想等等精神状态,画家没有把对象本身不存在的格格不入的东西,强加到它的身上,却也不愿意被动地冷淡地人云亦云地对待他的对象。他总要强调他认为值得强调的特征。一幅笔势纵横的《残荷》,画的是萧瑟的秋塘。可是,画家不愿重复一般的画法,也不因此重复一般的格调。画家按照实际情况,不仅描写了残荷的残败,而且描写了别的特征——静中的动。画家依靠莲蓬和荷花、荷叶的巧妙安排,画出了一片动乱飞舞的热闹景象。这样,正如某些民间花布纹样设计,能使静的描写对象显得好像在动着。他用浓墨画成的,散布在画幅各处的许多枯了的莲蓬,是在错杂中求条理,在条理中讲变化的。有趣的是,因为形体构成了动的幻象,所以能使残荷在衰颓中显出力量。看来画家在一般人以为萧森的对象之前,有着自己独特的发现,在构图时才有发挥主观能动作用的可能的。正如他那强调虚实变化、对比照应、计白当黑的印章的布局一样,他的许多小品,虽然像是很不吃力、信手拈来地画成的样子,却总是经过苦心经营的、力图表现自己感动过和觉得有趣的东西,而不是人们早已注意到和表现过的东西,因而形式虽然复杂,不容易一下子明白,却总是具体描写了对象,也相应地表现了画家自己的特殊感受的。

齐白石一贯反对造型脱离它的原型,十分尊重客观对象。他给蟋蟀的生活状况和性格特征作了细致分析的《画蟋蟀记》(见手稿《辛酉日记》),也可看出他研究素材的认真。可是他不把自然的如实的模仿当成创作的最高境界,原因就在于画家力图表现人的精神。熟悉对象和拥有高度艺术修养的老人,敢于提出容易被庸俗观点所僵化的人误解的主张:"作画妙在似与不似之间。太似为媚俗,不似为欺世。"这种说法,和石涛的"至人无法,非无法也,无法而法,乃为至法"的说法是相通的。孤立地看齐白石的这一句话,唯心主义者可能强调"不似"。只要联系他的作品,从他自己的实践来考察,可知他所主张的"不似"正是为了"似"。"不似",其实是在"似"的基础之上发展起来的,决不是不准确的"似是而非",而是比一般的模拟更高级的"似",也就是形象更有概括性。他的这种"妙在似与不似之间"的主张,既反对依样画葫芦的摄影主义,也反对脱离实际的形式主义。作画,要做到不像当然很容易,要做到很像也不太难;难在又要像又不太像——像应像的某些方面,不像不应当像的某些方面。在齐白石看来,画出对象的外形不算功夫,要做到画出对象的神气就不大容易。片面强调笔墨的趣味,不顾对象特点的画家,达不到这种要求。要是狭窄地了解现实主义,以为画得逼真就是好作品,不易了解齐白石的理论,也不易了解他的成就,自己的作品很难达到"妙"的水平。"妙在似与不似之间",是见多识广经验丰富的老画家如何概括地反映生活的真知灼见;只有和对象有了默契、善于构想的艺术家才说得出做得到的。

齐白石作品中的形象,恰好是"妙在似与不似之间"这说法的具体体现。荷花画得红艳艳的,荷叶却只用淋漓的水墨。枇杷,用黄色,草莓、牵牛花,用红色,而叶子,却只用淋漓的水墨。面对着这些形象,欣赏者会在不知不觉之间被魅惑,使人觉得体现了工具特长所画出来的水墨的叶子是绿色的。因为画家适应了自然现象相互联系的这一科学规律,利用了欣赏者相应的联想、想象和幻想的作用,大胆使用了这种半真半假的画法。淋漓的水墨虽然没有如实模仿花叶的绿色,却已经再现了它那一个重要方面的特征——生意。这就是说,淋漓的水墨画出了花叶的生意,这生意和真的花叶接近,具备了真实感。它和红的花一样,是从某些方面而不是从所有方面和自然接近了的。花用彩色,叶用水墨,好处还不只是为了表现出叶子本身的重要特点,表现它的真实性,而且也因此加强了有色的花的鲜艳,从强烈的对比中产生了强烈的呼应。不论是不是为了给花作衬托,为了使红色的花显得更加艳丽,这种画法发挥了画家的创造性,也是强调了自然特征的。如果怀疑齐白石这种画法是非现实主义的,甚至说他是抽象派的,那么,不只不容易认识齐白石的艺术,也不容易认识其他一切非自然主义的艺术。

艺术的形象,只能是也应该是从某些方面和它的原型相联系相接近的,它不必也不能再现一切。具有咫尺千里之势的山水画,例如几株桃花使人觉得桃林广远的《借山图》,较之真山水,实际上要微小得多。要是抱着求全的成见,反映了红军战士的坚定和乐观的戏剧《万水千山》也会被抹杀,因为它毕竟没有记述长征历史的一切。"艺术之成其为艺术,正因为它不是自然。"生活是艺术唯一的源泉,但艺术形象要是和自然形态没有分别,那就取消了艺术。问题在于:艺术家是不是着重表现了自己真正受过感动的对象的某些方面的特征。神似的形象,和自然形态是很有区别的。有才能的演员说书或演相声,只要是胸有成竹的,尽管没有化装,完全是日常生活的打扮,动作和神气的模拟部分,完全可以达到这样神奇的境地:使观赏者着迷,以为他仿佛就是他所模拟的人物。这种表演省略了许多并非不重要的东西,可是因为演员已经把握了某些具有决定意义的东西(照中国画家的说法是"神"),可以唤起丰富的想象的东西,观众难免着迷。民间过年耍龙灯,从来不掩饰掌灯的人。当龙灯还没有舞起来的时候,这些"龙脚"实在是引人注意的。可是当他们在锣鼓声中特别是在灯光之下舞动起来的时候,他们的存在就从欣赏者的注意圈中隐退;代替他们的,是蜿蜒地前进的精神抖擞的大爬虫。齐白石的国画,和不化装的说书、相声、耍龙灯都不一样,可是却都一样是突出了对象的值得突出的特征,刺激和诱导观众进行"再创造"的心理活动,因而欣赏者原谅分明存在的"不足"之处,喜爱这种"半真半假"的艺术。在"不完整"中求完整的,以有限的东西表现了不受这有限的东西所限制的东西,这是不只有技术而且有技巧的艺术家,对生活有独特感受的结果。

语言,和造型艺术的区别更加显著,然而从"妙在似与不似之间"这一点来考察,它和造型艺术也有共通的地方。在回忆全世界劳动者伟大的领袖列宁的演说里,斯大林说他所敬爱的领导者列宁是山鹰。借用那些看画着眼于形似的人爱用的词汇,可以说这一比拟是不"科学"的,因为列宁就是列宁,哪里是什么山鹰。然而,只需从列宁的性格——勇往直前、在战斗中不知恐惧为何事的特点着眼,斯大林为了称赞而用的"妙在似与不似之间"的比拟,就艺术创作的角度来看,实在是很"科学"的。此外,我以为人的外号也一样,其所以能够流传,也因为又像它的原型,又不太像它的原型。外号虽然不能概括性格的全部,可是凡是可能流传的,就其原型的姿态、声调或神气看来,都不是不"科学"的。

如果说艺术对于生活是一种"解释",这种"解释"只能依靠单纯化的形象。"完整"到了和素材缺少区别的程度,无法完成艺术"解释"现实的任务,不能诱导欣赏者进一步认识生活,观众似乎没有多大必要欣赏艺术。比较写实的艺术,例如前不久在北京展出的优美的俄罗斯绘画,和齐白石的作品一样,不过是按照艺术家的生活经历、文化教养和审美要求等等特殊条件所形成的见解以至感觉,用艺术形象从事现实的"解释"。这种"解释"很细致(有的连马毛的光泽也画出来了),和齐白石的水墨画大不相同;可是还不能说它和生活本身已经一样。表现了俄罗斯人的英雄气概的《土兵》,愈看愈觉得充满了仇恨的《农民》,表现了俄罗斯风景的美的《解冻》、《薄曙月初升》、《雨后的村道》、《风平浪静彩云浮》,不论具体状况如何不同,其画法也都不是包罗万象而是有所选择有所强调的。透过了复杂状况,着重表现了存在于对象本身的也就是画家最关心、最感兴趣和觉得非表现出来不可的特征,才算得是艺术。

不是任何复杂化都是提高,复杂化往往并不是提高的形象。由繁琐到单纯,像齐白石的创造过程,必须承认也就是一种难能可贵的提高。齐白石运用了极其明快的笔墨,画出了江水的浩荡,海棠的艳丽,山鹰的雄健,正如运用了工细的笔墨,画出了蚱蜢的欲跃和蝉的欲鸣的神态一样,老画家不是以再现对象的一切为作画的目的。作品的魅力决不只是以外形的逼真为转移,正如人的德和才不决定于外貌一样。可是有人偏偏要说笔墨洗炼的中国画是落后的,不科学的,必须用西洋画法来代替它。一切进步的艺术家,为了避免模仿照相,为了防止摄影主义作风的发展,从并非以再现一切为能事的齐白石作品里,完全有可能学到很可贵的知识。

齐白石花鸟草虫的形态的美,基于对象的重要特征的突出表现。因此,不论多么特殊的画法,例如那些兼工带写的作品,以及用水墨画花果、用焦黑画花瓶的作品,也不使人怀疑形象的真实性。像川剧《乔子口》或《柳荫记》在悲剧中穿插了喜剧情节一样,虽然把一笔不苟的工细到了极点的蝉和用笔简到无可再简的枯叶或树干结合在一个空间,几乎是把黄筌与梁楷的画法结合在一起,欣赏者不能不承认这种画法是合理的。正因为把握了对象的重要特征,看画的人来不及找毛病就被神形兼备的形象所陶醉。也正因为画家抓住了对象的重要特征,例如柴耙的弹性,灯台的坚硬,水波的柔和,柳丝的袅娜……,即令其用笔是基于书法的,强调抑、扬、顿、挫等等构成节奏感的因素,不仅不失为现实主义的艺术,而且使现实主义艺术更多彩。

"妙在似与不似之间"的说法,从欣赏者的角度来考察,它有欣赏心理的根据。画一把破了的蒲扇和剥去莲子的莲蓬,白石老人就给人带来夏去秋来的联想。按照欣赏的经验看来,我总觉得,欣赏活动所以是有趣的,不只因为欣赏者被动地接受了什么,也因为他可能主动地发现了什么,补充了什么。正因为欣赏者有相应的脑力活动,流行在民间的歇后语、寓言和俏皮话才令人觉得是富于吸引力的。舞台上虽然没有门、桥、车、马和山水,依靠演员高明的表演,能使观众觉得这一切是存在的。白石老人那使人感到秋意的破蒲扇和许多作品证明:启发欣赏者相应的脑力活动,给他提供发挥想象和联想的条件,艺术才更有魅力。就引起相应的(不是漫无限制的)回忆、联想和想象这一意义而论,可以说欣赏者就是艺术家的"合作者"。人们当然不能和去世的齐白石一道作画,可是他在取材、构图、用笔、题字以至盖章等一系列的措施中,都能够启发欣赏者相应的脑力活动,使本来没有出现在这画上的事物,无形地"出现"在眼前,欣赏者也似乎成了艺术的创造者。

齐白石那些"由小见大"和"以少胜多"的作品,正如中国古典戏剧或庭园设计以及盆景的制作一样,基于既有的富于真实感的形象,欣赏者经过了一番不吃力的脑力活动,由可视的形象出发,"看见了"没有直接出现在画面上却和画面上的形象有密切联系的东西。只画飞虫,不画天空,欣赏者不怀疑它是贴在纸上的。鱼、虾和蝌蚪,即令连代表水的几条弧线也不画,人似乎觉得它活动在清澈的水中。只画一个干了的莲蓬,配上一只蜻蜓,几道微波,或者在枝上画一只蝉,配上几片黄叶,就能够把看画的人带到爽朗的秋天的大自然之中。一点歪斜的灯火,一片枯黄的落叶,不只表现了风,而且给人们带来了凉意。那些小幅画使人联想到的空间,较之画面本身要广阔得多,深厚得多。

一切决定于画面既有的形象的实感。如果希腊雕刻是不现实的,雕刻家罗丹不会从触觉上感到它的体温。如果黄河的水势不是陡急的,富于想象的李白也不会创造出"黄河之水天上来"的名句。如果莫斯科的普希金铜像表现不出诗人构思时的精神状态,诗人郭沫若就不会说"你是否在酝酿着新的诗篇?"如果苏里柯夫的《士兵》的性格是模糊的,这一草稿就不会有独立价值,不能使人联想到不出现在画面的英雄行为。不是任何写意画都可能唤起欣赏者相应的想象和联想的,纯书法趣味的游戏,决不可能像齐白石用水墨画成的叶子那样,唤起绿色的感觉。不存在的绿色的幻觉的被唤起,离不开水墨已经把握了的叶子的重要特征——厚实、丰润、新鲜的生气。齐白石的水墨画所以是可贵的,正因为形象巧妙而且真实。

可能不再有人怀疑了,艺术不直接提供任何抽象的结论,而是利用感性的、具体的、可视的形象,引导欣赏者自己得出一定的结论。能够唤起热爱生活的热情,甚至从作品中的自然现象中看见人的精神的齐白石的作品,显然看得出画家不是以教诲者自居,而是十分懂得欣赏者的欣赏兴趣和接受能力的。不论画家是不是自觉,作品总是会体现一定的思想。只有富于概括性的艺术形象才能够明确体现一定的思想。齐白石的那些富于概括性却又不是一览无余的形象(也就是富于代表性的具体描写),让欣赏者自己去发现,去补充,从而接受一定的概念。因此人民感谢他,感谢他给人类贡献了异常珍贵的劳动成果,也感谢他对于欣赏者的欣赏要求、欣赏能力的重视,包括怎样适当唤起看画的人们脑力活动的长处在内,敢于创造而又尊敬前辈的齐白石,其作品继承了中国艺术的优良传统,体现了造型艺术的特殊规律。不管我们用什么形式表现什么题材(包括反映社会生活的意义重大的题材——这是最重要的创作任务),他那敢于标新立异的,富于独创性的、宝贵的、丰富的绘画遗产,十分值得我们认真学习。

(载《美术》1957 年第 12 期)

"采花蜂苦蜜方甜"[*]

  伟大画家齐白石的遗作,将于1958年1月1日在苏联展览馆展出。包括从来没有和广大群众见过面的非常珍贵的诗稿和画稿,展品有画、字、印和手稿共七百余件。我国历来有"文如其人"等等说法,齐白石的这许多不同样式和体裁的作品,最显著的共同的特色,是格调清新、纯朴、深厚、自然,正如画家自己的性格那样。

  展出的作品,最早的是大约二十岁时画的鲤鱼,朴实无华,一笔不苟,显示了认真的雕花木工的本色(这时期齐白石是雕花木工)。民间艺术的长处,分明表现在这一时期的作品之间,也继续保存在此后各个时期的作品之间,构成了巧与拙、生与熟相结合的特色。

  山水画《借山图》,是他游历了半个中国之后,四十七岁时在湖南故乡创造的组画。正如他的另一组山水画《石门二十四品》那样,笔墨不及成熟期纯熟,却已初步显示了个人的独特风格。在他的《诗草自序》里说,"虽诗境扩,益感作诗之难"。因为力求确切表现自己的所见和所感,即令形象还不大十分成熟,其新鲜的气概远远为笔墨甜熟的画家所不及。

  大约在五十七八岁时,齐白石的绘画技巧已经成熟了。笔墨

---

 [*] 摘自《白石诗草二集》。

洗炼而富于表现力,造型单纯,题材范围广泛,表现方式多样。有些作品的构图变得很热闹,不完全保持冷逸的趣味。大胆使用了强烈的颜色来画花卉,而且敢于和水墨并用。形式美的追求,和描写对象某些方面的特点的要求密切联系着。这个时期,老画家已经拥有丰富的创作经验,主观的要求与客观的特点和谐地统一着。不论山水、人物、花卉、草虫,各方面都有出众的地方。白石老人最明显的特点是反对艺术上的平庸,他不把平铺细抹算功夫(他的诗句有:"一笑前朝诸巨手,平铺细抹即功夫"),讲究笔墨的变化,同时又要求这些变化合乎"天"(自然,现实):

山水笔要巧拙互用。巧则灵变,拙则浑古,合乎天。天之造物,自无轻佻混浊之病。

(摘自手稿《老萍诗草》)

基于现实而又在表现形式上不断进行新的探索,形成形象的真与美的统一,构成别人想不到的境界,获得与众不同而又不矫揉造作的风格。漫长的红云一般横贯在河边的桃花林,使人感到寒意的被迷蒙的烟雨笼罩着的山村,不过几笔涂成却显得很热闹的绕林的寒鸦,虽不挺拔却昂然地迎着寒风的北方的柳树,像鸟一般轻捷地浮游在渺远的江上的帆船,透过疏疏的桃林现出一群放牧的水牛,孤零地但又是自负地矗立在江心的小丘,"深林绕屋无惊雀"般幽静的居处……这些境界特殊的山水画,格调清新,不落前人窠臼;处处都是经过推敲的,却又十分自然。它使人觉得:与其说是画给别人看的,不如说无非是画家朴素地记录了自己深切的感受。画家不断探求新的境界而又具备了普通人的感情,满足了自己的创作欲,也适应了欣赏者的需要。

齐白石作品的兴趣和人民的感情分不开,因此哪怕不过画的是一些微小的东西,也能具备广阔的境界。幼小的急于归家的牧童,拉着一条不懂得牧童心情、迟迟不前的大水牛,画面单纯得很,却使人深深感到画家怀旧的真挚感情。掷柴耙玩耍的三个小孩,也是画家童年回忆的造型化。读者当然不会具备齐白石童年生活一样的回忆,可是这些形象可能唤起类似的回忆。因为作品的意境和我们的生活很有联系,我们看了感到很亲切。有一幅没有来得及展出的《迟迟夜读图》,也是老人这一时期的好作品。那个抵抗不住"瞌睡虫"的折磨、伏在书桌上打瞌睡的孩子,何尝只是画家关于他的儿时的回忆录。

齐白石以平易近人的方式,表现了美好的自然中的东西,所以小孩也喜欢他的作品。一个七岁的孩子,有机会接触展出作品的照片,深被沙洲上站着一群鸬鹚(鱼鹰)那幅画所吸引,聚精会神地观赏着。我问他喜不喜欢这幅画,开始是用"不知道"三个字来搪塞;多呆一会儿,他说出他对于鸟的好感:"他们正在玩"。尽管他连这一群鸟的名目也叫不出来,不懂得它们的"基本形"怎样错综地组织在一起而形成了它们的动势,不懂得一笔画成而又很传神的鸟需要多么艰苦的学习过程,更不用说他不关心画面的空白与着墨之处以及署名和盖印的布置依据什么原则,却能够不需要什么解释,只凭直觉就知道画家喜欢的是什么,因而着重表现了什么。

这幅鱼鹰,画幅并不大。远处,紧靠画幅的上边,是用几笔水墨画成的远山。中景,是用几笔水墨画成的沙洲。最近的地方,画幅的左下方,沙洲上站着十来个鱼鹰。鱼鹰是用浓墨画成的。用笔很简单,效果却很不简单。猛一看,鱼鹰的眉眼,什么都看不清楚。黑黑的一片,像剪影。可是只消多看一会儿,愈看愈有趣。不知道画家是记录他觉得有趣的景象,还是他想象出这一种有趣的景象;反正,他在自然界中,把握住一种和人的心境有密切联系的东西,把握住热爱生活的人所喜爱的东西,把握住能够培养高尚的健康的感情的东西,而且,毫不吃力地介绍给我们。

这一群鱼鹰，是在广阔的江水边上。所谓广阔的江水，其实不过是白纸；不过是和远山、沙洲、鱼鹰结合在一起的一些空白。大胆利用空白，是传统的中国画的好处；齐白石继承了这些好处。空白，在画面上所占的面积很大，大片儿地方一笔水纹都不画，完全是干干净净的空白。可是，人们看画的时候，不把这些空白看成是空白。人们就像受了迷惑，把这些空白当成广阔的江水。久住在屋子里的人，看了画就能联想到祖国的大自然，感到心绪澄明。

动人的形象不是容易得来的。即令是很简单的几笔，都经过苦心的经营。许多画稿不只表现了画家的才能，也表现了作画的艰苦。1919年的一幅很有趣的画稿的背面，包含着画家辛勤的劳动。几笔画了一只很生动的鸟，题了几句话说明这一形象的来历。白石老人说他6月18日和一个学生在北京法源寺谈天，看见砖地上白色的石浆恰似一只鸟，于是用笔就地描画下来，觉得"真有天然之趣"。显然，这一偶然现象里包含着不偶然的原因；并不是任何人都可以从地上的斑痕看出生动的鸟的形象的。这一"有天然之趣"的形象，不是运道很好的普通人碰见的，而是随时都想要创造的齐白石发现出来的。如果说艺术家有一种特殊的敏感，这种敏感并不神秘，还是离不开画家日常观察和思索的努力。

一直到晚年，齐白石不满足于既有的成就，总是努力追求新颖的创造。晚年的作品，不只是笔墨更加老练，构图更无拘束，而且有些作品的构思，妙想天开，完全出人意料。大家一再谈过的《蛙声十里出山泉》，不用说是对于那些以为凡是出题目做文章就一定产生公式化劣货的说法的否定。他适应了作家老舍的要求和造型艺术的特点，煞费苦心地也是巧妙地用看得见的蝌蚪间接表现蛙声的来历。1952年画的那一幅荷花，蝌蚪追逐荷花水上倒影，完全突破了造型艺术与诗的界限，给只能写生不敢发挥想象的人提供了大胆创造的范例。荷花的倒影，是人看得出来的；住在水里的蝌蚪，能看得见荷花与倒影吗？这样是不是脱离实际？画家不被成见所拘束,不怕违背自然科学,敢于借这种半真半假的景象表现生物的稚气,而且体现了自己对于对象的美妙方面的感情——爱。这不是简陋的报道,不是平淡的叙述,更不是琐碎的解释,而是感情洋溢的吟唱。

手稿《庚申日记》里的一条画记,也可以看出他那艺术家的自觉:"有谓余画观音大士,何以美丽而庄严?余曰:须知菩萨即吾心也。"不是当作一种迷信的偶像,而是当成一种美与善的集中表现的人的形象来看,画家不是只画其所见,而且要画其所感,以至要画他的理想。有许多画家的心里本来就没有"菩萨",所以虽然他好像是在要为"菩萨"传神,也只能重复表面的现象。为了防止艺术创作中的摄影主义,并非直接描写重大的社会事件的齐白石的作品,也应该是当成模范来对待的。

大胆创造是中国人民高贵品质的具体表现。尊重前人的齐白石的手稿里有许多反对因袭的激情的言论。1921年为陈鸿寿(曼生)刻印的拓片作题记,可以看得出他那作为艺术家的自觉和自信。

> 刻印,其篆法别有天趣胜人者,维秦汉人。秦汉人有过人处,全在不蠢,胆敢独造,故能超出千古。余刻印,不拘前人绳墨,而人以为无所本。余尝哀时人之蠢。不知秦汉人,人子也,吾侪,亦人子也。不思吾侪有独到处,如令昔人见之,亦必倾佩。曼生先生之刻印,好在未死摹秦汉人伪铜印,甘自蠢耳。
>
> (摘自《辛酉日记》)

在《庚申日记》里,敢于创造的白石老人,记下他对古人的尊敬,也预见了自己未来的艺术创作的成就。

> 青藤、雪个、大涤子之画,能横涂纵抹,余心极服之。恨不生前三百年,或求为诸君磨墨理纸。诸君不纳,余于门之外,饿

而不去,亦快事也。余想来之视今,犹今之视昔;惜我不能知也。

全国解放之后的事实证明,齐白石的预见没有落空,而且远远超出了他的预见。在全国解放之后,当他还健在的时候,就得到了历代中国画家从来没有得到过的崇高的荣誉。

齐白石的成就,依靠前人的成就,也依靠他那忘我的劳动。正如此次也展出其一部分作品的画家黄宾虹和徐悲鸿那样,勤勤恳恳地劳动了一生,才给后代留下了光辉灿烂的精神财富。劳动形成人的高尚品质;白石老人的遗作展览会,何尝仅仅使人们受到一次深刻的美的教育。

(载《人民日报》1957 年 12 月 31 日)

齐白石《发财图》的题跋

齐白石的《发财图》，引起了很多观众的注意。《发财图》里的算盘，作为一种视觉形象，因为它还不足以明白表现艺术家的思想感情，实在不见得比他自己画的花、鸟、虫、鱼更吸引人。可是有了那一大段题跋，这块算盘的作用就很明白了。那一大段题跋，可以当成独立的文学作品阅读，读起来觉得意味深长。它接触了意义重大的社会问题，可是它好像不是服从什么庄严的意图，只不过随便谈天。读起来觉得很不吃力，也觉得画家写起来很不吃力似的。

读了这样的题跋，很容易联想到中国优美的文学作品，联想到那些"文已尽而意有余"的文学作品。

明朝选辑的一本笑话集里，有一则题名"风水"的，像《发财图》的题跋，很有趣，讽刺的作用也很强。它的故事是这样的：一个临终的人，要他的儿子在棺材的边上钉四个大铜环。儿子问他，这是为什么？回答说："你们日后少不得要听风水先生的话，把我搬来搬去。"

这样的笑话，并不明说它是在和什么思想意识作斗争，它的实质却没有脱离思想意识的重大问题。这一个读起来觉得怪诞的故事，不只嘲笑了那些迷信风水、贪图富贵却又不惜利用死尸的人，而且，也嘲笑了那些把不漂亮的目的掩藏在漂亮的理由之下的伪善者。

主题明确不是语言干瘪和单调,严肃的主题不一定只有一本正经的形式才能体现,轻松活泼的形式和思想尖锐的内容可以不冲突。不见得只有直接把结论说出来的谈话才算是有结论的,肯定意义的内容不见得就不可以用疑问的语气来表现。为了避免生硬因而乏味的说教,为了加强艺术的吸引力和说服力,上述的笑话和齐白石《发财图》的题跋,应该承认它也是一种如何反映生活的值得学习的榜样;尽管这些作品是讽刺的而不是歌颂的。

齐白石在六十多岁时,画了一幅不倒翁,也是一件讽刺的艺术品。不倒翁的样子很像歌舞剧中的官衣丑。画上题了一首诗,说那些没有学问的官僚和不倒翁一样,没有心肝。和诗一起还提了几行字,大意是说:从前在南岳庙前,花了三个钱买了一个不倒翁,送给儿子玩耍。大儿子认为是巧东西,劝他出远门时带了去,复制一些给孩子们玩耍。大儿子哪里知道,这东西到处都有。这些题跋,也像《发财图》的题跋一样,它的好处之一,是善于启发读者进行思索,参加艺术形象的"再创造",从而深刻体会作者提出的判断。不是简单地把一定的概念硬塞给读者,不是强令读者接受一定的概念。在那些双关的话里,分明包含着画家憎恶反动统治者的心情。可是这种憎恶感情的表现,不像做戏过火、制造感情的表演那样;企图强求观众感动,而是一种有力的启发,有趣的诱导。这样的题跋,像作者的那些表现了花鸟虫鱼的美的视觉形象一样,使欣赏者自然而然地接受老画家的宣传。

《发财图》里的题跋,也像笑话《风水》和《不倒翁》里的题跋,是话里有话的。

丁卯五月之初,有客至,自言求余画发财图。余曰:"发财门路太多,如何是好?"曰:"烦君姑要言者!"余曰:"欲画赵元帅否?"曰:"非也!"余又曰:"欲画印玺衣冠之类耶?"曰:"非也!"余又曰:"刀枪绳索之类耶?"曰:"非也,算盘如何?"余曰:

"善哉！欲人钱财而不施危险，乃仁具耳。"余即一挥而就，并记之。客去后，余并画此幅，藏之箧底。三百石印富翁又题原记。

语言艺术里的形象，不是像造型艺术里的形象那样看得见摸得着的，而是通过读者对语言的理解，间接体会到形象的存在。题跋里提到的东西，财神老爷、衣、帽、印玺、刀、枪、绳索、算盘，都是各自独立的东西；发财的门路，危险的手段，仁，都是一些各自独立的现象和概念，当它们依靠语言文字被结合在一起，靠它们相辅相成的作用，构成特殊的形象，这种意识得到而看不见摸不着的形象，潜伏着一种不可捉摸却又是分明可以体会得出的观念、感情以至思想。这就是说：反动统治者使用的衣、帽、印玺，强盗使用的刀、枪、绳索，剥削者使用的算盘，本身不代表善与恶，正如写字作画的笔和墨没有阶级性一样。可是，当它们和发财的门路、危险的手段等概念相结合，而不是和勤俭、劳动等概念相结合时，读者就会通过自己的理解力和联想力按照画家提供的线索，在脑海中构成只能如此而不能如彼的判断，断定不正当的生财之道的性质相当于强盗的掠夺。

这样的语言艺术，其主题是很明确的；却又不是了然易懂的一种淡而无味的东西。短短的题跋，就技巧来看，体现了不只是语言艺术才需要的规律性的知识，如果说电影艺术蒙太奇的长处在于运用巧妙的结构体现特定的主题。那么，齐白石的《发财图》的题跋，好像杜甫的《兵车行》，马致远的《天净沙》，可以当成电影的蒙太奇来欣赏。

当成摄影机来看，老画家的注意点在转换。利用这种转换，突出了处于特定条件之下的各种事物的性质。而且，更重要的是基于老画家对于构成"蒙太奇句子"的"细节"的选择和组织，表现了作为"剧作者"或"导演"的齐白石的创造意图。他的"摄影机"首先是对着代表发财愿望的赵元帅，再是对着当官儿的衣、帽、印玺，再其次是对着反动统治者或强盗用的刀、枪、绳索，往后才对着算盘，对着"危险的手段"，"仁"。不必依靠注释性的"字幕"，线索分明的这一组"镜头"已经揭示了事物全部的含义，体现了和人民观察现实的态度一致的老画家的态度——反对剥削者，憎恨剥削。这就是说，按照画家一定的创造意图而结合在一起（不是任意拼凑在一起）的这些现象和概念，给读者提供了一种有力的暗示，使读者联想到一种没有直接出现在文字之内的东西。这好比互相联接在一起的几个镜头所产生的所谓"中间物"。齐白石不给读者提出抽象的结论，却已经把读者引向一定的结论。作为战斗的武器，这种"言有尽而意无穷"的写法，是很有趣也很有力的写法。

　　这一题跋在语言技巧上的好处，和老画家塑造视觉形象时所运用的手法是相通的。它不只是使某些比较接近的现象和概念互相补充，像人们把桃花与人面并提那样，让读者便于了解它们的共通性。而且，正如他画花、鸟、虫、鱼一样，善于使性质对立的东西结合在一起，让对立的东西得到统一的和谐的描写，从而加强艺术形象的吸引力和表现力。齐白石在绘画里，善于使用宾主、强弱、虚实、动静、枯荣、浓淡、工拙等对立的因素，把主要对象的特质表现得很鲜明。在枯黄了的老玉米的干和叶之间，穿插了鲜艳的牵牛花，因而使人觉得牵牛花显得更鲜艳，似乎牵牛花不甘随时令一同消逝的样子，就是对照法的并非一览无余的运用。《发财图》的题跋，也是对照地利用性质相反的东西的结合。为了进一步攻击剥削者，齐白石故意把不正当的发财工具说成是"仁具"。"仁"，在这儿是一句反语；有了这一句反语，使仁与不仁有了强烈的对比，使不正当的生财之道的性质——掠夺，特别是那些掩盖在虚伪的漂亮理由之下的掠夺行为的性质，表现得更确切，更鲜明，也更有说服力。这种写法，和鲁迅在小说《药》里用祝寿的馒头来形容坟墓相似，和人们所说"你是好人，你是好人里头拣出来的"语言相似，为的是在假设的肯定中造成更有力的否定。

艺术是生活的反映,但反映的方式可以是多种多样的。例如运用宛曲的写法,唤起读者的思索,而不是生硬地把现成的意见硬塞给读者,就是这些文艺作品使人感到有味而不是枯燥的原因之一。戏剧家斯坦尼斯拉夫斯基认为:在艺术中只能诱导,不能命令。看样子,《发财图》的题跋的艺术技巧,对于各方面的艺术家都有借鉴的价值,不只是讽刺文学的榜样。

(载《人民日报》1958年2月3日)

川剧艺术

在四川一带约一亿人口的地区,最流行的剧种,是川剧。解放以来,党领导着专家们发掘出两千个剧目,有的已经作了必要的改革。很多剧目,和我国其他歌舞剧一样,广泛地反映了人生,也在一定程度上表现了人民的理想、愿望、趣味和是非观念。在几百年前就形成的英雄形象,直到现在还能唤起深切的爱慕。在那些揭发假恶丑的作品里,也透露着人民对于真善美的向往。

川剧的表现形式,分明可以看出它与其他地方戏的关系,其他地方戏对它有影响。但它以四川人民的生活、认识、语言、欣赏习惯以及偏爱为创造的基础,唱腔和表演,剧词与情节、结构,都形成自己独创性的风格。

了解川剧的朋友李净白等对我说,川剧分昆曲、高腔、胡琴、弹戏、灯戏五种唱腔,曲调和伴奏乐器也有区别。昆曲主要用笛子伴奏。高腔用歌手帮腔,不用伴奏乐器。胡琴戏用胡琴伴奏,弹戏用一种高音板胡(名叫"盖板子")伴奏。灯戏用一种粗音二胡或唢呐、碗琴伴奏。但这些区别不是绝对的。《白蛇传》是高腔戏,它的第一折《船舟借伞》,全用胡琴腔。它不只有利于许仙和白素贞相爱的情节的表现,而且和全剧其他部分由于尖锐的冲突所形成的泼辣的情调成为鲜明的对比。这种方式不妨碍全剧格调的调和,而是加强表演的表现力的方式①。在高腔戏《阳告》里,有一段唱词却冠上了一句昆头子——"恨漫漫苍天无际",用笛子伴奏。听起来显得这句唱词很突出,但也更有利于表现悲剧主角敫桂英的愤慨和伤心。它激起了观众对于人物的命运的关心,也增强了观众对有冤无处诉者的同情,从而促使观众想要进一步了解,她为什么如此痛苦的社会原因。

　　人们不只爱看戏,也爱唱戏。四川民间有一种很普遍的业余的戏剧表演活动,叫做"玩友",也叫"围鼓"。每当春节或农闲的时候,人们集合在一起清唱戏文。这种业余的演唱活动,使川剧在群众中流传得更广泛,也能培养有才能的鼓师以及以唱功见长的演员。

　　高腔的唱腔变化多端,有几百个曲牌。同一曲牌,也可能有"苦"和"甜"等等区别。高腔中的帮腔,是和演员的唱相结合的一种有力的表演艺术,变化也很复杂。提头(帮头)、立四柱(起曲牌架子)、飞句(中间飞等等)、重句(重复帮)、合同和尾煞(结束曲牌)等。帮腔,像打击乐器和烟火的运用一样,是富于表现力和感染力的;它加强与情节相适应的气氛,加强唱词和角色内心的体现。就人物的刻画而论,它不从一切方面,往往只从情绪激动这一点出发,来和人物的心理特征相结合的,所以低唱也可以高声帮(一般说来帮腔的调都高于演员的唱)。帮腔,与其说是补助演员的声浪的不足,不如说是演员的演唱的衬托,角色情绪的延伸和扩张,进一步煽动观众的情绪。在表现人物和感动观众目的之下,帮腔可以相应地代替演员的唱。有时表现人物情绪激动的四句唱,后三句全由后台歌手代替似地帮腔,演员只在形体上刻画人物。更有趣的是,帮腔常常是形象地代表了观众的反应,代表观众对于戏所反映的生活的态度,从而反转来影响观众的感受,促成进一步的反

---

① 川剧作家李明璋同志对我说:川剧《铡美案》,一个戏把高腔、弹戏、胡琴都用了(行话叫做"三下锅"),是老艺人不为成规所限的创造。

应。帮腔有时也代表剧作者对剧中人行为的批判,虽然这种批判主要通过真实性的形象。据说在一个叫做《绿娥配》的戏里,有一句四川观众很赞赏的帮腔。绿娥的丈夫姚安,怀疑妻子和外人私通。当他误把睡在一床的妻子与妹子当偷情男女杀死时,乐队帮腔,唱:"背时鬼,你杀错了喔!"这句有幽默感的帮腔,在艺术技巧上也是有道理的;不只具备松弛一下观众的紧张情绪的作用,也带有双关的意义:既表现了姚安的不安和自责,也可以说是代表观众和剧作者责备蛮横而冒失的姚安。

川剧演员邓渠如,为了帮助我理解音乐的复杂变化,他以曲牌"二郎神"为例,说明同一曲牌有不同的效果。高腔戏里的《摘红梅》,少女卢昭容唱的"花枝隐隐隔窗棂,几度照人成孤零……",怀春的少女的幽怨表现得很分明。同一折戏里的少年裴禹,那配合着优美舞蹈的唱腔:"时来风雪不住停,且喜今朝得初晴……"又分明表现出他对西湖春晓的陶醉心情,和他风流倜傥的胸怀。我虽然不懂音乐,听了他边唱边讲的介绍,再一次感到高腔有一种以单纯见长的美。近乎优美的吟诵,不需要观众的感觉器官全部运动,而在某些方面形成强烈的刺激。它不只能够向观众明确介绍人物的情绪状态以至人物性格,也能把观众"组织"到唱段的情调中来,形成一种击节叹赏、陶醉于体会剧词内容的入迷状态。

打击乐器在川剧里有重要作用。老演员有"七分打,三分唱"的说法。的确是这样,事物是互相联系互相作用的。打击乐能使观众的情绪受到强烈的感染。马锣这一音域高而音响脆的打击乐器,只要不滥用,用得恰当,较之水墨画中的焦墨的适当运用,似乎表现力还要强得多。当人物的情绪状态或情节有了突变,一声马锣响,也可能使观众感到精神抖擞。川剧锣鼓曲牌很多,高腔戏的锣鼓约有二百多种。邓渠如同志向我介绍过好些有关帮腔与打击乐器相配合的例子,可惜我还没有能力用文字把这种所谓"套打"的特点和优点转述明白,这儿只能记下一个有关的材料。他说,灌县有一个以打法干净利落见长的、外号"卫生打鼓匠"的鼓师王瑞臣,敢于创造也善于创造。《铁冠图》①里无路可走的崇祯出场前的一句马门腔:"离深宫,出禁门哪……呃……"帮腔拖的尾子,能给人以深夜凄凉的印象。帮完之后,一般情况是要在这儿下锣鼓的,可是王不急于下锣鼓,偏偏要空出约两拍子的时间(行话叫做"凉起"或"冷起"),然后才打更鼓"冬,冬,冬,喳……"这在"打"上所显示的抑扬顿挫,不只更能表明角色所处的是什么自然环境,也更能加强角色心理特征的形象性,更能使观众分明感到角色那种孤独和绝望的心情。

　　川剧的语言,以通俗而又富于文学性著称。有好些剧词,很细腻也很有概括性;它是戏剧的,也是诗的。说它是戏剧的,因为它有行动性。说它是诗的,因为唱起来可能带动观众的吟咏。那些思想内容有程度不同的问题的戏,《柳荫记》、《焚香记》、《琵琶记》、《荆钗记》里,就有好些形式优美的语言。比较优秀的喜剧,例如北京观众熟悉的喜剧《拉郎配》、《一只鞋》和《乔老爷上轿》,其语言的长处是机智、幽默、平易近人而优美的。《拉郎配》里的小吹鼓手童代(中年一代的丑角唐云峰的表演是很动人的),当人们被迫举行结婚典礼时,他忙得很。后来竟然要他当书童,他埋怨其实自己也不高兴的青年李玉:"你拜三回堂,带挚我改行!"在这种逗人笑的语言背后,包含着锋芒并不外露、却很耐人寻味的讽刺。观众可能懂得,讽刺的主要对象,不只是受了损害的李玉。

　　怎样塑造人物,剧作家常常不拘绳墨。因为人物具有真实的性格,"半真半假"的情节也令人信服。变化得令人惊讶的情节,引人发笑的人物行动,在效果上狠狠地抨击了封建统治者的伪善、自私和残暴,也赞扬了正直勇敢的群众。《拉郎配》是杰出的喜剧,它

---

① 这个戏的思想内容虽有问题,可是帮腔和打击乐器的安排和运用,很有特色。"卫生"一词,在这里是单纯,不拖泥带水一类的意思。这不只是要说明这位老鼓师的特长,也是在称赞川剧——特别是高腔配乐那以单纯见长的特点。

描写皇帝选美女引起民间的骚动,人们都急于为女儿找丈夫;它没有作详尽的解释,观众也能了解引起骚动的根本原因。《一只鞋》写的是较之官吏公正得多的老虎,上公堂为蒙难的好人辩冤。《乔老爷上轿》写的是恶霸哥哥抢亲,想不到给妹妹抢来一个丈夫。其貌不扬、处境尴尬的乔老爷,这位上京赶考的青年人,为人善良,善良得到了发呆的程度。他那富于戏剧性的遭遇和行动,呆得出奇,很可笑。在偶然的情势之下,竟然不得已而又自愿地扮成少女,听凭恶霸抬起走。观众在笑他的时候,不因为他的行为怪诞而模糊了他的行为的正义性。相反地,正因为他违反常情却又不计较个人得失的可笑行动,更加突出了他那行为的正义性。因此,笑他的观众同时也就爱上了他。观众觉得在乔溪那可笑的外形之下,闪动着高尚的灵魂的光辉,也就更尊敬他。这种格调清新的作品,正如在悲剧《柳荫记》里,大胆穿插了喜剧成分却不破坏悲剧的效果一样,是多么自由,却又多么严肃地在对待着关系着人的品质的重大问题。

　　川剧的表演艺术也是程式化的,同时也是忠于生活实际的。它有细腻和深刻的特点。名演员杨云凤,在《帝王珠》里演失意、怨恨和受了辱的杜后,带些疯狂色彩的妇人,性格表演得很强烈。演员唱"三军儿郎全发笑,笑得本后脸发烧。要笑要笑(自己狞笑)我们大家来笑呵"。演员把最后一个"笑"字的音降低,转鼻音。这样,较之一般的大喊大叫有表现力得多。如同其他地区的传统戏曲一样,川剧的舞蹈,包括可以自由活动的丑角——特别是"官衣丑"的动作,也服从传统的严格的程式,讲究塑型美和节奏感。《琵琶记》里的一折《坠马》,就是以"官衣丑"的舞蹈见长的戏。但这一切,却又和真实塑造人物的要求密切联系着。李文杰在《奔番》等戏里,不只显示了川剧"官衣丑"的舞蹈技巧,而且在人物性格刻画方面,也显示了川剧艺术传统的优越性。《奔番》里的毛延寿,包藏一肚子害人的恶意;但同时,也分明显出他那并不高兴的心情。给北京观众造成深刻印象，引起惊叹的舞蹈之一，是琼莲芳的《别洞观景》。这位演员已到中年，她却令人信服地塑造了一个刚刚成年的小姑娘。她配合着优美的音乐的舞蹈，柔软得像一条鱼（按剧情她是一条白鳝）；像一条毫无拘束、得意地在水里游动着的鱼。有时也使人觉得，她好像是一只轻快地翻飞着的蝴蝶。出色的表演使小姑娘陶醉在自然的美和自己的美的欣赏之中，而小姑娘本身似乎也就是美的自然的一部分。基于演员的优美的舞蹈，不具体出现在舞台上的自然景色的美，可能使观众间接领会出来。在《打饼》里扮演潘金莲的演员王清廉，打饼的舞蹈优美，富于雕塑性和音乐感，符合打饼这一劳动的具体特点。当然，她不是以消极地再现劳动的姿态为目的，那在艺术上是不大必要的，甚至是和舞蹈的形式美不协调的。重要的是：她那些敏捷的、活泼的、变化多端的打饼动作，使人觉得这不只是纯熟的劳动姿态的模仿，也不只是表现给喜爱劳动节奏的观众看的，同时是为了表现潘金莲那压抑不住的妄念，一心要战胜她所倾慕的铁石心肠的男子汉武松。她这些好看的舞蹈，不只为了娱乐观众，而是借有趣的娱乐来诱导观众认识生活，认识封建社会里的一种不能解决的社会矛盾。《打饼》原名《金莲调叔》，带所谓黄色的低级趣味。经过改造，保留和加强了如何打饼那技术性较强的表演。打饼，既表现了潘金莲的情不自禁，也衬出武松的坚定。在似乎是聚精会神的劳动之中，三番两次穿插上她在偷看武松的"眉眼"，这就把打饼的意义点醒了。因为她想要战胜武松的心理，是通过打饼的动作来表现的。潘金莲此刻的劳动，既认真，又马虎；既要聚精会神，又神不守舍。因为穿插了三番两次的调情的"眉眼"，打饼这一动作就有了分明的心理内容。

在川剧表演艺术方面，不受生活的具体性的拘束的例子不少。在《焚香记》的《阳告》里，当成海神侍者的左右两个泥塑，由人来扮演。当敫桂英明白自己被欺骗和被抛弃，满腔悲愤无处倾诉而到她和情人定盟的"见证人"(泥塑和海神)面前倾吐自己无告的心曲,这两个"泥塑"毫无反应。本来是泥神嘛,怎么能和人交流呢?等到他们分别被这个有气无处发的妇女所推倒,正当敫桂英自己也昏倒地上的时候,扮泥神的演员却从地上爬起来,唱,埋怨她在并不幸福的侍者身上出气:"……王魁高中不认你,你打吾神为怎的……",或"谁不知我是小鬼,你把我当作王魁。"然后,用傀儡或皮影特有的僵硬的姿态,摇摇晃晃地退场。这是怎么回事?泥神还原为演员,形象的真实性不是被破坏了吗?其实,正如《借尸报》里,害死了窦玉姐的蓝三复临刑时,刽子手是由扮演窦玉姐的旦角来担任一样,正如《梵王宫》里,少女耶律含嫣看上了射雕的少年花荣,载她回家时的车夫是由扮演花荣的小生来扮演一样。正如《焚香记》里,王魁和韩小姐拜堂之后,掌灯领他入洞房的丫环,是由扮演敫桂英的演员来扮演一样,《打神》里被敫桂英推倒的泥神爬起来说话和行动,是以主角敫桂英的心理活动为根据的,是她的精神状态的变形的反映。负义的王魁在入洞房时从丫头脸上看见了被他抛弃在远方的敫桂英;少女含嫣一心念着花荣,把车夫看成花荣;蓝三复临死时从刽子手脸上看见了被他害死了的窦玉姐;这一切和被打倒了的"泥塑"爬起来唱和舞那样,是主角特殊的精神状态的形象化。因为虚构的形象是有现实根据的,只要演员不作过火的表演,观众不怪演员违反现实主义的艺术规律;而是觉得这种异想天开的形式,间接表现了纯挚的感情受到严重的损害、精神已经恍惚了的敫桂英的精神状态。这为艺术提供了不甘于模拟的现象、形象不一般化的创造成果。

1957 年 12 月 15 日写成
(载《人民画报》1958 年第 2 期)

欣赏,"再创造"

前些日子,我在一个晚会上听说唱,再一次想到有关艺术家和欣赏者的关系的问题。

说鼓书的演员,当他说"一轮明月挂天边"的时候,不用双手比拟月亮的形状,不用手指示月亮的位置,只是,略略抬头,向上前方看看。作为再现生活的艺术,这种仿佛打了折扣的方式,行吗?行的。因为演员不打算用拙劣的表演来代替不存在的月亮,只图诱人联想到月亮的存在。更重要的,是为了表现角色面对月亮时的心情。说鼓书的演员,当他说"喀族人民性格善良"的时候,与其说他是在直接模仿善良的喀族人民的性格的具体状况,不如说是着重表现善良性格在第三者心目中所引起的反应——爱和敬。以人的精神状态为主而不是为现象作事务性的说明的艺术形象,即使不正面写人,也是以人的感受为重点的。相声演员,当他说"眼看着大年初一来到了"的时候,把"来到了"三个字作为重点,在语式、语气上以及声调上着力。因为念词和表演是富于诱导作用的,听相声的人就很容易体会到作品中的人物由新年的来到而引起的喜悦,完成了用语言来再现生活的目的。

说唱节目是不是受人欢迎,好比其他艺术创作一样,主要决定于它的内容。但是,就一定条件和一定范围而论,决定于它有没有优美的形式和较高的技巧。考虑、判断艺术技巧的高低,却又不能离开广大欣赏者的接受能力和欣赏要求。如果不顾听众相应的感受作用,演员不能和听众的情绪交流,尽管他的表演可以表现唱词的内容,还是谈不到高度的技巧。有经验的演员,了解欣赏者的需要和接受能力,抓住足以诱导欣赏者适当发挥想象和联想的关键性的东西,规定了脑力活动的目标和线索,使欣赏者的心理活动按照一定的方向前进,在接近艺术家所提供的形象时,有所发现、有所补充,而不是简单的接受。对艺术的社会作用来说,欣赏者的发现、补充都是为了接受。因为给听众留下了想象活动的余地,他们不怪演员的表演不充分。相反,因为给他们留下了想象活动的余地,他们会感激,感激艺术家是知己,感激艺术家尊重他们,信任他们的接受能力,从而更乐于接受作品的内容。这,较之唯恐听众不能理解词句内容,烦琐地指手画脚的表演有趣也有益得多;因为他们不是只能简单地被动地接受现成的赐予。

艺术欣赏的特点,其实不过是借有限的但也就是有力的诱导物,让欣赏者利用他们的那些和特定艺术形象有联系的生活经验,发挥想象,接受以至"丰富"或"提炼"着既成的艺术形象。无形的音乐是给人听的,可是听音乐的人能够觉得看见了其实不在眼前的什么。有形的绘画是给人看的,可是,例如画出了汹涌的水势的马远的《水图》,能够使人觉得仿佛听见了什么。我一时找不到适当的词句来说明这种精神活动,姑且把它叫做"再创造"吧。

一切于人民有益而且使人觉得有趣的艺术,它的创造者力图再现生活时,也不漠视欣赏者"再创造"的要求和作用。欣赏者之于艺术的"再创造",当然和演员之于剧本的再创造不同。他不必像演员那样,把在头脑里构成的形象,利用可以使第三者分明感受得到的形式加以表现。无论如何,欣赏者的脑力活动不可能左右实际上不以人的意志为转移的客观存在。可是,欣赏活动作为一种接受感动以至接受教育的方式或过程,应该说不是在简单地接受作品的内容。对于欣赏者自己来说,当他受形象所感动的同时,要给形象作无形的"补充"以至"改造"。这种精神活动不是一成不变的,更不是毫无限制的,但它是可能的和必要的。宋朝有名的山水画家郭熙,讲究山水画动人的效果,要求画中的山水使人觉得它是可行的,可望的,可游的,可居的。这不只是为了形象真实,让人们相信画里的山水可行、可望、可游、可居,而且,更要紧的是,要求山水画具备强烈的魅力,好比好戏把观众引进戏里那样,把看画的人吸引到作品所构成的境界之中,使他成为无形地在作品中活动的人物。艺术欣赏不简单。看不见林中的庙宇,看得见溪边的和尚;看不见路边的酒店,看得见林梢的酒旗;看不见赶路的行人,看得见待渡的小船;这些似乎不完整的景象,是诱人神往的。依靠某些瞬间现象和自然的一角的描写,使欣赏者联想到没有直接出现在画面上的东西,甚至觉得自己可以进入画里的境界,加强人们和实际生活的联系。这种对我们说来是有趣也有益的欣赏活动,习惯的说法叫做"卧游",也叫做"神游"。假若片面地把素材作为判断艺术技巧的标准,否认欣赏者的精神作用,这些现象就无法解释。人们爱说好的山水画有咫尺千里之势;离开了欣赏者,咫尺的山水画,哪里来的千里之势的效果呢?

  人们对于客观事物的注意和关心的程度,以客观对象和主观条件的不同而改变。作为一种主观条件,欣赏者的审美经验在面对艺术品时产生重要作用。正如不同专业的艺术家的不同专业,定会影响他对于对象的观察和体验有不同的着重点和不同的感受那样,欣赏者的审美经验的不同,也不得不对他的审美活动产生有所着重的作用。一般地说,人们面对着太难了解的现象不会引起很大的兴趣,有时甚至视而不见,听而不闻。相反,太容易了解、一览无余的东西,在人们和它接触的过程中,难得有新的发现,也不会有多少感人的持续性。而那些内容丰富、形式完整的作品,其所以不自然主义地再现艺术家所知道的一切,也为的是不愿意妨碍欣赏者对于形象和它所代表的生活的关心,而是为了使人在形象之外,有所发现或有所补充的。

  小说里的人物,例如《红楼梦》里的晴雯、尤三姐,《西厢记》里的红娘,《警世通言》里的王娇鸾,《聊斋志异》里那许多被作者所肯定的女性,她们的性格,在小说里已经描写得很鲜明,可是这些性格鲜明的人物,其外形,不像图画里那样描写得很具体,更不像舞台上的表演那样可以捉摸。读者在想象时总不那么容易把握她们的外形,在读者头脑中可以说是不太稳定的。有时,你会觉得她好像是我们在实际生活里所遇见的某人;有时,又会觉得她好像是我们在实际生活里所见的另一个人;有时,又觉得她是谁也不像的陌生人。任何艺术都有它的特长和局限性;小说里的人物的外形不是可视的,是小说的缺点也是小说的优点。正因为形象不是十分定型的,其稳定性不是绝对的,所以,欣赏者可能把自己在实际生活里所见所闻的印象,作为在自己头脑中"再创造"人物外形的根据(这好比小说家构成小说里的人物心理状况的根据一样)。读者各人有各人不同的生活经验,情绪记忆,形象记忆,当他们进行想象和联想的时候,虽然不脱离小说所描写的基本特征,在某些方面却可能有很大程度的出入,难怪理论家说"有一千个读者就有一千个哈姆雷特"。当然,欣赏者的"再创造",不能不受艺术形象的确定性所约束。一般说来,哈姆雷特不至于因为欣赏者的不同而被人当成堂·吉诃德。可是,在不违背形象的基本特征的前提之下,欣赏者的主观条件的差异性,不可避免地要作用于人们对艺术的感受,而且这也并不是坏事情。艺术家的才能如何,也在于能不能适应多数欣赏者的需要,为了激发和组织欣赏者的想象,给想象规定明确的范围和方向,而选择相应的现象,塑造相应的形象。小说需要插图的原因之一,是为了形象更富于感性,是为了借助于视觉作用使形象定型化。好的插图,有利于相应的想象和联想的唤起,更能促使读者和小说中的人物接近。可是,拙劣的插图还不如没有的好;因为它已经成了人为的障碍,妨碍读者的想象和联想,妨碍读者深入体会小说中人物的基本特征。这就好比观众从舞台上看过既轻佻又做作的红娘以后,造成一种不容易摆脱的心理上的烦扰,不便进一步深刻认识剧本中那个不只是很活泼,而且很聪明很果断有斗争性的少女性格一样。

完整的艺术形象,永远是正当的创造要求。片面强调笔墨的洗炼和形象的单纯,不顾群众懂不懂的作风,永远不是值得称赞的作风。可是完整不等于包罗万象,不就是把把握了的东西和盘托出。正如平易近人和耐人寻味可以不是对立的一样,丰富的内容不见得只有庞大的形式才能表现。内容不丰富就不需要形式的精炼,含蓄恰好也就是为了和丰富的内容相适应的意思。完整与不完整,应该说是相对的而不是绝对的。它是不是完整,不能把庞杂的素材作标准来衡量,而要看它能不能形象地,同时是既充分又留有余地地把艺术家所要表现的内容表现出来。作品里所反映的生活,是通过作者的主观感受认识的,艺术形象和生活实际之间不可避免地有必然性的区别。如果把素材的庞杂性当成衡量艺术形象是不是完整的尺度,实质上是取消艺术特性的看法。只要能够把作者认识生活的结果恰当地表现出来,几百万字写成的小说不算太长,几句话写成的寓言诗不算太短。传记,只要能够把人物的成长过程表现出来,在思想上有强大的影响,有什么必要叙述人物的祖宗三代?电影《董存瑞》不记述英雄牺牲之后,军区传令表扬的史实,不一定就是电影的缺点。庞杂的素材不能代替提炼了的艺术创作,要是把合理的创造意图抛在一边,接受自然主义者所提出的机械模仿生活的所谓真实的要求,只会引导能动地反映生活的艺术走向毁灭。依靠欣赏者的"合作",艺术家不采取包罗万象、和盘托出的办法,是重视思想和尊重欣赏者的态度,也是对生活和欣赏者负责的态度。在创作上尊重观众,不愿意给观众造成不必要的烦扰,是真正聪明的艺术家。艺术形象的存在,不以欣赏者的脑力活动为转移,资产阶级唯心论形而上学不能解释艺术欣赏的主体的客观性。但是不把欣赏者的脑力活动估计在内的客观主义的看法,正如忽视美的社会实质,把审美特性仅仅归结为它们的自然属性,说国旗美就美在它那红的色彩的机械唯物论观点一样,是片面的看法。它不能正确解释艺术品与欣赏者的关系,不能正确解释艺术欣赏这种精神活动的特点。小说的虚笔,戏剧的暗场,绘画的意到笔不到,可以说是在真实反映生活和充分表达主题的前提之下,加强艺术魅力以至教育作用的具体措施,而不是任何消极地对待生活的艺术现象,它至少不能说是艺术形象的残缺。

戏剧或说唱的停顿(动作的和语言的停顿),好比绘画里的空白,也是完整形象的一个不可缺少的组成部分。它不是人物行动的中断,而是表演的另一形式的继续。行家认为休止也是语言的组成部分,沉默也是并不省力的表演。有才能的演员的动作和语言停顿,不只可以由演员的内心活动所充实(所谓潜台词的体现),同时,舞台也可能由欣赏者的心理活动所充实。在川剧《别宫出征》里,当金妃和苗妃正在长时间地和出征的皇帝话别,坐在一旁的(台口右边面对观众的)希氏,不只要从沉默中表现出嫉妒,还要不抢戏,使观众觉得这个演员在场并不多余,真是很不容易处理的场面。在动作和语言停顿的时候,有才能的演员的眼睛在向观众说话,全身都在向观众说话;不用语言地说出角色此时此地的心事。令人着迷的戏,观众随时都有所期待,有所猜测,有所预计;包括为古人担忧的心理活动在内,这也是欣赏的快乐。当演员的动作或道白停顿的时候,只要这种停顿是正常的,它必然会加强观众相应的心理活动,恰好正是观众的心闲不着的时候。这种心理活动因人而异,基本上都可能符合演员的正当要求——诱导观众、听众进一步领会作品的生活内容和思想内容。

在实际生活里,对人直率应该说是一种可取的态度。可是,不能以为任何直率的态度都是美的都是善的,更不能说一切艺术的表现方式都必须是直率的。好比杂技表演在惊人的动作之间穿插些滑稽表演以免单调一样,小说的伏笔,说书的"卖关子",正是为了避免叙述的直率而造成乏味状况所形成的艺术形式。伏笔或曲笔以及诗词的险韵,有加强感染力和鼓动性的作用。和这相反,板着正经面孔教训人的诗,虽然内容的正确性无可怀疑,可是因为太直率,太生硬,使人愈读愈感到乏味。读者不能从不断的玩味中发现新的东西,虽称文艺的诗不见得比论文更令人信服。有欣赏者在,艺术模仿生活不必面面俱到;如果演员不顾观众的欣赏要求,在舞台上尽情地哭和笑,虽然哭和笑都有充分现实根据,符合角色的性格和处境,可是不怎么符合观众的审美需要,观众不见得就受感动,不见得会感谢演员这样卖力。相反,有时还会引起不满:演员自己都哭够了,笑够了,我们看戏的还有什么可哭的或可笑的?更重要的是,演员极力要求观众感动的动机虽然表现得很明白,很易了解,可是由于表演过火,观众的想象受到干扰,兴趣只能下降而不能上升,你的作品不只使人感到乏味,而且演员所模仿的人物的真实心情反而更不容易表现得明白。凡尊重欣赏者的艺术家,不愿强迫欣赏者受感动;他们明白感动只能促成而不是可以强制。毛泽东同志批判过的八股气十足的文章之所以脱离群众,也在于作者不重视欣赏者的接受能力、需要和"再创造"的作用。

　　艺术和生活必须一致,却也必须有所区别。艺术形象从生活里来,但生活现象始终不就是现实主义的艺术。杜甫的诗虽然不像李白的诗那样富有浪漫主义色彩,却也不是平板地再现生活的一切。他的诗《对雪》,就是一首很能唤起相应的想象和联想的诗。这首诗描写黄昏,风雪交加,老翁因为封建统治者的战争而造成的离乱和困窘,愁坐着。主人翁困窘的生活状况,是借这样的诗句来描写的:"瓢弃尊无渌,炉存火似红。"这样的诗句很有趣,没有直说穷和冷,抱怨连消愁的酒也没有,连取暖的火也没有,偏偏要提到它的对立面——有;或对无感到惋惜;并不因此削弱主人翁处境的特点——困窘。几乎可以说在这种好像情绪不太激动的诗句里,渗透着流浪者无形的眼泪和对现状不满的深情。

有隐喻性的对比,作为一种艺术手法,有时用起来显得没有力量,这因为它的内容有问题,也因为这种手法用得不灵活。《对雪》却大不同,把有潜在意义的对比手法用活了。诗人从更大的空间入手,使火红和没有火成了强烈的对比,读者更易敏感到主人翁处境的困窘。这一形象不只可能给读者造成深刻的印象,而且更可能在读者的想象和联想中扩大这首诗既有的境界,更便于把读者引入广阔的现实空间里,促使读者体会旧时代颠沛流离的人民生活,体会诗人与人民痛痒密切相关的积极态度。

诗人利用不肯定的"似"字,把两个对立的不调和的现象结合在一起,把火红和没有火这两个不可能在同一时间同一空间出现的现象并列在一起;利用不肯定的"似"字,给读者造成火红的幻象,同时又是在让读者打破这一幻象。这是动人的形象,这是充满感情也有技巧的艺术;它提供了艺术创作怎么适应欣赏活动的窍门。诗人为什么敢于"缩小"事物存在的空间呢?看来他自己的欣赏经验在起作用。因为诗人自己的欣赏经验是有代表性的,他把这种经验间接表现在艺术形象里以后,和读者的欣赏经验相吻合,在读者的欣赏活动中产生了出色的效果。

戏剧的欣赏和诗的欣赏有区别,但不能以为欣赏戏剧只不过是在剧情的不息的进展中,完全被动地接受舞台形象和它所表达的内容。戏剧家利用一定的艺术形象刺激观众发挥相应的脑力活动,从而进行形象的"再创造",也就是在自己的头脑中"丰富"了其实是自在的、不以欣赏者的意志为转移的艺术形象。这不只是戏剧有没有魅力的问题,也关系着艺术的思想内容的力量。与标语口号不同,艺术的思想埋藏在艺术形象之中,不是附加在艺术形象之外,所以欣赏者接受它时有待于自己的体会以至思索。作为想象的刺激物和认识的对象——艺术形象,当它的内容,通过欣赏者的"再创造"而"丰富"了的时候,同时也就是它所反映的生活被深刻地认识到的时候。

1958 年 2 月 15 日改写
(载《文艺报》1958 年第 4 期)

"意味深长的沉默"

去年初夏在太原看戏,赵树理同志告诉我,晋南老戏台上有一副对联,称赞传统戏曲的概括性:"三五步行遍天下,六七人百万雄兵。"

艺术形象和艺术的原料之间,应该是既有联系又有区别的。这样的对联,恰好说明艺术的特性及其优越性。观众愿意艺术较之生活本身更单纯更理想更典型,不怪戏剧家没有照样把生活搬上舞台。《失街亭》、《空城计》、《斩马谡》,当成生活的再现,它的规模有限得很;可是它所包含的内容,不太受篇幅的限制,不太受舞台的限制。

在太原看戏的事过去快一年了;那些规模不大的小戏例如郿鄠戏《张连卖布》,直到现在还有鲜明的印象,而且还能使人联想到较之戏的情节复杂得多的生活实际。那个梦想发财,为了赌博而把一切都卖掉的二流子,回答妻子的劝告时,有许多很可笑也很有性格的优美的唱词。例如为他卖猫而提出的完全是诡辩的理由,"它吃老鼠不吃尾巴",是很有概括性和代表性的。这真是很好的讽刺文艺。就说大本戏吧,也不是素材的堆积。大本戏例如《血手印》的《祭桩》一折,有一些很有表现力而又很"省"的动作。

"省"字不能说明表演的表现力,但富于表现力的动作却不是繁琐的。王桂英,是一个封建社会中的从来不在公共场合露脸的闺女,当她那无罪的未婚夫林昭德上了法场,她却不顾一切,冲去生祭,跪在人事不省的少年前面,为他梳头。这时候,表演动作不多,观众却感觉到它包含着许多内容。观众受了这些内容的感染,有时很难控制被刺激起来的感情。长于节制的女演员贾桂林,在这儿的表演稳重得很,没有多余的激动。而角色王桂英的挚爱和怜悯,沉痛和矜持,愤懑和抗议,却表现得很鲜明。就剧本而论,梳头这一动作的安排也很可贵。如果用纯功利的眼光来看,给将要死亡的人梳头,完全是多余的,没有必要的。可是就当事人王桂英来说,当她觉得自己未婚夫的生命即将熄灭的顷刻,她也许来不及考虑,她所做的事情是不是必要的,她却做了一件别人不屑做也不配做,在她看来却是非常必要、非做不可的事情。也许,她此刻什么也没有觉得,不过是凭直觉在行动。就心理基础来考察,王桂英为她那即将身首异处,因而昏迷了的未婚夫梳头,做这一件其实无补于别人的事,不管她自己有没有考虑过行动的意义,观众可能感到这一行动的意义。说她的这一行动是对未婚夫的关怀与体贴也行,说这是为了自慰也行;可以说这是她爱护爱人的真情的自然流露,也可以说她是不自觉地在向不公平的不合理的旧社会提出控诉。梳头这种并不复杂的动作,在整本戏里无非是许多细节里的一个细节。它却可以代替许多唱词,代替许多行动。只有蠢人才看不起这样的细节;它真正是内容丰富而形式单纯的艺术形象。

《祭桩》这样的场面虽然不等于一幅画,我看也可以当成一幅画来欣赏。它像蒙卡奇的《死囚》,像列宾的《拒绝临刑前的忏悔》,也像一切不一定和死刑有关的其他卓越的造型艺术,例如别罗夫的《出殡》,米莱的《晚祷》,珂勒惠支的《磨镰刀》……这些作品利用了有限的情节,诱导观众联想起许多没有直接出现在画面上的东西。较之戏剧更受限制的造型艺术,要依靠较狭小的空间来表现较长远的时间,从有限见到"无限",实在并不容易。《拒绝临刑前的忏悔》,作者一再改变其构图,也就是力求用更单纯的形象来表现更丰富的内容的。

　　一个美术家对我说，至今还有人对艺术的完整性作违反艺术规律的解释。有人以为完整就是多，就是繁复，就是包罗万象，就是在细节处理上平均使用力量。似乎只有大量琐碎现象的描写，才能反映复杂的生活内容和思想内容。以为矛盾的双方不同时出现在同一画面上，就不算是所谓"形象完整"，就不算是"主题明确"，甚至就不算是所谓"主题性绘画"。但愿这样的看法不影响创作个性的发挥和创作的繁荣，不影响艺术形式的多样化，至少不致因而使肖像画艺术受到轻视。

　　人多而场面大的作品，当然需要。大家早已熟悉的《清明上河图》、《张义潮出巡图》、《文姬归汉》，它的生活内容，需要较大的场面来表现。我曾介绍过的苏里珂夫的《近卫军临刑前的早晨》或《女贵胄莫洛卓娃》，能够用同一作者的表现力也是很强的名作《缅希柯夫在贝列佐夫》来代替吗？不能。但是，这些作品的动人的力量，不能简单地归之于构图规模之大。构图的规模不一定和生活内容、思想内容成正比例，何况把短篇小说拉成长篇小说，未必就能成为优秀的长篇小说。艺术同样有量和质的区别。"省"和"好"可以是不冲突的，场面大小不能决定艺术质量的高低。决定它的高低的，单就取材而论，要看画家是不是根据他自己那创造性的创作意图，从庞大的生活实际里，选择出最值得描写的东西，着重描写了那一些最能帮助欣赏者认识生活的东西，也就是最能培养人们高尚品质和高尚情操的东西（或者说是可以体现高尚的思想感情从而影响欣赏者的思想品质的东西）。艺术形象不必是生活实际的复制品；《近卫军临刑前的早晨》也没有追求繁复，包罗万象。艺术家所着重描写的，不是按照一般的标准来看的现实生活的最重要的方面，最重要的环节，而是根据特定的主题（即艺术家对于某些具体的生活的评价），选择最富于表现力的方面，最富于表现力的环节，最富于表现力的瞬间。在艺术家认为值得着重的地方着力,而不是在一切方面着力,才能避免一般化,也才能够体现明确的主题。正因为这样,就是比较朴素地反映现实的创作,艺术家也大有发挥主观能动作用的余地。个性不同的艺术家,哪怕是面对同一现象而进行写生,也可能贡献出不仅风格不同,内容也可能有区别的各色各样的好作品。俄国画家马科夫斯基的油画《探望》,没有描写儿童怎样被虐待,不过是描写小学徒和母亲的会见。它那动人的力量,不见得就低于描写儿童正在担任艰苦劳动的作品,例如别罗夫的名作《三匹马》和麦绥莱勒的《一个人的受难》中的小孩子吃苦的画面。《探望》里的那个探望儿子的母亲,坐着,好像见了儿子反而不知道应该说些什么话,又好像有一肚子话不忍向儿子说,只是爱怜地同时也是痛苦地望着儿子。儿子穿着破工作裙,赤着脚,咬着母亲带给他的面包。不知道这时候的孩子,觉得面包是甜的还是苦的,不知道他此刻是不是回忆起他那贫穷的可是较之资本家的作坊温暖的家……也许画家存心让观众难过,画里的母亲没有哭,画里的儿子没有哭,可是看画的人,难免像读了契诃夫描写童工的小说《万卡》那样,不容易压抑住由艺术形象所激发起来的同情,不能不想到还没有得到解放的人民,关心无数的这样的孩子的命运。

艺术欣赏者的情绪的波动,只能诱导,不能硬逼。真能自然而然地激动人心的作品,不见得就是什么都要加以叙述的作品。去年春天在莫斯科普希金博物馆,看见一幅场面不大,内容不简单的油画,题目叫《女仆的早饭》,据说是前世纪雕刻家麦尼埃①的作品。正如麦尼埃的雕刻《休息的矿工》那样,虽然描写的不是正在劳动而是正在休息的人,同样表现了劳动的艰苦和劳动者的坚韧等等内容。只画了一个人,一个没有解下工作裙就准备吃饭的姑娘,使我们想起人剥削人的旧社会。她手里拿着一块面包,坐在墙

---

① 他的兄弟也长于画,这幅画到底是哪一个麦尼埃的,曾经引起过怀疑。

角的条凳上。与其说是准备要吃饭,不如说是什么也吃不下去,正在发呆。这个正在发呆的女性,那姿态,那神气,要是用斯坦尼斯拉夫斯基的话来说,她是处在"意味深长的沉默"之中。这个端庄的女子,为什么那样郁悒呢?是沉重的劳动使她丧失了食欲吗?是因为等待她去承担的苦役使她感到厌烦吗?是因为不明白自己为什么不幸的原因而烦恼,或者是不明白怎样对抗折磨她的社会势力而感到疑惑吗?是因为青春在不幸的生活里迅速地消失而感到不平吗?是在强迫自己回答自己回答不了的,例如关于生活的意义,怎样由自己来掌握自己的命运等等重大问题吗?观众很难猜测,不好随便下判断。可是,从艺术而不是从论文着眼,这不是它的缺点,也不会妨碍形象的强烈的吸引力。艺术家也许没有关心怎样唤起人们的感动,不过是按照自己的深刻感受的结果在作画罢了。可是因为很自然地画出了这一少女此刻的精神状态,而这种精神状态是有个性和普遍性的,因此,它能使人感到,在这一幅画的后面,还有一些和这有关的画面,还活动着一些外貌不同而命运相似的人物。它给看画的人唤起许多联想,联想起相关的现象。它迫使看画的人思索,思索一些和这一情景有关的问题。态度十分沉着,表面上显得毫不激动的作者,在这样的作品里,渗进了他那深厚的情感。人们可能体会作者对于被剥削者的同情,对于资本主义社会的抗议;而这一切依靠的是形式简洁、形态质朴的艺术形象。

　　真正说得上是完整的,不是以庞杂地记述事实为能事的作品,不是包罗万象的作品,而是富于典型性的形象。不论场面大小,不论描写的是什么,欣赏者所需要的,主要不是事件的过程,而是人物的性格,是一定环境中的人对事的态度。麦尼埃的这一造型,使我这样设想:这一并非雕刻的绘画形象,就像成功的圆雕那样,不依赖生活背景的具体描写,更不需要注解和说明,而是依靠人物形象本身来表现它的意义。即令作者不画院里的那一堆木柴作为人物身份和行动的注脚,特定处境之下的少女的形象的完整性也是不必怀疑的。

艺术家的长处在于：能够利用造型艺术的特殊形式，使观众觉得，作品里的这个人物和这样的人物，处于一定情势之下，将会怎样行动。缺乏性格特征、不成功的作品，尽管记录了人们正在怎样行动，不见得就能激动人心。喜欢画农村生活的米莱说过："一个倚锄或倚铲而立的人，较之一个做着掘地或锄地动作的人，就表现劳动来说，是更典型的。他表示出他刚劳动过而且倦了——这就是说，他正在休息而且接着还要劳动"[①]。这些话，只要批判地了解，不至于误会曾经画过《播种》等等名画的作者，提出了武断性的主张，不许描写正在劳动，以为作品描绘不行动的人物才是最有表现力的。他的这些话，可以帮助我们了解他的名作《倚锄的男子》的创造意图；可以帮助我们了解麦尼埃的《女仆的早饭》在思想上和艺术上的成就；可以帮助我们了解怎样认真对待素材而不被素材支配，使造型艺术突破空间限制而不停留在动作过程和劳动方式的说明；可以帮助我们按照造型艺术的特殊需要，从生活中选择比较有表现力的瞬间，把对象可视的能够引起美感的特征固定下来，避免把艺术当成素材的记录来使用。就是米莱的那些描写正在劳动的作品，例如《播种》或《拾麦穗》，也决不同于平淡无奇地记录着细小的生活现象的作品。尽管由于现实有了飞跃的变化，艺术家的世界观和创作方法不同，就怎样服从美的法则和造型艺术的特性，又单纯又丰富地反映生活而论，就怎样使形象富于概括作用而论，就怎样利用造型艺术的形式塑造典型而论，米莱、麦尼埃和马科夫斯基等艺术家的作品所体现的知识，对我们的创作活动——歌颂新时代的人民的生活和斗争，也还有一定程度的借鉴价值。

1958年3月25日写成

（载《美术》1958年第4期）

---

① 引自 E·斯坦莱:《J·F·米莱》。

继承·创造

最近看了中国京剧院一团演出的《白毛女》,想起一件已经过去了十几年的事情。

延安鲁艺戏剧部的同志,在院里排练《白毛女》第一幕。演员没有化装,和平日在公共场所碰见时的样子一样。我站下来看排练,没有抱多大希望。可是看了一会儿,再也不愿走开。演员虽然没有化装,也能把我带进另一种生活的境界之中,使人忘记了他们是经常碰见的同志,不得不为这些同志所扮演的剧中人分担希望、痛苦和愤懑。当喜儿跪在她死了的父亲之前号哭的时候,当这个穿了普通制服的林白同志唱到"莫非爹爹不疼儿,莫非喜儿不孝顺"的时候,我完全忘记她是在一个山头上劳动,一个大礼堂里听报告的鲁艺的一员,再也不能掩饰被表演刺激起来的感情。

看了这一幕不化装但很传神的表演,《白毛女》剧本的缺点不那么显得突出了;我也更加相信艺术形象必须基于实际生活,却也不必和生活现象一模一样了。我相信只要它再现了对象的某些重要特点,就可能使人觉得自己好像看见了事实,相信艺术家不是在愚弄人。正因为表演具备真实感,我不觉得没有布景的演出"不完整";剧中人用第三人称描写他自己,不见得就"不科学"。也正因为这样,我更加怀疑那些轻视民族艺术传统、也不想了解民族艺术传统的论调,对于为社会主义服务的艺术的发展是否有益。

前年,《人民日报》上发表过一篇谈舞蹈,涉及翻跟斗得失的文章。文章虽然承认翻跟斗可以用来表现孙悟空行走如飞的特点,却又否认它可能用在其他场合。认为它只能是走、跑的变形,要表现激烈的情绪和激烈的战斗就用不上。我不赞成这种论断。不顾人物性格和人物处境的特点,生搬硬套这些程式,当然是不行的。但是,以为程式化的舞姿,只能模拟生活的具体形态,这种看法是狭隘的,不能解释传统艺术的形式、风格的特性,模糊了艺术与生活的区别。我以为翻跟斗这一程式,正如其他程式一样,既然是一种程式,它就可能被利用来再现非单一的生活内容。日本的芭蕾舞和京戏形式演出的《白毛女》都可证明:艺术基于生活,却不必机械地为生活照相;艺术和生活可以有很大的区别;各种艺术样式和一定的程式,都有可能被灵活利用。

外形的相似和外形的逼真,不等于现实主义的艺术。现实主义的艺术,不排斥合理的变形和虚构。在京戏《白毛女》里,饰杨白劳的李少春同志,有一些表演虽然使人觉得还受了自然形态的拘束,但也有许多表演是精彩的创造。在崭新的创造任务之前,他恰当地运用了京剧的表演程式。按手印那一场,当黄世仁一脚把杨白劳踢翻,李少春就势运用的"抢背",很受观众欢迎。这且不说,当杨白劳被迫按手印之前,和大段的"念"相配合的做功,节奏很鲜明,很干净,很有内容。杨白劳不忍出卖亲生女儿又没有力量保护她的那种复杂心情,在这些程式化了的表演里,得到了很动人也很准确的表现。

本来在传统的京戏里是很普通的东西,在行家看来也许认为不值一提的东西,出现在《白毛女》的演出里,却显得很有光彩。当赵大叔找菜就酒,错拿了盐卤罐子的时候,说:"我的天,哪儿是腌菜呀,这不是点豆腐的盐卤吗?"杨白劳一听说到盐卤,震动;这是演员表演的着力之处。和这同时,是几声清脆而又紧张的小鼓——"得得得",很动人。这几声小鼓,好像川剧《打神》里,敫桂英叫"海神,菩萨"之后,配合锣和马锣而响起的几声激动的鼓声(冲头)那样,虽是配合演员表演的打击乐,实际效果使人觉得,它不只打在角色的耳里,而且打在观众的心上。至少它可能提醒观众,盐卤这一名词成为正想解除苦难的杨白劳精神上的强烈刺激。舞台上出现的对角色的这一刺激,也刺激了观众,或者说它成为一种暗示,使观众预感到将会有什么意外的变故发生。在这里,小鼓的运用,加强了观众对于杨白劳和喜儿的关心,也更加憎恨压迫他们的压迫者。离开观众的反应,只从生活原型出发,怎能解释,这几声小鼓是不是必要的。我以为,这既是角色心理的夸张的表现,也是观众情绪的形象化。长期和观众相联系的戏曲,懂得观众需要的中国戏剧艺术家,常常用这种观众情绪形象化了的表演,反转来影响观众的情绪及其他。

和戏曲一样,中国传统的造型艺术,其形象并不就是生活现象的逼真的模仿。西安乾陵那带翼石马,装饰的要求不下于写实的要求。那规整的翼且不说,全身的造型都是图案化了的。这和戏曲里的那些富于装饰性的东西一样,并不妨碍马的现实性,不会使人怀疑是艺术家企图用装饰化的手法,来掩盖他那写实能力的薄弱。装饰化的骏马作为骏马的特征,仍然表现得很动人。装饰化的形式,对骏马的表现仍然是现实主义的。和敢于大胆运用装饰性的形式一样,不少传统艺术不模仿现象中的一切,而是在力图抓住最精彩的东西。成都天回镇出土的那一批汉俑,在比例上近似龙门奉先寺石佛,四肢的长度不及两个头长,这多么"不科学"呵。只用解剖学的标准来衡量,它的艺术性显然是很不够格的。可是,正如强调装饰趣味的乾陵的带翼石马,因为它再现了对象某些很重要的特征,初看可能感到奇怪,愈看愈觉得它美妙、真实。如果说那个《弹琴俑》着重表现的是弹琴的人的自得其乐,陶醉在自己的演奏中的神气,可以说那个《说书俑》(一称《击鼓俑》)是着重表现这个说书人(或说笑话者)的特殊神气——企图逗引观众发笑①。这个有趣的胖子,伸头,耸肩,跷起一只脚。那样子,可能使人仿佛听见他的笑声是什么样子。如果说他是在说故事,也可能使人想象他此刻所说的故事是什么性质的,听他说书的人们的反应是怎样的。

把自然形态和艺术形态混淆起来,创造性的艺术作品的好处可能被怀疑,以至被否定。传统的皮影,连脸和手在内,几乎全是直线的,和自然形态大不相同,较之敢于大量运用直线的陈老莲式的仕女画更大胆。因为大量运用了直线来造型,它在静止状态中,可能使人觉得它形态生硬。可是当它被有经验的艺术家操纵在手里,以角色的姿态出现在舞台,在表演中灵活地动作起来的时候,就不觉得形态还那么生硬了。去年春天在太原,看见了另一种皮影:按照人体解剖学常识,强调造型的逼真,强调女人身体的曲线。负责这方面工作的同志对我说,这是过去为了提高皮影的造型而试作的。曾经表演过,但效果并不理想。不动时还不要紧,动起来那些也许在静止状态中看起来不讨厌的起伏,成为妨碍动作形体的明确性的累赘了。皮影是特殊的艺术样式,和一般的剪纸不同,在演出时,它非动不可,而且动得要夸张。大概因为人们嫌皮影都是侧面的,太单调,不真实,于是制造出一批面型是八分面的皮影。这种皮影,如果当成窗花使用,让它停止不动,问题不这么严重。要是把它当成和幕布或幕纸紧紧结合一起的"演员",当他们向左或右行进的时候,头和身子的统一性就不能保证,结果造成了不需要的滑稽感。离开表演而孤立地要求造型的逼真,造型的要求没有服从表演的需要,反而造成形象的不真实。传统的皮影的上唇,和一般雕塑的比例很不一样,它短得几乎使口与鼻相连。下唇,却向后退进去,静止地观察,它有点畸形。制作者为什么要这么"不科学"呢?也许为了让这些不会动口的"演员",在表演的时候,给

---

① 成都博物馆另一个较小一些的《说书俑》,还伸着舌头。

观众造成嘴正在动的印象也说不定。特殊的艺术样式有特殊的规格,它是各种构成因素服从特殊的需要,从而显示其特长。前几年到北京演出过的陕西郃阳提线木偶,在静止状态中看起来,可能被人当成没有真实感的东西。这些木偶的头部虽是立体的,却没有立体的身子,身子只不过是空而扁的薄薄的衣服。要说这就是缺点也行,因为它和人身形态有很大的区别。可是当它动起来的时候,这种"缺点"就往往感觉不到了。《打金枝》里的公主,在父母面前撒娇、哭泣的时候,有节奏地抖动着双肩,样子生动得很,好看得很。这时候我觉得这个木偶是活的,仿佛真是一个既麻烦人又逗人爱的少女。

传统艺术常常是敢于突破自然形态的。把唱和做分开,表现同一时间出现的现象,在传统戏剧中是容易遇见的表演方式。蒲剧《归宗图》里,薛猛唱"强打精神睁开眼",是唱完才做的。这和生活的具体状况大不同,但观众接受起来毫不吃力,并不因此破坏了形象的完整性。川剧《店房责侄》里,那个受他伯父斥责的少年,样子看来很规矩。但有时,他当着伯父的面,情不自禁地回忆起他在途中遇见的女人。当他伯父和老师正在谈话而没有注意他的时候,他竟自三番两次地模拟起那女人的姿态来。这些逗得观众大笑的回忆和模拟,不是用唱、念,而是用动作来交代的。要是简单地按照现实的状况来检查,简单地从人物当前的处境的特点来检查,这种表演方式就很成问题。它和抢背或翻筋斗一样,很不"真实"。分明是在责备的伯父和尊严的老师面前,这个少年怎么可以这样公开自己的心事呢?可是作为戏剧来看,它恰好是造型地表现了这个少年的"走神"——身在此而心在彼的精神状态。正如为了表现心理的激变的变脸一样,正如为了表现情绪的激动的甩发一样,正如为了把观众情绪形象化的帮腔一样,这不是艺术落后于生活的表现,而是拥有生活经验的艺术家,重视戏曲艺术的特殊形式的艺术家,真正了解欣赏者的接受能力和审美趣味的艺术家,从生活的更广阔的范围着眼,不愿被素材的具体状况所拘束,力图在舞台上创造性地反映生活的表现。

不以模拟自然形态为能,而以表现人物和剧作者对生活和斗争的感受为重的艺术创造,是名副其实的创作。但也只有掌握了丰富的素材,在创作实践中才能够避免被动,才能够能动地、自由地想象和幻想,创造出区别于自然状态而不脱离实际的艺术形象。这分明是变了形的,但它却是比那些只有外表的真实更真实的形象。依靠想象以至幻想来创造型象,不见得比基本练习式的写生画容易些。样式化了的京戏或其他戏曲的表演程式,是适应观众的要求,在现实生活基础之上发展起来的。它较之基本练习式的写生画,需要丰富得多的生活知识和艺术修养,而不是主观随意性的胡搞。如果艺术家的生活知识艺术知识是贫乏的,表现技巧低劣,虚构的形象就不可能令人信服。形式主义地套用现成的程式当然是不行的,但以为传统的程式本身就是形式主义,这倒不免是毛主席早就批评过的,一种不尊重内容的形式主义的看法。

京剧《白毛女》的演出,已经证明传统的戏曲在新的现实之前不是无能为力的。但是传统是发展的,程式是逐渐丰富起来的。要继承传统,也要有所革新。京戏原有的程式,不是都可以自由地用来反映当前的现实生活,有些曾经是很有表现力的程式难免要受淘汰。我看方步在今天很难多用;今天的社会生活中,方步的现实根据太薄弱。正因为程式必须服从具体的内容,而旧的程式又不太适用,必须创造新程式。这是较之模拟现象更加艰巨的任务,还有待于长期的努力。正因为不容易,拥有丰富的表演经验的李少春同志,在《白毛女》的演出中,有很成功的创造,有些地方也难免显得拘束。但是,就创造新程式的尝试和努力这一点而论,很值得观众欢迎。"矛盾是普遍地存在着,矛盾存在于一切过程中"(《矛盾论》)。从艺术发展的过程来看,程式与内容的适应,总是暂时的,不稳定的,因而程式永远是变化的,旧程式总会被新程式所代替。用戏曲的特殊形式来反映现实,特别是反映今天的现实,适应新的观众的欣赏要求,戏曲艺术家不会满足于传统既有的成就。创造新的表演程式并不违反戏曲艺术真实反映现实的基本规律,而是规律性的知识在新的创作任务之前的具体应用。要创造新程式,既需要新的生活知识,又需要了解传统戏曲的基本规律。要在创作实践中,创造基于新的实际生活的具有相对稳定性的新程式,必须适当利用旧程式已经体现了的规律性的知识。脱离这种规律,要想创造新程式就更加困难。比如说,怎样创造一些特殊的道具,像传统戏曲用来代表马的鞭子那样,要用得自然而又和自然形态大有区别,以达到和戏曲整体格调的一致,处处和话剧等形式有分明的区别,真不容易。把传统丢在一边是不行的,用写一般话剧那种分幕分场的结构来编戏曲,是首先违背戏剧艺术特点的。只有重视传统和掌握了传统知识而又敢于创造的艺术家,才有可能比较顺利地解决这些困难,使他的创造成果具有为群众所喜闻乐见的中国作风和中国气派。

1958 年 4 月 25 日在成渝路上写完
(载《戏剧报》1958 年第 10 期)

把握时机

摄影和绘画、雕塑相似,它的重要特点,可以说是借某一瞬间现象的描写来反映生活,解释生活,评价生活。在摄影工作中,瞬间现象的把握,就是摄影角度、距离特别是拍摄时机的选择的问题。如果对象是动的(常常是动的),如何选择适当的拍摄时机,抓住对象最富于表现力的瞬间的关系、动作、姿态和表情,是很重要的步骤。

一个行动或一个动作,其特征表现得最明确最动人的瞬间,就是最值得注意的不可错过而又容易错过的拍摄时机。所谓最富于表现力的瞬间,要看拍摄对象在此刻最突出的特征是什么,也就是要看认识对象的摄影记者企图着重表现的是什么。客观的特点与主观要求的一致,就是摄影所要求的时机。《马来少女》虽然是裸着上身的,却可以在表现了健康的美时,给人端庄的感觉。《美丽的幻想》,不论这题目怎样,显然着重的是少女的妩媚,和前一幅照片的内容不同。正因为同一题材可以有许多富于表现力的瞬间,不是只有一个富于表现力的瞬间,摄影工作者才有可能按照不同的拍摄目的、个性以至偏爱进行工作。这就是说:对象的特点是复杂的、多样的,摄影记者的要求也不是一律的,哪怕是状态、性质和关系不很有变动的肖像,拍摄时机不同,效果就有很大的出入。不可绝对地认为某一个瞬间才是最好的,别的都要不得。把事情看得很绝对,有使摄影画面公式化的危险。可是,不能以为事物和现象的特点没有主从轻重之分,因而画面不必经过选择。一定的拍摄对象总有比较特殊的、最有表现力的瞬间,认真选择拍摄时机可以形成拍摄意图的创造性。

拍摄对象的特征,决定记者的意图,但记者的意图也有很大的自由。例如面对一个勇敢而有力的拳斗者,要看你是企图拍摄他的机敏,还是企图拍摄他的耐性,以及拍摄镇定或其他特点。究竟从什么角度,多大距离和哪一瞬间拍摄最好,这很难说。因为这一切要看各人对生活的了解,谁也不可以作出死板的规定。但选择是必须的,不然作品的主题往往不新颖也不明确。机敏的运动员也有被打倒的时候,被打倒时不是一点没有机敏的特色的,可是至少不能以为他被打倒了的时候,也同样能够突出表现他的机敏。从他准备进攻或将变被动为主动等特别的时机着眼,可能是更便于表现他的机敏的。如果要表现他的耐性,即令是被敌手向下压的瞬间,也有不可放过的有表现力的时机。最值得考虑的,是已经形成公式,只从竞赛结果着眼的拍法。例如别人给他献花之类,就表现胜利者的骄傲或谦虚等特点而论,可能也是很有意义的瞬间。也许,为了表现他与现场观众的关系,这是很值得拍摄的。可是,如果为了表现机敏或耐性,这就不见得还是很必要的。选择什么拍摄时机,也要联系照片观者的要求。为了加强运动员与不在现场的群众的联系,让看照片的人喜欢他,受到好的影响,他如何在运动或准备运动(近似古希腊雕刻的《掷铁饼》),不见得较之献花时的态度次要些,可惜人们似乎只看得起献花的场面。以剧照而论,可惜常常有人以为现场群众激动时是戏曲演员最值得进入镜头的时机,而忽视了引起现场群众激动的一系列的原因,结果,往往不能使没有和记者一起在现场看戏而是只能看到照片的人,也有近似在现场看戏的人那样的兴奋。这,因为记者自己还不够了解,什么是最能感动照片观赏者的拍摄时机。

照片的生活内容,只能是生活现象的一个侧面,一个片段,一个环节。它本身不像绘画或雕刻,在形体或形态上作能动的加工,使它更具概括性,因而在时机的掌握上,过与不及都不能构成较好的画面。为了构成摄影的艺术性,只有可能使人看得出或想得到事件或动作的前后联系,才是比较值得抓住的时机。雕塑和绘画不是照片;可是当成照片来看,有值得摄影家参考的特点。如果我们到太原晋祠拍摄侍女塑像,因为它是静止的,只消选择角度、距离和配备相当的光线就行了,谈不到时机的选择。可是,把雕塑的构图当成摄影来看,雕塑家在"对象"的行动中选择了最好的"拍摄"时机,使那个微微扭着身和头的少女,显得又庄重又天真,虽然她不是正在舞蹈或打秋千,人们不会怀疑她是不活泼的,是不苟言笑的。这样的造型虽然不同于照相,但是就怎样掌握人物性格或情绪状态的特点来说,这中间就包含着可供拍照者借鉴的知识。潘鹤的雕塑《艰苦岁月》,描写红军正在休息,可以使人感到红军战士过去的辛苦,也可以使人感到未来的战斗,它不只描写了红军,它是无产阶级一定革命历史阶段的生活的概括。当成文人聚精会神的特点的记录来看,韩滉的《文苑图》是适当掌握了"拍摄"时机的。俄国画家马科夫斯基的《探望》,如果可以把它当成是给受苦的小学徒"拍照",那么,可以研究为什么不直接"拍摄"他怎样受老板的虐待,正在挨打受气,而是"拍摄"慈母对他的抚爱?看来拍摄时机不是一成不变的,也大有自由选择的天地。这幅画透过了母子的爱的描写,表现不合理的社会制度的罪恶。如果说《艰苦岁月》是苦中有甜,这幅画是甜中带苦。也许从母子关系的描写入手,也能使人感到旧社会中的儿童的不幸,容易了解社会制度的不合理的吧?不一般地"拍摄"苦的"镜头",而是从甜的形式入手,这是不一般化的"照片"。这些很有修养的"摄影记者",他们懂得生活,也能预见欣赏者的反应。不只选择了很好的材料,也选择了很有表现力的瞬间。显得毫不吃力的这些"照片"的优点,是使有限的画面,产生发人深省的作用,这样的"照片",真是"平淡无奇见功夫"的。

打动人心的照片,总是抓得住对象那些一瞬即逝的精彩的姿态或表情,抓得住那最能触动观者的情感的东西。只能像科学挂图那样为事物作说明,不能启发想象的照片,不大能够打动人心。就选择拍摄的对象和拍摄的时机来说,照片和其他艺术接近,所以我建议,从绘画或雕塑作品中,获得成功的经验和失败的教训。

有位同志问我:风景画是不是一定要画人?这就是说,风景照片可不可以不照人像?这问题也可以当成瞬间现象的适当把握来看待。《四川的梯田》这张反映了人的劳动成果的照片,即令田里一个人、一头牛都没有,也不至于丧失它那感人的力量,因为在效果上它是反映了社会主义时代的人的。这样的照片,不但可以使人了解人的作用,也能够使人想象他们曾经是怎样在这里劳动过的。梯田不是天生就有的,梯田是人们劳动造成的结果。说描写了梯田就是间接表现了勤劳勇敢和智慧的中国人民,一点都不算夸大或过分。目的在于记录劳动成果而不在于记录劳动状况,这种风景照片站得住脚,也有它的特殊的作用。当然,以为没有人的照片可以代替人和牛的倒影映在如镜的田中的照片,那种说法当然是不公平的。但,说没有人的照片就谈不到表现人的想法,也是忽视事物的联系的,头脑不太灵活的想法。我想附带提到:《云》,如果这张照片以云为主体,不拍哪一个人,只摄取山的一角,效果不会比现在的画面差。云是未经人力改造过的自然,但是单独拍摄它,也能有间接表现人的作用,因为,在一定程度上,摄影记者自己可以代表照片里看云的人。他对云的看法的社会和时代的特征的表现当然比给人物拍照表现得曲折,但也多少会表现在取材、采光、构图等方面的特点上的。照片里的云或其他自然现象的美,不必一定要有人在画面上指指点点,观众也可以体会得出来。只要能够表现出云与人的关系,不把已经拍在照片上的这个人当成使观众注意云的引线，云的雄伟的气派也会给予观众一种精神上的鼓舞。所以说选择材料可以有很大的伸缩余地，不宜从成见出发，给自己定出妨碍发挥创造性的戒条。

如何选择拍摄时机，不是什么了不起的理论问题。能不能选择最有表现力的拍摄时机，却关系到摄影家的各种修养。如果说摄影家是通过照片引导人们去认识生活，首先要看他自己对生活是不是有敏锐的感觉，是不是有明察事物特性的能力。我们不能设想，一个完全不关心新生一代的记者，会对于《过马路》这样的事实发生兴趣。交通警领小孩过马路这样的现象，不是常见，但《过马路》恰好表现了新中国的人与人的关系，大人与小孩的关系，警察与人民的关系。用到处都有生活为理由来反对参加火热的革命斗争是不对的；可是，根本不注意周围的现象，好材料也会当面错过，丧失时机。只要回想一下解放前的都市生活，不会不了解《过马路》这一张照片的划时代的意义。正因为它是新生的还不是大量出现的现象，很容易被人忽略，引不起注意，丧失了拍摄的时机。对于新鲜事物是不是敏感，原因复杂。愈是还没有普遍被人注意的事物，愈是需要能够引起摄影家的注意。摄影工作不相同于绘画和雕塑，它不便于虚构，摄影工作不太需要考虑历史题材。摄影家的创造性，既然主要在于选择题材和角度、距离、时机，那么，我们可以说有积极意义的值得给广大观众介绍的生活现象，只有靠我们去"碰见"。可是碰得见碰不见，是偶然的也是必然的。对新事物敏感的人，不见得随时都碰得见好照片的题材，所以说好题材也要看"运气"。能够自觉地发现好题材的记者，主要不是靠"运气"，而是靠敏感。常常能从生活中提供出色照片的记者，必然是较有政治修养和艺术修养的记者，而不是只熟悉照相机和胶卷的性能的记者。

事物的变化很复杂，摄影记者不是神仙，不能事事先知。例如拍剧照，从前没有看过的戏，事先不知道哪一点值得拍摄，这不奇怪。为了完成任务,怎么办？我看摄影的研究工作里,也有一个解剖麻雀的问题。各种戏目之间,总有一个共同的规律。熟悉了某些戏,在这一个新戏面前,也可能抓住关键性的环节,不至于一再坐失时机。《单刀会》、《古城会》、《华容道》的内容完全不同,但如何抓住关羽那些较有表现力的塑型,最好在什么时机下手,不见得就没有规律可寻。正因为这样,长于给舞台形象作速写的画家叶浅予,不仅善于敏捷地把握他比较熟悉的中国戏曲里某一动态以至表情,也善于敏捷地把握他比较不熟悉的外国舞蹈的某一动态以至表情。摄影家的知识愈丰富,愈能认识照相机①的特长和局限性,愈有可能发挥选择时机以及角度、距离的能动性,也愈有可能避免重复别人选择过的画面,避免重复别人运用过的构图格式。

　　时机的选择是微妙的,不易掌握的,早一点晚一点都将影响照片在思想上和艺术上的质量。当我们的对象是一个曾在旧社会里被压迫和被侮辱的人,此刻他正在向群众叙述他的不幸的经历,他的情绪会有许多微妙的变化。这种变化会流露到外形上来,值得我们好好捉摸。问题是对方不会给你打招呼,通知你何时下手,而要靠你去体会他的情绪的变化,等到精彩的表情一出现就拍摄下来。因为最精彩的表情是一瞬即逝的,拍摄宁可抢前,不可落后。在对象之前,记者必须"进入角色",以对象的快乐为自己的快乐,以对象的痛苦为自己的痛苦,不能采取冷静的第三者的态度,不然就不懂得对象,在对象那精彩的表现之前,难免坐失时机。

　　最后要提到的是视觉效果的把握。照片,主要是靠形体再现生活,它有什么视觉效果的问题？其实有问题。不论标题多么动人,它只能是视觉形象的助手,如果观众受了动人的标题的吸引而在观赏照片时不感动,这就有形象本身的问题。无声电影可以使人好像听到张嘴的孩子叫"妈"的声音,可以使人好像听到摔在地

---

① 我不是指机械性的方面,是指它被人所掌握,它与画笔的联系和区别方面。

上的碗碟破碎了的声音;其所以如此,主要是可视的造型能够引起相应的联想。可惜有些同志不太注意形象的造型,虽然在现场中的确受了对象的感动,照片却不能感动没有参加现场活动的观赏者。即令拍摄者没有摆弄拍摄对象,生动活泼的东西往往拍成呆板的,不自然的,使人觉得是做作的。为了形象的完美,什么时机张开照相机的眼睛,得来的效果大不相同,这问题很值得细细琢磨。这当然不是说,摄影可以无区别地在各方面模仿绘画和雕塑。这,不属于选择时机的问题,却也和是不是善于选择时机一样,表现了有些同志还需要进一步认识,照片的视觉效果依靠什么根本条件。

照片里的完美的艺术形象,不是那些在大家都了解的地方浪费笔墨的,而是突出描写了对象真是感动过记者自己的某些方面。艺术家不能平均地对待一切,有权在他认为必须着力的地方着力,也有责任在应当着力的侧面、环节、地方着力。研究怎样发挥各种艺术的特长和局限性,正是为了适当表达正确而又具有独特性的内容。小说家可以不细致刻画人物的视觉特征,雕刻表现人物的内心状态只能通过外形的描写,摄影家只能选择而不能虚构地再现生活。就选择题材和选择描写的时机而论,摄影家和画家、雕刻家可以展开友谊的竞赛,进一步发挥各种手段的特长,创造性地反映生活,创造性地反映我们这个伟大的时代。

1958年4月14日根据座谈会发言记录改写
(载《新闻摄影》1958年第6期)

虚 中 见 实*

昨天,同一位山水画家看画稿,听他讲了一个民间传说。这个传说是从云南丽江纳西族传来的;这个传说饱和着旧时代向往自由的人民的强烈愿望和乐观精神。

从石鼓走来的金沙姑娘,一心想要奔往东海。可是雪山公公不让路,只准她朝南走。金沙姑娘很不服气,却又不敢吭声。等那好静的雪山公公打瞌睡的时候,她才轻手轻脚,擦着老人的身子溜了出来。一溜出虎跳涧,高兴得放声大笑,不怕惊醒那个打瞌睡的老人,更不怕那个固执的老人再来干涉她的行动。

单就地理来看,这个传说是有现实根据的。由西康流到云南丽江境内的金沙江,在玉龙大雪山和哈巴雪山之间,水势很平静。一出了狭窄的虎跳涧,就变成高约三四丈、宽约两三丈的大瀑布。在雄壮的瀑布之下,是汹涌的波澜。从此江水湍急,完全改变了上游平静的面貌。这样的传说,不只根据地势的特征。那些不知名的民间诗人,不企图为自然作逼肖的写生,偏要使金沙江人格化。人民非常了解感情在艺术中的地位,为了体现向往自由的激情和愿望,他们变形地描写了气象雄伟的金沙江,虚构出一个可爱的人

---

* 这篇文章对 1958 年农业大跃进形势的盲目肯定是错误的,但对民歌艺术的具体看法,尚有可取之处。——编者注

物形象。不像一般传说那样,大河被说成是凶猛的毒龙,而是把它当成勇敢的、俏皮的、聪明的姑娘,分明表现了传说创造者的才能和乐观态度。中国人民多么善于想象呵!

四川的"言子",例如"戴起对窠跳加官"(费力不讨好),"瞎子戴眼镜"(多余圆圈圈),"叫花子请长年"(大家挨饿),敢于把两个不伦不类的概念结合在一起,也是非常大胆,非常巧妙的创造。正因为这样,事物的意义和说话者的态度突出了,这种语言的鼓动力强烈。人民群众的创作,就是这样善于处理虚与实的关系的。李亚群同志告诉我,1946年前后,四川宜宾乡下一个土地庙有一副对联,借土地公公和土地婆婆的口气,讽刺了国民党反动派。上联是:"夫人莫抹摩登红,谨防特务打主意";下联是:"老爷不要剃胡子,免得保甲抓壮丁"。这样的对联,既反映了人民对于反动政府所采取的憎恨,也反映了蛮横而摇摇欲坠的反动统治者的罪恶。这种变形的反映,如同四川的许多"言子"那样,较之朴素地记录某一具体现象,更便于表现人民对待现实的态度。

有人否认马克思主义世界观在创作中的作用,片面强调文艺要写真实,把写真实和世界观对立起来,仿佛马克思主义世界观与写真实是有此则无彼、势不两立的。这是不符合艺术创作实际的错误观点。世界观是艺术家认识生活的一把钥匙,脱离了艺术家的认识,哪里还有创造性地反映现实的艺术品?即使是旧时代中比较朴素、不便虚构的肖像画,在有思想的艺术家们的笔下,同一对象可以画出许多内容不同的作品。为了表现对象的特殊性质和艺术家的特殊着眼点,同一画家描写同一对象,这一幅和另一幅的具体内容也不尽相同。丢勒、委拉士开兹、林布兰的许多肖像画且不说,构思和笔墨都很严谨的顾恺之,也提倡能动地而反对机械地模仿对象。单是肖像的背景的处理,也是敢于虚构的。他主张把以有丘壑自居的谢鲲画在岩壑中,显然是强调自觉的能动性,不满足于外形的逼肖。明清绘画中流行的一种强调背景的肖像画——行乐图,也是艺术家强调主观能动作用的表现①。创作中的夸张手法的运用,和作者对事物的感受、认识有密切关系。在创作中,艺术家的思想可以和生活的真实一致,而且它的作用不论如何是想抹煞也抹煞不了的。

不论自觉不自觉,艺术家的理想在创作中是起着作用的。当艺术家觉得对现实生活的朴素描写不足以表现他那热烈的感情和强烈的愿望时,想象和幻想在创作中就显得格外重要了。艺术史上许多虚构的形象,不只是已有的事物的变了形的反映,而且是没有成为存在的事物的虚构。例如蔑视玉皇大帝、大闹天宫的孙悟空,争取婚姻自由的梁、祝的灵魂化为蝴蝶……不是生活的机械的模仿,而是虚构了不是已经存在的事物。这些变了形的形象,虽然同事实大有出入,但由于它符合于现实发展的必然趋势,因此就它的基本性质而论,却也是非常真实的。

热情的陕北农民诗人孙万福,当他描写和歌颂革命力量的时候,不从外形着眼,而使用了"蟠龙卧虎高山顶"一类的诗句。要是只从形象的外形着眼,这样的诗句好像是不真实的。可是就描写对象的性质来看,就抗日战争时期的革命形势来看,这样的诗句是真实的。农民诗人运用这种手法塑造形象的时候,不论他自觉还是不自觉,为了体现他对于革命发展的预见,总不愿意机械地进行写生,而对热爱革命的感情有关的事物,给予变形的反映。今天出现的许多感情充沛的新民歌,例如四川的一首形象优美的新民歌,离开了时代的特征,只从表面来考虑,就很难了解它的优越性:

---

① 明朝陈洪绶和他的学生严水子合作的《何天章行乐图》,不知道是不是受了这种主张的影响,也分明是强调背景的。对于背景的处理,分明看得出画家的态度。清朝高凤翰自造像,人物在岩上,俯视着波涛。松、石、白鹤等背景和波涛的安排,分明看得出作者是企图运用肖像画宣传什么。

>　　一阵锄声卷入云，
>　　惊动天上太白星。
>　　拨开云头往下看：
>　　呵，梯田修上了南天门！

　　艺术品的思想，不是在形象之外硬拼上去的，而是由形象流露出来的。只有典型的形象，才能寄托审美理想，也才宜于明确表现事物的社会意义。并非浮夸的虚构，就是因为现成的现象的如实描写和创造意图不适应，为了给特定思想造成相应的表现形式，而使人物和事件典型化。典型的形象总是艺术家从生活实际出发而又经过想象以至幻想创造出来的。这种形象，是现实生活的典型的反映，也是新时代人民浪漫主义激情的寄托。前面提到的那首四川民歌，如果作者不企图表现敢于改造自然的豪迈的思想感情，他不会虚构这样惊天动地的既真实又新奇的形象。但虚构必须基于现实，虚张声势不是我们要求的浪漫主义，没有深切感受的浮夸和装腔作势，不可能构成真实的形象，实在还不如朴素的生活现象的描写动人。

　　今年出现了许多优美的民歌。四川的《燕子衔泥没地方》，不只很有技巧，善于用很少的语言表现丰富的内容，而且，充满了真挚的歌颂生产的豪迈感情。群众的革命干劲，在这儿表现得又自然，又轻松。正因为作者的感情真挚，形象才不显得生硬，创作才不显得吃力吧？

>　　南来燕子一双双，
>　　翻田扎水早栽秧；
>　　翠绿秧苗盖大地，
>　　燕子衔泥没地方。

　　有些人看作品不注意它的内容，只注意它的形式。结果是，内容的好处不懂,形式的好处也看不见。这首民歌,没有具体描写人,甚至好像是在着重描写燕子,其效果,能够使读者体会到群众伟大的创造,这有什么不好呢?从劳动的具体状况来说,这种描写是间接的;从劳动的热情来说,这种表现是直接的。这种虚中见实的写法,应该承认它在艺术上也是可取的方法。当成诗来读,比那些缺乏热情徒有形式的所谓诗要高明得多。要是没有深厚的革命感情,虽会押韵,不论是七言体还是五言体,恐怕好诗写不出,读者也不免感到读起来很吃力。

我以为基于现实并非模仿现象的虚构,如果对现实缺乏深刻的体验,较之照样朴素地模仿生活现象,实在要困难得多。在汉代,就有人揭发过不敢画犬马而愿画鬼魅的情况。"诚以实事难形,而虚伪无穷也"(《汉书·张衡传》)。其实画鬼魅也并不是藏拙的办法。现实主义艺术创作的虚构,和没有可靠根据的胡思乱想根本不同。像《聊斋志异》那样富于人物性格的真实感的鬼和狐,其所以能画好,要有很丰富的生活体会作为依据。虚构的要求,决不是给生活贫乏者作掩饰,绝不是没有真感情的梦话,而是艺术家在丰富的生活基础之上,给客观现实作更高一级的反映。纳西族的民间传说,孙万福的诗,四川的新民歌,正如《聊斋志异》一样,都是生活的变形的反映。新时代那些饱和着健康的革命的情感的艺术,其所以没有流于空喊,不只因为作者有饱满的革命感情,同时也因为作者的生活不是空虚的、贫乏的。只有丰富我们的战斗生活,才能够产生劳动人民那样的豪迈的感情,才能够解放思想,摆脱来自资产阶级的自然主义的影响,这种植根于现实基础的虚构和变形,才可能避免脱离实际的浮夸和空泛。

1958年6月15日写于重庆
(载《延河》1958年第8期)

宽 与 不 宽

参观在北京的苏联美术家作品展览会,看见一些在构思上和中国传统绘画有某些相似之处的作品,又想起川剧名武生面娃娃(彭海清)关于表演的见解:演员背台词要想得宽,做戏要做得宽。

从他关于《打红台》等戏的表演经验的谈话来看,所谓宽,不是空泛的同义语,不是企图离开人物和事件的特殊性。艺术形象的创造(特别是造型艺术),离不开事物的具体描写。但是具体描写不是目的,具体描写为了艺术的概括。内容狭窄和肤浅的具体描写,不是典型化的艺术创作的要求。所谓宽,当然都是相对的而不是绝对的。修养较高的艺术家,能够让欣赏者由艺术形象联系比它本身广阔得多的生活实际,同时善于借此突出形象的内在意义。

所谓宽,其实就是典型化。宽的形象,是能够唤起广泛的联想的形象,是"言在耳目之内,情寄八荒之表"(钟嵘《诗品》)的形象。即使刻画人物性格的小动作,例如《重台别》里的陈杏元与未婚夫分离时为弟弟揩泪,《打神》里的敫桂英自杀前之于香罗帕,《单刀会》里的关羽对他的刀说话,《大雷雨》里的卡杰林娜之于后花园门的钥匙,正如《十五贯》里的况钟判斩好人时之于他感到有千斤重的那一支笔一样,演员要是只想到这些细节本身,不把它当成线索从而着重表现与这些细节紧紧联系在一起的人的心理状态,那么,这种表演的境界无疑是不宽的。使人感到内容狭窄的形象,不论多么具体，也不是我们所要求的。歌颂某一个人而使人觉得很多人受了歌颂，批判某一个人而使人觉得是揭示了较之某一个人复杂得多的生活实际，是有技巧的，所谓宽的形象。

坐在空城上的诸葛亮，为难而又镇定的神情，是具体的，特殊的，不是抽象的，一般的。正因为这样，观众才被表演带进事件的冲突之中。可是形象所表现的内容有没有普遍性，意义宽与不宽，是作品和人民能不能发生广泛联系的根据。观众不见得有过和诸葛亮完全相同的处境，可是空城上的诸葛亮的各种表现，在性质上是有普遍性的，所以人们在看戏的时候，才会和诸葛亮共忧乐。有趣的是，司马懿对于诸葛亮的威胁早已成为过去，观众为什么还会替古人担忧呢？我以为：不只因为观众受了入神的表演所魅惑，也因为这入神的表演，能够唤起和诸葛亮的性格、品质有关的联想以至思考。观众的阶级出身、生活经历和政治态度不同，艺术形象给予的影响绝不会一样；可是"特殊的事物是和普遍的事物联结的"，只要《空城计》里的诸葛亮的行动是具体的和有概括性的，就是反对封建制度的我们，也不否认这个忠于封建主义的人物的性格中那些于人民有利的因素。因为这些积极因素和无产阶级的革命者的工作态度不冲突。我们看戏时不但可能体会企图变被动为主动的诸葛亮的不安和镇定，而且爱他那种为了高尚的愿望而不计较个人得失的态度，出众的责任心，出众的灵活性，出众的智慧……

只有从事物的个性和共性的联结来了解，从具体形象的代表性来了解，我们才能懂得艺术的宽。具有代表性、普遍性的形象，是宽的形象。不从艺术与欣赏者的关系来看问题，只从人物性格来看问题，还不足以了解形象的宽与不宽。因为"同是天涯沦落人"，所以弃妇的琵琶才使得"江州司马青衫湿"。江州司马之所以深受弃妇的琵琶所感动，不是人物的全部命运相同，而是弃妇和降了职的诗人在情感上有共鸣。由此可见，《西厢记》之所以能够感动并不打算再搞恋爱的老年人，《水浒》之所以能够使那些缺乏社会生活知识的孩子入迷,正如没有见过狼,也没有听到过关于狼的形象的具体描写的婴儿,从大人说"狼来了"的特殊神气受到了恐骇相似,因为这些文艺作品所反映的特殊的生活状况,体现了事物的典型性,所以才有普遍性。能够广泛地唤起人们联系生活实际的形象,例如鲁迅笔下的阿Q、假洋鬼子或孔乙己,都是个性和共性的统一,都是借特殊来表现一般,具有普遍意义的所谓宽的形象。当然,今天谁还要以林黛玉自居,看见落花也掉眼泪,难免引起大家的嘲笑;可是,看了豫剧《穆桂英挂帅》而加强了工作干劲的,何尝只限于妇女。

具体描写不等于艺术的概括,艺术的概括却离不开具体的特殊的形象。川剧名丑周裕祥在《西关渡》(《蛤蟆报》)里扮演地主陈彩(谋夫夺妻的坏蛋),他表演陈彩回忆怎样杀人时,有许多出众的小动作。他在唱"一撑杆送他在水晶宫"时,和那个着重的"送"字相配合的动作,是左手握着折拢了的扇子,右手按着扇柄,双手轻轻地却又狠狠地向左下方一"逗"(按,戳)。这一个看起来好像没有做"到堂"、只"逗"了两三分的动作,和面部表情相配合,不只是具体描写了陈彩在西关渡口用什么东西杀了人,更重要的是借此表现陈彩这种人做坏事却毫不后悔的恶毒心理。这种表演是宽的。相反,有些把台词了解得很表面的演员,在不该具体的地方做得很具体,用动作来直译台词的文义,那么,演员的动作愈卖力就愈是缩小了台词的普遍意义。正如力求真实反而使整个形象显得虚假那样,不该太具体的太具体了,形象反而不宽,内容反而贫乏。本来是剧中人的内心状态的旁白"我哪里还有脸见人",分明是说人物觉得惭愧,不敢见人,见不得人,而不是物质的脸是不是还存在。可是,有些演员不采用稍稍侧一侧头,或者轻轻举一举袖等等近似掩面遮羞的小动作,而是用一种丧失人物内心状态的具体性的动作,实实在在地用手指着自己的脸。这种表演是吃力的,形象不美的,就技巧而论是多余的。

中国有成就的诗人和画家,总是在应该具体的地方尽力具体,不该具体的地方尽力空疏的。如果从风景画的角度来要求,像这样的词句是不具体的:"一重山,两重山,山远天高烟水寒。相思枫叶丹。"(李煜《长相思》)可是,如果从诗人的情感的描写来看,这样的词句其实已经是够具体的了。李白的《独坐敬亭山》,作为风景的描写来说,是很不具体的。"众鸟高飞尽,孤云独去闲。相看两不厌,只有敬亭山。"景色够具体了吧?可是诗人本来就不打算以写景为目的。马麟画在《层叠冰绡图》里的那一支梅花,原来是长在什么地方,树干是什么样子,画面上完全省略了。可是,梅花的清冷和艳丽,却成了画家着力描写的特征。画山水不画出天空的蓝色,画竹子不用绿色,画雨露只借重树木的姿态,夜晚只用月亮来点醒……不是画家愚蠢的表现,恰恰是画家聪明的表现。以表达思想感情为目的的中国传统艺术,总是着重事物某些方面的特征,强调事物之间某些方面的联系,因此艺术形象较之生活本身更便于显示它的内在意义,也更便于寄托特殊的(不一般化的)感情。

正在展出的某些苏联的美术品,它的形式、风格和中国艺术之间有不可混淆的界限。谁要是企图借此取消艺术民族气派和地方特色是可笑的。正如谁要是想取消语言艺术与造型艺术的区别一样,是徒劳的。可是现实主义的艺术有共通的规律,任何显著的区别,不至于掩盖某些外国艺术和中国的诗、文、戏剧的某些相似之处。"由于事物范围的极其广大,发展的无限性,所以,在一定场合为普遍性的东西,而在另一一定场合则变为特殊性。反之,在一定场合为特殊性的东西,而在另一一定场合则变为普遍性。"(《矛盾论》)我们注意中苏艺术显著的区别而又不忽视它们之间一定的相似之处,对于提高中国美术创作的质量有益。

雕刻家缪拉文的《医生》,好像是一个女医生的朴素的肖像。她穿着工作服,侧着头,正在凝视着什么。究竟她是在看什么,是在观察一个垂危的病人吗?很难说。这不过是一个胸像,没有人物行动的详情细节,没有与医生互相依存的病人。人物的姿态表情,却能具体表现苏联人的高尚品格;所以,猛一看并不惊人的这一作品,愈看愈使人觉得,正如表现了小孩的稚气和"倔"劲的《小孩头像》(巴乌马尼斯作),已经巧妙地再现了两个对立的因素那样,使对立的因素成为自然的统一。人物是沉着认真的革命战士,又是慈祥温柔的菩萨。艺术家着重描写了性格中的这些重要因素,没有具体描写她给谁看病或看什么病,治什么病,不是作品的短处,而是作品的长处。

在美术创作里,医生是艺术家一再描写过的题材。我见过一些画,描写在风雪里奔往病家的医生,在困难条件下动大手术的医生,抽自己的血输给垂危的病人的医生……可是不见得因为情节具体就都成了动人的作品。有些作品,描写医生在种痘,或是描写医生在输血,因为没有在人物的精神上多下功夫,尽管外形的明暗、远近、物质感都没有缺点,结果不见得能够像题材本身那样动人,反而有点卫生挂图的味道。而《医生》这一个充分利用了肖像的"容量"的雕刻,虽然没有具体描写医生正在给人看病或治病,而是具体描写了医生对待病人的深切关怀和对于疾病的冷静和坚决,效果却可能使人相信,当她正在动手术或做其他工作时是什么神气。

就技巧而论,这样的雕刻,可能使人想起中国庙宇里塑得较好的弥勒佛、观音大士,也可能使人想起马远的山水,郑板桥的竹子,金冬心的梅花,齐白石的樱桃。因为它们的创造者都是从事物和重要特征出发,重视欣赏者的感受,不一般地求全,没有在不必卖力的地方卖力的。有人说中国花卉画的缺点是没有画出花所处的自然光线的变化,没有画出早晨或中午等时间的特色;是的,许多花卉画没有画出这些特点;可是不要忽略:画家本来的创造意图就不在乎这些特点。如果忽视艺术创作的主观能动性,从纪录自然现象的要求出发而不从对象某些重要特征出发,不但不易了解中国画,也不易了解苏联雕塑《医生》。

正在展出的苏联美术作品,当然不能以为每一幅都有很高的思想和非常成熟的技巧。却有不少是以不同的生活经历、个性和偏爱,创造性地体现了社会主义现实主义的原则的很值得我们借鉴的好作品。就想得宽与做得宽这一意义而论,炭画《前夜》(科斯马切夫作)的成就和《医生》各有千秋。

  这件作品的规模不大,内容却不狭窄,不肤浅。它描写1917年在彼得格勒附近的拉兹里夫湖边避难的列宁,站在小船上,似乎正在观察什么。而背景、水天之间,朦胧得不易辨认是什么地方,也很难说列宁是在看什么。人在什么地方和正看着什么都不很重要,最重要的是列宁的神气。他那精神抖擞、胸有成竹的样子,可能使人觉得伟大领袖正在想什么,比如关心即将爆发的革命。我们不只可以感到列宁自己对于革命的预见、信心和决心,而且可能使人觉得,在这一个寂静的画面中间,包含着未来的、惊天动地的声音;在这一个简洁的画面中间,包含着未来的、波澜壮阔的群众场面。艺术形象的概括性是有限的,我们不能以为《前夜》已经可以代替其他描写列宁生活的作品,例如雕刻《沃洛佳·乌里扬诺夫》(萨塔涅也娃作)。可是了解十月革命历史的观众,有可能从这一幅小小的炭画,联想到许多有关的场面。画家具体描写了列宁的伟大气魄,可以说也概括地表现了十月革命时期的群众,群众伟大的战斗意志和力量。

  技术得到适当发挥的油画《穿过山谷越过平原》(沙达林作),就想得宽做得宽这一点而论,也是很成功作品。画家除了在骑马前进的红军战士们身上用了功夫之外,强调地在远景上画了一片在云朵后面的天空,海水一样蓝湛湛的天空。利用了人与自然的关系,使那些为真理奋斗的英雄的精神,陶醉在未来的理想中的红军战士的心理,得到了形象的表现。因为着重描写了这片天色的具体特征,在造型艺术上不便于具体描写出来的人眼看不见的红军战士的理想,成为"看得见"的形象。当然,自然现象决不等于社会生活,红军战士所向往的共产主义社会,要比一片晴天复杂得多。可是,很自然地配置了这一片象征着未来的幸福的天色,虽然红军没有笑也不必笑,欣赏者也能体会到他们的乐观主义精神。这样的作品,不只是革命历史的叙述,无产阶级革命事业的歌颂,也是对于今天正要过渡到共产主义社会的人们的有力的鼓舞。

给思想斗争服务的艺术形象,不只是艺术家思索的结果,同时也是欣赏者思索的引线。如果说现实是一本翻不完、看不了的大书,艺术家的任务,其实不过是用他的作品引导人们去关心这本大书里的某些方面。必须注意这一点:艺术创作完成的时候,也就是欣赏者的思索开始的时候。《诗人玉屑》说艺术"贵于意在言外,使人思而得之",是从作品与欣赏者的关系,来说明艺术形象的好处的。那些偏重技术,以细致地记录现象为满足,而内容空虚和狭窄的作品(例如似乎以描写喝水、吃饭为目的的作品),既不魅人,也不能诱导人们进一步了解生活,在思想斗争中是软弱无力的。而这次展出的苏联美术品,例如群像雕刻《歌》(巴布林作)和《宁死不屈》(菲维斯基作)、讽刺画《好莱坞教育的结果》(冈夫作)、《替纽拉修指甲》(列扎诺夫作),总是在能够启发人思索的地方卖力,并非处处要求具体的。没有具体描写少女们怎样在处女地上开荒,却不放松她们从艰苦的劳动中得到幸福的神气;没有描写英雄的肉体如何被消灭,是为了突出表现虽然肉体将被消灭却不能被消灭的战斗意志;不是为了打击美国犯罪的儿童而是借此打击美国的资本主义制度;不是要观众憎恶有过失的集体农庄女庄员,而是用幽默的态度,揭发人们那种因私废公的旧思想。这些借有限的形象包含复杂内容的作品,是想得宽也做得宽的作品。它不只可以使人了解较之形象复杂得多的生活,同时也显示了艺术家较高的政治修养,大胆创造的魄力,善于处理题材的本领。

1958年7月20日写成

(载《美术》1958年第8期)

跟民歌比美*

我由重庆回来,由画廊不少的重庆回来,觉得北京街头的美术品太少。最近,几天光景,突然,有些街道的面貌改变了,出现了许多壁画。美术家和美术学校的同学们,学习生产战线上的劳动者,要在业务上来一个大跃进。

这些壁画,除了谴责侵略西亚的美英帝国主义者的,多是配合工农业大跃进、技术革命、文化革命和爱国卫生运动的。内容都是广大人民最关心的,是鼓舞人们继续跃进的。

美化城市不见得只是增加东西,例如增加靠街头的壁画。壁画,不见得只能是招贴画式的。可是已经出现的许多壁画使人觉得,美术家已经受了民歌的影响,敢于在现实的基础上进行幻想、推想和虚构。不是看见对象是什么样子,就画成什么样子,事实是怎样,就怎样画。这也是一种跃进。

有形式主义就要反对,因为它是资产阶级唯心主义的藏身之所。它对斗争采取逃避的态度,它转移人们对于现实的注视,它引导人民脱离斗争。但是现实生活的真实反映,应该是千变万化的。反对形式主义的人民,不愿只用如实的方式来反映生活。他们敢

---

* 这篇以及以下三篇文章,都是作者论述农民画的。这几篇文章有共同的错误,即盲目相信对大跃进形势的错误估计,歌颂了有害的浮夸风。但是这些文章尚有可取之处,热情支持群众业余创作的态度和对农民画特征的具体论述值得保留。——编者注

于假设，敢于创造。重庆南泉公园的石桥上，有几个人想要把掉在溪水里的南瓜捞起来。过路的人没看清，想要知道这是怎么回事；满头大汗的捞瓜人这样说："它想凉快凉快，下河洗个澡。"不直接讲南瓜掉在水里，而说它怕热，要洗澡，这种说法不是形式主义的。无知的南瓜不会怕冷怕热，要洗澡当然不是南瓜本身真实情况。但是就南瓜出人意料地掉在水里这一特点而论，就南瓜不是被人有意抛下水去这一特点而论，这种说法其实也是确切的，不是形式主义的。带着说话人的感情的这种说法，就人的行动本身的描写而论，比直接说他自己因为没有注意所以筐里的东西才掉在水里，更风趣，更耐人寻味。

近半年来，在农村里到处都出现了又是壁画、又是宣传画、又是漫画的造型艺术。这，对于某些惯于暴露黑暗、怀疑漫画也可以歌颂光明的漫画家，也有解除顾虑的作用。不消说，漫画是讽刺的艺术，它的特点，否定是直接的，肯定是间接的（在嘲笑不好中使人想到好）。谁要是不顾它的特长，硬要用它来代替纪念碑性质的壁画和雕刻，没有不失败的。但是不能因此以为绝对不可以作正面的歌颂，问题在于它担任了歌颂的任务时，是不是丧失了漫画艺术的特殊技巧。思想解放了的人民，在社会主义建设中的干劲高涨；要求这种高涨了的革命干劲，在艺术中得到激情的反映，使它反转来影响革命干劲的再高涨。各地的新壁画，就是在技巧上像真正的漫画那样出色地而不是平淡地、巧妙地而不是笨拙地、轻松地而不是吃力地、有趣地而不是乏味地歌颂了现实，体现了人民愿望的。

出现在北京街上的壁画，和比它更早地出现在农村中的许多有关大跃进的壁画（其中有很多是农民画的），像民歌一样，是人民的豪迈感情的具体化，人民的英雄气概的夸张的表现。单说和小孩有关的作品吧：三个得意的小孩像胜利者那样抬着一个麦穗；小孩骑牛一样骑在肥猪的背上；小孩的游艇原来是冬瓜皮；小孩成了秤锤,可是他还没有一个豆角重;三个小孩绕着又高又大的白菜捉迷藏。这些和民歌的影响有密切关系的壁画,可以和民歌比美;它是民歌一样动人的艺术。这种壁画不只是人民的愿望、理想的形象的反映,还是飞跃前进的现实的变形的反映。北京街头的三个小孩绕着又高又大的白菜捉迷藏的那幅壁画,就把它叫做《大白菜》吧。结合着小孩子的游戏来称赞劳动成果巨大,较之画两个大人抬一棵大白菜要有趣得多。它没有一般地运用对比和夸张的手法,而是从儿童的生活入手,转了一个弯,歌颂了大跃进中的人民的强烈愿望。像许多好的民歌一样,至少是避免了好像热情其实冷淡的说明式的表现方式。据说是先画画后作的歌,歌谣是:

> 白菜长的真叫大,
> 白菜后面能藏娃。
> 急坏了小三儿,
> 乐坏了大妞、小狗娃。

民歌和画配合在一起的方式,如今到处都流行。因为又有看的,又有念的,看的和念的互相影响,互相补充,群众喜爱。可是,这个工作也不是轻而易举的。既然是造型与语言相配合,也可以说是一种综合艺术,要做到发挥双方的特长。至少不可抹煞任何一方的独立性。配合,必须是互相协力的,必须较之单独用民歌或单独用画,都更有动人的力量才好。要是造型艺术远远不及语言艺术优美,有诗意,发人深省,造型的独立性不强,配合作用也就不够了。我见过一幅南方寄来的照片,是和四川民歌《惊动天上太白星》相配合的壁画。就绘画技术而论,比《大白菜》要熟练得多。不过,就题材的处理而论,比《大白菜》要吃力得多,而且,顶可惜的是它失掉了很动人的民歌的意境。民歌是在《人民日报》上发表过的:

一阵锄声卷入云，
惊动天上太白星。
拨开云头往下看：
呵，梯田修上了南天门！

这首民歌的好处，认真阅读，容易体会。这几句民歌足以代替千千万万称赞大跃进的语言，它是从事社会主义建设的人民的热情的结晶。它又好比齐白石的《蛙声十里出山泉》，不是直率地记录生活现象，而是别出心裁地表现生活中的美。有欣赏经验的人会知道：作品应该着力的重点，不就是笔墨最繁复的地方；艺术里的主角，未必就是生活里的主角。没有正面描写真正当了主人的劳动人民，在征服自然的斗争中所表现出来的热情和干劲，其实也是由衷的称赞。从大自然的面貌被迅速改变着眼，从它那出人意料的惊人的变化着眼，着重描写接触了人民的伟大成就而发出惊叹的太白金星，实质上是在表现与自然作斗争的劳动人民的热情和干劲。这就是说，艺术家在表现劳动人民的热情和干劲时，不必从劳动本身着手（许多美术家却以为只能这样），而是从劳动的作用、影响和反应着手的。着重表现使神仙（人）吃惊的劳动成果，形象给人的感染作用不见得就低于正面描写正在开荒的情景。

那一幅和民歌配合在一起的图画，力图表现"精神振奋、斗志昂扬、意气风发"的人民，应该肯定这是很有积极意义的。但是由于构思不够成熟，对艺术的效果缺乏研究，效果比民歌差些。如果说这首民歌的特色是革命的浪漫主义色彩很鲜明，那么，和它配合在一起的造型的形象，反而使人觉得革命的浪漫主义的气派不足了。这幅画里的形象是什么样子的呢？在画幅上占据绝对优势的，是一个举起锄头，在入云的高岭上开荒的农民。他的劳动成果——入云的梯田和受惊的太白金星，在画面上也没有成为有力的衬托。画家注意的，似乎是素描练习，只是一般的劳动姿态。而正在劳动的环境,又显不出劳动的巨大规模(像好些民歌已经做到的那样,大场面其实也可以是有诗意、发人深省的)。因为既没有从伟大的群众场面着眼,也不像民歌《惊动天上太白星》那样着重表现劳动的成果在人的精神上的影响,结果使得改造大自然和迅速完成社会主义建设的伟大业绩的表现,不及民歌有力。

《大白菜》不过是一个抒情的小品,把花生壳当船的画也不能代替纪念碑。而且这种漫画式的形式,不是唯一的形式;体现革命的浪漫主义的形式,总该是多种多样的。可是,至少就某一意义而论,就不受自然形态的拘束,敢于假设,敢于幻想,敢于虚构,而且从构思切合造型艺术的特点而论,这样的作品的出现,是很可高兴的。因为这些学美术的青年人,从资产阶级学院派关于艺术的成见中解放出来,不把肖似对象当成作画的最高标准,敢于和曲解现实主义的摄影主义划清界限。全国各地富于独创性的壁画的不断出现,使人确信中国新美术不只可能从光辉灿烂的民歌得到创作的启发,而且,更重要的是:能够从社会主义大跃进的现实本身受孕、开花,结出的果子像民歌那样光辉灿烂。

1958 年 7 月 29 日写成
(载《美术》1958 年第 8 期)

枝高叶大的未来

今年不同于往年,各方面都显出未曾预料的变化。专业画家的创作有所变化,群众业余的文艺创作的变化更大。

中国画能不能反映现实,特别是反映社会主义建设,曾经是有过争论的问题。现在,用中国画(不是用中国工具的洋味的画)来反映现实,而且是反映社会主义建设的现实的佳作出现了。以建设为题材的《梅山水库》(张文俊作)和《移山填谷》(李硕卿作),表现了热火朝天的社会主义建设的雄伟面貌。虽然构图还未能摆脱传统的情调,新题材并未削弱传统风格的特点。中国画的特点,绝不是以毛笔代替木炭画笔或油画笔来作画。发挥了传统绘画的所谓"六法"的新作,是中国画向前迈进的新声。

我们只消回想一下某些中国画创作上的缺点,就觉得这些在笔墨上还应该努力学习传统的中国画的可爱了。至少,这种作品避免了两种不能令人满意的现象。一种是为了和政治结合,不顾中国画的特长,强令花鸟画说明某些重大的政治概念——工厂烟囱成了工笔花卉的背景;把几种没有内在联系的静物组合在一起,牵强地说是在表现又红又专;把劳动者画在情调幽雅以至冷清的山水之中,用今天的劳动者代替旧山水画的点缀人物。另一种现象,也是不懂或不顾中国画的特色,不懂或不顾它在章法、技巧和技术(笔墨技术在中国画制作中十分重要)上与西洋画的区别,仿佛只需用毛笔和水墨就可以画出中国画,使人觉得拥有悠久历史和优良传统的中国画容易画得很。而《移山填谷》等新作完全不同。它是中国作风、中国气派鲜明的,同时,它的内容又真是崭新的作品。

全国解放以来,条件改变了,群众业余美术创作,也有崭新的气象。江苏省的邳县,就是今年农民业余美术创作蓬勃发展的地方。只从数量着眼,还不足以了解邳县群众美术的优越性,重要的是,这些作品显示出人民那种空前发展的创造能力。尽管绘画技术还比较粗糙,但它的构思很有创造性,巧妙,自然,有味道。为了宣传修渠、积肥、绿化、扑蝗和技术革命,不是找不到现成的图画范本来放大或复制的。可是他们不满足于这样做,而要进行虽很吃力却又有趣的创造。原因是:不是崭新的创造,就不足以表现作画者对人民力争上游的干劲的态度,文化生活就不能更好地为生产斗争服务。

现实生活按照党的预见和政策的指导在不断地变化,人民永远不满足于既有的成就。昨天的理想成了今天的现实,今天的现实形成更高的理想。要反映这一切,没有现成的范本可以照着画,没有现成的格式可以套用。这就是农民敢于创造和力求创造的根本原因和主要原因。也许,什么叫做革命的现实主义,什么叫做革命的浪漫主义,在理论上他们是完全不了解的。可是他们在生活中体会了这种精神,在创作实践中也力图在体现这种精神。这些作品的重要特点,不只是记录已经摆在人们面前的现实情景,而是大胆运用想象的虚构,用基于现实却又是幻想的形式,表现人民力图推动现实前进的革命热情。

夸张不就是浪漫主义,虚构不就是浪漫主义,革命的浪漫主义的标志,是作品中有没有革命的理想在起主导作用,作用于作品对现实的反映。党的领导正在不断改变现实的面貌,现实的改变加强了人民迅速前进的信心和热情。愈是看得见自己的劳动在实际中所产生的作用,也就愈是要求现实改变得更快、更高、更好。这种不断前进的豪迈气概,这种改造世界的理想和幻想,不能不影响农民业余创作的意图和创作的构思。因而目前出现的许多民歌和农民画,都非常扼要、非常有趣也非常确切地概括了时代精神,成为气势雄伟的好作品。这些在技术上还有待于提高的作品,好比并未十分成熟的水果,不论如何生,它较之已经烂了的桃子好些。也好比人们说话,语言不大流利不等于语言的内容无味一样,农民虽然觉得"出点子"(创造意图)不难而画起来有点"口吃",可是要是不会"出点子",也就没有怎样施展技巧的可能。这些笔势肯定而且粗豪的壁画,初看起来,虽然不及依赖标本从而只求外表画得准确的作品,可是画中那些改造自然的人物,充满了不断创造奇迹的战斗热情。这样的作品,实在较之那种内容空虚、形象苍白、无精打采的绣花枕头可爱得多。只有形式上的逼真性,其实不过是现实主义的冒牌货。根本不理解鲁迅而画鲁迅,尽管画法并不太粗糙,可是人物的那种装腔作势的样子,客观效果是对于鲁迅的战斗性格的歪曲。这种作品,较之邳县农民的壁画《牛是农家宝,千万保护好》等画所表现出来的那种质朴的态度要差得多。后者只是潦草几笔画成的卫生员的背影,表现了她那爱护牲畜的感情。敢于表现自己的农民,看来是最理解他自己的,所以才敢于表现自己的。

这些群众美术的重要特点,是创作任务与抒情需要的统一无间。作者不受资产阶级个人主义意识的束缚,所以为总路线作宣传的政治任务,和自由地抒发感情的要求没有不可解决的矛盾。他们只有想要画什么而不能得心应手地画出来的困难,没有愿意搞创作却又苦于找不到题材的感慨。因为总路线体现人民伟大的理想,拥有伟大理想的人民,迫切要求伟大理想加速成为现实,所以当他为总路线作宣传的时候,这些对社会主义建设有深切感受的作者,也能充满创造热情。仿佛他们不一定了解专家的状物与抒情的矛盾,所以他们不一定讨论怎样抒情,不过一心要把自己的所见和所感画出来。正是因为他们的感受和飞速前进的现实相一致，所以他们的作品也就像好的诗一样，充满了能够打动读者感情的感情。在《人民日报》上发表过一些四川民歌。

  一阵锄声卷入云，
  惊动天上太白星。
  拨开云头往下看：
  呵，梯田修上了南天门！

  这样的民歌，是在一些真正懂得传统诗歌的同志支持之下流传开来的①。从作者对生活的感受和感情来看，它好比齐白石的《蛙声十里出山泉》，别出心裁地表现了自己对生活的态度和生活本身的美。这首民歌，从要求大自然的面貌被迅速改变的态度着眼，从现实中的某些出人意料的惊人的变化着眼，着重描写接触了人民的伟大成就而发出惊叹的太白金星，实质上也是在表现与自然作斗争的劳动人民的热情和干劲。不见得凡是生活的反映都是抒情的，要想抒发努力积肥的热情，老老实实地画一大堆肥料就不满足。感情充沛的农民，把烧肥的火焰画得势不可挡，再让在火焰上为难的齐天大圣来照面，热爱劳动的感情就有了前无古人的创造。这是有形的诗，这是名副其实的艺术。技术虽不纯熟，意境却很新颖的这种作品，看来作者没有什么阻碍创造的顾虑，画起来很不拘束。整个画面只有白底、黑线和朱色的火焰，但它有一种雄伟的气派。朱色不只夸张了烧肥的火势和猛劲，也表现了奋发图强的农民那种强烈的感情。四川民歌和邳县农民画的作者，未必学过有关《诗》和诗的"六义"，但它们都是创造性地运用了赋比兴的方法的。

---

 ① 例如在四川省委宣传部工作的李亚群同志，他向我叙述他参加挑选民歌的兴趣；个别字眼他还加过工。

群众美术不只长于歌颂,也长于批评;却都并不脱离形象的形式。1955年陈楼乡的张开祥和张友荣的《老牛告状》,也有充满热爱劳动的热情的特色。他们发现饲养员贪污,画了这一幅漫画来批评。这幅画不只表现了农民爱护革命财产的热情,实际上也产生了改造思想的效果,使饲养工作得到了改进。画面上,除了着重描写瘦得站也站不起来的眼色痛苦的老牛,还有一段文字:

社长:"老牛,你不在田里耕地忙,为啥来到社里泪汪汪?"老牛:"社长,我今天来社里无别事,特来向你告一状。咱社里发给我的饲料,多被饲养员刘远传给我全扣光。我夜耕地,白天打场,一天忙到晚,粒料未下肠。饲养员呀饲养员,你真是狠心肠。"

在这些对老牛的描写里,包含着集体主义者对于公共财产的热爱,恼恨把个人利益看得高于一切的资产阶级意识的影响。在有明确的宣传目的,画得这样动人的作品里,我们也能感到善于传神也长于抒情的中国传统绘画的优点。较之生硬的说教,较之空泛的口号,这是更有利于思想斗争,富于战斗性的艺术。

我们要预防资产阶级的低级趣味,正如我们还必须反对逃避现实的形式主义倾向一样。以加强生活气息作理由,在描写劳动人民进行生产的时候也不免强调肉感,掺和着黄色的佐料的所谓"抒情"之作,一定要坚决反对,因为它会毒害人的灵魂。可是我们并不因此反对抒情,正如我们在提倡表现重大意义的题材时,不一般地反对花鸟画和风景画一样。不论以描写事物的形体见长的造型艺术的特性和抒情诗的特性多么不可混淆,农民画和民歌在样式上多么有区别,其所以是动人的,首先在于形象充满了与观众的感情相通的感情。因为画也是有景又有情的,它就具备抒情的民歌那样的力量。不论是什么艺术品,它如果缺乏感情,还成什么艺术？没有充沛的社会主义建设的热情，也就不可能产生这种热情充沛的艺术品。审美观念健康的邳县农民，他们的美术创作，哪怕就充满了革命热情这一点而论，这种作品也是很宝贵的。

我们不要求人人都是画家，也不同意不适当地强调业余美术的重要，可是农民业余创作的新成就是很值得重视的。十六年前，毛主席在延安"鲁艺"，要我们十分重视群众文艺创作的幼芽。今天，在新的土壤和阳光之下，新生的幼芽正在成长和壮大。只要根据群众的自愿、可能和需要，适当加以辅导，群众美术将来一定会变成枝高叶大气象万千的树木。群众美术创作的前途是无限的，它将在新时代的画坛上占据光辉的地位。

1958年8月28日写成
（载《人民日报》1958年8月30日）

外行内行

　　在邳县农民画展的屋子里,画家李铁耕站在某些作品之前,感慨地说:"这样好的画,坐在画室里的画家一辈子也想不出来。"这些话,不是对于群众创作的阿谀,不是对于专业画家的诽议。齐天大圣怕人造卫星里的小狗(莱伊卡)咬他那样,就艺术构思而论,这是很聪明的幻想,很大胆的设想。在这些不落陈套的有趣的设想里,表现了人民群众改天换地的革命干劲以及东风压倒西风的现实,表现了人民建设社会主义的崇高愿望,要在生产上创造奇迹而得意的感情,敢于自由支配现在和未来的豪迈气概……这一切,坐在画室里的画家凭空想不出来。不重视专家对群众艺术创作的作用是不聪明的,看不见群众创作的长处也是不聪明的。从某些方面来看,有许多群众创作值得专家学习。

　　一位看了农民画的作家问我们,这些作品是不是你们加过工的? 在这句问话里,表现了人们对于群众艺术成就的称赞与怀疑。这就是说,从艺术技巧来看,这些作品的成就超出了人们的想象。我以为这些画值得美术家重视以至学习之处,主要不在于它的构图、题跋、设色和用笔(虽然其中有一些使人觉得接近齐白石的笔墨……)。老实说,在技术方面,这些作品还需要专家的帮助,轻视专家正如轻视艺术规律和文化遗产,于群众文化的正常发展很有害。群众创作在艺术技巧上值得重视和值得我们学习之处,主要在于它像我们传统的绘画一样,敢于打破造型艺术机械地给现实作记录以至给现实作图解的倾向,使美好的幻想激情,毫不吃力地很自然地体现在活生生的形象之中。艺术虽然来自生活,生活到底不就是艺术;毛主席《在延安文艺座谈会上的讲话》,早就明确指出了艺术与生活的关系,和艺术在人们精神上的特定作用。而农民的画,成了它的很好的注释。如果说提高的重要方面包括艺术家的概括能力,那么,也可以说这些农民的业余美术创作,也就是如何提高的参考。和农民的作品比较,我们的某些美术创作,还存在构思不够成熟的状况。有些依样画葫芦的作品,正如一些过分强调真人真事的电影一样,好像在争取处处都不脱离实际,其实因为"谨毛而失貌"脱离了更大的实际,脱离了更根本的实际,脱离了互相联系着的和发展着的实际。因而可以说革命的现实主义与革命的浪漫主义相结合的号召,不只是为了提高艺术的思想性,也是对于文艺创作中某些现象的一种批判。

夸张不就是浪漫主义,虚构不就是浪漫主义;革命的浪漫主义的标志是革命的理想。翻身做了主人的革命人民强烈地向往着无限美好的未来,接受党的领导企图迅速改变现实的面貌,现实的改变加强了人民迅速前进的信心和热情,要求现实改变得更快、更高、更好。这种不断前进的豪迈气概,这种不断要求改变现实的进取精神,就是农民业余创作中的浪漫主义的基础。因为农民不满足于现状,力图引导现实朝更美好的阶段发展,当他们作画的时候,自然就不愿依样画葫芦,为生活现实作逼真的可惜是乏味的写生,而是基于生产跃进的愿望、想象和幻想来作画。

正因为今天的人民生活在现在,也"生活"在未来,所以当党号召他们拿起生疏的画笔,为总路线作宣传的时候,为了适应引导人们面向未来的要求,大胆探求新颖的艺术形式,创造出区别于模拟现象的所谓自然主义的艺术形象——奇妙的形象。不论是在唱雄壮的战歌,不论是在唱柔和的小曲,那"声音"都是热情饱满的;形象都不为迹象所拘,因而"令人有物外之想"(林纾)。

并非从事美术专业的农民,长期被人当作不配欣赏艺术的"老粗",不见得研究过"迁想妙得"等画论。可是他们以敢想敢画的态度,让艺术为生产斗争服务,运用了较之事实更典型的形象,奇妙地但也是真实地反映了作画者所理解的现实。《孙悟空碰见新的火焰山》《技术革命,快中加快》……都生动地有趣地表现了人民长于幻想的创造才能。因为它的素材经过了提炼,富于巧妙的构思,它在观众感情上的影响,不会随着宣传任务和生产任务的过去而消失。

文艺以艺术的特性为生产斗争服务,也是艺术家的创作任务之一。而怎样为生产斗争服务的问题,不是所有的美术家都在实践上解决了的。有些画家的作品,不长于从思想感情上影响人民,似乎造型艺术的主要任务在于给生产作事务性的解释。农民的图画,在艺术应该如何为生产斗争服务这一方面,提供了非常可贵的经验。像《火焰山》等作品的可贵之处,至少在于避免了公式化和概念化。为什么缺乏艺术修养的普通的农业劳动者,他那目的是为宣传积肥、沤肥和烧肥的这一作品,偏偏是很有趣味很逗人爱的呢?这原因,《人间词话》也有一些可以相通的解释。这书的作者认为:诗人之于生活,要进得去,出得来……"入乎其内,故有生气;出乎其外,故有高致。"生活在企图改变祖国一穷二白面貌的现实中的农民,对于社会主义建设的意义和远景有所认识,当他们进行创作的时候,不受事实的拘束,而能够发挥丰富的创造性的想象。其作品既不脱离积肥、烧肥、沤肥等生产劳动的具体情况,又能够居高临下,大胆进行艺术概括。也可以说,他们是在"以奴仆命风月"的。正因为他们大胆虚构,才创造了远远高于生活现象之上的艺术形象。

因为人民在认识生活和寻找素材的时候,就有明确的目的,而且各人有各不相同的生活经验和特殊的艺术修养,所以当他们进行创作的时候,尽管为了体现相似的主题,也能够画出个人感动了的印象和体会,创造了彼此不能互相代替而且是前无古人的崭新的形象,形成了个性鲜明的新鲜活泼的艺术风格。车夫乡的梁大娘熟悉的火车,少年鲍峰熟悉的《西游记》故事,在表现丰产给人民带来的喜悦和信心的时候,他们既有的生活知识,在构思方面起了很好的作用。能够这样自然地解决"赶任务"与"自由创作"的矛盾,这是那些只能在静物画和裸体习作中显露功夫的内行很难办到的。

创造性是从什么地方来的呢?根本问题在于画家的立场,也要看他对生活是不是真正了解。今年初夏,在四川新都县参观了明代学者杨慎(升庵)的纪念堂。在他那简略的传记里,说他年幼的时候,叔父要他回答一个问题:真山水好还是山水画好。对于这,他交了聪明的卷子:"会心山水真如画,妙手丹青画似真。"较之古人更聪明的今天的农民,画出无数可能还有人以为"不像样"的图画,体现了古人聪明的见解,切合杨慎所说的艺术家与生活、艺术品与被模仿的对象之间的辩证关系。他们熟悉神话般的飞跃前进的现实生活,从而能够站得比生活更高,把这一切当成自己的血肉、自己的生命、自己的灵魂,所以能够创造性地再现这种生活的精神,而不停留在生活的表面。哪怕是对于阻碍社会主义的现象的批评,正面和资本主义思想、落后思想作斗争的时候,因为认识深刻,有满腔热情,所以能够创造出不为具体现象所拘束的好作品。它是战斗的武器,也是有趣的艺术。还没有放弃自然主义艺术观点的一些专家,对于改造着的"山水"尚未"会心",看不见"山水"的美,所以想要喜爱它也不大喜爱得上来;勉强画了一些,也就既谈不到"妙",也达不到艺术所要求的"真"。

看了画展,画家李可染对我说:"画家画画用方法,人民画画用感情。"这话说得很中肯。作画本来应该是有感情也有方法的。没有感情的东西,算不得是艺术,没有方法,感情怎么可能表现得出来？如果不讲方法，就用不着继承遗产，也用不着研究艺术的规律。可是只有方法而没有真挚的感情，好的方法也会落空。在农业生产上热情饱满的农民，在艺术创作上也是热情饱满的。如果缺少人民的感情，即使是借用他们的创作意图，在形象上大力加工，结果反而远远不如粗糙的群众业余创作动人。人民的劳动，在今天，至少还不是一种体育活动，还不是一种娱乐。在技术条件还需要大力改革的现在，要把沙漠变成绿洲，要把水涝地变成良田，要把江水引上入云的高山，不能说不是艰苦的劳动。可是，人民当了国家的主人，有远大的奋斗目标，面临一个又一个的社会主义建设的巨大成就，艰苦的劳动不一定就引起痛苦的感情。因为他们像解放军战士那样有胜利的预见，像科学家那样幻想着发明，像艺术家那样陶醉在创造之中，艰苦的劳动就有可能使人感到轻松、愉快和幸福。当他们作画的时候，也许并未意识到这一点，不存心要表现这种感情。可是这种感情表现得很恰当，不做作。不论是幽默地对待困难，不论是率直地歌唱成绩，不过是兴之所至，自然而然地把自己深切的感受抒发出来就是了。因为他们全身充满了劳动的喜悦，在作画的时候，不论怎样画，人物总是纯朴、恳切、自然的。关于劳动的喜悦的描绘，不重复某些画家那种矫揉造作，不过要显得高兴而"高兴"的画法。我们见过不少这样的作品：画家没有真正体会到劳动的喜悦，为了要把劳动者画成喜悦的样子，往往好像不高明的戏剧表演那样，硬挤感情，有时连描写紧张的危险的劳动在内，强令人物按照主观愿望来表情，一律画得笑嘻嘻的。似乎，只有笑才是乐观主义的表情，不这样画就表现不出劳动的喜悦，不这样画就不能表现革命的乐观主义。可是其结果，不免模糊了浑厚的真挚的人民的性格，观众无从体会劳动者出自内心的那种热爱劳动的感情，反而引起故意做戏的感觉。

　　在劳动中感到幸福（包括创造发明所引起的欢乐）的农业劳动者，当他们作画的时候，热爱劳动的感情的表现，是多种多样的。

有些好作品,画里没有出现正在愉快地劳动着的农民,我们却可以感到农业生产的奇迹的创造者的存在。画里不一定出现战胜自然的过程,却流露着改天换地的那么一股无坚不摧的劲头。这些"境显意深"的作品,好像荡漾着农产品的创造者的笑声。这种笑声非常爽朗、纯洁、天真、自然。但是,有些作品里的人物,样子画得并不轻松;有的,还显得很吃力。好像是说生产给人带来了困难,增加了麻烦。这,不只不违反人民乐观主义精神,恰好是乐观主义精神的一种具体的表现。正如热爱自己孩子的母亲,不见得常常都用吻和抱来表现她对于孩子的爱,有时,无意识地拍打他两下。画农作物给人带来了麻烦,其实也是得意的感情和愿望的一种表现。这是画,也是诗。只有乐观主义者才有这种奇妙和幽默的设想,坐在画室里的画家真是一辈子也想不出来的。因为他并不熟悉人民的创造,还很缺乏非表现不可的冲动,还缺乏应该表现什么的前提。

1958 年 9 月 3 日写成
(载《文艺报》1958 年第 18 期)

完整不完整

　　漫画家选了一部分较成熟的邳县农民画,作了程度不同的修改,由荣宝斋水印出版,总的名称叫做《合璧集》。专业美术工作者愿意与群众美术工作者合作,是一种非常值得欢迎值得提倡的革命态度,也就是一种革命的办法。这一次的初步尝试虽然还有明显的缺点,可是完全可以肯定:当画家们有了经验之后,新中国画坛将出现大批结合了专业画家与业余画家的优点的作品。参加这一工作的华君武同志,在10月5日的《光明日报》上发表了一篇文章,谈他改作农民画的体会,标题叫做《不要自居提高》。文章精神和标题一样,不是说这一次的尝试是已经成功了的。

　　前两个月许多报刊推荐过的许多农民创作,不只是有很好的创造设想,也有独特的表现形式。这种形式,有的较之汉画像砖《射雁和收获》(成都出土)等古代绘画还要奇特得多。这种奇特的形式的运用,绝不是为了掩饰他们对于现实生活的无知和冷淡,而是人民迅速改造现实的要求的反映,也就是迅速前进的现实激发起来的感情的寄托。奇特的形式对农民的创造说来,绝不是形式主义的。似乎不这样画就谈不到形象的准确和真实。硬要模仿自然现象,不能充分表现其浪漫主义的创造意图;即使外形准确到了照相一般,其形式的使用反而是形式主义的。应该是最不愿受自然形态所拘的漫画家,在改画农民画的时候,从改掉了什么和添加了什么来看,我觉得漫画家也未能免俗,沾染了(或还未完全消除)一种来自所谓正规艺术教育的影响,不敢否定那种不太切合实际的提高标准或规格。正是这种标准或规格在作怪,才未能深刻了解群众创作的优越性,影响了改作的艺术质量(有的因此也就削弱了原作品的思想内容,减低了它的政治力量)。看样子,这里包含着提高的标准、对群众创作的认识和在生活中的感受等问题。

《火焰山》是在许多报刊上发表过的一幅出色的邠县农民画。人们喜爱这幅画,不是因为别的,因为它很有创造性,风格独特,表现接受了共产主义思想的人民,在改造自然时的理想、信心和干劲。虽然没有画勇往直前的人民正在怎样生产、劳动,但是人民创造出来的成果本身,也就是充满了英雄气概的,是雄伟和壮阔的。画几个努力生产的人,不见得能够获得这样动人的效果。几个炉子和火焰占据了整个画面,画面被这些东西布满,似乎再不容许别的东西插足。很值得注意的一点,是传说中的重要人物——齐天大圣,在这幅画上不占重要地位;不近前看几乎是看不见他。一般说来,不让这位英雄在画面上突出是不成的。可是在这一幅画里,他不太引人注意,恰好吻合作品的主题。不知道农民根据的是哪家哪派的构图法,也许现实生活对于他们精神上的鼓舞就是他们构图的最高标准;好像笨拙其实巧妙的章法,并列地摆着三个不是很有变化的土窑,加上强烈的火焰(除了墨线,画面上只用了朱色),造成了画面的充实饱满。这种构图,比山水画家黄宾虹的实中见虚的构图,显得似乎还要大胆些。其中的东西似有向外延伸的力量,使人觉得齐天大圣所面对着的,真是无边无际的火焰山。这样的构图和大跃进的时代精神非常切合,和人民豪迈的感情非常合适。名叫《孙悟空当作火焰山》的改作怎么样?看来构图虽更规矩但也就变得一般化了;人物画得更突出但也就宾主颠倒了;火焰画得更细致可是没有原作那股子劲头了;增加了炉子的数量,可是缺乏原作那种雄伟和壮阔的气派;孙悟空显然画得生动多了,真实多了,可是把重点转移了,对于作品的主题的体现没有好处。当成漫画来看,我以为如果改作能不让孙悟空突出,而是画成想过去而又为难的样子,不是画成正在努力煽火的样子,可能更有助于主题的表现,也许更有趣,更有漫画所需要的幽默感。

《丰收卷倒观潮人》、《玉米树钻天》和《技术革新、快上加快》,改作的缺点还更明显些。《丰收卷倒观潮人》原作那种由稻子构成的海浪一般冲击的威势,从感觉上给观潮派的强大的压力,在改作里都改掉了。作品总是有要点的,问题在于你打算把什么当成要点。似乎,漫画家认为稻粒的大小和色彩明暗,较之海浪似的冲劲更重要,所以才强调它。可是因为丧失了海浪一般的威力,环境的具体性不鲜明,观潮派向后跌倒的形象反而显得有点做作,作品的力量削弱了。《玉米树钻天》里的"树",原作只有一株。虽然只有一株,观众不会以为它不是许多株的代表。似乎,漫画家把洗炼的艺术手法看成是简单化,追求的是"多多益善",改作时加上好几株。本来是单纯的构图,现在被改得繁琐了。本来是重点鲜明的形象,现在改得平淡无奇了。像塔一般的钻天的玉米树,在构图上垂直线的"基本形"所构成的钻天之感,正如火焰和稻浪所形成的威力那样,是人民征服自然的理想、信心和得意感情的形象化,也就是这件作品的生命之所在,万万取消不得的。因为没有顾到这些基本特点,虽然把玉米树画在云上,结果是画面变成四平八稳,魅力大减了。把飞机画大,相形之下就是把玉米树改小了。这,如果不是马虎,只能说是因为漫画家把原作的优点当成缺点的缘故。原作《技术革新、快上加快》,较之其他作品,更是象征味的。画面上的人、马和车,只是一种作为比喻的东西来使用的,是诱导观众认识作品基本内容(快快地搞技术革命)的引线,而不是主体。较之马戏场上的人、车和马,这幅画中的人、车和马,本身并没有特别重要的意义。这些事物画得愈具体,愈会妨碍观众相应的联想,愈会把观众的注意牵制在画面上的象征物本身。改作,反而在人、车和马的外形上用功夫,结果有点像是强调了装饰趣味的马戏场面的写生。看了图中的文字虽然也能了解它的内容,可是这种比喻手法就不见得那么有趣了。这些作品使人觉得:农民画是创作,现在似乎要它接近素材。农民画是诗,现在一改把诗意也削弱了。

在中国画论里,有这样的说法:"景愈藏,境界愈大;景愈露,境界愈小。"有分析地看待古人的经验,这样的画论对于并非打算画老式山水的漫画家也有益。这种说法,不只关系作品的形象的丰富,也关系作品思想的深刻。《火焰山》等农民画是和这样的画论相通的。正如汉代的许多绘画,虽然有点笨拙,不周到,甚至犯了解剖学……的错误,可是它所包含的内容比"说"出来的多得多。在枝节的地方求全,不见得就加强了作品的魅力;因为并不因此就丰富了形象所包含的内容。正如画幅的大小不决定形象是否伟大和庄严一样,形象的复杂性和内容的丰富性不见得都成正比例的。不必要的加枝添叶,不见得是原作的提高,有时反而使形象贫乏,思想无力。

在美术界,至今还容易听见有关提高的一个词:形象的完整性。什么叫做形象的完整性呢?这一概念,常常是当成准确性、逼真性之类的概念来使用的,所谓完整,往往不是指形象较之现实的现象更单纯,而是一种繁杂。本来,较之现实现象更典型、更理想、更有普遍性的形象,只能是经过提炼的形象。单纯化了的形象,应该承认就是提高了的完整的形象。既然是形象,当然不是丧失了具体性和个性的符号,不是对象的"纯客观"的"如实"的描写。只有提炼过的形象才是典型,也才能够充分体现艺术家所要体现的思想。离开了作品的主题,也就丧失了判断形象是不是完整的重要根据。离开了作品的主题,无从判断创作的形象是不是真实。和自然主义相反,这,就是现实主义对于形象的要求,也可以说就是现实主义创作的提高标准。正因为决定形象是不是完整的条件,不在于外形的繁简,所以我们有时非常称赞造型细致的工笔画和油画,有时又非常称赞笔墨洗炼的水墨画和漫画,虽然有人觉得奇怪,其实并不矛盾。正因为现实主义的形象未必只能是照相一样"逼真"和"准确"的形象,所以漫画才不至于被开除出艺坛,当成形式主义来对待。可是受了资产阶级艺术教育偏见的影响,曲解形象的完整性,颠倒了艺术创造的要求,以为愈是接近自然形态的造形就愈是完整的造型。在这种偏见的影响之下,民族艺术传统虚无主义的谬论就有了市场,即使是深刻表现了时代精神和新人物精神的群众创作,往往被当成"不像样"的东西来对待。口头说好,在心眼里不见得真正喜爱。正因为这样,革命的浪漫主义和革命的现实主义的结合,在造型艺术上也就成了不好了解的问题。正因为这样,庸俗地对待现实、歪曲现实的自然主义,有时也能够披着现实主义的外衣,欺骗天真的观众。值得考虑的是:应该是敢于幻想,敢于虚构,不受上述偏见影响的漫画家,为什么在改画农民创作时出了偏差,可见上述偏见影响之深远。

　　改画农民的作品,似乎较之农民原来进行创作还困难些。其重要原因,不只在于漫画家还没有充分认识农民创作的好处,也在于漫画家还缺乏农民在创作准备中的优越条件。缺乏美术创作经验的农民,当他们进行创作的时候,为什么那样自由?因为他们亲自参加了征服自然的斗争,真正尝到了劳动的甘苦。不论是积肥、烧肥、沤肥,不论是修渠、打井、引水上山,他们经历过许多波折,所以丰产所引起的喜悦就特别深,未来的远景就看得特别透。一句话:农民是以他们的深切的感受为创造的源泉,他们要加以"修改"的对象,不是别人的作品,而是自己生活的深切感受。农民的创作也许只表现了他们在生活中得来的感受的千万分之一,而且这种表现并非十全十美的。喜爱农民创作的漫画家,虽然拥有较高的技法,而且改作时确实有了新的成就(例如《大豆过江》等作品对人物精神状态的刻画),可是他们创造的源泉几乎就只靠农民的原作,缺乏相应的材料可以补充和调换,加上还有所谓完整性之类的成见在起作用,所以往往只能把成品打扮得好看一些,弄得不好的,反而把成品搞糟了。

如果可以说农民的创造设想是种子,漫画家的加工是阳光,是水分,是肥料,那么,这一切也像农民之得到创造的设想那样,只能依靠相应的生活实践。可见,参加劳动锻炼,对于艺术家说来,不只是为了思想的改造,同时也就是为了艺术思想的改造,是为了艺术创作质量的提高。单说对于所谓完整性的成见的改变,也需要向农民学习;学习他们怎样从现实生活中获得创作的灵感,学习他们怎样全神贯注地对待他们认为重要的东西。在劳动中有了农民一样深切的劳动的喜悦的体会,不但画起来就不会这样吃力,而且可能产生较之群众业余创作更成功的作品。革命的浪漫主义不是一种没有生活根据的大言壮语,把南瓜或白薯画得很大不就是浪漫主义;浪漫主义只能从革命者深耕了的土壤里长出来。农民的歌颂漫画,显然不是像素描那样,可以靠用功能够学到手的一种技巧,而是从生活实践中培养出来的一种"本能"。不论是为了和农民合作,不论是为了提高自己的创作质量,只能从产生作品的现实下功夫,更方便的道路是难找的。

1958 年 10 月 30 日写成

(载《人民日报》1958 年 11 月 4 日)

生活不就是艺术
——记面娃娃谈川剧《打红台》的表演心得

一

今年夏天,我在成都和重庆,看了一些川剧,认识了一些川剧界的朋友。像去年在太原那样,学到一点有关地方戏曲的知识。这几天出不了门,决定以面娃娃(彭海清)谈《打红台》的表演心得为主,把一部分有意思的见闻追记下来。

川剧《打红台》和《聊斋志异》里的《庚娘》有关,其主题和情节却很不一样。在这本川剧里,庚娘已经不再是主角了。着重刻画的,不是庚娘报仇的坚决,而是她仇人(以王十八为雏形而演化出来的)萧方的罪恶。故事是这样的:离乡背井的庚娘和她的丈夫金大用,为死在异乡的双亲上坟。在坟地里,遇见打抢皇杠(即皇银)、逃回故乡永尚县的强盗萧方和他霸占得来的妻子张翠娘。本来萧方要上红台山落草,因为见了庚娘美貌,说要出银二百两为她的丈夫了结官司,把他俩骗到无情渡口,谋夫夺妻。经过好些周折,死里逃生的庚娘夫妇才报了仇,团圆了。至于萧方呢?把金大用和翠娘打下江去,埋葬了自缢(其实尚未绝气)的庚娘。萧方走投无路,后来改名换姓,到红台山的敌人(元朝统治者)方面投军。然后混上山去,杀了结拜兄弟寨主韩虎,由钦犯一变而为皇家的都尉。可是，他刚刚才爬进统治集团就摔下来了。正要在王宫里招亲，相亲时被当了郡主的庚娘识破，就这样要掉了他的脑壳。

这个戏有相当浓厚的封建正统观念，存在结构不很严谨等缺点（特别是在下半本）。有些语言还需要加工，韩虎和萧方的关系写得还嫌草率，有些情节还有点牵强，性直的正面人物韩虎的性格，也远不如昏庸的昌平王的性格刻画得生动，形成坏人性格的社会原因揭示得不够具体的现象。但是萧方这一典型人物形象真实生动，丑恶的精神面貌揭露得深刻。不只是在表演形式上，就是在某些语言的运用上，地方色彩鲜明，很有值得注意的独到之处。这个戏体现了旧时代劳动人民对于统治者及其帮凶的憎恨，反映了封建时代的军阀、土匪、流氓和恶霸的互相勾结以至互相转化的特点。看了这个地方色彩很重的戏剧，可以帮助我们更加了解非常复杂和黑暗的旧社会，因而也会更加热爱人民当家作主的新社会。由于萧方的典型性格带有普遍性，在反对资产阶级的思想和资产阶级的野心家阴谋家的斗争中，也可能对群众有某些启发作用。

萧方，这个一切行动以个人野心为转移的冒险家，是封建时代的产物，是一个社会的残渣。这个坏得出奇的恶汉，全身都浸透了剥削者那种极端丑恶的思想意识。在这个戏里，他不是一般化的反面人物，而是一个个性非常鲜明的四川型的袍哥（流氓），封建色彩非常浓厚的土匪。这一个在不是你吃掉我，就是我吃掉你的流氓生活方式中成长起来的角色，既倔强，又软弱，性格显得很复杂。在他那充满波折的生活里，经常用生命作赌注，到处显示侥幸的打算。他的人生目的渺小而卑微，却又很狂妄和自大。他不了解人也不了解自己，觉得自己是被埋在土里的夜明珠，或者说为了得到精神上的安慰，他要欺骗自己，乐得把自己看成夜明珠。在他看来，谁都应当以他的存在为存在，谁都应该服从他，甘心受他支配。责怪别人不好成了一种习惯，一点不容许别人责怪他。把个人的享受建立在别人的痛苦之上，根本不考虑别人是不是也有痛苦。

满足个人卑鄙欲望就是他的道德标准,从来不怀疑自己的行动有没有正义。他在和所有的人作对,从来不信任任何人。他不怕人们恨他,却希望人人都怕他。他不是完全不相信有"因果报应"的,可是为了满足个人的野心,什么伤天害理的事情都做得出来。他把自己看得比谁都重要,却又不怎么爱惜自己,有时并不考虑行动的结果"够本"不"够本"。在人生目的这样大的问题上,萧方很愚蠢。可是对待具体问题,却又非常圆滑,非常果断。他的心毒得很,态度野得很,可是外形并不是充满贼相的,所以江湖人称"笑面虎"。

当曾荣华等同志在北京演出这个戏的时候,这个戏的特色很引人注意。当成坏人的典型来看,萧方的性格刻画得不简单化。例如萧方一连逼死两条人命,把庚娘关在后舱时"打喜"的戏,对人物性格就有很真实很细致的刻画。手下人对萧方的行为不满,要打死他;可是打不过他,只好把这一行动说成是"打喜"。萧方明知手下人不可靠,偏不追究,若无其事地约大家上街喝酒。当他驾舟逃走,在小船上觉得共患难的兄弟成了他的累赘时,毫不迟疑地把最后的一个同伴打下江心。

这个戏为了刻画人物,运用了好些看起来好像平平常常,实质上是意义深刻的戏剧语言。萧方这一主要角色不用说了,就是配角翠娘以至配角衙役和喽啰,都有富于性格特征和行动性的台词。萧方想把已经看出自己的恶意的庚娘骗进后舱时,同情庚娘的翠娘的剧词就很生动也很深刻:

金大用　恩兄,你弟媳胆怕。
萧　方　哦!弟媳胆怕?后舱有热宴一席;好倒好,无人陪坐。
翠　娘　我来陪坐!
萧　方　好吃!

翠　娘　不好吃还跟倒你呀！
　　　　・・・・・・・

　　如果演员念不出这样的剧词的内在意义，很难表现她此刻的真实情绪，甚至可能使台词成为趣味不高的逗乐。如果念得深入，那就更能表现翠娘的性格，也有利于萧方性格的刻画。翠娘和萧方有杀父之仇；虽然被萧方霸占，她的心并没有因此屈服。她还没有了解萧方罪恶的来历，也不了解自己受苦的根本原因。可是她没有逃避斗争，没有对坏人坏事采取消极态度。她在和萧方一起生活的过程中，虽已沾染了一些流氓习气，但她的心底还是比较光明的。似乎她长久不明白应该怎样对付坏人，又常常在语言中流露着对坏人的不满和反抗。正如上坟之前翠娘说萧方"你们还有爹娘吗"一样，正如在坟台上学流氓行礼一样，"不好吃还跟倒你呀"这句话，也是借题发挥的一种讽刺，是变相的反抗，是仇恨心理的自然流露。用行话来说，这是有潜台词的道白。

　　紧接着的台词，对于萧方手下人的流氓气的刻画，也很生动而且深刻。当萧方把庚娘等三人骗进后舱，正在纳闷，手下人老幺（即袍子四，丑角扮演，姓什么由演员自由决定）问："萧哥！你像有啥心事呀？"

萧　方　没有！
袍　一　你喜欢金大用的那个？
萧　方　唔，不错。
袍　一　要就拿过来。
　　　　・・・・・
萧　方　那是别人的。
袍　一　喊他让给你嘛！
　　　　・・・・・・
萧　方　未必他肯哪！
袍　二　不肯就要刀。
萧　方　杀人只怕要填命？

袍　一　你哥子杀人都要填命呀？
袍　二　填不倒那么多！

用不着任何解释，读剧本时可以明白，剧本里的这个"拿"字和"让"字，在这儿的真实意义是什么。只是这样的字眼的运用，已经足够再现四川那些充满了特权思想的家伙，对待妇女（其实也就是对待别人）是什么态度。就好比韩虎指庚娘问她是谁，萧方肯定回答说"是兄弟新纳的一房爱妾"一样，是坏蛋不把人当人看，从心眼里流露出来的一种有毒的声音。戏剧和别的艺术一样，不应该离开形象来对人物进行批判。这些台词本身，却是一种中肯的、有力量的批判。正如《把宫搜诏》等川剧里的好人形象的行动本身就是剧作者对他的一种相应的歌颂那样可信。

这个戏的语言形式很平易，不难听出它那深刻的心理内容。手下人要把自杀了的庚娘的尸首抛下江去，萧方不同意，萧方的唱词的心理内容，不是不用心的演员所能体会得出的。

你看他夫一死来妻也丧，我们做贼人的还是要起点好心肠。身旁取出银十两，拿到长街买杉方。

这"杉方"就是棺材。不是剧作者（也就是过去的演员）随便凑进去的"水"词，也不是为了冲淡观众对于萧方的憎恨，使人误会萧方还有良心。联系前后情节来看，这是剧作者在进一步揭发萧方的丑恶行为。禽兽不如的萧方，连害三人，还有什么好心肠呢？可是，有时他也要"讲"点良心。原因不简单，仿佛可以从这两方面来作解释：一是因为他迷信，二是因为他要骗人。萧方假意和金大用结拜兄弟，不敢发誓，是一种怯的表现，是迷信的表现（恶人往往惧怕过不了阎王老爷那一关）。人话有市场，流氓在流氓圈子里也需要说些人话。他们虽然实际不是人，却又怕别人不把他当人。萧方在这儿说些人话,真实内容和字眼的含义不一致,因而很不容易表演得出色。

扮演萧方,川剧要分河道(河道即按地区特点为区别的流派)。各河道的表演风格不同,剧词也大有出入。简单加以划分,可以说有两个类型:一是着重刻画萧方性格歪(凶恶)的一面,一是着重刻画萧方性格孬(阴险)的一面。着重点不同,表演方式也不同。各派各有特长,不能互相代替。先后在北京演过这戏的曾荣华和李侠林的表演,可以说是属于歪一型的。他们在表演上的长处之一,是敏捷和鲜明,善于把萧方的性格特征从形象上一望而知地表现了出来。北京观众至今还念念不忘的,曾荣华在第一场刻画萧方性格的一个很有表现力的动作,也就可以作为这一河道表演风格的特色来了解。出场时显得漂漂亮亮的萧方,当他唱到"不久间要做个马上人王"时,怪相就露出来了。演员用折拢的扇子敏捷地把帽子弄歪,观众立刻明白这是一个流氓。这一动作在戏剧里并不罕见,但它在这里能够引起观众的体验,从而把前面那句堂皇的唱词"大丈夫出世来昂昂气象"的内容修正了。据说前辈演员曹黑娃(曹俊臣),"做"得很夸张。当他唱到"大丈夫出世来"时,把扇子在面前撒开,掩脸,一唱"昂昂气象",就紧接着收拢扇子,露出一个怪相,成为对于萧方的本质的立即见效的揭发。曹黑娃扮演萧方,也有很细致的创造性的表演。据熟悉曹的艺术的名鼓师李子良说:曹在《杀船》一场,不用"冲头"或"亮子"等强烈的锣鼓点子,而是用"阴锣鼓"。角色一出场就着重表现他想害死金大用的野心。把场子里的观众当成无情渡的水,由近看到远,表示他要把金大用打下深水的预谋。彭海清的表演,可以说是属于曹派艺术一型的。

彭的长处之一,在于对孬的表演含蓄。例如情节紧张的《杀船》一折,彭的动作大都是较为缓慢的。一般说来,快动作才是紧张的表现;人们不是把进行曲来代表激动吗?可是,彭刻画萧方这个惯贼的形象,却是以沉着为主的。在看到即将行动之前的萧方怎样慢慢把头从左转到右的时候,可以说紧张的不是演员,而是观众。彭为了表现萧方的狡猾、阴险和流气,追求细致的表情和戏曲程式的结合。有时使人觉得他的动作不够明快,正是在这里却很有可取的地方。萧方把翠娘打下水去,好像漫不经心地在看着江水,毫不故意做出杀人者的凶相。正因不故作紧张,观众也更能体会惯贼萧方内心的凶狠。因为对孬的表演深刻,观众有时觉得,似乎他的折扇里也包藏杀机。这种杀机的表现,有待于观众自己去体会,不完全是一下子就容易看得见和抓得住的。在第一场里,萧方和押解金大用的那个公差开玩笑的戏,分明可见演员彭强调的是内心刻画。台词意味轻佻,很容易被那些缺乏修养的演员演得无理取闹。萧方无所谓地问公差:"你贵姓?"公差想占萧方的便宜,把姓"龚"的"龚"字念成"公",回答姓"公"。想占便宜吃了亏的萧方,表面平淡地还他一手:"老子是你的先人!"(单捶)这时候,看戏的人有一种预感:似乎就要发生冲突。因为彭背在身后的那只右手,与其说是拿着扇子,不如说是拿着匕首;与其说拿的是扇子,不如说拿的是随时都可以给人家"递过去"、"钻眼眼"的刀子。

这两种表演类型,如果掌握得不好,都可能产生严重的缺点。前者容易流于火气,后者容易流于瘟气。因为这个戏我看得还太少,不企图研究这两个表演类型的得失,应当说两种类型都可以存在。我只想在记述彭的谈话时,联系记述一些彭在表演上的特殊长处。不用说,彭的表演也不是尽善尽美的,可是正如其他演员一样,确有很出色的地方。有时,从背面也能看出他那人物刻画的细致。例如戏进行到快结束时,萧方杀害了自己兄弟,封了官,官衣刚刚穿在身上时,似乎有虫子在肩背上咬他的肉,动了动肩头,从背影也能使人体会到野心家萧方内心状态的复杂。这既是在艺术上对人物心理的细致刻画,也是对人物品质的具体批判。应该说,彭是刻画萧方心理状态的能手。这一特点,在他一出台时就能够使人感觉得到。当他念诗时,在声音的运用上也听得出他的特色来。"平日里疏财仗义,能知道好歹贤愚。爱结交绿林哥弟,俺要把江湖志立。"这里面的"贤"字,彭是带着冷笑声即象征意味来念的。很难说演员是企图要表现萧方的什么具体的心理状态,但留心听戏的观众分明可以感到萧方藐视一切的性格特征。

彭海清着重内在力量的表演,也有他的理论根据。而他的理论是以充分的生活知识为基础的。当他和我谈表演心得时,总是插入许多真实的四川流氓的故事。看样子彭是一个关心生活、了解流氓和土匪特性的演员。当我还没有看他的戏时,我约他在茶馆里谈天,他谈流氓狗豹子外形特征,用动作模仿狗豹子,模仿他奉命将要出去暗杀"拜兄"的仇人时的样子,抱紧交叉在胸前的双臂,耸着两肩,缩着颈子,头左右慢转,眼睛鬼祟地东盯西盯,这神气使我忘记坐在茶桌对面的是我的新朋友,使我仿佛是在面对着一个狗豹子型的坏人的威胁。

彭海清和张德成等川剧名演员,善于体会人物,继承了前辈传下来的艺术知识和创作方法,也能说出一套有关角色表演的理论。在谈问题和讲故事时,像刘成基那样,彭的四川土话是朴素而生动的。很可惜,我记录得很不生动。但愿有人能够避免洋腔,运用有趣的川剧演员惯用的语言,忠实地把老艺人们那些宝贵知识都记录下来,免得坐失时机。

二

萧方的性格复杂,特点很难用一两个字来加以概括。剧本《打红台》塑造萧方,从多方面着手。既有社会生活,也有家庭生活。不只是在政治斗争上,萧方才是毒辣的。第一场表现出来的对于翠娘的轻蔑态度,一看就使人觉得毒辣。难怪彭说只有从戏的整体来看,才便于认识萧方性格。不论性格多么复杂,他的行动却有一个一贯的东西。这个一贯的东西是什么?光说个人主义还不很确切。《伐子都》里的子都不也是非常个人主义的吗?可是他和萧方很不一样。在彭看来,萧方性格最重要的是阴险。因此他不同意别人的建议:为了造成各场戏的对比,《双上坟》用文生做派,《杀船》用武生做派。他说:萧方既不是一般的文生,也不是一般的武生,萧方就是萧方。他这种从人物出发而不从行当出发的说法,是他的创见,很有道理。《九龙屿》修书一场的张从娘,很难说是用花旦身段还是鬼狐旦身段,也许各种行当的特色都有所汲取。彭的意思好像是说,我面娃娃可以在这个戏里叫萧方装唐伯虎,面娃娃在这戏里却不宜直接装唐伯虎。面娃娃让萧方装唐伯虎,为的是让观众更便于认识萧方的性格,却不能把他装得较之生活中的萧方还不易认识。彭认为老前辈徐玖成、董月卿、曹俊臣、魏长龄、李占云……的表演,各有各的特色,各有各的妙技,却都不忽略萧方性格的基调:狠毒。而构成狠毒这一基调的重要特点,是阴险。着重表现萧方性格阴险的一方面,为的是更夸张这个面善心恶的笑面虎的独特个性。

在历史悠久的文化宝库里,有许许多多英雄的形象,也有许许多多坏蛋的形象。看了《打红台》的萧方,想起《奥赛罗》中的伊阿古。因为他们都非常邪恶,非常狠毒,非常阴险。对于他们的邪恶、狠毒和阴险的描写,方法大不相同,却都有刻画得似很夸张也不损深刻的好处。我们只消提到伊阿古怎样挑拨奥赛罗对于妻子的忠诚的怀疑,就会感到莎士比亚那通俗的笔墨的斤两。伊阿古适应他的上司英雄奥赛罗性格的弱点(妄信),把挑拨的目的隐蔽在"善意"的规劝之中:"你要留心嫉妒啊!""不要一味多心,也不可过于大意。""不要因为我这么说了,就武断地下了结论。"……这是以退为进,以守为攻的战术。这样一个可怕的怪物,一直到奥赛罗杀死那个善良的纯洁的妇女之后和自己裁判了自己之后才明白。我从萧方身上也看得见伊阿古,我为庚娘和韩虎担过心,着过急,好像为奥赛罗和苔丝德梦娜担过心,着过急那样。可是,萧方不是伊阿古,这究竟是两个很不相同的典型。他们的性格和社会地位不同,作恶的方式有不可混淆的特色。为了达到目的,一个几乎可以说全是用的软功,一个在重要关头却要硬取。在伊阿古身上找不出封建性的四川袍哥的特色,萧方满口区别于洋话的四川江湖话。例如"老子要见水才脱鞋"(相当于北方话"不见兔子不撒鹰"),……完全不像见过大场面的小官儿伊阿古。萧方不像伊阿古,实在一点也不可惜。要是演员想要强迫萧方伊阿古化(洋化),正如要把《白蛇传》里的青蛇红娘化一样,那完全是多事。愈有民族性愈有国际地位,愈有地方性愈有全国性。如果不看重川剧人物的地方色彩,好比强令川剧服装越剧化一样,好比强令川剧锣鼓京剧化一样,失掉了四川的土气,这不只是川剧的损失,也是全国和全世界艺术的损失。彭所说的"萧方就是萧方",对于我们某一些只看见典型的一般性而看不见典型的个性的艺术家,对于我们的某一些忽视一般只能体现在特殊的形象之中的法则,因而往往把类型化当成典型化来对待演出的艺术家,对于不愿模仿现成的表演形式、不愿中国人外国化被当成正常现象的艺术家,实在是很有益的一种借鉴。

　　彭认为:狠毒和阴险本来不是对立的,狠和阴常常表现在同一行动里。为了证明认识的合理,彭给我讲了好些四川流氓怎样坏的故事。他说德阳县孝全场有一个"舵把子",本名叫钟子元,因为他会装假,人称"钟善人"(在旧时代的实际生活里,这种称呼可能是恭维也可能是讽刺)。吃斋念佛,吃人总是文吃。"挽个圈圈"把农民的土地弄到手,有些农民还把他当成救命恩人,说是再生父母。彭说,如果台上的萧方完全像生活中的舵把子"钟善人"那样容易骗人,结果不只骗了金大用,也骗了观众。可是,如果把萧方的许多与众不同的东西都删掉,让观众看台上一个光溜溜的个人野心家,这个戏就等于没有了。他的意思是说,形象丰满与主题明确这两重要求应当统一,思想的深刻性与形象的丰满性应当统一。不顾形象的复杂性,片面强调主题明确,不只会脱离生活,也会削弱艺术的教育作用。我曾带着像看优秀的纪录片的心情去看一些以真人真事为题材的戏剧,但是有时也不免有点失望。由于艺术家忽略了特殊体现一般的法则,还没有摆脱如何写人物的现成的规格,有些故事片的效果反而不如更接近素材所以朴素得多的新闻纪录片动人。《哈尔滨防汛》等反映新中国人民的新英雄主义的新闻纪录片,其中有好些朴实而细致的材料,实在较之有些"加了工的"(人物性格抽象化)的创作动人。我想:并非自然主义的细节,千万不可随便抛弃;把并非结合现实的虚构当成浪漫主义,既难免离开艺术,也难免离开群众。

　　萧方和公差开玩笑,"占欺头"("侄〔这〕儿来","侄〔这〕儿讲"……),会不会把一个想讨好庚娘的萧方变成一个普通的二流子呢?彭认为,这不在玩笑的多少,只要合情合理就行。这也就是在说,事物是多样的统一,形象的基本特点突出,不就是对生活的简单化。萧方性格的复杂性不宜削弱。萧方虽然阴险,到底不过是流氓。他没有《柴市节》中的刘梦炎的地位,也没有刘梦炎的耐性。他的处境与伊阿古的处境更是差得远。彭认为,就在流氓式的玩笑之中,也要有萧方性格的特点才对。占便宜成了习惯的萧方,说话也是一个钉子一个眼的。哪怕是生活中的小事,在"好汉不吃眼前亏"的思想支配之下的流氓看来,小事也一点不能让步。在懂得旁人议论的流氓看来,"丢面子"难免会丧失社会地位。彭对我说,旧时代的川北,有一个当了戏班东家的舵把子,看见戏票卖得,请演员吃酒席。因为高兴,把最有功劳的旦角请到上席。旦角推托不过,只得坐下。舵把子这时候才觉得自己"没有座位","坐不下来"①,假装说自己已经吃过饭,溜了,溜到铺房的柜台里,一个人在那里吃咸菜饭。萧方和金大用结识时,偷偷踢翠娘一脚。这,不只表现萧方对于妇女轻蔑和不信任,也是萧方爱面子,怕名

---

① 袍哥大爷的面子重要,不能在旦角占了首位的席面上坐下来。

誉吃亏的表现(唯恐别人多看了自己妻子两眼,不只是怕人家打主意,也怕有损自己的面子或名誉)。这之前,萧方要到酒楼陪韩虎饮酒,对翠娘的盼咐,其实质也就是怕丢面子的。他对翠娘说:

……等坟台油蜡一尽,你就赶紧回家。嗯,今天三月清明,上野坟的人多。嗯,萧方的眼睛是夹不得沙子的哟!

在这样的环节,彭海清的表演是很细致的。这种细致和琐碎完全不同,而是合乎程式合乎节奏的。最值得注意的是:因为他处处注意人物的心理刻画,动作就有了分量,不至于成为台词的视觉化的直译。当韩虎见了翠娘,问萧方"呵,贤弟安家了吗?"萧方套用现成的客气话,回答"有了绊脚绳啰"的时候,彭乘势用拿在右手里的折扇,划圈,朝后方一甩,利用这一有造型性和象征性的"指爪"显示人物对妇女的轻视。当萧方对金大用说:"哦,贤弟是江南人氏吗? 真是凑巧,我们的船舟,又是空载而行,不如做个顺带江海,送弟转回江南。"萧方说到"送"字的时候,演员彭在金的肩上并不轻松地一拍。这一拍,可能使观众懂得,这个带双关性的"送"字的真实的含义。预谋杀人者那种情不自禁的心理,在这里毫不吃力却又细致而含蓄地刻画出来了。

三

怀着鬼胎的萧方,将要上船(预定动手杀人的场所),出乎意料之外,被映在水中那自己的影子吓了一跳。这一段戏,我见过几种都很精彩的表演。似乎在萧方这一行动里,已经包含着这种人物的许多精神上的特征。这样的艺术形象自身,能为它的生活内容提供明确的解释。论者如果把它说死了,反而削弱了它那丰富的内容。演员为了获得人物性格鲜明的效果,着重表现它的某一方面的意义都行,没有死板规定出来的必要。萧方意外地从水中看见自己那副凶相,引起复杂的心理反应。彭在这儿的表演,着重的是萧方的胆怯。彭认为:爱杀人的流氓,自己经常提防有人来杀他自己。好比《豫让桥》里的赵襄子,上厕所时冒叫一声"有刺客"那样,萧方见影而生疑和吃惊,是精神状态不正常的表现,也是防范被人杀害的警惕性强烈的表现。

在这儿,彭的表演是这样的:萧方见了影子,吓得后退。配合着锣鼓,用了一个魁星点斗式的塑型(也近于所谓崖鹰展翅的塑型),说:"有人?""有人"这话,究竟是问别人还是问他自己呢?很难说。他所说的人,当然不是指他们一伙的自己人,而是外人、仇人、敌人、官兵。他是不是过敏地以为跳板下面有埋伏,这也很难说。反正,心中有鬼的萧方,多少有点像赵襄子或子都那样"疑心生暗鬼"。其实就在这个戏的第一场也有萧方心虚的描写,不过用的是似乎和胆怯相反其实一致的"扯把子"的形式来表现的。

　　翠　娘　"有人在叫。"
　　萧　方　"哪个在告?"
　　翠　娘　"在叫。"
　　萧　方　"老子是清白良民,不怕哪个告。"

这和莎士比亚的《量罪记》里,一再重复的话"清清白白"那样,是一种带双关性的语言,是很有戏剧效果的反话。它没有受到批评家应有的重视,它为头脑僵化的听者所不理解,却很有利于人物性格的刻画。萧方见了影子,说了一声"有人?"船上等候他的伙伴老幺,以为萧方是问他这一伙人在不在船上,抢着回答说:"都在船上。"彭认为:老幺的回答不只是在表现老幺爱出头,也是为了使戏剧的下文更提神(为下文作铺垫)。听了老幺的话而清醒了的萧方,自己给自己作了解释。在戏里,这种解释靠动作,动作成为心

理状态的外形化的生动的艺术形式。彭设计的潜台词是:

  我——要上船——那个地方——这么高的人——手里拿着刀——他——就要给我——递拢来。

  彭海清说:就常情而论,出人意料的东西的刺激性较强。人有心事,月光地里看见自己的影子一晃,比真正遇见什么人还感到紧张。萧方不但做贼心虚,自己明白自己是皇犯,将要上红台山落草,上山之前还得谋夫夺妻。翠娘不是自己的心腹,手下是红台山派来的喽啰,他得随时提防有人暗算他。而且,连他自己也没有料想到,预谋杀人的自己的样子,原来有这样凶恶。映在水中的自己的影子,在一般人看来并不奇怪,它对萧方这个心地特殊的角色,却成为一种强烈的刺激。

  《杀船》一折的掩刀,别的演员不采用。别的演员为了表现萧方恐怕庚娘见刀生疑,先把刀和衣服交给手下人。这,当然是很合理的。而彭,不采用这一种方式,所以有人说这不好,认为像是魔术。两尺多长的钢刀,一会儿出现,一会儿又不知到哪儿去了;这真有点像魔术。彭不同意这种说法,我也觉得这种说法有点褊狭。当然,要是像用机关布景来迷惑观众那样,到处乱用特技是反现实主义的。但从刻画人物的需要来说,不能一般地反对特技。就艺术的效果而论,刀,此刻这一主要道具的或隐或现,既是为了向观众预示戏剧的发展,为了造成紧张的气氛,同时可以说就是为了具体描写土匪萧方善于掩藏凶器的职业性的特征,也是为了表现萧方此刻急于要杀人而又不能不压抑杀人的冲动的特殊心理。演员的这种创造,可以说是根源于四川土匪的特殊情况,从这种生活基础上产生的(把手枪藏在裤兜里,有时却又故意暴露自己带着武器……)。只要是和人物的职业特征、特殊心理结合着的,只要是和具体情节结合在一起的,戏里适当使用特殊技术,不能说是硬拼上去的一般的魔术。彭说：萧方虽很阴险，到底不是老谋深算的角色，所以他有时的行动很"毛"。当他按捺不住占有庚娘的念头，急于达到目的，急于把金大用这一个障碍干脆一下子"毛"了的时候，情不自禁地亮刀。可是，永尚县的码头究竟还不是便于杀人之处，他自己命令自己慢来，把刀藏起来。亮刀，在艺术上是表现杀人的冲动，急于把金大用消灭，以为在跳板上杀人比较干净。掩刀，在艺术上是一种刻画人物的夸张手法，显示慌张了的萧方急于掩饰杀人的阴谋。萧方掩刀之后，玩弄折扇，也是为了转移旁人（特别是庚娘）的注意。不见得萧方认真考虑过庚娘会不会受骗，这主要是为了瞒过已经看见了刀的庚娘。彭的这种说法，是他对于角色的认识得来的演出规定。这种认识和规定，合乎传统戏曲规律。掩刀不是脱离人物和情节的翻筋斗，大打出手；而是和戏曲的音乐诸因素相协调和刻画人物性格的一种独特方式。正如萧方"试看为兄杀后舱"之前的飞褶子一样，虽以特别的技术见长，但它既然拥有可靠的现实根据，那就不宜当作一般的魔术看待。可以认为，这是演员为了反映生活，大胆创造的特殊形式。现实主义的形象不必都是外形逼真的模拟；掩刀和飞褶子，和把刀与衣服交给手下人一样，都是合情合理、可以采用的手法。（飞褶子时，彭背向观众，利用跳动的力，特别是两肩的巧力，使披在身上的褶子"飞"向弓马桌子。这不只是为了创造形式美，也能够鲜明地表现出萧方那种激动心情。）

彭说，他从前演出《活捉石怀玉》，也运用过近似魔术的绝技。当做了坏事、心中有鬼的石怀玉持烛在房门口观看周围动静的时候，双眼不动地盯着点燃了的蜡烛。当观众正在注意他那静止不动可是情绪不平静的脸时，护着烛火的另一只手一动，乘势把烛吹灭。接着，这一只护着烛火的手再一动，奇怪，已经灭了的烛突然又亮了。这是魔术吗？又是又不是。这么快，这么迷人，真是魔术；可是因为它出现的时间、地点和条件的不同，这种敏捷的把戏不应当成一般魔术来看待。它很有利于石怀玉那种不安的心理的描写，它就是不安的石怀玉的心理的形象化。

不依赖人的意识为转移，而是存在于人的意识之外的现实，是艺术创作的源泉。可是艺术不能和现实一模一样，也不必和现实的现象一模一样。戏曲和其他艺术，其形象是艺术家感受与认识生活的结果，而不是生活实际本身。为了显示戏剧家对生活的形象化的评价，为了适当体现某些特定的抽象观念，艺术形象总要大量抛弃原有素材中的东西，夸张对待哪怕是在生活里的某些细小的东西。值得高兴，有成就的戏剧家不在生活与艺术之间划一个等号。琼莲芳说得对："戏虽由事而来，但戏又不同于事。"其所以不同于事，为的是突出它的意义。这和张德成说的，生活中的人说话含混其词的特点，在舞台上就不可机械地加以搬用；机械加以搬用就取消了戏剧的表现力。艺术形象特点的形成，也和欣赏的审美要求不可分。杨云凤说《打神》中的敫桂英是神志不清的，可是演员如果过分强调这一点，忽略了表演动作的优美就破坏了艺术。为了要传达艺术家认识生活的结果，要体现艺术家对现实的明确态度，必须创造出较之生活本身更便于认识，其内在意义显现得更鲜明更突出的艺术形象（即更完整、更单纯的形象）。白毛女就是这样的形象。"旧社会把人变成鬼，新社会把鬼变成人"，是《白毛女》对生活的认识。这种认识，不是用三加二等于五的简单公式传达给观众的，而是依靠具体的、有个性的、可以感觉的形象来传达的。正因为《打红台》里的萧方比生活里的萧方便于认识，四川农民看了这个戏才说："为（交）朋友切莫为（交）到萧方。"不再把生活中的笑面虎当成善人，当成菩萨（四川出现过人称"菩萨大爷"的"舵把子"）。现实生活非常丰富，非常复杂，它的本质特征，不只表现在某一个别的具体的现象之中。某一关系和某一方面的现象，能够表现某一种人的是非善恶；在另一关系另一方面，也可能表现同一种人的精神的美和丑。这是现实，这就给艺术创作提供了自由活动的可能——在被动中取得主动,敢于改造和加工。个性不同、教养不同而又是同样拥有进步观点的艺术家,按照自己的偏爱和与众不同的创造意图,用特殊的艺术样式来进行创作,结果都有可能真实地反映现实,推动现实前进。为了选择玩弄对象而给人民造成严重灾害的皇帝,在封建社会生活中常常是最重要的角色。但是在川剧《拉郎配》里,他不但远不如一个吹唢呐的小丑重要,而且连上舞台露一露脸的机会也没有(不上场)。《拉郎配》反映了生活却又不是生活本身,它和生活状况有很大的差别。正如真实的形象和艺术家的理想可以不冲突一样,戏剧家按照戏曲的特殊规律,按照各种地方戏的特殊规律来进行创作,不违背形式服从内容的唯物主义反映论原则,其作品不就是形式主义的。相反,忽视戏曲艺术怎样再现生活的特殊性,把生活现象的表面形态当成现实主义的标准来对待戏曲艺术,这种方法才是道道地地的形式主义的。按照戏曲的特殊规律,按照各种地方戏的特色来反映现实,正如雕塑家按照雕塑的特殊规律而不按照绘画的特殊规律来反映现实一样,正如强调中国画的现实性却不因此取消中国画的装饰性以及书法趣味一样,正如漫画家是按照漫画的特殊样式而不是按照一般绘画的样式来反映生活一样,不就是脱离了现实主义艺术创作的一般规律。工艺美术反映现实时只反映人民由现实生活所唤起的审美的要求,而不在其实应该让人安静的卧具上画出紧张的劳动场面,恰恰是对于人民的需要采取了负责的态度。不只为了艺术的特点,更重要的是为了艺术的社会效果,必须研究各种艺术的特长和局限性。刀和枪虽然都是武器,其作用却不尽相同。何况人民的生活不仅是需要斗争,也还需要有益于斗争的美的享受。既然是运用戏曲的形式而不是别的艺术形式反映生活,不必用不是戏曲的规格来要求它,不必让它向别的艺术样式看齐。面娃娃等地方戏的演员,按照他们所熟悉的和偏爱的(也是群众喜欢的)特殊的艺术样式来进行表演,发挥艺术家的主观能动作用,创造出在本质上不脱离现实的各种各样的形象(包括看起来令人觉得奇怪的形象),决不是主观主义和脱离现实的。

　　以模仿生活的外形为目的,必然降低一切艺术的思想意义和艺术价值。不论是在政治上在艺术上,消极地模仿生活现象都是没有意义的。自成体系的中国戏曲不简单地模仿生活,例如只把胡子挂在嘴上而不粘在脸上,至少不是它的缺点。《昭君出塞》的"车辇"在前进,《单刀会》和《草船借箭》里的"船"在前进,但是为了唱做等艺术的效果,本来是坐在"车"里的昭君,坐在"船"里的关公或孔明,长时间在舞台的原地不动,只消在适当地方由角色交代一下他们并非坐在固定的房子里就行①。表现横了心要杀人的萧方,一转身就"变脸"(彭的变脸是在鼻梁的两侧大眼角旁边涂两道黑烟子,不是把眼皮抹黑),和我去年在太原看见的上党晋剧《徐公案》,为了表现徐延昭将要斩子时的激怒和决心,而把上眼皮涂成朱色,就特定人物性格的表现和"评价"而论,同样是很大胆、很强烈、很有效果的变脸。这种能够表现性格而且富于装饰性的表现方式,和舞蹈、音乐、唱白非常协调,成为戏曲这一特殊艺术形式的一个组成部分。对待它的特殊作用,不能粗暴地用"野蛮"和"落后"作理由来抹煞它。滥用特技的坏习惯不应该让它在新时代的戏曲中抬头,可是如果只从生活的具体性出发,不顾戏曲艺术的独特性,把特技一律看成是可恶的东西,完全避免使用它,难免离开观众的欣赏要求,也很难大胆进行创造,甚至不能理解什么叫做艺术的提炼取舍,什么叫做艺术的加工。戏曲中有许多谈得上巧妙的特殊技巧,是我们自己的文化财富,需要慎重对待,不能任意打击。今年初夏在重庆,我看了吴晓雷老先生主演的《烧濮阳》,看见其中有一些很大胆的富于真实感的表演方式。这种方式,包含着

---

① 河北梆子《蝴蝶杯》,渔舟里的戏是以演员支配舞台见长,戏曲纪录片却把人物局限在船舱里,自由表现心理情绪的舞步全部被取消,这就既缺乏艺术的真实,也缺乏生活的真实。这是不是现实主义的手法?不是,丝毫不成问题的。

值得我们吸取的有关创造性的宝贵知识。容我按下《打红台》,谈一谈由川剧《烧濮阳》得来的个别印象。

四

如今的省川剧院第一团,不是什么戏都布景,也不是什么戏都依靠其实简陋的一种依靠并列的垂直线来作装饰的幕布代替布景。表演传统剧目时,他们用平整的带有图案花饰的纱幕,纱幕两旁安置了上下场门。乐队藏在纱幕后面,能把台上的动作看得清清楚楚,再不怕音乐和表演脱节了。面对观众的左右两道上下场门,门框和门帘都用图案来作装饰。在看惯了西式布景的眼光看来,初看不免觉得它显得有点突出,觉得它和剧情毫无关系。等到戏剧愈往前进行,它愈来愈不引人注意,使人觉得它扩大了舞台的空间感,也无损于演员上场和退场的特殊表演。气氛热闹而环境广阔的《烧濮阳》,就是在这种舞台上特殊表演的。

看样子戏曲演员不愿受空间狭小的舞台所拘束,按照传统的要求,把死舞台变成活环境。当扮演曹操的演员吴晓雷充分利用了上场门和下场门,从前台跑进后台,从后台跑上前台的时候,仿佛角色的行动处于一个联接在前台和后台的环形之中,而不是只求造成前台有幻觉,后台置之度外的。富于戏曲表演经验的演员吴晓雷,有能力给观众造成后台有戏的幻觉,扩大了有限的舞台的空间,让观众觉得倒霉的曹操在战争环境中到处逃窜。如果可以把戏曲舞台比作一池平静的春水,可以说演员的出现和稍一动作,就使它起了向外漾开去的水波,静的东西似乎突然变成动的了。演员的长处还不只此。他那一系列的进来出去,出去进来的表演,充实和"扩大"了可视的前台的空间,使人觉得,看不见的后台也成了濮阳这一战场的一部分。其中有不少看不见的事物,正在较之看得见的前台宽广得多的场合,与曹操作对。当然不只吴晓雷才有这种本事；和姜尚峰齐名的川剧小生袁玉堃演《周仁献嫂》中的周仁，一出场亮了相，愤怒地回顾一下上场门，使人觉得后台就是周仁所仇恨的欺压他的严府。别的地方戏曲演员，也有"扩大"舞台空间的优点和本领。北路晋剧名角贾桂林演《算粮》中的王宝钏，一出场就笑着回顾一下上场门，使人觉得后台不再是只供演员准备演出的场所，不再是不能引起观众的幻觉的一般的后台，而是和这个苦出了头的王宝钏相处了十八年的寒窑。

　　艺术形象的创造，不能离开事物相互联系相互影响的法则。基于演员的努力和智慧，在观众感受中把可见的东西与不可见的东西联系起来，使有限的形象具备生活的和思想的广阔而丰富了戏曲的艺术内容。而这种联系，不是演员的表演可以单独完成的。这种联系，依靠观众的"合作"。离开了观众，无从判断艺术形象该繁该简；正如离开了艺术的内容，离开了艺术家企图反映的生活和要表达的思想，形象是不是完整就不容易确定一样。清朝一位美术理论家笪重光，在《画筌》里这样写道："山本静，水流则动；石本顽，树活则灵。"这种说法正确解释了山水画中的山与水的相互关系。可是这种相互关系的建立，静的变成动的，顽的变成灵的，要是只着眼于画面而离开欣赏者的想象活动，这样的效果就不可设想。按照心理学家巴甫洛夫条件反射学说来看，笪重光的画论应当说是很科学的。依靠欣赏者在实际生活中积累起来的印象，在欣赏作品时发挥联想作用，在想象中给它作了无形的补充，使可视的形象显得更加完整。这就是为什么毛主席的《蝶恋花·答李淑一》这一热情地也是含蓄地反映了革命者的感情——经过艰苦斗争而获得伟大胜利的喜悦——的名作，能够那样强烈地感动广大革命读者的原因。似与不似之间在仿佛不似中求得更高级的似的舞台装置，所以能够使人感到它的虚中有实，同样有待于欣赏者的"合作"和"再创造"。

　　《烧濮阳》的特色之一，是满台烟火。烟火此伏彼起，或强或弱,有聚有散,变化很多(懂行的人说有背剑,钓鱼,太极图,黄龙缠腰,二龙抢珠,连珠火,擂擂火,吊毛火,跨火,筋斗火等花样)。中了计策的曹操,掉在火网中到处挨烧。据说有一个时期,省川剧院为了避免并非剧中人的打杂师出场,又不能不靠打杂师出场打粉火(不用打杂师打粉火,曹操不反复挨火烧,这场戏就几乎等于没有了),试用一个折衷的办法,把打杂师化装成吕布的兵。结果,这个化了装的打杂师在台上的活动显得更不协调,真与假的关系显得更不自然。这次在重庆,我看到的不是这种折衷的办法,而是传统的办法——不掩饰打杂师的出场。一般说来,打杂师上场,总是会妨碍表演的,正如使用二道幕在表演过程中分散注意会妨碍表演那样。可是如果不改写这个剧本的情节,只在演出时改变火的来历,仍然照原剧本那样长时间让打败了的曹操一个人在濮阳的火海中到处乱窜,那么,让打杂师化装成吕布阵营的兵,老是跟在曹操后面放火烧他,即令还是满台烟火,烟火的来源反而缩小化了,烟火的意义改变了,不能增加表演虚中见实的真实感。战争的规模被缩小,濮阳这个战斗环境变得狭小了的修改,使戏不再那么动人,烟火应有的魅力也没有了。所以当这个戏上场的打杂师还没有想出用更好的办法来掩饰以至代替时,让打粉火的打杂师上场不犯什么带根本性的错误。这一回上场的打杂师,是有名的王友生。他上场的服装和动作都不大引人注意,加上演员的表演富有吸引力,他在台上活动,并没有抢走演员在观众感受中的地位,没有妨碍这个戏的基本精神的传达。台上四处逃窜、须发都烧焦了的曹操,始终是最引人注意的中心。

　　让打杂师上场还是让吕布的兵来烧曹操,究竟哪一种方式较好?这不能不首先考虑传统剧《烧濮阳》里的烟火的意义。一再出现、富于变化、起伏顿挫鲜明的烟火,是对戏曲里的曹操的一种严重威胁。可是,它到底不相当于掌握在吕家军手中的刀、枪、剑、戟。它的意义比这些武器的出现宽广得多也要深远得多。至少,它作为曹操所处的环境,较之吕布追兵更复杂。也可以说它是包括了吕布追兵在内的环境特殊性的反复描写。当然它也是曹操的敌人吕家军放的,但它不等于四处追杀他和他的军队的吕家军。既然满台的烟火不等于吕家军的某一种武器,而是代表更多的威胁,是敌人一种力量的象征,那么,打杂师就不宜由吕家军来代替。与吕布的追兵相配合,这烟火,是到处着了火的濮阳本身;它是随时变化然而又是特点突出的活动的背景。何况这满台烟火,还不只是环境的特殊的描写。我以为:这满台烟火,还代表着观众的感情,代表着观众对于他们所憎恨的曹操的打击(他们虽然也不喜欢吕布)。这些能够激动观众感情的烟火,可以说相当于人民对于他们所憎恶的曹操的奚落。曹操作为政治家和诗人,他在历史上的地位如何,那是另外的问题;作为一种艺术典型,依靠想象而塑造出来的曹操,在川剧里倒霉得很。也许,长期受了军阀压迫的四川人民,把曹操当成好战的军阀来看待,《烧濮阳》寄托了他们对军阀的仇恨也说不定。被人民当成坏人的典型,曹操在戏剧里被搞得很难堪。观众看见他到处碰壁的样子,笑了又笑。观众的笑包含人民对曹操所代表的社会势力的憎恨。如果说满台的烟火也就是观众感情的形象化,这时候在台上跑进跑出地打粉火的打杂师,在舞台上不是以剧中人物的身份出现的。正如玩龙灯的人不算是角色一样,他的出现是一种不得已的技术性措施。如果我的这种设想没有违背艺术规律,不脱离传统川剧《烧濮阳》的基本特点,那么,不把并非剧中人的打杂师当成剧中人倒较方便,在艺术上也较为合理。如果硬要把他化装成吕家军,不见得比不化装的打杂师上场更能保持舞台形象的单纯和洗练,不见得更能使这一个戏剧的内在意义显得更突出。

单从粉火的使用来看,戏曲艺术家们多么聪明!粉火在这样的戏里一再表明,它不只是一种描写环境或造成气氛的手段,而且常常直接和艺术家、欣赏者对"曹操"的态度有关。当那位面目全非,从乱军中逃回自己营中,在自己人面前先哭后笑的"曹操",得意忘形地说他也要用计烧杀敌人的时候,突然,他的椅子下面出现了一把火(据说过去也有在这儿用三把彩火的)。这把火用得多么有内容,多么精彩!正在吹牛的"曹操",被突然出现的这把火吓了一跳;跟着紧张了一下的观众却笑了。好比山穷水尽疑无路的地方出现了柳暗花明的景色,这把火的安排真是天才的创造。陪我看戏的朋友对我说,这把火是"曹操"由战场带来的火星子。也许是这样。但我想,这,与其说不过是他从战场带回的火烬,是强有力的濮阳大火的余波,不如说也就是惊魂未定的"曹公"的心火,是放了心而其实还不怎么放心的"曹公"心理状态的形象的告白,也是艺术家再一次对他的一种嘲笑。正如王魁正要动笔写休书,砚台里突然起了一把火那样,火在此刻的出现,也是"曹操"下意识里的一种威胁,也就是惊魂未定的"曹操",自己在烧自己。好比萧方看见自己在水中的影子,富于角色心理特征的这一把火,是艺术也是生活。它不是被机械模仿了的生活,而是高于生活现象和变了形的生活,它是更能突出艺术主题的生活,是作为思想武器的艺术所需要的生活,它是艺术家能动地再现生活的产物,不是与主题无关,受了某种艺术教条所拘束的现象记录。

基于生活而不被生活现象所拘,创造出较之生活本身更带普遍性的艺术形象,不只需要努力,而且需要才能。"曹操"身后突然出现的这一把火,正如《打神告庙》里那两个被敫桂英打倒了又爬起来说话的泥人,成为敫桂英的心理状态的形象化那样,是传统戏曲的特长,是人民智慧的表现。这种在现实中没有存在过也不可能存在的东西,当它们在艺术里被用来表现人物心境时,当它被用来表达艺术家对待生活的态度时,何尝比记录性的表演方式逊色?如果把这些可贵的创造成果当成原始的落后的不科学的东西,那就相当于抹煞情节离奇的《拉郎配》的现实意义一样,不只不会在传统艺术中看到浪漫主义,而且也不见得是对文化遗产采取着主人翁态度。

掌握了戏曲规律的川剧艺术家,才能在创造新戏时不套用既成形式,而是大胆运用戏曲的特殊规律。前两天从四川来的川剧界的朋友,谈到一个新编的川剧,以英勇牺牲的共青团员为题材的《丁佑君》(高腔)。这个戏八月初在成都演出了三十多场。作为革命英雄主义教育的教材,它对青年人的思想有着深远的影响。由此可见,传统艺术所体现的艺术规律,和伟大社会主义时代的新题材可以结合。在这个戏里,不论是唱是做是乐器的使用,都讲究传统的特色,力求使川剧的技巧为新的题材服务。其中,有一些和《烧濮阳》的粉火相似的表现方式。民兵抓保长,是在二道幕前面做的。它虽是过场戏,做得也认真。川剧研究者席明真,在这里对不得已而使用的二道幕,巧妙地设计了一个很有效果的表演形式:让扮演保长的名丑刘金龙,把二道幕想象成为草堆。保长逃避民兵的拘捕,躲在"草堆"里(全身钻进幕内)。因为保长感到不安,又从假定性的草堆边伸出头来(就是从二道幕的合口伸出头来),东张西望。我虽然没有机会看见这个戏,可是我看过袗袗丑刘金龙在《洞房劝夫》、《金台将》里扮演的反派角色,能够体会到现场观众的情绪,看见这个吓软了的保长,突然从"草堆"里伸出长颈子左转右转时的那种狼狈相。由于艺术家们大胆运用戏曲的虚构,由于他们相信观众的接受能力,这一回把二道幕这个死东西变成活的了。我国戏曲惯于虚构,合理的虚构需要勇气,也需要才能,不会比依样画葫芦的方式省力和乏味。

　　话说远了,我们还是回过头来谈萧方的《杀船》。

<h2 style="text-align:center">五</h2>

　　《杀船》这一场戏,彭的表演既夸张,又含蓄。庚娘夫妇被骗上船,萧方叫"弟兄们,开舟!"彭不是用双脚一跳来表现激动的人物,他不以为这样的动作可能加强这一命令语的威力。彭对我说:对

"开舟"的潜台词不宜理解为别的,应该是"快点,快点!"这样的急切心理。一心要想占有庚娘的萧方,这时候的心理状态不是高兴,不是生气,不是"扯把子",而是着急。着急不就只能是暴跳如雷,太火暴的表演会失掉角色的心理根据和性格根据。彭谈戏的时候,处处强调表演要有角色心理作根据。

关于性格刻画,彭的某些设想并不都是容易表现的;我还没有充分从他的实践中,体会出他的各种设想。但是他的设想很有特色,较之不用脑筋的表演就好得多。他对于角色的分析,有基于自己思索的独到的见解。他认为:豫让之所以两次三番要为智伯报仇,不完全是因为感激智伯器重他,主要因为豫让觉得赵襄子做的事情太"寡毒",太过分。已经杀了智伯不就行了吗,偏偏还要把人家的脑壳当成便器使用!

像别的川剧演员那样,彭也强调事物的相互联系。贼船到了无情渡,萧方叫"下锚";彭认为,这两个字要叫得有分量,才便于显出萧方早就要行凶的心理;不然,紧接在下面的戏就很难演得出色。两个下手应声说的"一头一个",是句双关语;这句台词是指锚,也是指人,主要是对付金大用。这句台词在艺术里的地位,是流氓们对庚娘夫妇的恐骇,也是艺术家为了加强观众对受难者的命运的关心。尽管这儿同时配合了激动人心的两声锣钹(壮——楚),如果演员互相间联络得不密切,就很难明晰显示手下人这一句双关语所包含的潜在意义。受了惊吓的庚娘,这时候的表情和动作,在观众感受上的影响,也要依靠萧方和袍子那种配合得恰到好处的表演来达到。

这些环节的戏很难做得到家。当惊恐的金大用向萧方求饶,点醒"一头一个"所暗示的意思的时候,萧方假装安慰金:"老弟,他们说的——是要抛锚下桨,哪里是将你老弟——拿来下锚?"这句话具有戏弄金大用的性质,这种戏弄中充满杀机。这一戏弄双重性质要是表现得不明白,就显不出萧方的狡诈。可是过分强调明白表现萧对金的戏弄,把戏做得虚假和轻佻,使萧方的语言丧失杀气,是艺术形象的简单化。萧方戏弄金大用,正如残酷的猫在戏弄它所掌握着的俘虏的一擒一纵那样,尽管样子不显得十分凶恶,却又是杀机暗露的。只有带着杀机来戏弄金大用,才能确切表现此时此地的萧方究竟对受害者的态度如何。

萧方在这儿戏弄金大用,我所见的几种表演方式大体相同。萧方好像猛然要把金大用推下江去,又迅速顺势把即将跌倒的金扶住。这一有正有反、正反相生的动作,富于概括意味和煽动作用。演员好像很不费力,就把萧方的恶念明白表现了出来。杀人心切、杀人成了习惯的萧方,推金一把是一种下意识的动作。连忙把金扶住,是有意识的动作。前者是性格和动机的自然流露,表现萧方的狠毒;后者也是性格的自然流露,表现萧方的阴险。前者是杀人心切、迫不及待;后者是对杀人冲动的暂时的克制,是对未到下手时机的警觉,是对真实心理的掩饰。在评述时用了许多话还不容易说清楚的这些动作,十分明确也是经得起反复思索地表现了深刻的生活内容。在日常生活里,朋友之间使用这种方式来开玩笑的也很不少。可是一经不知名的艺术家运用到萧方身上,用在舞台上将要出现剧烈的情景,即萧方将要杀人之前,这样的动作就具有了很不平凡的意义。即令是从这些细小的地方着眼,也可以体会化腐朽为神奇的人民的创造才能,佩服设计者那非凡的艺术素养。从结构上看来,萧方对金大用的一推一扶,很容易使人想起梅兰芳和韩世昌在《断桥》里扮演的白素贞,想起当她责备受人挑拨的许仙时,在许的额上狠狠地一指,当许仙将要跌倒,而又迅速地一扶。在结构方式上有点相像的这两个动作,内容却有善与恶的根本性质的区别。一致之处是动作洗练、含义丰富,很有表现力。简单模仿这些动作不怎么动人,但它的创造顶得上许多即令很细致却不深刻的具体描写。在传统的中国戏曲里,不少类似萧方这种"言简意赅"的动作。去年在太原,我看过中路晋剧《重台》

(《二度梅》中的一折),扮演陈杏元的刘仙玲,表现这一被迫和番的少女,正要和未婚夫永别的心情,表现方式简练得很,巧妙得很,也自然得很。这个伤心而又不能改变自己命运的少女,当着众人,不是为她那伤心的未婚夫,而是为她那伤心的弟弟揩了揩眼泪。观众完全可以理解,这一个细小的动作里包含着多么复杂、细腻和可能引起同情的情绪。这种细小的动作,切合人物性格和特殊情势之下的人物之间的关系,而且是和观众心理相通的。观众可能明白,这时候,在这里她直接为弟弟揩泪,也就是在间接替她的未婚夫揩泪。这种设计很聪明,也切合实际生活。它是尊重观众的欣赏需要,信任观众的接受能力的艺术。

　　在萧要推倒又变为扶住金大用的动作之后,彭的表演和别的演员的表演就不一样了。有些扮演萧方的演员,到这儿要顺手摸一下和金大用并排站着的庚娘的脸。这种表演至多不过揭示萧方的流气,艺术风格却显得很低。彭的表演不是这样,而是顺势拍一下扶着金大用肩头的庚娘的手。彭说,这两种动作具有完全不同的心理根据。前者便于表现萧方在"揩油",小流氓式的"吃豆腐"。彭对我说,萧方不是一般的二流子,摸脸的小动作太肤浅。后者包括这个意思:萧方看见庚娘此刻非常关切地扶住金大用,引起他对于金的嫉妒;拍一下庚娘的手就是这种嫉妒心理的流露。这一动作的潜台词,应该是"你跟老子还舍不得他呵!"谈到这儿,彭又讲了一个舵把子到后台欺辱夫妻演员的故事。彭说欺侮好人不在动作的大小,好人觉得受辱不完全因为人家的话说得很重,而在于动作或语言含义的深沉。

　　愈来愈紧张的《杀船》,到了萧方念"试看为兄杀后舱"时,气氛有了猛烈的变化。紧张的气氛不只来自戏剧情节的结构,同时也来自演员的表演和打击乐器的配合。彭在这儿也变脸、耍刀,变脸之前的飞褶子,效果都很好。彭强调集体在舞台上的作用,认为要造成紧张气氛,只靠主角卖力不行,还要依靠配角的适应和交流。

正如俗话所说:"城墙高万丈,里外要人帮。"他说造成紧张气氛不只依赖紧张的做或唱,还依赖锣鼓的配合。是的,正如悲剧中的喜剧成分的利用,也有赖于非紧张情节的安排。在剧本里,萧方那火性还未发作之前,有一段故作从容的戏,给下文的剧烈变化垫了底。萧方和他的手下人闲谈,要金大用把妻子让给他(见本文第一部分的引文),谈话的内容关系到人们的命运,萧的态度却随便得很,轻率得很。等到手下人说,金大用不肯把老婆让出来就耍刀,怂恿萧方动武时,杀人欲望受了压抑的萧方,这时高叫一声"把守船头",真就耍起刀来。萧方先把刀在老幺面前晃几晃,把老幺吓得了不得。彭认为:萧方在老幺头上晃刀,正如袍哥把实弹的手枪在手下人脸面前乱晃一样,不见得是故意吓他的手下人,不过是发泄他那按捺不下的杀人冲动。老幺虽是配角,必须把戏配好。这时候他要是用双眼死死地盯着自己头上的刀,那就远不如双眼盯着萧方的脸,盯着萧方的眼睛,显得更有心理依据,也更能诱导观众注意主角萧方。虽是新入伙的老幺,知道萧方不是要杀他自己,他不怕自己挨杀,而是第一次觉得这一位漂漂亮亮的"拜兄",原来是这么"歪"的一个魔王,这时候他情不自禁地在观察这一个魔鬼的内心状态。这就是说:演员之间充分进行交流,不只不能离开紧张情节而逗乐(有些丑角还会在这时候伸头缩颈出洋相),而且要借配角让对手的戏显得突出,引导观众注意萧方的表情和心境,加强观众对萧方本性的认识。艺术永远不能脱离生活,也不能脱离观众的欣赏需要。只有既注意刻画角色也不忽视观众的感受,才有可能辨认艺术手法的主从和轻重之分。

六

处处引证生活现象的彭海清,也处处不忘记他那戏曲艺术的本行,不忽略生活在舞台上是借唱、念、做、打来再现的,不妄想让观众以为自己直接面对生活本身。谈到萧方的下手(红台山派来接他的喽啰)袍一的姿态的时候,彭说:现实生活里的小流氓谈男女问题,像这个戏里的"大哥,要就拿过来"①,往往是用手掩着嘴,斜着眼睛,说话用的是低沉而又能使人们听得清楚的声音。可是这样的动作不宜照样搬进戏曲,照搬常常会显得琐细。为了切合舞蹈的要求,可以改成这样:似要掩嘴的手,放在离嘴较远的胸际,放在和头的倾向相反的侧边。这样就既使观众感到这是一种鬼祟的心理的形象化,同时也感到作为舞蹈的动作的艺术美。

关于戏曲的特点,彭和我谈到一些不只是戏曲演员才应该注意的技巧问题:点得醒和定得住。什么叫点得醒或定得住呢?他还没有给我充分解释明白,可是谈得也很有趣。他说"定",相当于小关键的结,相当于做、唱和白的告一小段落;不是戏的停止,而是唱和做的暂停,也就是我所理解的延伸前奏。他说:石怀玉看烛,要是动作都很快,观众就会一马跑过,得不到深刻的印象。所以,演员必须给观众留下接受的余地,至少,要能巩固观众刚刚得到的印象。"定"不等于停止,它常常和打击乐器的单搥有联系,和表演的亮相有联系,和唱、白的停顿有联系。单搥、亮相、停顿,可能就是为了在观众感觉上,把印象定下来的需要而被利用的。彭的意思好像是:"定"是为了加强印象以至给观众造成想象的机会,也好像是包含着让观众松一口气的意思。其实际效果,有点像战略战术上的以退为进,恰好是引导观众更加关心戏里戏外,在艺术家认为值得特别关注的东西。谈到这,使我联想到杨云凤在《打神》中的一些给人强烈印象的表演。当他表现敫桂英压抑不住对王魁的刻骨仇恨,切齿地叫"王魁——贼!"(单搥)在这些地方,就有时间不短的停顿。因而连那向外指出的食指在内,使人感到角

---

① 即第一部分的引文"要就叫他让给你";正如其他剧词,表演时常有出入,不十分固定。正因为不十分固定,对演员的再创造的能力是一种严重性的检验。

色全身都充满了仇恨。这,真可说是"定得住"的表演。它给观众强烈的刺激,引导观众体会敫桂英的痛苦,激起了观众对角色和作者的深切同情。

以萧方《杀船》的台词为例,彭继续说明表演是在怎样"定得住"的。他说当萧方即将行动时,命令手下:"哥弟们,把守船头!""把"和"守",要分开念,分别指点左右两边。"船"字是在一转身背向观众、飞褶子、变脸时念的;"头"字不念,演员让观众在心理代替演员念。演员注意左前方,和"点得醒"的要求统一,也包含着定得住的目的。让观众了解萧方害人之前十分注意自己的安全,要手下人严重注意周围的环境,处处都显示他的机灵和心狠。

谈到这儿,他也提到他一再提过的"想得宽,做得宽"。他说,"把守船头"这句台词,本身就是宽的,不过要看演员能不能体会。演员这时候不要只想到近在身边的船头船尾,而要想到比它大得多的无情渡口的环境。甚至想到无情渡以外的更大的环境(例如官府的武装或法律)。这一切,为的是表现出萧方的不安和警惕,为的是加强观众对于这一坏人的特性的了解。彭所说的"宽",是不是相当于钟嵘在品评古诗时所说的"文温以丽,意悲而远"的"远"呢?不论是"宽"或是"远",都和狭窄、贫乏、肤浅、单薄相反。这一种艺术表演的特色和优点,其实也就是艺术形象的概括作用。不"宽"不"远"就没有概括,没有艺术,没有典型化。

传统戏曲中有不少富于多重意味因而非常动人,可以说是"宽"或"远"的艺术形象。在《荆钗记》、《琵琶记》、《柳荫记》这些传统的川剧里,和《打红台》一样,有许多意义广阔的剧词。逼得无路可走,将要投江的钱玉莲,对狗提出奇怪的责问:"你不去防贼,反来吠主!"也是小处着手、含意并不局促的戏词。它写出的不只是找不到人支持的、受迫害的妇女的悲愤,也是对受迫害的人所遭遇的社会环境的一种暗喻。为祝英台做媒,把马家的豪富吹得天花乱坠的媒婆,那大段唱词何尝只是为了描写媒婆的眼浅皮薄?《杀惜》里的宋江,如果跑回乌龙院拿招文袋时不着重表现着急而着重表现认真找东西,戏就狭窄而且肤浅。《打神》里的敫桂英,怨怪泥塑的神对她的诉说没有反应:"你聋了？你哑了?"这台词何尝只是在怪泥塑？我想,懂得生活、有艺术修养的演员,会掌握它的潜台词所体现的广阔境界,念白能使观众听出这个"你"字的真实内容；能使观众了解敢于反抗却无人支持的被损害的善良妇女,这时候所要责备的,远远不限于她和王魁定情的见证人(泥塑)。正如《槐荫记》里的董永,在七姬被迫和他分别时,质问曾为媒证的老槐树,埋怨曾为媒证的老槐树,其效果不是使人以为他只不过是在埋怨老槐树自身。具体描写不都是富于概括性的,艺术的概括却不能不以具体的描写为条件。有修养的演员在具体描写中,扩大做、唱和白的表现力,极力争取提高动作语言的概括性[①]。要观众体会看不见却可以感得到的角色的内心状态,而且使观众想象到与这有关的社会环境。

不论是要求"宽"也好,是要求"远"也好,其效果在主观上决定于艺术家对于对象的认识。只有演员认识得深刻,才能够自觉地创造出富于概括性的形象,才能突出它的内在意义。《红梅阁》里的李慧娘,贾似道的侍妾,勉强陪着主子游西湖,偶遇书生裴舜卿,情不自禁地流露了她对裴的爱慕,当着贾似道说:"美哉少年!"后来因此被主人害死。剧本里的李慧娘,不见得了解形成她所处的不幸地位的根本原因,也不见得能够明白她自己的言行的真实意义。可是她见了裴生时一见钟情,如同小说《登记》中的小飞蛾,背着她那无甚感情的丈夫,玩赏她的爱人赠送她的罗汉钱一样,都是不安于现状,追求自由的表现。小飞蛾偷偷玩耍罗汉钱的情节,远不如祝英台碰死在梁山伯坟前的情节那样惊人,那样容易了解。可是其性质仍然是一种对于不合理现实的反抗,至少是不满之情

[①] 这里说的概括性,是指形象的代表性,观众感受上的延伸性和扩充性。

的自然流露。对于这一要点,演员要是了解得肤浅,以为不过是恋爱问题,使观众以为李慧娘的"美哉少年!"不过是一种性爱需要的流露,那就难免演得平淡无奇,甚至演得趣味低级,还谈得到什么形象的"宽"或意义的"远"。

  彭同意演出不宜过火,但他又说,不是什么剧词都必须留一手的。例如萧方叫"把守船头"之后,唱(飞梆子)"拿几人船头把哨望"的"望"字,就应该唱得响亮,因为它是全句的重点,是便于表现人物心理的字眼,和"把守船头"的"头"字不同。我们的谈话已经接近开始所谈到的问题——"点得醒"了。突出和"圆范"要统一,"拿几人船头把哨望"的"望"字念得"圆范",也就是为了"点得醒"。——点得醒不等于在念"望"字时大喊大叫。所谓"圆范",和张德成说的"讲得伸展",或要内容表达得透彻的意思相近。张曾说过:"唱腔要醒豁,光好听没有意思。"所谓"醒豁",不就和彭海清强调的"点得醒"相通了吗?"点",既是演唱方面的着重,也就是对观众的一种启发、诱导。如果可以把观众的情绪当成一种可燃体,那么,当观众被表演所吸引,演员只要善于掌握时机,不必费很大的劲,就能使一声唱腔引起观众的情绪激变——燃起来(不论是笑是哭)。而这,也就是一种"点"。彭认为:戏不"定",观众觉得不轻松,戏不"点",观众觉得"受累(吃力)"。看样子,在戏剧表演里,"点"和"定"这两个概念很难严格区分,至少不可以把它割裂地对立起来。不是吗?当萧方要杀金大用,金问他(实在是求他):"你杀小弟为哪桩?"萧方这个不讲理却总要找点理由为自己的罪行辩护的袍哥回答:"你借我银子二百两。"这儿,其实萧方并不要人家信服,不过说说罢了。可是这句话很有内容,它能表现萧方怎样为人的哲学。借给对方银子,为了占人妻子;杀人,也为了占人妻子;邪念,就是他的真理。"你借我银子二百两",这句话似乎平平淡淡,可是很能突出表现萧方性格。这个戏不止一次这样联系银子来讽刺萧方,也不止一次这样形象地也有力地批判了萧方。为了个人往上爬,暗杀结拜兄弟,对方责问他("我赐过二百银,把你举荐;难道说,我买你来,刺我喉咽?")的时候,萧方的回答也是很有性格特色的:

提起你,二百银,害人不浅;拆散我,美夫妻,不得团圆。

这样表现萧方耍无赖的台词,正如鄘鄂剧《张连卖布》里的张连,在妻前为他把家里的东西偷去输掉的行为辩护("猫吃老鼠不吃尾巴"……)那样,艺术的力量如何,要看演员能不能把台词念好。应该怎样念呢?就语句之间的距离而论,不能紧紧与上下的对话(金的话)接上。接得太紧,观众无从体会它的意义,形成一种与人吵闹时的油滑,反而放松了对萧方恶劣性格的揭示。如果演员长于控制,善于停顿,给观众留下相当的时间来思索,效果就大不相同。如同某些亮相,这是"定"也是"点"。"点"中有"定","定"中有"点"。戏的效果往往在于"点"与"定"的反复之中,观众从一"点"一"定"的交互作用中,由自己体会行为的意义,自然而然地接受戏剧对他的宣传。

七

和别的戏曲演员一样,彭也很尊敬前辈,看重前辈的经验和心得。他讲了一个前辈为了深入角色而认真工作的故事。徐九成也是一个扮演萧方的好"把式",有一次他刚念完"手提钢刀杀后舱",冲进"后舱"(后台)一看,喔,应该是在后舱"默戏"的扮演庚娘、翠娘和金大用的三个青年演员,出乎他的意外,完全过的是日常生活,正在后台说说笑笑。徐老师一把抓住金大用(演金大用的就是他的侄儿),责备他:"你在做啥子?"老人家这一问,把大家都吓坏了。这一吓,把三个人的戏吓了出来,又成为剧中受迫害的角色。

他们再上场时,带着符合剧情的恐惧。戏演完,正在擦脸的徐老师还对他们说:"我没有见过这种人,要死人哪,还在说笑呵!"

彭也对我详尽讲述,比李占云更老一辈的老师李青云,怎样教育他深入角色。那时彭才十几岁。八十多岁的老人,看了面娃娃在《豫让桥》里扮演的豫让,不满意,把青年人约到河边去散步,对他进行了业务的教育。

李　娃儿,你这个戏愈唱愈不对头了。
面　我还有哪些武功没有用上呢?
　　〔李沉默,面娃娃莫名其妙。〕
李　你拿什么杀人?
面　刀。
　　〔李摆手。〕
面　用棒棒吗?
　　〔李摇头。面娃娃愈搞愈糊涂。〕
李　(指着自己的胸)娃儿,拿这个(心)去(手向外戳)杀嘛!

受了李青云这一指点,彭海清懂得演员进入角色内心状态的重要,懂得应该怎样进入角色的内心,懂得在与角色性格无关的地方卖力,反而会损害了角色的形象。后来,彭偶然在卖汤团的摊子旁边,听见一个老头谈戏:"人家面娃娃这一抓,(指豫让牺牲前抓赵襄子交给他的龙袍)就把赵襄子的魂都抓走了。"彭自己说,从他受了老师指点之后,不只是正面人物的表演,就是反面人物的表演,在默戏时都不忘记前辈这个"心"字。似乎这个"心"字使他受用不尽,也使他花费了许多心血。

对于前辈,彭也不是百依百顺的。有些前辈过火的表演,他也不赞成。他说萧方将要杀进后舱,叫"金大用你不得活"时,如果演员脱下褶子,把它挽几挽,向后一丢,用劲在弓马桌上"啪啪"拍刀,大喊大叫,这就未免演得毛了些。彭自己的表演虽也飞褶子,变脸,不使人觉得他是在"扯把子",而是坏蛋的一种行凶之前的内心激动。彭认为:金大用不是他的大仇人,更不是能与他比武的对手。萧方眼里,他不过是一只随时可以擒拿,无力反抗的小鸡罢了。表演这个惯匪将要杀人,杀的又是那么软弱,处于不利地位的金大用,过分紧张就很不近情理。大流氓活埋人、剐人,都不大声喊叫,往往只是在活埋人的坑前随便地说:"你自己跳嘛!"往往是在叫被杀者到死地去时,平淡地说一声:"走嘛!"剐人者冷静地站在受难者面前,欣赏人家的痛苦。袍哥"较粮子"(一说"叫凉子"——在茶馆"讲理"之类的冲突)能占上风的,往往是态度稳得起的一方。

关于萧方怎样把翠娘打下水去的戏,彭说同样要演得稳,要讲求分寸。萧方不是所谓孝子曹庄,翠娘不是曹妻式的泼妇;《杀狗惊妻》般的"式口"虽然好看,当成萧方要杀翠娘时的"式口"来袭用就大不相宜。在萧方看来,处于屈辱地位、一向受他支配的妇人,现在公然骂他是"贼子",听了当然也会生气。可是,萧方不把她的反抗放在眼里,生气的状况和曹庄不会相同。本来要杀翠娘,伙计们劝解,萧方用了萧方才说得出的理由——"念你跟老子同过床",不杀了。这时候,不用大动作而用"后蹄"就势一踢,把翠娘踢下江去。这,符合萧方此时此地的心情。他要是暴跳如雷,不只不合情理,反而减轻了萧方那种不把人当人的恶毒性格。

关于庚娘跳水时萧方的动作,彭也提出自己怎样体会角色的主张。他说,这时候萧方捉抱庚娘,不只应该避免下流的动作,也不宜用太大的动作。要是扮演萧方的演员只图外形上有劲,这段戏反而会演得不够劲;因为过火,它就缺乏应有的"后劲"。这时候,与其是表现"你跟老子不要想跑"或"你还跑得脱",宁肯是不在乎的样子,顺势一搂;把潜台词规定为较冷静的好像开玩笑的"你要做啥子?"才更能显示出萧方性格的另一侧面。剧情发展到了这儿,最好是让当了俘虏的庚娘多做戏。从整体着眼,庚娘做戏也是在帮萧方做戏。庚娘靠锣鼓的配合,朝观众方向甩水发,看着无情渡的水和天,尽量表现她那激动的心情,使观众觉得她真是背对无情的仇敌,面对波涛汹涌的大江,走投无路。只有这样,才能使观众以为自己似乎也看见了波涛汹涌的大江,才更能体现庚娘此刻的心境。庚娘的动作要激动,萧方的反应却应当相反。他的态度愈镇静,愈是能够使人觉得惯匪态度沉着和心肠恶毒。紧接着的一句白"兄弟们(单捶),拿来锁后舱!"这时胜负已决,萧方在这一句台词里能表现他的得意,也就更能够激动人心。演员为了加强它的力量,与其是大喊大叫,不如稳稳当当,尽可能反过来使人深入体会庚娘的处境,也就更有可能进一步认识萧方的可恶。

　　演员表演得力的地方,常常不是演员吃力的地方。《打红台》中有些似乎不紧要的地方,正是表演应该着力的环节,正是可能得力的环节。例如韩虎看见和翠娘在坟台的庚娘,问萧方:"老弟,那一位女娘是谁?"经这一问,萧方才注意到韩虎本来没有见过庚娘。这时,他得意忘形,公然这样回答:"你问的——那是小弟——新纳的——一房爱妾。"这句话的内容是复杂的。它既可说是习惯于占便宜和"扯把子"的流氓的口吻,也可说是并未经过思考的下意识的妄想;是剧作者在向观众暗示事件的发展动向。对这样的台词,要是说得太随便当然不能明确表现它的内容。可是,正因为演员说得好像很随便,萧方灵魂深处的丑恶可能显得更明显。如果可以把这种表演方式和中国画相比较,可以借用两句画论来形容它:"景愈藏,境界愈大;景愈露,境界愈小。"一再强调表演要轻松,不可故作紧张的彭,认为《杀山》一场,杀人时也不可故作紧张。公然向他们的拜兄韩虎要头时的谈话,既要说得狠也要说得"随",决不能使用过分紧张的口吻。已被萧方刺伤了的韩虎唱:"萧方弟,你你你莫非杀错了营盘,结拜时你说过要共患难。"萧方唱:"借仁兄项上头，凑合我做官。"萧方这么平平淡淡的口吻，和他那暗杀的手段相联系，用不着任何解释，观众也会懂得萧方的险恶。彭说农村观众看到这儿，往往禁不住冲口骂出："这个狗×的！"彭在刻画萧方杀韩时的动作，是全神贯注的。可是在形式上，例如他唱到"这一刀，我送你，鬼门三关"时，似乎是在说："对不住，你哥子慢走，兄弟不送。"杀人显得如此轻松，当然不是为了使观众不注意角色，正好是要观众更注意角色。萧方杀韩时这么故作轻松的态度，恰恰是这个把人命当儿戏的惯匪的性格的自然流露。

　　翠娘，像封建社会里无数在屈辱中度过她们的一生的妇女那样，对于压迫者与侮辱者并不心服，心里充满仇恨。即使还没有爆发为你死我活的斗争，平时往往也有程度不同的斗争。翠娘和许多戏曲中的斗争性很强的妇女当然不同，但也不就是一个嫁鸡随鸡、嫁狗随狗的随和角色。即使在逗趣中，不论是不是自觉，往往寄托着她那特殊形式的讽刺。在萧方看来，妇女生来就该服他支配；翠娘反抗不了，所以就算不得反抗。也像《登记》里的张木匠的母亲的看法（俄罗斯小说中也不少这种反映）：只消对老婆管得紧一点就什么都没有问题。辣子是不是厉害，不在于它的个儿大小，也不全看它的色彩是红是绿。萧方对翠娘那种轻蔑态度，不能用吹胡子瞪眼的神气来表现。冷笑，较之板着脸孔的痛骂，给人的打击并不轻松。为了表现萧方的毒辣，有修养的演员尊重观众的欣赏能力，不作兴好像卖力其实无力的所谓"洒狗血"。表演时不故意显得很卖气力，正是为了避免给观众造成不必要的紧张，从而诱导观众进一步认识其实紧张的生活。彭在这方面的知识，有的是来自他对前辈演出经验有所体会的心得。

八

　　据说是演员自己创作出来的《打红台》，给演员理解人物，发挥表演的创造提供了广阔的可能。

　　被俘的庚娘被逼得在后舱自缢身死,出于饮酒归舟的萧方的意料之外。出乎观众意料之外的情节里,有一些变态心理的奇特描写。萧方把自己的外衣披在庚娘尸体上,哭庚娘,这是剧本很有特色也很有表演深度的地方。失意而又带了醉意归舟的萧方,把他的四个手下人打发上街买棺材之后,哭起来了:"我的妻! 为什么不朝宽处想? 黄泉路上好凄凉。"这样的情节和台词,会不会引起怀疑,怀疑剧作的主题不明确,怀疑艺术家不顾萧方性格的统一性呢? 萧方当真是在哭这一个不幸者吗? 是他也有真正的爱或者是坏人的天良发现了吗? 彭的看法是否定的。他说:带了酒的萧方哭庚娘,可以说是在借题发挥,发泄他自己的失望。从萧方的立脚点看来,他觉得凄凉的,不是死了的庚娘,而是活着的萧方自己。庚娘的死,萧方难过,但他难过的心理,实在既自私又很卑劣。关于这,彭也讲了一些有关的流氓故事,进行了一些分析。他说:正面人物所关心的,往往是别人生命的存亡,而不是他自己的得失;坏人却完全相反。庚娘在萧方眼里,不是被当成有自尊心的人来对待,而是当成供他任意玩弄的一种东西。本来以为是已经到了手的玩具,突然,出人意料地出脱了,不当心把它打碎了。偷鸡不得蚀了一把米,连原已占有的翠娘也"出脱"了。萧方这时候才不免露点惨相。剧本表明,萧方处处夸大自己的重要性;萧方看人看事以自己为中心的特点,处处和四川流氓的特殊性格密切结合着。如下的剧词就表现得很明白:

　　　　既不允,咳,你就该明言讲,话说明我们好商量。既然悬梁把命丧,为何不闭眼一双? 你不言来心在想,心儿里莫非在想萧方。舍不得佳人我悲声放,一人闷坐在船舱。

　　彭认为,只要能够正确确定萧方哭庚娘的心理根据,只要能把萧方哭庚娘的主要原因这样肯定下来,萧方在死了的庚娘脸上打一耳光的动作,也就容易了解,不难表演了。萧方在死了的庚娘的脸上打一耳光,和他的哭相似,是一种兽性的表现,是和侮辱女尸的恶霸的罪行一样,是卑鄙的失望心理的流露(也就是带醉的萧方在暴露他自己)。

彭海清很健谈,分析人物和情节,常有独立见解。我所认识的川剧演员,大多是和他一样讲究说戏。说戏基于默戏;有独立见解的张德成也很讲究默戏。张对我说:演员学戏,不要猜戏,要了解戏。一句有重点,一段有重点,一折有重点……演员要抓得住各种重点。他认为:扮演《议剑》中的王允,要紧的是抓住一个"忧"字——王允为国家命运担忧。尽管曹操担负了除掉董卓的任务之后走了,他还是不放心,因为成功失败还难断定。忧的表现不断在变化;不变化不合理,观众也会不耐烦。但一切变化离不开一个"忧"字。正如早已去世的康子林,说扮演《评雪辨踪》里的吕蒙正,不只要表现出他所处的自然环境的冷,更重要的是要由他的言行显示他所处的社会环境的冷。演员要抓住这个"冷"字。这一切是认识生活的结果,也是创造形象的理论根据。表演能不能有出众的地方,能不能形成独特的风格,首先要看演员对角色的了解是不是有自己的独到之处。

几乎可以说,彭海清不放松任何台词的分析。尽管不能说他对于萧方的一切分析就是唯一确切的分析,不能说不应该还有另外的分析。如果不同的演员对角色的分析没有任何差别(掌握到不同的着重点),演出形式和风格、流派的独特性不能不受到影响。可是应当说,分析有是否深入的差别,可喜的是彭的分析常常是深入的。最后一场,当萧方将被昌平王问斩的时候,萧方埋怨昌平王:

哎,平复红台,老子有功,就是这样呵!

究竟"就是这样呵"这句话的内容是什么呢？这句话，只从故事出发而不从萧方性格出发，很容易被人当成萧方居功自负，埋怨主子不该决定砍他的脑壳。彭认为：这样想就是从普通人的心理出发看问题；而不是从提起脑壳耍的土匪萧方的性格特点出发看问题；因而不易了解萧方这句话的内在意义。萧方，这个惯于出生入死的土匪，即使舍不得他那一条狗命，但明明知道只有死路一条，他就不会求饶，不愿意在敌人和旁观者面前"拉稀"。但是，一向浸透着优越感的萧方，对于被处死的方式也要计较，讲价钱，不愿当众"失格"。他埋怨昌平王对他不起的，也可以说他自己感慨着的不是别的，而是他的尸体没有受到重视。在萧方看来，他的结局，虽然失败，可是自己仍然是一个大英雄，好汉子，不平凡，很了不起的人物，他的尸体也应该受到与众不同的待遇，受到能够出出风头的漂亮的待遇。这，和剥削阶级讲究厚葬的思想实质差不多。彭对我说：在那些一脑子等级观念的流氓看来，他们的死法也应该与众不同。如果是小偷一样挨棒棒打死，太不漂亮。当他们要打死得罪了他们的演员时，这样说："拖到河坝头给他吃鹅石宝儿。他们都够得上挨刀挨炮，老子们还挨啥子？"彭说：为了使"就是这样呵"这句台词更有萧方的心理特色，演员念这句白的时候，心里应该想些什么呢？最好是想着：

咦，连红毡子也没有跟老子铺一块呵①！

这是多有见地的分析，这是多么深入的推敲！在剧场里，连彭海清在内，要靠演员明白体现这样的潜台词，实在很不容易。要今天那些不了解旧社会的观众体会这样的潜台词，更难了。可是，这

---

① 四川在军阀统治时期，被处死刑者的亲属和朋友可以在刑场给死者铺红毡。但，并不是人人都有人力财力铺红毡的。

种努力是很必要的。演员需要这样认真而深入地捉摸角色,因为,只有它才是提高戏剧表演艺术水平的一种重要条件。

九

《夜奔》一场,就剧本而论,也很有吸引力,和出色的《杀船》、《双上坟》比较,各有各的特长。较之最后的《巧团圆》和一些过场戏,艺术水平高得多(这个戏的某些部分至今还很"水",不大有分量,有待于进一步加工)。我以为这场戏虽属次要环节,同样也应该是真正有人物有事件的。京戏《樊江关》里,两个旗牌官醉后的争吵,就是很好的"过场戏",说它是一般的过场戏很不妥当。它不只是生动刻画了薛金莲那个不讲理的旗牌官,生动刻画了樊梨花那个力求不闹内争的旗牌官,也再一次间接暴露不太讲理的薛金莲那不太讲理的态度,间接赞扬了樊梨花顾全大局、相忍为国的风度。就艺术技巧而论,也许可以把这叫做指桑骂槐法。川剧《柳荫记》里,当扮主角的演员正在后台换装,扮配角的四九和人心在前台高兴得说说笑笑,也不是平平凡凡的过场戏,而是对他们的主人的心理的正面的或反面的衬托。当然,过场戏究竟是情节整体中的次要环节,不能向它提出过苛的要求,但它本身也应当是很有表现力的。《打红台》的其他一些过场戏,还需要进一步加工才行。《夜奔》一场,已经被丰富为有独立性的一场了。萧方夜奔,几乎全部是独白,唱很少,就像《打神》、《雕窗》以至《归正楼》的《劝夫》中丘元顺的大段表演,是一场独角戏。这场萧方逃亡的戏,从角色的内心状态着手,多方面地塑造他的性格。一方面表明萧方在为自己"提劲",安慰自己,一方面表明萧方作恶的野心比从前更强烈了。走投无路的萧方,一路上盘算,怎样改变不利处境。最后决定化名投军,把朋友的脑袋取来,作为折罪的代价和求官的引子。这场戏的思想变化过程和情绪变化过程,都是段落分明的,表演起来不难掌握。可是,这段戏像《跪门吃草》,像《醉隶》,像《林冲夜奔》或《九龙屿》的《修书》那样,舞蹈很多。要把戏曲舞蹈程式和萧方的性格结合在一起,要使丑恶的家伙在艺术上也能引起形式的美感,这样的表演却不很容易。彭海清、曾荣华、李侠林的表演,包括把大红褶子的一只袖管子像船帆一般撑起来的打扮在内,不只符合戏曲艺术的形式美,而且鲜明地塑造了萧方的贼相,活画了一个个人野心家。这,得力于演员们对于袍哥的深入了解,得力于他们对萧方性格的推敲,得力于前辈和同时代人的创作经验,得力于他们对戏曲程式的灵活掌握。

彭配合"大豪杰只落得无处栖身"的剧词,手中那一把随着身子转动的扇子,和萧方那鬼祟心理密切联系着。当他讲"是鹰,是鹞,展翅难飞"时,那种饥鹰似的凶恶神气很吓人。讲到"红台山岂不唾手而得"时,那右手的一抓……都能使人觉得又看到了今天已经被消灭了的,曾在旧社会横行霸道的袍哥、特务。然而,这都不是对生活的机械的模仿。一切动作都是节奏化了和美化了的,是较之现实的现象更单纯、更洗练的戏曲的艺术形象。

彭同意:只要演员能够掌握角色的基本性格,不论外形是不是为了适应戏曲规律因而有多大改变,不论多么强调演员个人的独特性或流派和风格,也不失为真实性强烈的形象。他说:萧方的打扮要愈好看愈好,好看的打扮也为了利用对比作用,加强表现笑面虎萧方的内心丑恶。不是为了美化坏人,不是为了使观众喜欢魔鬼。上了红台山,在韩虎面前假哭死了的寨主崔英,"闻崔兄,死疆场,令人悲恸"(帮腔只帮最后四字),应该哭得愈真切愈好。哭得愈像那么一回事,不是为了引起观众误会,误会萧方还有良心,而是为了进一步使人觉得萧方阴险。开始观众可能误会,演员不要怕误会而急于交代。正因为萧方的伤心使韩虎觉得"萧方弟情深义重",观众愈是为韩虎的安全担心,愈能把后面的台词——"借你哥子的脑壳,凑合兄弟做官"的劲头提起来。正如自杀了的豫让的尸体不倒下来一样,这些地方讲究戏曲艺术的创造性,是为了艺术所反映的生活的意义比生活本身更分明,并不是企图使艺术脱离生活。为了更能影响人们的精神,为了提高观众认识现实的能力。附带指出:只要私有观念尚未彻底消灭,萧方这样的角色还会以不同姿态出现于现实斗争里。

一再说生活经验对于创作很重要的彭海清,究竟是拥有丰富经验的戏曲行家。他很同意我所说的,生活不等于艺术的意见。他给我讲了一些流氓当票友,在舞台上表演流氓而失败的故事。《古城会》、《羊左交》、《听琴》、《巴九寨》……是袍哥认为有"教育意义"的节目。遂宁河的南江场的袍哥请客,让一个人称黎三爷的袍哥演《巴九寨》中的巴九。因为别人承认黎是一个"玩友"(清唱)能手,能言会道,专门负责排难解纷,"较粮子","传堂",说话又快又"随",以为他正好扮演《巴九寨》中的巴九(这流氓平日坐唱时也唱过巴九)。可是,他一上台就把戏演"黄"了。彭说表演艺术的推敲,有点像"痛定思痛"那样,又要求真,又要对它有认识。批判的认识很重要,这是他自己能够在表演反派角色时进得去和出得来的思想上的原因。

旧川剧有不少有毒的成分,《打红台》原来也有迷信、色情和自然主义的成分。正如其他许多剧本和表演上的革新一样,解放后依靠许多同志的努力,《打红台》这本戏不断在进行修改,它的缺点正在被克服。经过毫不姑息的消毒作用,比解放前的本子干净多了。可是在修改过程中,也有把不必修改的东西改掉了的。这很难免,正如彭的表演不见得就没有缺点一样。可是为了保证质量,最好对修改做一些复查的工作。

我想在这里记一段彭口述的剧词。这段词,曾经当成不现实的东西而删了的。为了艺术的教育作用,我觉得不妨重新考虑它的去留。当萧方埋怨昌平王"就是这样呵!"之后,有四句从文学的角度看并不精彩的诗:"无情渡口起毒心,起心害人害自身;韩虎误死红台里,众家哥弟血染尘。看来是老子的活报应(单捶)……"这之后,紧接着是一句帮腔:"千年万载落骂名。"接着,萧方插上一句:"咦!啥子落骂名,老子要落美名。"这句帮腔和这句道白,当然不是非保留不可的。但是保留起来,也有利于萧方性格特征的描写。这句帮腔,说是人们对于萧方的态度在萧方心理上的反应,不算是过分的。这句插白,说是不认失败的萧方阿Q精神的流露,精神胜利法的具体表现,相当于"再过廿年又是一条汉子"的大话,不算是过分的称赞。这句插白,显然是在《打红台》的演出过程中,由一个不知名的演员在进入了角色之后,冲口而出地加上的。因为很能表现人物性格,就被保留下来了。这种插白,和并不是以模仿生活的外形为主要形式,而是以变形的形式来反映生活的戏曲的格调统一。不论是从萧方此时的心理状态来考察,不论是从萧方与别人的关系来考察,这种"不现实"和闹剧化的手法,在本质上也是现实的。正如姚安杀妻时的帮腔:"背时鬼,你杀错了"一样,正如钱玉莲的后娘劝她改嫁,帮腔接在"孙员外……"后面来一个"家豪富"一样,是一种变形的艺术形象,也是生活在艺术中的一种提高了的表现。这些地方常常有前人聪明而大胆的创造,不都是片面强调表演的娱乐性才硬拼上去的噱头。如果把带喜剧性的这种唱白,当作"形式主义"的东西轻易删去,未必是对形式主义的方法的深恶痛绝。

如果灵活地解释艺术是生活的模仿的说法,可以说戏曲也是生活的真实模仿。这种模仿,远远跟照相之类的办法不同。要是把模仿这一概念了解得很狭窄,戏曲形式应当被彻底取消。只从表面上看,戏曲里的人物形象和它的原型相差得太远;我们谈天、开会和宣布事情,谁要是在发言时把日常说话的调子改为吟唱,岂不会使人怀疑他的精神的健康状态?可是在戏曲里,例如《斩马谡》里的作为法官的孔明,他在审问和宣判时都有唱。只要演员真正能够体会人物,也可能使人觉得自己是在和孔明共忧乐,不怀疑唱是不是生活的真实反映。

戏曲中有许多手法很奇特,既很大胆却也很动人。不少戏曲以情节紧张见长,可是和紧张情节相配合的锣鼓,不一味地打得紧张——有的是文打,不都是武打的。虽然不慢却比较打得轻的五捶半接扣扣板,在观众心理上的作用,是令人为这两个人的安全担心。张德成有"戏不分冷热,冷戏也要唱热"的说法。他们(包括帮腔的歌手)在《渡蓝关》这个冷戏里,有些字唱得很高亢。例如"四不正"中的"……乾坤宇宙多颠倒,捡鹅毛难画难描"的"倒"字,音高到了很难再高的程度。不但唱得和谐,而且切合人物性格和情绪特征,唤得起观众对角色的同情。要是从表面上看,情绪不高的韩愈处在寒冷的荒野,用这种高亢的唱腔来表现不是很相宜的吧?可是如果从人物情绪状态的基本特征着眼,这样高亢的腔调也是合理的。正如反抗性的说话不必都是用激烈的口气来表现一样,不高昂的情绪也可以寄托在高昂的语调之中。不愉快的情绪的特征之一,是激动;不过在日常生活里,这种激动不是表面化的,在戏里,却非使它显得鲜明而容易接受不可。演员把"倒"字的音域唱得很高,是以韩愈那激动着的情绪为依据的。演唱采用了虽很夸张的变了形的形式,观众能接受,不反对。因为变了形的唱和做,变了形的化妆(包括脸谱),本质上仍然是现实主义的。

十

看样子,我该结束这篇回忆录了。可是,我和彭海清在成都交谈了七天,不要说彭所谈到的关于川剧其他演员的成就还没有记下来,不要说彭关于《豫让桥》以及《活捉石怀玉》的谈话还没有记下来,就是关于《打红台》,也还没有把凡是有意思的见闻都记下来。追记印象时写上了自己的一些感想,字数已经太多了。我想再占用一点篇幅,把一些和彭海清的表演和见解一致的东西,看周裕祥演出《西关渡》得来的个别印象记下来，作为这篇文章的结尾。虽然不能说这些个别印象都能代表川剧艺术的全部成就，在我看来舍弃了就很可惜。

名丑周裕祥，在《西关渡》的《抱尸归家》一折里，扮演地主兼商人的陈彩，再现了一个谋夫夺妻的坏蛋。陈彩，和萧方有差别而又有一致的地方。他有钱无势，想霸占裁缝潘林的妻子，不敢像萧方那样武取。挽了一个"圈圈"，借合伙贩卖盐米为由，把潘林骗往他乡，在西关渡口把他害死。因为尸体的头上有伤痕，陈彩怕阴谋暴露，只得把尸体烧成骨灰，送回潘家。依靠他的狡猾和有钱，后来实现了占有潘林妻子的罪恶意图。最后因为大意，对儿女泄露了自己的罪行，潘妻告发，他受到了严厉惩罚。周裕祥在《抱尸归家》里，有许多出色的表演。配合着很"伸展"的半唱半讲，有一些很细致也很含蓄的眉眼和手势。我想附带提到：这样的表演方式作为对这样的角色的刻画，当然不是唯一的，更不能说就是不可移易的。其实一切旧的都曾经是新的，认真的演员总是在不断创造。周裕祥的这一段唱词，原来用的是开排韵（"……一家人都在怪陈彩"），近来改唱腔峒韵（"……一家人地皮都哭动"），看样子演员不断在探索，一切探索结合表演。当周唱如下的剧词的时候，使我联想到哭庚娘的萧方，"……他一家疑心都很重，一面哭一面暗咕弄。他二老哭坏我都不心痛，怕只怕哭坏了玉芙蓉。你看她绣带飘飘多庄重，泪洒银腮眼哭红。"周的有些动作，恰好表现了传统戏曲艺术的特色和优越性。这些在长期的演出实践里成长起来的演员，不只重视生活，而且重视观众的需要。当他们在运用"眉眼"或"指爪"来加强人物性格的形体特色的时候，不是简单地模仿生活，而是在不脱离生活的前提之下，按照戏曲艺术的特殊规律，十分大胆地进行创造。周唱到"玉芙蓉"的"玉"字时，用的是吊板，声音也很柔（借此表现陈的喜欢）。同时侧着身子，用扇子掩面，顺着扇子的上沿偷看潘林的寡妻——他所害死的朋友的遗孀。其实，面对观众的演员,这一动作已经能够表现陈彩此刻那种卑劣的心理状态了。为了造成更大的戏剧效果,演员同时像挑门帘似的,用左手拈起右边那只袖子的下边,把袖角假设为门帘而扯起来,再把眼光从它下面射出去。也许,在那些受了洋教条影响而迷信事实的人看来,在那些把艺术当成生活的复制品的人看来,在那些惯于追求外形的准确而不惜丧失艺术所要求的准确的自然主义者看来,可能以为这样表演角色的偷看是多余的,不合理的,不科学的。可是,像挑帘似的这一手势带虚构性,效果上加强陈彩那卑鄙心理的明确表现。这一个坏蛋唯恐看得不狠的那种特殊心理,在这一虚构性与形象性的表演之前表现得更鲜明。这好像欲指左,先指右,欲看上,先看下等表演方式一样,既有艺术美,也能有效地控制观众的注意力,引导观众同时注视悲痛地站在虎口之前那潘家媳妇的形象,使她和陈彩的丑恶状态成为强烈的对比,加强观众对陈彩的憎恶。

最后我想说:艺术创作之所以不必机械地服从生活,敢于运用虚构的甚至是假定性的形象,一方面因为艺术家想要明确表现他的思想,充分寄托他的感情,一方面也因为要适应欣赏者的正当要求。观众看戏不是简单的接受,形象不明确不行,不留余地不能引起想象也不行。正如离开了作品的思想内容就失去了努力的目标,就谈不到题材的选择、剪裁和补充的标准一样,离开了观众的要求也无从判断艺术形象是不是成功,艺术形式是不是完美。正因为演员信任观众的接受能力,所以就有了基于生活而又不简单地模仿生活的艺术创作。川剧名丑刘成基,也告诉我一些有创造性而且富于表现力的手势。他演《刁南楼》里的王文,唱"刁、王两家只隔墙一堵"时,配合这样的手势:双臂左右伸,一面收回到胸前,一面使两只手背相对。只消这样两手一比,就把观众带进看不见却想得出的环境之中。这就和《摘红梅》里的小生拣石头打花和闻花时,那打击乐的声音好像也有视觉意味和作用那样;这就和

《玉簪记》里的《琴挑》表现听琴的潘必正怕冷的姿态,用细而密的锣声来配合那样;这就和京戏《两将军》里,夜战之前兵卒走灯时的轻轻的鼓声那样……不是生活现象的如实的模仿,而是和现实现象大不相同的创造。与其说这是对现实的模拟,不如说是当事人或第三者(戏剧家和观众)的感受的再现。艺术家之所以敢于运用这种手法来为生活作反映,因为艺术家明白他的形象的确立,有观众的感受作保证的缘故。演员有操纵观众情绪的可能,可是真能操纵观众的演员,也是最懂得观众和最尊重观众的演员。演员把观众当成艺术创造的知音,才敢于大胆创造而不拘泥于现实的表面现象的。

何尝只有戏剧才敢于这样大胆对待素材。凡是真正了解欣赏者的欣赏要求和接受能力的艺术家,总是敢于打破成规也不胡乱整的。大约是五六年前,我在作家协会,听过曲艺名演员小彩舞的京韵大鼓《红梅阁》。不用说她没有在动作上多模拟角色,就是模拟角色的说话,也不处处拟声。角色贾似道的说话,演员只用自己那接近叙述性的语调。相反,在叙述的部分有时使用了和被叙述的对象的口吻与声调相近的口吻与声调。例如叙述贾似道看出李慧娘喜欢裴生时的态度:"这奸相假意含笑说多情种,想你那魂灵儿早已入他乡。"又如叙述贾要杀慧娘、慧娘求他的地方:"这佳人叩头血溅花砖上,这老贼连连切齿说好一个婆娘……"有些地方(见重点)却用的是花脸腔调。这,正如周裕祥的挑帘似地拈起袖角,是利用了特殊的艺术样式的。这种似与不似之间的表演,显得很自由和很有创造性。巧妙地为欣赏者安置了联系生活的线索,不是企图笨拙地把艺术还原为生活。

戏曲和评书等与其他艺术一样,包含着许多有待我们去发掘和整理的规律性的知识。有些电影工作者对我说,拍摄川剧的舞台纪录片,既要保留川剧的特色,又要发挥电影艺术的特色,很难。是的,这两种艺术形式是有矛盾的。可是,只要力图了解戏曲艺的特殊规律,重视地方戏曲的特色而不孤立地强调电影特性,矛盾也能解决。其实在传统的艺术里,也有近似电影艺术的艺术手法。周裕祥这一扯起袖头的动作,当然不等于电影的特写,当然不能说这就是电影蒙太奇。可是这里面体现着相通的一般规律,而且给观众准备了有所发现和再创造的机会。拍电影时要是忽略了戏曲里的这些特殊的东西而去讲究电影手法,效果如何就很值得考虑。

和彭海清谈话之后我更加相信,不论是演员还是其他艺术工作与舞台美术工作,联系着表演方式来了解传统戏曲的特点和长处,了解、重视生活知识而反对把生活现象照样搬上舞台的老艺人的谈话,对艺术家自己的创作很有益处。我想,只要我们能够掌握传统的戏曲的规律,当我们用戏曲形式来反映现代的生活的时候,至少不至于被那些自然主义的"科学"论和"真实"论弄得信心不足。参加现代剧目表演的陈书舫和其他川剧演员,其表演没有削弱生活的具体性来套用现成表演格式。愿他们在大胆利用川剧艺术的形式,适当进行新的舞台形象的创造的同时,再深入地以至系统地整理四川戏曲的规律性的知识。

1958 年 10 月 2 日写成

(载《戏剧论丛》1958 年第 4 期)

心 中 有 数

　　没有深入的丰富的生活经验,就没有生动的深刻的艺术形象。但是,如果对生活只有感觉而缺乏正确的深刻的认识,那么,来自生活的素材就不能成为有灵魂的艺术形象。画家从起稿到创作完成,既可以说是他的构思的过程,也可以说就是他在反复认识生活的过程。构思的得失,决定作品的成败。认识的深浅,影响作品思想水平和艺术水平的高低。

　　形式主义的作品难道说就不讲究构思吗?也讲究,但它是挖空心思的胡思乱想,是主观主义的臆造。形象真实和内容深刻等艺术效果,基于艺术家对于客观事物的感受,也基于相应的观察、体验和分析。为了便于说明认识对创作的作用,我想谈一些美术以外的例子。戏剧与美术的界线不可混淆,可是美术家吸取它的长处不会就使自己改行。

　　戏剧家讲究默戏。默戏是为了使人物刻画得更好而进入角色,也是一种必要的认识角色的方式和过程。剧中人的性格和相互关系,所处的环境以及行动的意义,认识得是不是正确和深刻,决定表演艺术的质量。我在旧时代,川剧看得不多,印象当中有些很好,有不少却是低级趣味的。解放以后,这种毒害群众灵魂的东西从舞台上被赶出去了,原因是观众的要求和演员的认识能力都提高了。

最近看了川剧《九龙屿》中的一折,大约叫做《从娘修书》,觉得很优美。虽然是青年演员学着演的,技巧不十分成熟,格调却很高。我在设想,要是演员的认识模糊,这样优美的戏也可能演成下流的(旧社会常有好戏演成坏戏的现象)。这个戏的情节很简单,描写的是少女张从娘给她的未婚夫杨延昭写一封信,要派从人张明送信。张从娘是山寨王的女儿,杨延昭是她的未婚夫(曾经是她战场上的俘虏)。她现在写信,为的是催促早就回了宋营的杨延昭上山来完婚。在实际生活里,一般地说,唠叨是令人厌烦的,但也不尽然。在艺术作品中,表现唠叨的形象,可能给观众带来美感。因为它所要再现的不是唠叨本身,而是那为什么唠叨的人的特定的感情。在这折戏里,张从娘关切杨的意思已经在信里写明白了,却还要下书人给对方传口信。说一遍也罢了,说了又说,说了又说。这一切,依靠优美而又激情的舞蹈和歌唱的形式来表现。这些表演是富于变化的,所以它不只没有在艺术上引起噜苏之感,反而具有特殊的魅力,不比表现人物情绪状态的其他方式(例如《惊梦》)逊色。这些舞蹈和歌唱,完全可以和写得好的大段的心理独白媲美;远远超过单调乏味的大段说白。在张从娘看来,自己要说的话远远没有说完,似乎都没有说清楚,总是不放心。也怕下书人记不清楚,要他背出来听听,背了又背,总是不放心。在心情方面与张从娘不太一致的下书人张明看来,这完全是多余的。他嫌麻烦,也不习惯强记这些和他的生活太不密切的话,只图早点发放他出发。但他急于要走又走不脱,不得不听,也不得不复述。也许,修书人不完全是怕自己的心意没有可能充分传达给未婚夫,不过是基于一种压抑不住的怀恋和关切,才会这么不放心,叮嘱个没完没了。不论如何,她此刻最关心的是收信人杨延昭的反应,她来不及考虑这些行为的意义和影响。要说这个戏也表现了矛盾冲突,它所直接表现的,不过是一个老说,一个不愿老听,这有多大意思呢?看起来却很有趣,也很有意思。不论是对于未婚夫的怀恋,不论是婚姻自主的喜悦,不听天安命,敢于自由决定自己命运的少女的心理和性格,在她派人下书时没有什么顾虑的言行里,相应地表现了和不上场的封建力量的冲突。少女的活泼、爽朗和不受拘束的性格和态度,张明的着急和耐着性儿……这一切有趣的表演,跟轻佻或胡闹之间,只差一步。如果演员对生活没有正确的认识,不免把这个喜剧演糟;爽朗的态度,健康的感情,主仆之间的亲切……可能被肉麻所代替。

题材和主题密切联系着,但我们不能以为只要选取了好的材料,作品的思想性就有了保证。正如标题不等于作品的内容那样,好的材料还不能保证作品的思想性。作品的思想性如何,还要看材料是怎样选择,怎样处理的。生产或战斗的生活,是重要的材料,可是有些止于叙述一些现象而没有把人物精神状态表现得鲜明的作品,有些似乎只不过是告诉观众,你看这是扫盲、筑路、犁田、植树、运粮、送料……的照相式的绘画,很难说作者对于他所要反映的生活的意义已经有了深刻的认识。没有特定的题材,特定的主题的体现就没有依据,主题总是和题材紧紧联系在一起的。但是题材不就是主题,主题是借题材所表现的一种判断,所谓对生活的现象的评价。要是作者在认识上以为炼钢就是艺术创作的主题,而不是通过炼钢或与炼钢有关的描写来表现这一行动的政治意义,即作者对于炼钢的人物的态度,没有把握住炼钢的人的精神状态和这种精神状态的美,那么,其形象也难免平淡无味,不能启发观众思索它的重大意义。相反,如果真正熟悉生活,明白它在社会主义建设中的意义,真正了解工人从事他的工作的思想感情,即令作者只从生活的某一些次要方面着手,它的情节也能够使人感到伟大的时代精神,可能和轰轰烈烈的大生产运动相联系。如果能够从事物的相互联系着眼,比如说在炼钢的事实中认识到革命者怎样接受炼钢这一行动的思想上的锻炼,那么,他将不满足于只不过告诉观众一些劳动现象。经验主义和教条主义的工作态度,都是思想懒惰的表现。把素材当成题材,或把原则当成主题,他的劳动成果在思想战线上的作用很难有保证。

　　艺术家认识的基本对象是生活,演员直接认识的具体对象是剧本。没有剧本就没有演员的创作,而认识剧本也是间接在认识生活。认识当然不只是感性的,也包括并不轻松却也有趣的思索。演员要深入角色和认识角色的行动的意义,就是对于有修养的演员也不轻松,但他在认识角色的过程中也会感到愉快。认识过程有矛盾,有斗争,艺术家在被动中求主动,过了一关又一关,不只感到辛苦,有收获和将有收获时也感到幸福。包括悲剧的表演在内,演员可能陶醉于美的掌握,美的享受之中。这是以手代心的人所不能设想的心情,这是不满足于微小成就的艺术家才能享有的"权利"和"酬报"。

　　不论自觉不自觉,演员的表演实践总是以感性的和理性的认识为指导的。《西游记》在旧时代是了不起的创作,单是富于幻想这一点,对于克服自然主义倾向就很可借鉴。但是,对演员说来,只把注意力集中在剧本本身,不能获得较深刻的认识。正如画历史画,历史材料很重要,可是只研究历史材料还很不够,还要研究仿佛和它没有多大关系的其他的实际生活。《西游记》中的幻想,没有离开实际。猪八戒、孙悟空都是从生活中来的,都是旧时代的生活的反映。生活中就有猪八戒那种虽然并不是坏人,就是有点"吃饭堆尖尖、做事梭边边"这些比较自私的缺点。孙悟空是那种虽然调皮,却很机灵、勇敢、顾大义的人的变形和典型化。孙悟空的特点是那浓重的猴气,但这个人物不相当于动物园里的猴儿。创造孙悟空这一英雄形象的素材,最重要的并不是猴儿,而是战斗的人的生活,反封建的思想。材料没有经过加工炮制是吃不得的,不动脑筋,不可能创造出理想化了的,远远高出于猴儿特性的英雄形象。有些人偏见很深,总以为想得多会妨碍创作;其实那是一种误会,甚至是为了给懒惰的态度打掩护的。对生活中许多事物多作一些了解，多作一些研究总有好处，难道对生活越是无知越是有艺术才能吗？

　　创作上有一种很痛快的现象，有人叫做灵感的来临。并不很吃力地打算怎么办，办法自己就跑来找你，头头是道，挥洒自如。就和表演入了化境那样，观众很欢迎，自己也不吃力。但是，如果自己不努力，这种痛快的味道享受不了。艺术家的创造，当然应该要有个性和独特的风格。但只有将具体对象摸透了，善于识别各种现象的本质意义，明白对广大人民的思想有没有积极作用，动起笔来才大胆，才能得到充分的创作自由。真正的创作自由，是从不自由中产生的；生活的研究愈深入，创作的意图愈是明确，创作时也就愈会感到自由，也才愈有可能享受灵感到来时那种左右逢源的愉快。正如有功夫的演员，经过幼时练功的不自由，才换得今天在舞台上的运用自如。老一辈的演员以旦角而论，周慕莲、杨云凤、琼莲芳、阳友鹤的舞蹈，都是下过苦功的，所以舞蹈起来有高度的技巧，许多动作进入了所谓化境。

　　艺术形象的单纯化、概括化，不只基于艺术家的感觉，也基于艺术家的认识。较有修养的戏曲艺术家，善于用几个字说明复杂现象，这是他们的认识有了概括性的表现。张德成老先生谈川剧《议剑》中的王允（作为戏剧中不一定是历史中的角色），说这角色的表演艺术的得失，在于演员能不能抓住一个"忧"字，"忧"的是汉朝的江山会不会易主。演员能用这一个字道出剧中人王允个性和特定环境中的情绪状态的基本特征，这就表明演员对角色有认识，对剧本有钻研精神。许多演员都在谈起，已故的川剧老艺术家康芷林的见解精辟，说康芷林认为要把《评雪辨踪》演好，要靠演员深入了解吕蒙正的处境和心情。从时间、地点和条件出发，分析他的社会生活，才能够做到使观众感到吕蒙正的动作不只表现了天气的冷，而且使观众感到他所处的社会环境的冷。这些精辟的见解是很可贵的，花费了许多心血的前人为我们提供了很好的经验。

当然，所谓基本特征不是一切特征，只有基本特征而没有从属的特征，形象的丰富性和生动性就没有保证。如果演员只抓住一个字（哪怕这个字非常重要），只在这一个字上做文章，他的表演是不堪设想的，形象难免是干焦焦的，没有水分的，不现实的。但是，如果抓不住生活的最基本的特征，不规定着重反映什么，形象的完整性和主题的明确性都缺少保证。所以老艺术家总要力求抓住它。周慕莲谈前辈艺人认识角色的经验，说康芷林很重视念白所体现的人物的矛盾心理，而且不限于剧词本身的含义，力图从人物所处的社会条件寻求造成矛盾心理的原因，从而把剧词念出人物的精神特征来。刘成基对于怎样理解角色，也是有独特见地的。他说演《赠绨袍》中的须贾，必须掌握住"焦"、"急"、"怕"三个字，"焦"、"急"、"怕"是处于劣势的须贾的基本心理的各种形式的表现，抓住这三个字就抓住了表演的核心。任何客观事物，要用几个字来说明是困难的，严格说来是办不到的。如其可能，一切艺术只要标题就够了。可是，有独到见解的观察者，可能用几个字确切说明对象的基本特征。正如说帝国主义和一切反动派都是纸老虎，就是对事物认识得非常深刻的结果那样，只有看得出事物的区别，也说得出事物的区别，才能进入表现它的特征的创作过程。前几天的工人美术座谈会上，一位同志说自己苦于不能自如地把自己的感受明确表现出来，很有点"茶壶里装汤圆"（倒不出来）的困难。可见如何表达的技巧很重要。可是，如果自己认识不到事物的区别，不怕你技术多熟练，也画不出富于独创性的作品来。只有认识深刻才能够用单纯的词句把对象的重要特征说出来，也只有抓得住对象与众不同的重要特征，才能避免表现形式的雷同和浅薄。很有成就的名丑刘成基代替不了其他名丑，刘成基的沉着代替不了陈全波的轻快（可惜我这一次回来，没有看见他的演出），正如其他名丑代替不了刘成基一样；而独创性和独特风格的形成，不只依靠演员不同的个性、经历和教养，也基于他对于特殊的对象的独到的观察、体验和分析。

　　虚构不就是对生活缺乏认识的作者的胡扯。即令是异想天开、离奇古怪的形象,如果它在本质上是真实的,人物或事件所表现的时间、地点、条件虽不是以真人真事作根据的,不只可以容许,而且结果能够感人。这,不能作别的解释,无非是艺术家深刻认识了对象的基本特征的结果。当然,艺术的认识和科学的认识不同,它不是从具体到抽象,再由抽象到具体,而是处处和对象的具体性、个性紧紧联系着的。照流行的用语来说,叫做形象思维。川剧《九锡宫》里的程咬金,在金殿上撒赖,历史事实可能不是这样的。但看戏的人相信,艺术家所规定了的这个老头是个忠臣,为了正义,和包公一样,敢于斗争的性格是可信的。两人的性格完全不同,两人在斗争的方式上也很不相同。这是生活的复杂性,演员认识生活时不能离开这些复杂性。不表现这种复杂性就没有角色的个性,也离开了生活的具体性。不是吗? 从阶级关系来看,人大体上可以分作好和不好、美与不美的两类;而艺术创作要是不管具体状况,只在于表明大体上的区别,那是不成的。在这里,直觉和感性认识就显得十分重要了。但是,如果艺术家对于素材的基本特征只有感觉,认识得不深刻,不能辨别什么是本质的、主导的,具有决定作用的,也一定要直接影响形象在思想上以至艺术上的质量。

　　从表演的效果来考察,完全可能了解演员对于角色的认识如何。是自觉地还是盲目地对待角色,总是要暴露在表演的效果上的。《摘红梅》里的裴禹,接受了卢昭容的爱,有这样的唱词:"咱今朝有些欢庆"。演员是把人物塑造成喜不自胜的样子,还是塑造成轻佻的样子,效果当然会大不相同。风格高低,也是演员的不同认识所决定的。《江油关》里的马邈唱:"万事不如杯在手",尽管词句、曲牌、唱腔都有一定的程式可遵循,究竟赋予什么特定的心理内容,演员各人有各人的自由。可是如果演员不了解这句词的基本内容,不了解人物的心理,只是注重刻画酒杯的大小,饮酒的多少，而放松了"万事"和整个句子的精神，不仅这个反面人物对人生的看法和态度表现得不突出，而且表演的动作还有什么思想的意义？有些戏词，例如"哭得人柔肠寸断"，本来已经使人感到语言不生动，不自然，一般化了，如果演员还用手来比一下断了的肠子的长度，效果就更糟。可惜，正如美术上容易看见不必要的动作表情一样，舞台上经常出现程度不同的这种不恰当的具体描写，出现这种貌似卖劲其实没劲的说明性的图解式的手势。这些演员同志的工作态度很好，可是因为还不了解剧词的真实意义，甚至把词义曲解了。没有从人物性格的基本特征或情绪状态的独特点去表演，片面地去了解每一句词和每一个字的意义，这就好比不会下棋的人，没有全局观念，见子打子，结果不免要失败的。支离破碎地对待每一句台词，遇见悲字就哽咽，做哭相，遇见喜字就故意露出一脸笑容，结果是离开了人物，糟蹋了前人的创造。有些演员表演将要投江的钱玉莲，叙述她的后娘怎样逼她改嫁，唱"一手拿着书信，一手拿着家法"时，把眼睛盯着自己正在模拟后娘动作的左右手，这就不免模糊了要说明的事实，只是为了表现情绪的台词的具体含义。表演的"指爪"如何，念词的语调如何，是技巧的问题，也是认识问题。如果说表演也就是对生活的意义的再解释，那么，如何表演，决定于演员对剧词的了解是否正确，是否深入。出现在钱玉莲口中的书信和家法，是她在痛苦的回忆中的一种使她感到痛苦的原因，同时也就是她过去受婆婆虐待在心理上引起的结果。在人物过去经历或回忆里，打她的"家法"是很重要的东西。可是它在观众感受上的重要性，远不如由回忆而引起的痛苦。着重模仿钱母当时的"武器"，而没有着重表现它和钱母对她的打击而形成的精神状态，这主要因为演员对角色的精神状态认识不足，也因为他对观众的体验缺乏预见。李白诗句"蜀道之难，难于上青天"，如果要朗诵，怎样才能传达出它的情绪内容呢？如果要找重点，把重点安排在什么地方呢？这就关系到对诗人的情绪状态的认识。我不敢妄加规定,但我想,要是不把重点放在第二个"难"字上,而是放在"上青天"的"上"字上,结果,也许会闹笑话的。李白这首诗的朗诵我没有听见过,可是从形式出发,抓不住要点以至浪费精力式的朗诵,在我们的文艺生活里不是完全没有的。

  对现实生活有正确而深刻认识的戏剧家,对剧本也会有比较深刻的了解,因而他们不在枝节上追求真实,而是力图给人们提供典型。川剧《白蛇传》中的《扯符吊打》,演挨打的王道陵的刘成基演得很好。他没有把小爪牙王道陵演成大奸大恶,但也不原谅他的行为的非正义性。我们只消举出一个字的念法,就可以说明演员对于人物的认识的重要。一个字当然不可能充分表现作品内容,但有时一个字也可能很有表现力。当王道陵挨打的时候,刘成基念:"……这回姑念我是初……犯"。将这个"初"字当重点,轻声念,拉长着念,听起来觉得很有意思。这种念法不只很引人发笑,而且角色的心理内容并不肤浅。它分明表现了王道陵的狼狈相,表现了这个既要惹事却很怕事的人物的性格和处境的特点。在《审玉蟹》里,周裕祥演那个花花公子宁欣,演得也很深刻。那位花花公子仗着自家的财势,来到大堂之上,满不在乎。他知道问案的官是他父亲的朋友,完全没有估计到结果是问官根本不买他的账。起初,问官问他在家做什么,他用一种近似诗人的吟咏的,语音不高,好像虚心,其实轻蔑的语调来作回答:"在家中守着几亩薄田薄土。"这句在剧本上读起来仿佛是很守本分的谦虚话,经过演员一念,就显示了他那有恃无恐的态度,我们一听,就可明白他是在向问官示威。周裕祥抓住了人物的心理特征,在这些地方念词的口气也很轻。口气不重不是不卖气力,口气念得轻实在是为了更能突出人物的心理状态。这种念法突出表现了宁欣玩弄说话技巧的态度,生动地刻画了角色,也显示了演员念词的技巧。在《西关渡》里,周裕祥表演那个残酷的流氓陈彩,表演他回述怎样谋害没有社会地位的裁缝的过程。作为陈彩心理的揭露,他所设计的动作入木三分。一面嘴里唱："一篙竿送他到水晶宫"，一面用折拢的扇子往左前方轻轻地满不在乎地一戳。这一动作不光是为了舞台形象的美观（丑角的动作也应是美观的），重要的是为了用戏曲特有的指爪，表现这个坏蛋不把被压迫者当人看待的恶劣的态度。在这些地方，看得出川剧表演艺术传统的深厚，也看得出演员对生活的了解和对于艺术效果的估计不表面化。如果把这句戏词简单地了解为一种回忆，在表演上可能强调杀人时的心狠、用力。那样一来，角色心理的重点转移了，再不能明确表现虽然是回忆经过但也是自鸣得意的陈彩此刻的心理特征（没费多大气力，就轻轻把人家送掉了性命）。不顾欣赏者兴趣的"洒狗血"的表演公式，不只是缺乏修养的演员的不好的作风，也是他对生活和艺术效果没有把握的表现。周裕祥敢于大胆处理这种表面看来应该是以凶狠为心理根据的独白，是有较为深刻的认识的。演员真正把这种人物的精神揭发出来，能激起观众的仇恨，不见得非直接表现他正在杀人的事实不可。周裕祥的《晏婴说楚》，表现了演员刻画人物的才能，也表现了演员认识角色的眼力。富于辩才的齐国使臣晏平仲，貌不惊人，体态很不理想，个子与身份不相称，难怪人家看不起他。这个戏对人物的歌颂，是以抑为扬，先抑后扬，属于相反相成的艺术方法。戏一开始，角色的样子也是可笑的（一出场角色就是矮子）。可是，否定有利于肯定，在可笑的样子里，有一种压倒一切的优势，有一种愈来愈使观众注意的特征——出众的智慧，无敌的辩才。由被动到主动的斗争中，他那令人尊敬的勇气和风度，是透过非常稳重的样子来表现的。演员不是想要掩盖晏子身材上的缺陷，戏一开始还着重表现这种缺陷。但更重要的是强调地表现了角色的心理的特征——在斗争中的稳重和沉着。周裕祥不掩饰晏婴身材上的缺陷，而又专心于辩才的发挥，因而角色不可克服的身材上的缺陷的着重描写（利用他和楚国大臣的座位高低所造成的对比作用等），成为歌颂这个正面人物的性格的一种特殊的有利的条件。

在这里，我想附带提到，关于会议可不可以描写的意见。舞台上和银幕上描写开会，为什么观众不感兴趣？问题不在于可不可以描写会议，而在于如何描写，观众不一般地讨厌开会。《晏婴说楚》和好些三国戏例如《舌战群儒》，不少是开会的情节和场面。艺术家不是把生活现象简单地搬过来，推进去，而是抓住中心，介绍了最动人的东西，尖锐的矛盾冲突。怎样才能够抓住最动人的东西，从而掌握观众，不只需要发挥戏剧揭示矛盾的特长，而且要看艺术家对于材料中的矛盾和观众的审美趣味是不是有比较深入的认识。

认识的深刻程度，因人不同。认识是不是深刻，也是比较地说的。不必要求艺术家对于任何一件东西都有深刻的认识，不能以为不这样就根本创造不出内容深刻的形象。其实，有些内容深刻的形象，它那深刻的意义，不见得是创造者已经分明了解了的，有时观众的认识高于演员。正因为这样，文艺批评才不被艺术作品所代替。《血手印》中《乔子口》一折里的王桂英，"数桩"的行为的社会意义，不见得是她的扮演者都能够了解的。但是演员既是人类灵魂的工程师，如果他自己心中无数，形象的塑造还有什么把握？凭运气创造不出有深度的艺术形象，演员认识角色的行动的意义和深入体会角色的要求并不矛盾，认识了王桂英的行动的社会意义，就更便于在唱数目字时也能表现这一个角色的性格特征和此刻的情绪状态。

王桂英，是一个争自由的少女，婚姻受到障碍，为了改变不利的处境，打算在经济上给未婚夫一些帮助，好让他上京求名。不幸因此造成了人命案，送银的丫环被人暗杀，未婚夫吃了冤枉官司。当未婚夫将被处死的日子一到，她不能给予任何帮助，认为最要紧的是去活祭一场。她不顾一切，受到许多挫折，才进了法场，在法场做了一些无济于事，然而又是非常动人的小事。在封建社会里，一个不服从父母管束的少女，穿了孝服，跑到法场活祭她的未婚夫难免被人认为是"伤风败俗"的行为,何况这个案件还牵扯到她自己的名誉。王桂英的一切努力,在旁人看来可能以为是毫无意义的。是嘛,这对于命运已定的死者和她自己说来,有什么好处呢?但是,人的品质往往就在这种关键性的时刻,这种考验人的场合暴露出来,因而艺术家不能忽视它。上法场的王桂英像《西厢记》里的红娘一样,和《把宫搜诏》里的穆顺一样,和在正义之前逃避责任的市侩主义者相比较,她的行为是很勇敢的。她那些哪怕是出于对自己的爱人的命运的关切的行动,相对说来也具备了崇高的美。当然,事件中的主角并不是为了让人们称赞才那样行动的,为了让人们称赞的行动和崇高的美不易统一。明知处境不利的王桂英情不自禁地干那些"傻事",她那些关系着是非善恶的斗争的行为才是崇高的。行为是不是崇高,看来当事人王桂英来不及考虑,也用不着考虑,无非觉得不这样做就更痛苦,不这样做就对不起别人也对不起她自己,所以就这样做了。王桂英的这种行为,虽然还不足以动摇封建统治制度,但它在性质上是一种抗议,这种意志坚决的行为,也有点像《蓝桥会》里因为守约而被淹死的青年人;也有点像《秦香莲》里因为不忍杀害好人结果是自杀了的韩琦。哪怕有人会说她的行为太傻,也无损于行为里面所包含的不平凡的意义,例如对于腐朽的野蛮的统治者(人民的幸与不幸似乎与他无关的统治者)的抗议。不消说,担任这一角色的演员,不必为了"主题明确",也不能曲解古为今用的原则,而脱离人物的性格和时代背景,硬加上一些革命的语言和动作。只要朴素地按照王桂英的具体情况来表演,只消强调她那不顾一切,非达到活祭未婚夫不可的不可动摇的决心,就可能唤起观众的同情,认识到她的行动的意义。如果说这种分析不是脱离实际的,演员在认识角色的思维过程中,能够认识到这一点,岂不更有达到表演的真实性和怎样提高思想性的自觉吗?

艺术劳动非常复杂,创作个性的作用很大。也因为对象有多面性,艺术创造者有可能大胆创造。《黄鹤楼》里的刘备,是强调他的不安好,还是强调他的聪明,例如见机行事好,演员有选择的自由。《捉放曹》里的陈宫,是着重表现可怜无辜被杀的吕家,还是着重表现他对于曹操的不满,甚至苦于洗不清自己,演员有选择的自由。《空城计》里的孔明,是着重表现他的镇静,还是着重表现他的担心,演员有选择的自由。没有这种自由,也就不能形成在一种统一的基调里,可以容许应受鼓励的形式风格的多样性,可是这一点应该是一致的:如何使角色心理的复杂因素表现得有联系,自然、合理、重点突出而不是性格的简单化、抽象化,这要靠演员认识角色行为的意义,估计它在观众思想上的作用。有认识,有估计,才有利于表演的质量的提高。

显然,理性认识当然不能代替感性的体会,可是明确的创造意图和艺术的魅力不矛盾。和伟大的思想家恩格斯不同,拉萨尔从他资产阶级唯心主义的历史观出发,不理解历史的发展决定于人民大众的斗争,而夸大个人在历史上的作用,把没落贵族的代表人物反抗现存统治制度描绘成是"革命",所以在悲剧《济金根》中对德国的贵族的国民运动做了不正确的描写,完全忽视广大农民的作用,大大削弱了恩格斯对剧本的欣赏兴味。艺术不只应当提供优美的形象,而且必须是借形象体现较之一般的政治原则具体得多的主题思想,从而诱导观众认识生活,进而改造世界。演员对于角色的理性分析如果是正确的和深刻的,不会和创造形象的热情与技巧抵触。同一素材,可能提出许多关系着人生的意义,而且可能提出性质完全相反的各种意义。能说对于素材的认识不重要吗?曾经是烈士刘胡兰的领导者的陈德照同志,说刘胡兰同志在他的印象里,其最显著的特征,可以用一个字来说明:展。这一个平常的"展"字,出现在作为这一个英雄的风度的特征的概括时,它显得多么有分量呵!"彻底的唯物主义者是无所畏惧的",展,就是无畏,是忘我的态度。展,是刘胡兰的精神也是形象的特征。一个

"展"字,在这儿可以抵得了无数的词句,它是最深刻的体会和判断。这一位并非演员的革命工作的领导者,对我所说的这一个"展"字,恰好是怎样认识对象的好榜样。演员要是能够从剧本所反映的生活实际出发,对角色尽可能了解得深刻一些,心中有数,不只无损于形象的自然和朴实,不妨碍个人的独创性;而且,在表演上会更有创造的自觉和自信;应该强调什么和不应该强调什么就更有把握;更有可能避免歪曲人物性格以及过火的夸张,给人民贡献出形象真实和内容深刻的又新又美的艺术品。

据 1958 年 7 月 2 日在重庆和美术家交谈的记录改写

(载《四川戏曲》1959 年第 1 期)

也为了耐看

一 需要更多的知识

舞蹈与雕刻，音乐与建筑，以及其他艺术，各有各的特长和局限性。分行排列的散文不是诗，以实用为主的房子放大了也不符合纪念性建筑的要求，不能以为什么画直接画在墙上就算是壁画，雕刻也有特殊的形式。不研究雕刻的特性，不能发挥雕刻的（不是别的造型艺术的）特长。但各种艺术样式之间，有共通的一般规律。了解一般的规律也有利于了解特殊的规律，了解一般的规律正是为了发挥本行业的专长。尽管舞蹈和雕刻大不相同，舞蹈的有些画面、姿态，几乎可以说就是雕刻的。说戏曲和雕刻有相通之处，不只是以为其中的人物造型接近雕刻，不是说只有像昆曲，《单刀会》里的关公和周仓，《夜奔》里的林冲的舞蹈好像雕刻，而是说在其他方面还有相通之处。

昆曲《青冢记》的《出塞》的显著特色之一，是悲剧里有喜剧的因素。这种喜剧性，是丑角王龙（为孤独的昭君送行的御弟）所形成的。别的不说，单说在这出戏的结尾，王龙安慰留恋家邦、非常不幸的王妃的态度和语言，就看得出喜剧因素对于悲剧的积极作用：

> 他那里,也是个娘娘呵,我这里,也是个娘娘呵;他那里,也是个国母呵;我这里,也是个国母呵。("他那里"指番邦,"我这里"指汉室。)

这些不了解昭君的心情,也不了解和番的政治意义的王龙的言行,不只不会冲淡《出塞》的悲剧性,而且还加强了它的悲剧性。庸庸碌碌的王龙那可笑的台词,是无能的统治集团的精神面貌的缩影,是王昭君处境的具体而深广的概括。正如《焚香记》里的院妈妈劝敫桂英不要因为王魁把她休了而痛苦时的那些废话("你不要忧,忧也无益;穿红的去了,还有着绿的来。")那样,王龙的哪怕是十分认真的劝说,和戏剧的基调大不相同。它是悲剧主人翁性格的有力的反衬,是多样统一的生活状况的具体反映,是表达主题的一种特殊方式。丰富的知识和大胆创造可以统一。这些作品的欣赏,也可能帮助雕刻家克服雕刻结构的单调,帮助获得雕刻必要的耐看的好处。

像四川乐山汉代浮雕里的《挽马》和《荆轲刺秦王》以至唐代韩干画的《照夜白》,为什么是耐看的呢? 其原因之一,正如"疾风知劲草"等诗句一样,体现了矛盾规律。温文尔雅的文殊菩萨或普贤菩萨坐在青狮白象等猛兽背上的雕像,正是矛盾规律的大胆的运用。《画筌》所说"密叶偶间枯槎,顿添生致;细干或生剥蚀,愈见苍颜",也是这个意思。

石碑,在封建时代是到处可见的东西。尽管是为统治阶级服务,因为它是劳动人民做出来的,其中也包含了人民的智慧。它对矛盾规律的运用,算得上是巧妙的。庄严不等于死板着面孔,正如希腊神殿的列柱或雅典娜女神的裙子的绉纹的垂直线的利用那样。为了形成庄严的效果,中国石碑也讲究形式感。造型主要特征是方正的石碑,也像悲剧中有喜剧因素那样,这些主要以利用直线和直角见长的东西,总是同时适当配合着一些曲线或斜线的。

不是吗？蟠龙的碑帽，或者作为碑座的"乌龟"（据说应该叫做赑屃），是在不破坏碑的基本形的前提之下，在造型上也相应地利用了曲线的。这就使静止的石碑有了活泼的特色，在安定感中包含了流动感。正如有些观音塑像在庄重、慈祥中带上妩媚那样，正如京戏脸谱张飞在凶猛中带点天真味道那样，正如牛皋的舞蹈在沉着中包含着活泼那样，是对立因素的统一。可惜因为见惯不惊，或者看得粗心，这些其实有利于丰富自己专业知识的前人的创造，往往被忽视，觉得与自己的专业无关。

中国多水的江南，容易看见一种名叫蜂腰桥（也叫做玉带桥）的石桥。这种桥，常常出现在前人的中国画里；首都的颐和园，也有一道同一类型的石桥。也许是为了服从实用的需要，为了适应地形的特点，所以桥身才是高耸的拱形，桥腰细瘦，好在桥洞里行船的吧？这，我还没有调查过。可是当成建筑艺术来观赏，我却觉得它很有趣。这样的造型既坚实、安定，也灵巧、活泼。它和那些以垂直线、水平线为主的环境对立而统一地结合在一起，很有变化，不单调，很耐看。

看见这些把对立因素统一在一起的东西，更加觉得创造者的聪明。在艺术里，对立因素不是唯一值得强调的规律，但雕刻家注意这个带根本性的规律。正如向殷、周铜器艺术吸取稳重而又富于变化的优点一样，雕刻家了解蜂腰桥的美之所在，也很有好处。对立统一的规律也表现在雕刻的形式感的运用里，形式感在雕刻上非常重要。只注意内容而不研究雕刻的形式感，创作质量也很难提高。创作的政治作用，主要决定于内容，可是艺术家是不是掌握了艺术的规律，直接影响他对内容的表现是否得力。不研究这一切，只满足于现成的现象的模仿，其工作在效果上也许不免流于形式。

中国雕刻家的力量正在成长，客观上的需要也愈来愈多。这是在解放之前不能设想的局面。可是为了适应在数量上和质量上日益提高的要求,雕刻家在思想上艺术上都有待于进一步提高。看起来似乎已经不成问题的问题,还需要在实践中得到解决。比如说,主题、题材与雕刻的各种形式,具体描写与艺术概括,题材的具体性与纪念碑的寓意性,形象的现实性与雕刻的形式感和建筑性,明了易懂和耐看等正当要求之间的关系,不是人人都弄清楚了的。这就直接影响了选材和构思、构图和形象的刻画。一看就懂但是平淡无味的不经看地记述生活现象,空洞的虚假的千篇一律的象征,追求猛一看就吸引人的招贴画的效果,正如唯恐太讲究形式而不讲究形式美的造型方式,都需要克服。为了前进,除了提高思想水平,熟悉生活,还必须丰富知识。为了丰富业务知识,正如研究书法的人从观看舞剑器得到技巧的提高一样,雕刻家欣赏戏剧、音乐和其他艺术,可能不是浪费精力的行为。

二　独创性很可贵

不要说是为了体会有关创作的规律性的知识,单是为了从现实生活中寻求别人还没有利用过的新鲜的东西来进行创作,或者说为了形成与众不同的独特的风格,鼓舞发挥独创性的创作的勇气和信心,可以借鉴的民族的和民间的艺术都是很丰富的。北京市上的玩具布老虎,当成雕刻来看,也很有意思。我家孩子的这一个,看起来有一种小动物的稚气,似乎像小孩那样,有点淘气。创造者不是为了给老虎做模型,而是企图着重表现一种适合于做玩具这一用途的造型美。由于这,它就和基本练习式的雕刻有了分明的界线。

这种美,不是本来不存在于艺术的原型(小猫等)之中,凭作者的主观而臆造出来的,也不完全是单独存在于原型本身,而是喜爱这种特点的作者,在别的对象中发现它,抓住它,强调地把它再现在这一个小玩具上面,使它能够和人们的精神发生较普遍的联系。

布老虎的原型,小猫或其他幼小的动物,不只具备稚气等特征,也具备愚昧、残忍、肮脏等特征。玩具作者为什么往往强调小动物的稚气等特征,而不强调它那愚昧等特征,不单纯把小动物当成小动物来描写,偏偏使它们具备小孩的特征呢?可能为的是表现人民基于热爱生活的态度而形成的审美感受。不采取机械唯物论的观点(从效果上看也就是主观主义的观点)来对待素材的艺术家,在这种地方发挥了创造性。

看来个别的艺术形象,不必描写一切,只要抓住符合人民欣赏需要的特征,而且表现得很动人就行。即使是古代那些为封建统治者服务的艺术,批判地对待它那可取之处,于我们也有益。西安顺陵的石狮子,例如那个站着的,四条腿几乎是直线的,在造型上装饰趣味很强。看样子它的创造者不想把它当成猛兽的仿制品来对待,不想强调它的野性,而是为了石雕和特殊的用途与特殊的环境结合,构成建筑的整体的庄严和稳重的气派,才这样构思和结构的。偏偏不像习见的西洋雕刻的狮子那样强调狮子的凶猛的特性,这样的创作是很有魄力的①。正因为抓住了对象的美,古老的东西今天看起来才很新鲜。成都天回镇出土、现在陈列在成都博物馆里的《说书俑》(这名称见陈列馆标签,照片在《考古学报》上发表时称为《击鼓俑》),从人体解剖的观点来看,四肢的比例太不正确了。可是,正如现存故宫博物院的南唐的舞俑,以动态的描写生动魅人。表演艺术的描写,特别是人物那种力图征服观赏者的眉飞色舞的神气,在造型上被着重描写了,描写得很有吸引力。四川渠县汉代石阙上的《朱雀》,也不是自然状态的机械写照。朱雀不是任何禽鸟的写生而是虚构的,却也像骄傲的猛勇的雄鸡那样好看。麦积山的那一对可爱的少年的供养人,特别是那个少女,与其

---

① 各地有各种各样的石狮,各自不同地强调了独特的神态。那些神态,不只是模仿了其他动物特征的,而且是人的神态的自觉不自觉的模仿。

说作者是为了当成虔诚的供养人来描写的,不如说是当成纯洁的文静的和乐天的小姑娘来描写的。甚至可以这样理解:作者不是在记述他从生活中得来的某些印象,而是从生活中得来的美的感受的形象化。作者把他在现实生活中发现的和觉得美的某些特征,集中表现在这样的形象之中。即令是为宗教服务的美术品,包括后来被塑成女性形态的观音在内,有些之所以至今还是动人的,不能不承认它的制作者在某些方面发挥了创作的主观能动性,突破了宗教的教义,反映了来自生活的美,在一定程度上寄托了一定历史时期的人民的感情,美的观念。

  重复现成的东西并不困难,微小的创造却很不容易。艺术好比说话,只要有正确而独到的见解,三言两语较之不痛不痒的长篇大论要可贵得多。艺术的创造,不见得都是一望而知的。出众的创造,表面上不一定显得很出奇。往往是像有智慧而不爱表现的人那样,好像不加修饰却很好看的花草那样,有一种初看虽不惊人、愈看愈觉得优美的特色。苏州庭园建筑或成都公园的盆景,解决了加工与天然的矛盾;正如北京万寿山的庭园设计[①]适当利用了现成的条件,发挥了创作的主观能动性,好像很不在意就把平凡的东西变成不平凡的东西。艺术家选一块在别人看来不足为奇,对他说来是宝贝的其实不过是一块不规则的石块(例如钟乳石),在造型上稍加剪裁,不须经过多大的改造,成为一件引人入胜的好东西。经过加工而不损其自然特色的石块,不再是平凡的石块。它好像是某一个不知名的山头的一角,是某一个美的山头的再现。它能够引起名山胜景的回忆,引起观赏大自然的愿望,我有时甚至以为,它就是美的大自然,陶醉于自然美之中。有些盆

---

  ① 进了万寿山的谐趣园,再往后走,顺着溪水朝西看,游人可能产生错觉,以为自己是置身于不受万寿山公园限制的自然环境之中,觉得园内的溪水,参天的松树,和园外远远的西山好像很自然地结合在一起,好像自己置身在比花园浑然而广阔的天地之中。在庭园的设计上,可以说这是不容易感觉到有技巧的技巧。

景,不过是利用了一些非常小的竹子,把它种在湿润的扁平的石块上面,多看一会儿有可能使人幻想自己是面对着一片清幽的竹林。……这些好像很不费力,却是很有创造性的小东西,和《长江万里图》等规模较大的艺术品比较,当然很难说它伟大。可是,彼此各有特长,不能互相代替。可喜的是它不是误解艺术的完整性,因而用琐细的乏味的"充分"的"全面"的摹写来烦人,而是从某些能给人以美的享受的方面去和自然接近,把恰好能够唤起必要的联想或想象的某些特征,突出地加以表现,诱人从它"看见"比它的境界要广阔得多的大自然,在一定程度上成为祖国河山的美的概括。

创造性和装腔作势不可混淆,朴素的作品往往也是富于创造性的。袁晓岑的《母女学文化》,虽然在造型手法上还有缺点,但它具备了雕刻必须具备的可供长期欣赏的特色,是比较成功的作品。它在一定程度上继承了中华民族的民间的雕刻艺术优良传统,具有朴素美和装饰性。人物的动作和表情,一如说话的语调,毫无虚张声势的毛病。这一格调朴素和神态端庄的雕刻,取材于性格浑厚的彝族人民的实际生活。这不过是描写学文化的情景,却不是冷淡地说明学文化的一般情况。这两个在解放前受人轻视的彝族妇女,正在聚精会神地念书,看起来很亲切,没有笑,分明使人觉得与专注同时,她们的心理特征是幸福,是陶醉。连母亲按在自己膝上的那只手在内,都表现了人物特有的精神状态。哪怕只看作品的背面,这种恬静和平衡的精神表现得也不含糊。就思想性而论,并不肤浅。它不只是有关文化革命的生活实际的写生,而且是人民乐于参加文化革命的思想感情的概括。"语言的纯朴不是诗的唯一可靠的标志,可是雕琢的词句却永远是'非诗'的真实的征象。"(别林斯基)这一以朴实见长的小型雕塑,较之那些所谓主题突出,精神状态明确的作品,要有味得多。这一热情洋溢的作品,较之不顾雕刻和招贴画的界限,片面向雕刻要求鼓动性,把多面性的人物简单化,让正面人物成为精神空虚、装模作样的符号式的作品①,真是耐看得多。这作品,虽然也是取材于革命的现实,和潘鹤的《艰苦岁月》,萧传玖、傅天仇的雕塑《广岛的受难者》等有创造性的雕刻放在一起,显得风格独特。

三　为创造准备条件

雕刻家对于题材的正确认识,是作品能有较高的思想性的保证,也是形象的创造性的保证。正如作战,勇敢和心中有数是统一的。拘泥于现象的实况,不只因为缺乏创作的知识,也因为对生活的认识不深。有些作品描写炼钢、选矿、劳动后的休息、开会和冲杀……似乎目的就在于描写这些,以为这就是它的主题,好像题材和主题这两个概念根本没有区别。生产,战斗,是我们必须看重的对象,但是这一切,不过是与主题有关的取材范围,还不是我们所需要表现的主题。它是形成新的主题和表达主题的根据,但究竟是素材,描写它不是创作的最高目的。

如果没有真实的形象,谈不到主题的力量。而真实的形象的形成,自然离不开所选择的题材。但只有当题材为主题思想的光芒所照亮了的时候,它的意义和价值才能显示出来。主题是艺术家认识生活的结果,主题是对象的本质特征和雕刻家对待这一事物的态度的统一;是雕刻家按照他对人生的看法,从生活的体会中得来的一种判断。如果这种判断不是人云亦云的,它就只能依靠特殊的而不是可以随便调换的形象来表现。题材很重要,但题材不等于主题,有了新的素材不见得就算是有了崭新的主题。表现

---

①　由于缺乏革命的生活经验,创作历史题材时就显得更吃力。片面强调英雄的勇敢,而不顾他的其他性格特征,例如机智、纯洁、沉着、活泼、自信……以为摆出向前冲的架子,就是性格的鲜明,其实是生活经验贫乏的表现。

什么受怎样表现支配。为内容服务的具体措施,不过是手段而不是目的。条件不同,同一内容可以有多样的表现形式。为了表现中朝人民的友谊,可以通过中朝人民并肩作战来表现,也可以通过老大娘半夜三更为志愿军盖被子、姑娘为战士补衣服或给伤兵喂水、老大爷为了使重伤员消灾而跳舞……来表现,表现什么和怎样表现,多么自由。

雕刻,特别是纪念碑雕刻,也是一种思想教育的教材。但它在思想方面的教育作用,是同作品所唤起的作者和观众之间的精神交流分不开的。除了以装饰为目的之外的雕刻,例如英雄纪念碑,必须尽可能深刻地表现人物的精神品质,从而反转来提高人们的精神品质。但雕刻既是一种艺术,它对生活的反映必须典型化。正因为观众想从纪念碑雕刻得到有关道德品质的教育,所以不满足于生产或战斗现象的平板的叙述和肤浅的报道。如果只能给观众提供一些有关战斗和生产的技术性的知识,不能诱导观众产生高尚的精神活动,得不到崇高的感情的感染,这种作品很难说是纪念碑的,也就不免缺乏高度的思想性。

雕刻的主题,例如歌颂劳动者崇高的精神品质,其表现形式不应该是一律的,而应该是多样的。劳动者的精神面貌既然是多方面的,因而即令是描写休息,有时也可以表现较深刻的思想内容。苏联雕刻《劳动的胜利》(索柯洛夫),不也只是一个工人正在擦手上的油泥吗?可是,不等于是生活琐事的记录,不是为了描写休息而描写休息。人物正在擦手上的油污的动作,不是作品的思想的"终点",而是诱导观众了解人物精神状态的引线;诱导人们了解并不是把休息当成最高目的的工人的精神。人们说这雕刻所描写的是劳动者在欣赏自己的创作成果,像画完了画的画家那样感到高兴;也许就是这样。但也可以说,这是表现富于责任感的新人物,还不满足于现有的成就,还要取得另一胜利,而观赏已有的成果吧?不论如何,这个正在休息的工人那种特殊的神气,可能使人体会出其行动的未来,体会作者对于生活的态度。题材并不惊人的这一作品,主要是从劳动者的态度来赞美劳动者的高贵品质,像那首描写劳动成果的新民歌①一样巧妙。是什么力量取得了这样的效果呢?重要的是作者对于这种生活现象的意义有着独特的不一般化的了解。

  作品的思想性,不是简单依靠劳动和休息的描写而产生的,关键在于雕刻家对于素材有没有深刻而广泛的认识,从而形成并非别人运用过的形式和别人表现过的创造意图,而是与众不同的形式和创造意图。明确的、独创性的创造意图是认真研究素材的结果,它决定于雕塑家的认识水平的高低,而不是决定于技术水平的高低。当然,它代替不了技术,但它是如何运用技术的前提,它赋予技术以生命。有些雕刻家还缺乏丰富的生活知识和丰富的艺术知识,他在动手之前还缺乏创造性的构思,熟练的技术没有能够充分发挥作用。形象虽然是具体的,可感的,可惜往往因为强调了只有基本练习才不宜忽视,在创作上却不那么重要的生理特征,结果不能激动人心。似乎,有些作品还谈不到什么构思,不过是重复人家早已有过的创造意图。飞跃的马,是可以当成跃进思想的象征;看了飞跃的马,可能联想起跃进的实践。但是,另一时代或另一国家的现成的人或马的姿态的重复,对于特殊的跃进的精神的表现,未免显得近于空泛了。人民生活才是艺术创作"取之不尽、用之不竭的唯一的源泉",雕刻家不深入到生活中去发现生活的新的方面和新的意义,探寻艺术创造的新天地,而把别人的构思代替自己的构思,这种做法很难承认它是有出息的。我们的雕刻还很年轻,暂时还存在把模仿当成创作的现象并不可怕。可是只有努力为创造准备必需的充分的条件,才能早日克服某些简单地模仿或套用现成结果的状况。

---

① "南来燕子一双双,翻田扎水早栽秧。翠绿秧苗盖大地,燕子衔泥没地方。"(四川合川)

四　象征性的雕刻

摆在我们面前的困难任务之一,是要用感性的形式,可以用眼睛去认识的形象,表现某种需要用许多话才解释得明白的思想。例如奋发图强建设社会主义的思想,要用一看就懂而且耐看的造型来加以表现,不容易。特别是惯于写生,养成了一套观察事物的习惯,不善于根据生活大胆进行虚构和假定的雕刻家,会更加感到吃力的。在现实的迅速发展中,人民很需要象征性的雕刻;怎样把这种雕刻做得富于表现力和耐看,避免止于为抽象地说明一定的观念(其实也不易说明)作图解,很需要下功夫研究。

象征手法带比喻性,比喻在造型艺术而不是语言艺术中,运用起来很不自由。但它需要,不能回避。我们的前辈早就在造型艺术里用了象征手法,其经验是值得借鉴的。丰收和富裕,健康长寿或吉祥如意,许多符合人民的生活愿望的观念,在民间美术中早就有了地位。胖娃娃怀里抱着大鱼的年画,也就是富于装饰性的、能够引起美感的、可能唤起相应的想象的带象征性的形象。正如《一团和气》等小型泥塑一样,不用逼真的形体,不追求如实的情节,又不是冷冰冰的说明性的符号。在象征性雕刻上,片面强调逼真就会把作品弄糟,就会加深象征与形象化的矛盾。至于米开朗琪罗的雕刻例如《奴隶》,近代的雕刻例如巴黎凯旋门上的浮雕《马赛曲》(吕特作)中的自由神,都有程度不同的象征性,在某些方面也是值得我们学习的对象。苏联的雕刻,特别是穆希娜的作品,已经为我们提供了怎样用形象来表现以至象征共产主义理想的可贵经验。

《工人和集体农庄女庄员》,用了似乎在现实生活中不能直接找到的造型,代替了许多苏联现实生活的复杂的描写,"说"出了许多生活现象的具体描写所不能"说"得透彻的话语。它象征两个革命阶级,为了他们的共同的奋斗目标——共产主义的理想,勇往直前。穆希娜作品中的人物并不是某两个青年劳动者的肖像,更不是他们的生活现象的写生。在现实生活里,这样的人和这样的姿态是不存在的。除了舞蹈,在劳动中这样举起镰刀和锤子飞奔,没有必要吧?可是这一形象之所以不流于抽象和空泛,没有变成乏味的不耐看的空架子,不是缺乏热情的不可信的符号,这是因为它那虚构的造型里富于真实感地概括了新时代的革命者的特征。象征性的雕刻更要有虚构性,却也必须是生活的真实的再现。雕塑中那种飞奔前进的姿态,虽然不是在生活里见得着的,但它是有生活作根据的,而且人物的那种充满信心、不知困难为何物的战斗精神,是当时苏联革命人民在各种斗争中的精神面貌的集中的再现,也就是象征性雕刻所要着重模仿和提炼的东西。正因为这样,这一作品才在具有民族气派的形象里,体现了革命人民的精神,充满了不可战胜的力量。

象征性的雕刻之所以是富于概括性的而又不是抽象的,在于构成它的形象所运用的具体因素,能够启发人们的相应的联想。借用来作象征的事物,它本身有复杂的属性和特征,但它的某些属性和特征的着重描写,例如工人和女庄员的飞奔,可能唤起观众和勇往直前的联想,从而体会作品特定的主题。正因为寓意和象征不必是生活现象的如实的描写,所以这种雕刻的创造也有很大的自由。能不能获得这种自由,要看雕刻家是不是真正懂得某一现象的实际意义,也就是要看雕刻家是不是真正懂得某一观念的多种多样的形象的形式。只有深刻了解了对象,深刻地感到它的内在意义,才能唤起大胆创造的热情和取得创造的自由。热爱列宁的斯大林就敢于把列宁说成是"山鹰",中国古代诗人就敢用玉石比人的肌肤,把松树说成君子,把凌霄花说成是小人。这,是以源于生活的感受和欣赏的继承性作根据的。象征性的雕刻的具体性有限,但这恰好是它特有的优越性所在,如果对它提出如实再现生活的要求,那就等于取消了这种艺术。可是如何避免手一指就算是代表前进等已经成了定型化(老调式)的造型,也还有必要研究这种样式的造型特征。在艺术里,唤起联想的目的,不只是为了帮助观众更广泛地联系生活实际,而且是为了诱导他们联想与艺术的教育作用密切相关的某些方面。联想活动是欣赏者接受宣传的过程,也就是进一步认识生活的过程。革命的艺术所要唤起的联想活动不是漫无边际的胡思乱想,依靠什么来规定联想的动向呢?不是别的,还是艺术形象的特殊性。强化了构成特殊形象的各别因素,除去某些与主题无关、可能分散精力的因素,使事物的某些特征显得突出,艺术欣赏者的想象就能接近雕刻家所预期的效果。想象依靠形象的启发。形象没有直接描写的东西,决不是无中生有。象征性的雕刻所包含的内容,不过像成年人看见儿时的玩具或小得出奇的鞋子而回忆到儿时的生活一样,是从这一瞬间可见的有,唤起曾经出现在另一瞬间或可能出现在另一瞬间中的有。

　　民歌和其他艺术,虽然和雕刻不同,但为了象征,怎样运用具体形象的原则基本上是一致的。象征性的雕刻,正如象征性的其他艺术,它的题材,无例外地必须是能够确切表达主题的。用太阳来象征人民领袖,据我所知是从北方的农民诗人孙万福开始的。为了歌颂自己热爱的领袖,诗人从太阳中抽出了人民不可缺少的重要特征(并不是企图以太阳来代替一切)。因为读者相信太阳在人民生活中的地位、作用和关系非常重要,自然就同意这种象征。读者根据各人在生活中对于太阳的感受(这种感受是有个性、阶级性和民族性的),太阳给予人的生活不可缺少的光明、温暖和促使庄稼成长等特征,和革命领袖的特征联系起来,人民群众敬爱的领袖与人民的关系,在艺术中的表现显得更易了解,也更能感动群众。象征性的艺术都需要有特殊的语言;象征性的雕刻既不应该重复现成的现象,又必须使它尽可能符合广大群众的认识。为了形象的真实性和普遍性,雕塑家不只需要懂得他所要反映的生活实际,而且还要懂得人民的欣赏习惯。雕刻的形态所需要的语言和民歌等形式所运用的语言大不相同,可是为了懂得人们的欣赏要求,有必要学习民歌等人民语言中那些寓意和象征的技巧。有人以为画国际漫画不必到群众中去,因为他的描写对象不在农村或工厂之中。这种想法之所以不对,就正如以为象征性的雕刻可以不从群众的习惯、要求和兴趣出发一样,其作品难免会脱离群众。套用外国艺术家现成的办法,例如靠安琪儿箭穿心表示恋爱的胜利,和习惯于把恋爱与月老联系在一起的我国人民的兴趣、习惯格格不入。不要说感动,要懂得也不容易。对《工人和集体农庄女庄员》虽然早已懂得了,但是把它拿来代替生活中的反映对象,那就只能证明自己在创造上的无能为力。

五 广场上的雕塑

如果说许多雕刻家还缺少经验,还不大善于制作安置在广场中的大型雕刻,还不善于适当处理它与环境的关系,那么,像盖叫天这样成熟的表演大师,哪怕不过是在舞台上站着的姿态,也很值得我们细细领略。正如四川琴书名演员德娃子把优美的唱腔和人物感情变化结合得很自然一样[1],盖叫天的舞姿是把装饰性和真实性结合在一起的。和雕塑必须适当强调形式感一样,塑型的真实性和装饰性,可以结合得很自然。盖叫天扮演的武松一出场,就使人觉得舞台是充实的。如果可以把舞台比作一间黑屋,他一出现屋子便亮了。如果可以把舞台比作一池春水,他一出现就漾起了波纹。他那静立的优美的塑型具备着一种力量,这种力量在向四面八方伸张、放射。他那富于装饰性又很有表现力的姿态,照顾

---

[1] 德娃子(李德才)在《三祭江》里唱孙夫人时,悲哀的情绪很动人,但同时不失其唱腔的优美,不模仿哭泣时的声调。

了四面八方,每一个角度都好看,而且也都有相当的内容。这不像某些不成熟的雕刻,只能从某一个方面去接近它,才有可看的姿态,其他方面,因为只注意生活现象,可能出现很不美的姿态。作为广场上的雕刻来看,适应各个方面的观众的观赏需要,是塑型的必要条件。哪怕处于相对静止状态的塑型,只要那姿态的各个面是有表现力的,决不会被广场空间把它"挤"得缩小,变成干瘪瘪的。能够征服观众的富于表现力的舞蹈,不论是武生的花脸的或青衣的,可以说一转身,一抬足,一举手,都是活的雕刻。舞蹈主要不是依靠琐细的颜面表情,主要依靠服从了特定内容的各种塑型来征服观众。舞蹈虽然不就是静止的雕刻,而是在流动不息的运动过程中逐步完成的形象,不像固定在一个地方长时间供人欣赏的雕刻,可是它也可能适应不同距离、不同角度、不同光线的欣赏者的要求。为了纪念碑雕刻艺术的提高,和雕刻的特殊规律不抵触的有关舞蹈知识,值得关心,必须重视。

规模较大的竖立在广场上的雕刻,它的风格也因时代的、民族的和创作个性的不同而变化。可是为了适应长时间、从不同的距离、不同的角度、以至不同光线之下的观众的欣赏要求,不同时代、不同民族、不同性格的艺术家,表现不同题材内容时,其作品都有一种共同的规律。广场雕刻和在室内的或花园中的小型雕刻相比,不只是在技术上有很大区别,在处理题材的构思上也有很大区别。比如说,为了适应各种角度和距离的欣赏要求,雕刻在造型上必须强调基本形的单纯明快,使人一看就可以看明白它是什么动作和姿态。雕刻的基本形单纯明快,才能适应各种距离的观赏。远距离的观众,哪怕根本还看不清形象的动作姿态(更不用说颜面表情),也要求能够从形式上获得和它的内容相一致的初步印象,至少不会引起误会。猛地把雕刻观赏者吸引过来的要求,和让他们翻来覆去地看个仔细的要求可以不矛盾。我以为雕刻的外廓宁愿像动态明确的剪纸,不愿像某些细致得丧失了整体感的牙雕。

远看浑然一体，近看变化多端，才是较好的广场雕刻。不重视形体的整体感，正如壁画制作不重视它和建筑的关系一样，结果注定要丧失形体的个性，也难免脱离要求欣赏美的观众。

基本形的设计在构思上有非常重要的意义。它当然应当切合特定主题，也应当切合雕刻特性，应当是具体对象的单纯化。正如优秀的演员在戏曲舞台上的许多姿态和动作要强调整体的和谐和统一那样，要雕刻能适应远近观众的观赏需要，必须相应地强调形式感。形式感规律的运用，当然要服从内容；不论是长方形的、圆柱形的、圆锥形的、斜三角形的、漩涡形的、电光形的、放射状的……都必须结合人物性格以至情节的基本特征。但形式有相对的独立性；不论是庄严、是耸拔、是飞舞、是活泼、是跃进……总要使人老远一看就可能获得初步的但也明确的判断。它的基本内容是什么，立即在观众的情绪上产生相应的影响。正因为这样，雕刻家必须在研究素材的同时，考虑雕刻的环境，了解观众立脚点的距离，预见观众欣赏时可能引起的反应。基于正确的考虑和估计，在构图的时候，不只要服从生活的真实，同时也要服从广场上的大型雕刻的特殊要求，选择和设想能够鲜明地表现基本内容而又耐看的外形。在广场上的雕刻，自然形态的如实的模仿必然要失败，所以雕刻家在"模仿"现实现象时，有必要在不脱离实际的基本特征的前提之下，大胆改变原来的样子（这也叫做加工）。宁肯因为强调建筑性和安定感而显得形体笨拙，不要因为强调自然（例如运动的特色）而显得形体零乱、纤巧、软弱、轻飘，引起对内容的误解。

特定的内容怎样在特殊体裁上被反映，我国古代也有经验。南朝时代的，现在南京栖霞山上的《辟邪》，中国佛教雕刻例如四川嘉定石佛，龙门奉先寺的石佛，它们的内容和为无产阶级政治服务的雕刻（例如《工人和集体农庄女庄员》)完全不同，格调也很不一样，可是都体现了雕刻艺术的特殊规律。就服从生活而又不拘泥于生活，按广场雕刻的要求，体现特定的审美理想，而不是作人体写生练习这一意义而论,这些作品和云岗等地的佛像,同样有许多值得吸取的长处。

在广场上的雕刻,如果只能适应欣赏者在远处看的要求,而不能使近前的观众流连忘返,时间一久就会受到观众的冷淡。所以这种大型雕刻,又要形象单纯,又要内容丰富。在成功的雕塑里,正如生活的真实和形式美可以和谐一致一样,两者是不冲突的。可是它那丰富的内容,不见得可以直接用眼来看或用手来摸。较之其他艺术样式(例如浮雕),纪念碑圆雕的内容,只能是由生活的某些方面的具体描写而概括出来的,我们不能要求它"全面"地进行叙述。

雕刻,和其他艺术样式一样,是生活的再现,是精神交流的手段,是教育的工具;可是,不论如何,它是雕刻,而不是绘画、连环画、宣传画(招贴画),更不是戏剧和小说。它有特殊的词汇和语言结构,特殊的表现方法。对再现生活来说,它的特长不是记述,至少不是详尽的资料性的叙述,而是把丰富的内容缩为一个形象鲜明的塑像。行动的具体性和概括性可以不矛盾,艺术的概括不能离开具体的描写。富于概括性的雕像,能够借有限的动作、姿态、脸形、服饰和整个风度的描写,使欣赏者感觉和联想出更多方面的内容。如果可以用食物来比喻,纪念碑雕刻,尽可能是酒,不能只是造酒的麦子和高粱。艺术的概括性总是有限的,但,纪念碑雕刻,至少要较之浮雕还要单纯。它由单纯的形象来体现丰富的内容,它不必逼真地再现人物的某一行动,它不必确切描写事件发生在什么时间、地点、光线和气候等具体环境之中。如果可以用文体来比喻,它最好不是散文,而是诗,是警句。别的艺术可能用千言万语来讲一个人一件事,而它,往往是用一个比较静止的,不太复杂的形体,来包罗千言万语,代替对许多人和许多事的描写。纪念性雕刻不能是抽象的类型;但为了适应竖在广场上这一特殊需要,最重要的是掌握人物性格而不是叙述情节。而情节和性格不会是对立的,雕刻可以不直接描写人与人的关系,却必须暗示某一瞬间的动作姿态的来历以及作用。为了给解放军作纪念碑,与其强调他正在如何同敌人肉搏的具体情节,不如强调他那包括与敌人肉搏在内的战斗的性格。所以在罗丹看来,成功的肖像雕刻可以和叙事性的"传记"媲美。乌桐的《伏尔泰像》,其实并没有描写哲学家正在演说或干别的,不过坐着在想什么而已。而那闪烁着智慧的眼神和善于论辩的嘴……可能使人想象到他的战斗生活。罗丹是懂得雕刻的特点的,他的那个低头低眉的正在思索的少女头像,虽然不就是纪念碑,却有纪念碑雕刻的魅力。纪念碑雕刻的内容必须明确,但不需要一切都"说"得一览无余,而是要使人觉得愈看愈有收获。只一时能够吸引人注意,和长期观赏需要不适应,不是成功的雕刻。为了让观众不只有所接受,而且有所发现,它不宜止于吸引和说明,还很需要诱导和启发。与其说它是生活的叙述,不如说是启发人们认识生活,以至决定生活态度的引线。

六　要耐看才好

不论是纪念碑还是其他体裁,艺术性较高的雕刻,初看一目了然,久看流连不舍。耐看的中国传统雕刻,是善于解决具体描写与概括性的矛盾的。观音,当作广场雕刻来看,不是像宗教传说那样叙述她(其实是男人)怎样搭救受苦受难的人们,观众也可能从雕刻的那种慈祥、庄重以至温柔的神态,结合着观众自己现实生活中得到的特殊经验,产生与雕刻内容有关的联想,从而"丰富"了本来固定了的形象。正因为这样,它可以不必像绘画那样详尽地描写人物行动的某些方面(许多成功的绘画也不要求止于记录和叙述),而是运用了哪怕似乎不那么具体的动作和姿态,形成更大限度的概括性。如果说虚构的观音的救苦救难的行动,在雕刻上是虚写的,性格特征是实写的,那么,可以说雕刻的特长是以实代虚,实中见虚。韦驮,佛教的护法神之一,当他和观音一起被塑在庙里的时候,往往是合着双手,文静地站着,没有盛气凌人,好像正在吓唬妖魔的样子。可是,人们不会误会他的性格不勇敢,不威严,手中的武器不过是一种没有武器用途的装饰品。自得其乐地笑着的弥勒佛,究竟他是在笑什么呢?他为什么在笑呢?他心里想着什么有趣的、可喜的事情?他在为谁得到了幸福而感到高兴呢?谁知道,没听说过。不信仰宗教的人们,不知道造型在教义上的根据,可是也有可能引起观赏的乐趣,愈看愈受他那高兴的情绪所感染,从而使人在思想上受到宗教的麻醉。这些为宗教服务的雕刻,正如那些为贵族服务的陵墓雕刻一样,虽然不能不服从主人的特定的制作要求,可是因为它出自工匠的手,不论自觉不自觉,在一定程度上寄托了他们的兴趣和爱好,再现了客观事物的某些美的特征,同时也发挥了雕刻的长处。前面已经提到过的麦积山的供养人,大家熟悉了的云岗、龙门的佛像,晋祠的侍女,山东临清寺的罗汉,古希腊的《尼楷》、《维纳斯》、《三女神》,这些经过了悠久的岁月,在艺术上还不会消失那动人力量的雕刻,都不是以叙述见长。被描写的人物,不论是站立的,坐着的,以至躺着的,当人们和这些雕刻接近的时候,愈看愈觉得它耐看,觉得它有一种精神的力量,在一定程度上适应了自己的审美需要。

广场里的雕刻,其造型愈有概括性,就愈有适应性。当然,任何雕刻的适应性都是有限的,相对的。比如说,弥勒佛这样有趣的雕刻,在正思凡的尼姑的眼里,就不一定能够引起她的愉快,甚至效果完全相反。不安于孤独的少女,敏感到了这样的程度:"布袋罗汉笑呵呵,他笑我,光阴,光阴空错过;到老来,到老来,没有个终身结果。"但是,并不因为有思凡的尼姑的敏感,就否认了这样的雕刻的长处,甚至就说它的主题不明确,就说它丧失了在某些方面逗人喜欢的特性。看不出他笑什么和为什么而笑的陶塑《一团和气》,不也很有市场吗?由此可见,作为烈士纪念碑的雕塑,为了歌颂烈士的坚贞，只要形象能够使人感到烈士坚持革命到底的高贵品质，不一定要具体刻画他此刻是在什么地方，同谁在一起，说什么，做什么（正在说什么、做什么，虽然也可能是有概括性的）。以肖像见长而不是以故事见长的纪念像，要尽可能使人联想到"一切"，不求它能够包罗一切，也不必包罗一切。不用说，尽管不直接描写故事情节的雕刻，在创作构思的时候，也必须给人物规定情景，他此刻是处于什么时间、地点诸特点。离开了这一切，人物精神状态的真实性很难保证。不能因为不具现情节的各种因素就不规定情景，不能因为反对人为的情节而反对情节。不论如何必须明白，雕刻所要求的完整性，决不是自然主义的"完整"。自然主义的"完整"，在雕刻上往往是最不完整的，因为它缺乏应有的概括性。有较高艺术水平的雕刻，没有也不必充分记录一切，却要让观赏者想起有关的许多。特别是长期供人欣赏的纪念性雕刻，必须凝聚、浑然、含蓄，既不要过于雕琢，也不要一览无余。

不是只有雕刻才需要含蓄；诗，其他艺术，如果要求它能够耐看，都需要含蓄。所谓含蓄，一方面要有不是一览无余的内容，一方面要有很耐看的表现形式。如果说杜甫的诗《江南逢李龟年》①，因为时代不同，读起来比较吃力，可能怀疑它的主题的明确性，那么，歌颂生产大跃进的成绩，歌颂人民在大跃进中的战斗热情的许多新民歌，例如四川民歌《两匹大山装得下》②，其主题的明确性是无可怀疑的，同时却又是含蓄的，因而是耐读的。祁剧《出塞》里饰昭君的女演员祁美君，给我印象最深的细节，是她那凝聚在眼圈周围而不流出来的一眶眼泪，是为了要表现昭君的仇恨、痛苦和自持，才采取这种方式吗？是演员懂得观众情绪变化的规律而有意控制眼泪，以便控制观众的情绪，使观众对昭君的同情更有

---

① "岐王宅里寻常见，崔九堂前几度闻。正是江南好风景，落花时节又逢君。"
② "一挑箢箕不多大，修塘开堰挑泥巴。莫嫌我的箢箕小，两匹大山装得下。"

持续性吗?很难说,我没有打听过。可是,这一点是肯定的:因为演员没有采取一种强迫感动的(有时使人感到可笑的)办法,痛哭流涕,呼天喊地,我们不但也能体会她的处境、心理和情绪的特点,而且也关心这一切,至少不至于使注意力和特殊情绪迅速下降。大哭一场与哭不出来(比如说"把眼泪往肚里咽"),对自己说来,前者可能比后者好受一些;它是一种情绪的发泄,可是作为一种艺术的反映,对观众说来,面对这种尽情的发泄,未必还有感人的持续力。河北一位喜欢戏剧的朋友对我说,农民有一句称赞含蓄的表演方式的话,叫做"吊起来不打"。这话的含义,大约相当于不急于交代,要求感人力量有持续性。与观众欣赏经验相联系的创作经验,这些在艺术创作上的自觉性和能动性,对于某些片面强调造型的明白易懂,不顾形象是不是耐看的雕刻家,应该说是一种值得借鉴的东西。自然,演员怎样掌握分寸的创作经验也值得借鉴。为了提高作品的艺术质量,加强作品与群众的联系,非招贴画的雕刻的特征,必须讲究,要雕刻模仿招贴画的鼓动性总不是一条路。

绘画里,也有不少不以事件的叙述见长,而以性格的描写见长,因而形成耐看效果的作品。我国古代作品例如阎立本的《历代帝王像》,梁楷的《李白行吟》,传钱舜举的《桓野王像》,陈洪绶的《屈原像》,甚至很强调背景的肖像画和各种行乐画,达·芬奇的《蒙娜丽莎》,克拉姆斯柯依的《列夫·托尔斯泰》、《无名女郎》以至《月夜》,主要不是以描写人物正在做什么见长,但它也有相当丰富的内容,经得起反复欣赏。《李白行吟》,有一定的情节——行吟;但是人物究竟是在吟什么,也很难用三加二等于五这样明确的话来说明。因为这一作品着重描写了诗人李白的性格,它也有耐看的效果。用图解的标准来看肖像雕刻及其他耐看的艺术,可能取消艺术。把容易看懂与耐看对立起来,创造不出适应人民长期欣赏要求的作品,也很难从这些旧时代的作品中得到创造的借鉴。

在莫斯科,我不止一次看见,普希金雕刻四周的长椅上,经常坐满了游人。这些游人，不见得随时都在欣赏雕刻。可是，他们是那样熟悉它，却又那样不愿离开它，一再去接近它。也许，有些人从小看起，已经看了一辈子，为什么老是不觉得厌烦呢？为什么不像想换新衣一样，用新的来代替它呢？这儿，不只表现了人民的欣赏要求的持续性，也表现了雕刻艺术耐看的作用。纪念碑圆雕有鼓动性，可是人们不是用读新闻报道的态度看纪念像。成功的纪念像也有鼓动性，但它的艺术特性，和鼓动性的新闻报道的特性不致混淆。以长期供人观赏见长的雕刻，初看并不惊人也不要紧，怕的是人们多看一两次就掉头不顾。

形象是不是耐看，主要在于它的内容。作品的内容与人民的关系，所描写的人物的精神的美，不比形式美的诸因素次要。但是，任何内容的美，必须借相应的形式来体现。因而雕刻的形体、姿态、以至物质材料都应当是美的。耐看的雕刻的好处，不在于个别条件，而在于整体。因而古代雕刻的美的形体，即令是表皮剥落肢体残损，也可能是耐看的。为了耐看，只有用雕刻家的眼睛看生活，即结合着雕刻的特点认真研究素材，真正懂得自己所要创造的英雄的美之所在，从而为了新颖的主题，探索和它相适应的不可轻易调换的形式，形成这一件（而不是其他）雕刻形象的那种与众不同的特色。

1958 年 12 月 31 日写成

（载《美术》1959 年第 1 期）

有继承才有发扬

初来河北,我只知道京剧、评剧。去年出人意外地看了很好的丝弦戏。真幸运,这次来天津,又看了武安的平调落子,我再一次感到祖国文化遗产极其丰富。这样一个好剧种,虽然它的影响还不大,却和全省全国其他剧种一样,有很多宝贵的东西值得学习。

我国的剧种也是百花齐放的,各剧种都有各自的风格、特点和长处。"人与人不同,花有几样红。"河北的剧种代替不了川剧,代替不了湖南剧;全国的其他一切剧种也代替不了河北的平调落子。剧种少了,对当地不利,对全国也不利。人们的美的享受和欣赏的要求是多方面的,如果看来看去老是那一套,不会满足。依靠当地党的重视、扶持,依靠老艺人和新文艺工作者的合作,使这么好的东西被保存并发展了下来,我们这些爱看戏的很高兴。这样富于地方色彩的戏剧得以继续发展,不只是武安一地的人民的幸福。

有些人对于"土气"一词,似乎没有好感。好比洋东西有好有坏,土气有好的一面也有坏的一面。以为土气都不好,太笼统。以为凡是土的就不行,他就不会尊重祖国的艺术遗产,不会认真向前辈学习。我们不排斥洋的或其他有利于丰富我们的艺术的知识,但不可看不起一切土气。武安落子的好处之一,就是土气重。所谓土气,我看就是地方色彩。就我国的艺术与其他国家的艺术之间的关系而论,有所谓国际性的问题。就全国各地的艺术之间的关系而论，有地方性的问题。只要不是以为"文章总是自己的好"，不排斥别地的艺术，戏曲或其他艺术的地方性愈多愈好。愈有民族性愈有国际性，愈有地方性愈有全国性。于人民有益而受人民喜爱的土气，我拥护。这种土气重并不坏，符合"百花齐放"的要求。《掐花》等剧的表演、音乐都是地道的河北的，这就有了个性，也就有了可贵的独立性。

在天津和戏曲接触的另一个印象，是新老艺人合作得好。新老艺人的合作很重要。如果新文艺工作者离开了老艺人，不去向老艺人学习，不依靠老艺人保留下来的这些东西，那么你有多少马列主义也是白搭。因为没有材料，有多大的本领也用不上来。但是光有这些材料没有马列主义，没有新的文艺观点，没有思想武装，同样也是不行的。因为失去了方向，可能把戏曲搞得非常糟糕。比如说《借髢髢》这出戏，据说原来夹杂了一些庸俗、低级的东西，现在的演出本已经把那些无理取闹的东西删掉了。把那些低级趣味的、有害的东西搬上舞台，也许有少数人还欣赏它，但对人民的思想没有好处，所以有许多戏非改不可。值得高兴，我们现在的演员，由于能够辨别是非，把坏东西抛掉，把好东西保留并发扬起来，不因为有许多改革而损伤了戏的优点。

我一连看两出《掐花》，一出是新学平调落子的李魁元同志担任主角（丫环春红），一是老前辈李增科担任主角。两种演出，各有各的好处。前一种的主要特色是优美、活泼，后一种不是不优美、不活泼的，但似乎更多强调了掐花这一劳动行为的实感（例如用膝盖去顶住花盆，减少手的负担）。《掐花》是强调娱乐性的剧目。这一以娱乐性为主的剧目，两种演出形式都是劳动的舞蹈化，劳动的美化，都不是让看戏的人感到受累的（事实上我们往往遇得见令观众觉得受累的剧本和表演以及布景）。这两种表演都表现了主人公的喜悦，我们看戏的人也就不得不为这种喜悦的情绪所感染。有趣的是李魁元的表演是向李增科学来的。她的表演看得出新的创造，也看得出对老艺人的优点的继承。

这种继承也表现在河北其他剧种。在小百花剧团的河北梆子《喜荣归》里，青年演员刘俊英担任的是崔小姐。在这折短戏里，她随着上京考试的丈夫的消息的变化，抓得住几个大关节，情绪的变化表现得很有层次。由高兴到失意，由失意到高兴，情绪的变化段落分明，而转折处又很自然，有联系，不勉强。在这些地方，我分明感到前一辈演员的作用。这都是由于他们多年辛勤的钻研和帮助后进的热情，后一代才有这样迅速的进步。

青年演员必须重视老一辈演员的哪怕是微小的长处。事实上前一辈演员的长处很多。我想在谈看武安落子的印象时，先提到这次在天津看到的几位老艺人的表演。小彩舞的京韵大鼓《红梅阁》，常宝霆、白全福的相声《卖布头》，王毓宝的天津时调《嫦娥赞月》，个人的创造与传统艺术的可贵之处，都有待我们去研究，去继承，去发扬。看了韩俊卿演的河北梆子《三上轿》，正如看了《借毽毽》和《端花》等戏一样，使我感到艺术的力量真是强大。

《三上轿》表现的是在封建社会里，善良的普通妇女遭受的压迫和反抗。饰崔氏的韩俊卿的表演，很有深度。比如说，"喂几口离娘乳"那一大段唱，不只是功夫，而且是力量。不只能吸引人，而且人们不能不被鼓动，同情她，仇恨她所遭遇的恶势力。她的做工也很好。抱着的婴儿，本来不过是一个赛璐珞的洋娃娃，在舞台强光灯下亮闪闪地，又显得很洋气。初看时我很有意见，觉得一看就联想到百货公司，与戏曲表演、悲剧表演很不调和。可是不料当崔氏抱着婴儿，一面唱一面那样捧到额前，久久逼视，放不下来时，我的不满渐渐消失。她那样怀着报仇的赴死的决心，亲子永别时的痛苦和留恋，使人忘记了她手里抱着的是一个洋娃娃，更不再会想到百货公司（由此可见，用红缎包当婴儿也不是不现实的）。她那不顾婴儿听不听得懂，就是不得不向婴儿说话时所表现出来的复杂感情，很激动人心。这一演员的长处只从一枝一节不是容易说明的。就表演的整体而论,很完整。三次上轿之前的表演,悲愤是一贯的;战斗的决心的表现,却愈来愈强烈,愈来愈鲜明。第一次上花轿,唱"花轿好比吃人虎……"似乎是着重表现赴难时的痛苦,悲的意味重一些。第三次最感人肺腑,唱词也比较朴素:"我辞别公婆三上轿……"着重表现的是战斗的决心。演员走一曲线,归小边,双手高举,水袖后垂,冲入轿帘,那神情,令人感到她也是去上战场。这样的表演,不只是悲哀的,也是悲壮的。可是在歌颂被压迫的妇女的反抗性时,没有从今天的概念出发,片面强调狠而完全放弃了悲,使形象流于简单化。当她把婴儿交给婆婆,先是跑,由跑转成跌,这种细小的地方,不只是技术,实在是人物的心情的深入的了解。当她唱"我少年夫妇不到头"时,强调的是"不"字。在这儿,这个"不"字,决不是普通的词,而是怨恨的结晶。重音里包含了丰富的意义,怎能说腔的运用不过是技术的问题?

　　韩俊卿表演上的这些细致的地方,分明是艺术的传统,也有个人的创造。这些老艺人的经验,值得我们继承和发扬光大。老生李金庭在这个戏里,和韩俊卿配合得也很好。他们的表演有浓厚的生活气息,但比生活本身更单纯。他们了解人物,也能够预见表演的效果。在这个戏里的表演,是叫人可怜这些被损害者,还是叫人同情而又尊敬他们;是单纯引起悲哀,让表演换来眼泪,还是同时引起仇恨?实在不易掌握分寸。从老演员掌握分寸的地方,可以体会到人民的爱好。完全可以这样说:尊重老演员的成就,也就是重视人民的爱好。

　　《端花》的音乐,民间味道十足,而且优美得很。它的长处之一,是爱花的心情得到了强烈的表现,同时又强烈地影响了观众的情绪。这种音乐与河北吹歌《赶驴》等节目相似,是激昂的,却又很轻快,很好听。它和情节是联系的,却不是端花时任何声音的如实的模仿。它和端花的春红的劳动的具体性很有关系,加强了端花的动作的音乐性,而且还表现了春红的劳累和喜悦。就它对于劳累这一特点的描写而论,很巧妙。它把握了人在劳动时的喘息的节奏,创造了听觉形象,从呼吸的节奏这一点入手,接近生活;让人们从这一点出发,去体会春红的劳累。在这种地方,分明表现了传统艺术的特色。它不是从一切方面去再现生活里的各种特点,只在某些地方,点一点,点醒观众,让他们自己用想象去补充。不论是《端花》的舞蹈还是音乐,都再一次证明,艺术,特别是以娱乐性为主的某些艺术,必须是优美的,艺术的加工较强的。老艺人当然了解,如果简单地模仿生活,把生活里的琐碎现象原样搬上舞台,对于观众说来简直是一种折磨。显然,要是他们把艺术的现实主义了解得很简单,在台上忙忙碌碌,又是喘气又是揩汗,吃力地坐下来歇歇……不只可能使主题走样,而且可能使本应是娱乐为主的节目得到相反结果。

同样是不忽视娱乐性的另一节目《借毽毽》,也是以样式化见长的。我在这些戏曲表演里,似乎看见了装饰性较强的美术。它像泥人张的彩塑,不只要求真实,同时很讲究美。它有点像细致的花鸟画,里面的花和鸟都是样式化了的。尽管唱和做都很快,很带劲,却不给人一种急躁的印象。《借毽毽》不单是一种娱乐性的节目。中国的传统艺术,常常在娱乐性里,包含着或者说联系了更重要的一层的东西。照习惯的说法是有意思,照今天的论文上的说法是有思想性。它不只满足了人民审美的要求,而且同时给人带来思想感情上的影响。这种影响,也许不是猛一看就明白的,但有积极的影响。艺人强调了形象的优美,用积极性的意思来影响观众。因为不是板着面孔训人,人们更乐于接受这种影响,因此对欣赏者说来,它是很有趣的,也是很有益的。我愿附带提到,戏曲的教育作用,不能离开观众的娱乐要求。在戏里而不是别的,最好的教育,是从容不迫地把人物和他们的行动介绍给观众,让观众喜欢他或恨他,从而认识他们的言行的意义,接受艺术家的宣传。硬搞一定会脱离群众,因为他们来看戏的目的和上夜大学的目的不同。

《借髢髢》这出戏有什么思想？它的意思是什么呢？如果说《端花》主要是表现劳动人民怎样在为美的可爱的事物付出并不轻松的劳动，那么，《借髢髢》主要是表现劳动人民对于劳动的成果，美的事物的珍爱（也就是对于创造美的事物的劳动的珍爱）。我看有理由这样说：热爱劳动的人民，即令是在用戏剧娱乐自己和同伴的时候，也没有忘记对于劳动的歌颂。而且，重要的是，劳动人民创造的这些娱乐节目里，对于劳动的歌颂的方式很不简单。这种歌颂虽然是转弯抹角的，不是一看就可以说出来的，但它是深刻的自然而然的歌颂。较之叫劳动万岁的口号，这两个戏的主题不那么"明确"，可是它的真实意义的表达，多么巧妙，多么有力！

　　髢髢，这种戴在发髻上的装饰，在生活里，是不是非有不可的呢？没有，当然死不了人；但是，在这个戏里的那个热爱生活的妇女，没有它，就很不安；它有被损害的危险，就很不安。不愿借给别人就干脆不借给人家不就得了吗？不。她偏偏要不厌烦地叙述髢髢到手的不易，曾经弄坏了髢髢的经过。几乎可以说，她也是在拒绝人家借这一美好东西的具体情势之下，再一次陶醉在美的享受之中，曲折地却是由衷地赞美着劳动的顽强和巧妙。髢髢在这个戏里，不单是一种装饰品，而是美的感情的寄托，是诱导观众了解人民怎样热爱美好生活的线索。在戏里，它所以成为不可缺少唯恐丧失的东西，不因为它是一件装饰品，而是因为它寄托了爱美的人民的感情。花了许多劳动才置备了花髢髢的王嫂，不愿意满足邻居小四姐的要求（小四姐想借来戴上回娘家），不是因为她吝啬，而是因为她唯恐这一在农村妇女看来像珠宝一样可贵的东西受到损坏，再丧失（她不止一次丧失过）。这一折戏，就情节而论，好比《补缸》等小戏那样，不过是农村生活中的琐事（邻居借一点东西，说来说去都不肯，最后同情心战胜了，借给了）。依靠老艺人路洪祯的表演，王嫂的感情，对于辛勤劳动换来的髢髢的爱护，很能令人同情。如果有人愿意把这个戏当成"工艺美术论"来"读"，也不是完全不可以的。何况它比内容一般的论文美得多。

　　语言的运用和场面的调度,这个戏都是很有趣也很有表现力的。毽毽一词,反复出现,几乎每一句话里都有它,有时一句里还不止来一个。也因为唱得有变化,听起来一点都不觉得重复讨厌,似乎这样才更显得王嫂对它的关切。整个戏几乎都是两个人边唱边舞的。《端花》主要是一个人,这个戏是两个人。本来,舞台是空荡荡的,一经两个人的表演（配角徐巧芬）,舞台就充实了,而且很热闹（热闹不在人多,人多不一定热闹）。舞姿很活泼,舞蹈所构成的线索也很活泼。一会儿是这边的斜线,一会儿是那边的斜线,一会儿是从这一方转过圆场,一会儿是从另一方转半个圆场。"来呀来,来呀来……"一进一退,地位变化很复杂。开始我想在纸上用线来记下舞蹈部位的构图,愈画愈不能应付,怕要画无数的图才行。正如《三上轿》的人物情绪的变化一样,这些舞蹈很有层次,线索分明。内容不是一看就完的这些戏和生活的关系与区别,不但是对于戏剧家的表演,就是对于美术家的创作,也是很有参考作用的。

　　我们向老演员学习,主要是学他们从辛勤劳动中掌握到的,有关创造的规律,不只是学表现的形式。我们用前辈已经发现和掌握的规律来解决新的问题,完成新的任务。真正规律性的知识是不太受题材和主题的限制的,太受限制就不能说是有普遍性的规律。表演男的女的老的少的,材料不同,基本上都有些共同的规律。比如刚才听的和端花的动作相配合的锣鼓点,或者快或者慢,或者激昂或者幽雅,不管怎样,都能够掌握听者。单是如何形成特别的节奏感,就有知识,都是我们所需要的。只有掌握了规律,才能很快的提高我们的艺术水平。我这样设想:年轻同志们向老艺人学习,除了学,还要记,整理学习的心得。各个剧种都把老艺人的知识记录下来,整理成一本书,多好! 各个剧种都有自己特殊的宝贝,趁着老一辈演员还健康的时候就记录下来,将来就可以形成体系的著作。苏联不是有个斯坦尼斯拉夫斯基体系吗? 那是很好的东西。我们中国也有很丰富的表演经验,有待于我们好好地整理出来。那么靠谁来整理呢?就是要靠在座的同志。同志们自己又会唱又会做,只要加强理论基础,整理起来不但不吃力,而且是一种值得羡慕的享受。

  我以为年轻同志对于当地传统戏曲的学习,还很不够。这表现在"大风浪卷平了小风波"的演出中。剧本在政策上的问题我不说,只说演出,我认为这个戏在表演方式上还不大切合传统戏曲的规律,还没有把传统戏曲的优点用上去。如果拿李同志演的这两个戏比较一下,我还是愿意看她的《端花》,她演《端花》中的丫环比《小风波》里妻子演得更好。在表演上,艺术性和现实性没有能够很好的统一起来,过于强调了夫妻吵架的激烈,表演过火,不含蓄,没有注意到戏剧和观众的关系。生活中的冲突,反映在艺术里时,不说是美化,至少要看起来更不吃力一些。并不是只有《击鼓骂曹》才算是争执,《宇宙锋》、《三击掌》才是争执,《借毽毽》也有争执的意义。没有争执似乎就没有戏,中国戏曲少不了争执。可是,表现争执,一定要美。这就是说,表演,作为生活的反映者或介绍者,比生活本身必须更单纯,更精粹,内在的意义更突出。要是台上的吵架跟生活里的吵架差不多,看戏岂不成了无聊的活动?《借毽毽》之所以逗人喜欢,不只因为它是样式化了的,而且因为它把生活的意义,赞美劳动的内容突出了。单就怎样艺术地反映生活中的冲突而论,已经表现在前人创作中的规律性的知识,不就是很宝贵的东西吗?

        据1959年1月16日在天津与一部分
        青年演员谈话的记录整理和补充
         (载《戏剧战线》1959年第2期)

一以当十

一

笊篱,捞东西的用具。在北方的村镇,我不止一次看见它悬挂在面食店的门首。它像用红布条做的面条那样,成了以视觉形象见长的幌子。因为它和面食有过密切的联系,在面食店的门首出现时,成为一种引人注目的标志,而且可能是一种诱惑,诱惑需要充饥的旅人。

当成幌子来看,笊篱这形象,是不是不如用红布条做成的面条的象征完整呢?它所要表达的内容,是不是不如后者表现得明确呢?不见得。即令是后者,也只能使人想起其他,而不能表明一切。不用说,笊篱决不能代替面食,面食店前挂上笊篱,看样子人们也不企图要它表明一切。店家把笊篱当成幌子,不就是艺术的创作,但它和旅人在精神上的关系,也和艺术与欣赏者的关系有相似的地方。

任何艺术都不能表明一切,也不必表明一切。作为社会现象的艺术是生活实际的反映,也是艺术家的劳动和欣赏者的需要的表现。只有联系着对欣赏者的需要和影响,才能判断艺术的思想和技巧的高低。艺术家的本领之一,在于适应广大欣赏者的生活经验,情绪记忆,欣赏要求、习惯、理想和愿望,塑造出容易了解,同时又是能够唤起相应的"再创造"和"再评价"的心理活动的形象,让人们获得审美享受,受到健康的思想感情的影响。因而艺术不需要和自然状况完全一样,而且在艺术里能够表明一切的形象是不存在的。

　　离开作品的思想来观察作品所容纳的生活内容是不妥当的,片面要求形式的短小也是不妥当的,可是艺术必须比生活更单纯。去年我在重庆,听了一个有趣的曲艺节目①,描写妄自尊大的猫,从各方面把自己幻想为老虎——所向无敌的兽中之王,最后,经不起事实轻轻一击——它想吓唬山羊,山羊差点把它杵死;自我欣赏的好梦破灭了。有点像童话也有点像讽刺画的这一曲艺节目,虽然完全没有提到主观主义等等概念,欣赏者不会不想到它是在反对什么思想。当成再现生活的形象来看,它不过是在妄自尊大这一点,而不是在各方面,和某些人的性格相接近。可见能够促使欣赏者由某一点联想到其他,正是艺术的重要长处。看来在这种有趣的形象之前,欣赏者不是简单地接受宣传,同时也是一种探索、发现和补充,得到欣赏的乐趣(包括为古人担心)。因为欣赏者有所探索,有所发现和补充,作品拥护什么或反对什么的主题思想才显得更容易了解,也才可能产生较深入的影响。

　　最近看了一幅场面并不大,看起来觉得内容丰富的画稿。表现中朝人民血肉相连的关系,是从似乎琐碎而意义并不琐碎的生活侧面着手的。画面上唯一的人物,是一位朝鲜老大娘,她在给中国人民志愿军补军衣。中国人民志愿军是执行任务还没有回来吗?不知到哪儿去了。画稿没有向我们说明,似乎也不必特别说出。屋里只留下三条被子,三个挎包,三个水杯。三个水杯就放在老大娘面前的火盆上面,水杯里的水正在冒着热气。这是老大娘为他们准备着的,她像期待儿子归来一样在期待着志愿军。在这

---

① 《猫学老虎》(金钱板),1957年重庆市工人写作班运输工人王理修作。

幅画稿里，用形象来再现的东西很有限，可是它包含了许多没有直接画上去的内容。在这种画稿里，崇高和伟大，不是外加进去的概念，而是从平平凡凡的人物和事件中透露出来的。这画稿，当然代替不了中朝人民并肩作战的场面，不能以为反映中朝人民的关系，在方式上这是唯一的。但它有好处。没有直接描写志愿军的行动，只描写他们的行动的影响，老大娘的行动就是他们的影响的形象化，这种画稿，从人物的精神面貌着眼，着重表现生活中的美，能够引起欣赏者很多和它相关的想象。单就国际主义精神的歌颂来看，不是较之那些规模不小，画得很细致，好像很完整，可惜不过是生活现象的平板叙述的作品，更动人也更完整吗？对生活现象的平板而琐细的叙述，可能掩盖作者对生活的无知和冷淡，却不能得到令人心情激动的效果。人们需要接近和爱好的，是以少胜多和由此及彼的艺术作品，而不是艺术的原料。

　　至今也还有要求艺术叙述一切的观者，也还有要求艺术再现一切的艺术家。向雕刻提出连环图画的要求，向雕刻提出多幕剧的要求，向雕刻提出长篇小说的要求，不只因为不了解雕刻的特长和局限性，也因为不了解艺术形象与生活现象的区别。如果对艺术提出的要求违反艺术的特征，那么，不叙述行动的肖像画和不直接描写人在活动的风景画，其存在的必要性都可怀疑。不是吗？和复杂的现实相比较，它不是太"不完整"了吗？可是艺术创作的重要特征，是由复杂到单纯的转化。单纯化的艺术形象来自生活，和生活本身可以有很大的区别。运用高亢的音乐（例如帮腔）来表现人物深思或忧戚之类的某些情绪状态，是从情绪激动这一点的着重描写，来和生活实际相接近的。典型的形象总是比生活现象单纯；要求创作里的形象和素材一样复杂难免取消艺术。正因为艺术不必是生活的复制，画面上尽管没有直接画出明亮亮的月亮，也可以让观众体会夜游的人物的心情；只画爆竹和红灯而题上字，欣赏者也可能被带进热闹的过年的幻境；只画一个干枯了的莲蓬和一只蜻蜓,可能使欣赏者想象出秋高气爽的景色;只画临刑前拒绝忏悔的英雄那视死如归的冷静状态,看画的人可能联想得到他在狂风暴雨般的热烈斗争中的坚定态度;只画精神饱满的人民将要劳动,也可能使人感到轰轰烈烈的社会主义的时代精神。要是不从本质上而是从形式上了解艺术是生活的反映这一原则,用朱色来画竹子的办法可以说是形式主义的;用歌唱代替说话的表演,可以说是精神状态不正常的胡闹;有关工艺和建筑的美学知识(利用特殊的造型的形式感来反映人民的感情,而又用这种反映来影响人民),都可能被看成是脱离实际的空谈。

二

　　以少胜多和由此及彼,也是艺术技巧高低的标志。艺术,特别是造型艺术,只能从生活的某一侧面而不是从生活的一切侧面再现现实的。任何场面任何情节都不过是构成整体的一部分,重要的是它能不能概括其他部分。艺术家善于选择最富于代表性的现象,而且着重它的某些特征,就能构成"言简意赅"的好作品。艺术家难做的原因之一,就在于能不能在认识生活时,发现事物的内在意义,形成新颖的主题;能不能为了适应新颖的主题,选择最富于代表性的现象,从而构成切合特定艺术样式的限制,塑造不落陈套的形象,——特别是有典型意义的形象。

　　典型化的力量在于,使人由作品里的这一个联想到那许多。这一个是艺术家认识生活的结果,也就是欣赏者再认识生活的出发点。富于概括性的形象,不是抽象的符号,而是可能使欣赏者举一反三,由此及彼的活生生的形象。"在有才能的作家的笔下,每个人物都是典型;对于读者,每一个典型都是熟识的陌生人。"别林斯基的这句话,也就是指一以当十的形象的优越性。现代中国电影《两个营业员》,虽然还有明显的缺点,但它和前面提到过的画稿或曲艺一样，恰好表现了一般与特殊的关系，因而它可能普遍使人受到积极的影响，恰好是别林斯基这句话的形象的解释。在电影的前部分，即主角思想转变之前，作者持友善的态度在批评着青年营业员。那个习惯于城市商店工作方式和制度，不明白农村生活特点的青年，作为偏僻农村中的杂货店的营业员来看，我们感到陌生；可是，他那些自以为是，脱离实际，脱离群众的言行，就思想的性质而论，我们感到熟识。因为这个青年不只代表了由城市调到偏僻农村的营业员，而且代表了各行各业里在思想作风上还有毛病的同志。当某些观众看到他那可笑的言行而笑了之后可能脸热，感到刚才自己嘲笑过的角色里，也包含了自己的缺点在内。他虽然不能代替别的人，却也代表了许多人。

　　为社会主义服务的艺术，只就人物形象而论，也必须是万紫千红的。如果以为凡是描写大题材就能体现重大的意义，而且在描绘大题材时大家都只选择同一侧面，即令画的是最重要的一面，画来画去都是它，画法又差不多，观众也难免感到腻。怎样才可能塑造出既有特殊性又有普遍性的这一个呢？或者说，怎样才能够从复杂的生活现象里，找出最有代表意义的也就是所谓最有概括性的姿态、语言和表情呢？没有别的办法，只能是见得多，看得透。现实的复杂性，群众需要的多样性，给有才能而又有毅力的艺术家，提供了深入认识所以才能大胆独创的前提。要从普通的现象的反映里，揭示出重大的意义，需要有较高的技巧和出众的眼力。可是有些把题材当作主题来对待的艺术家，以为写生习作可以代替典型化的艺术家，还没有向生活进行探索，就匆匆放下他的扩大镜，结束了他的劳动。不着重反映人物的性格，特别是新时代的先进人物的独特个性，只在一般的现象上用笔墨，以建筑为题材就只画施工的场面，以炼钢为题材就只画出钢的场面，好比以积肥为题材就着重描写积肥那样，不见得作者不知道别出心裁地塑造人物的重要，困难在于自己缺乏认识，心中无数。因为心中无数，只有在一些形象容易流于一般化的表面现象上卖力,甚至重复别人既成的也不动人的创造成果。

　　典型问题是艺术创作中的重要问题。这一问题的重要,就它的社会作用而论,在于只有这样的形象才能最真实地反映现实,而且,也只有这样的形象才能相应地体现人民的理想,帮助人民从更多方面、更深入和更正确地认识现实。典型问题的重要,就它的创造而论,不仅依靠艺术家对于客观事物的特殊与一般的关系的掌握,而且依靠艺术家的理想。他在认识客观事物的关系时,不是纯理智的,而是带有浓厚的感情因素的。典型不只是冷静地观察现实的结果,也是革命理想在认识现实时起了关心什么的作用的结果。与艺术家的理想相联系的感情,作用于他的创作实践,作用于他对客观事物的认识。革命理想虽然也是客观反映的产物,但是它在认识和反映现实的构思活动中,起很重要的作用。毛泽东同志的伟大诗篇的创造,有力地表明革命理想和革命感情在典型化的创作中的重大作用。

三

　　怎样从现实的某些方面反映生活,创造富于个性的典型人物,不只当代小说中的朱老忠、杨子荣、李有才可供画家参考,而且传统戏剧中也有不少可供参考的范例。哪怕是为了体现同一基本思想,例如为了嘲笑缺乏韧性的生活态度,同是以朱买臣的妻崔氏想和丈夫恢复关系为题材的,京剧《马前泼水》和湖北巴陵戏《夜梦冠戴》,就选择了不同的生活侧面。前者着重表现的是崔氏要求做了官的朱买臣收留她,在大街上受了羞辱。后者是描写崔氏做梦,梦见她过去看不起的丈夫朱买臣派人来迎接她;剧作者从人的下意识活动的描绘着手,对有些作者认为不好的人的品质和思想,进行了含蓄而又尖锐的批判。就崔氏的生活而论,这两个戏都是冲突的余波,它们都能揭露人物的性格,便于体现特定的主题。由此可见,艺术的创造有很自由的天地。人民所喜爱的性格,例如坚定,人们喜爱的素质,例如智慧,在传统戏曲里也得到了千变万化的表现。就这一优点的表现来说,诸葛亮自己出头的《草船借箭》和《空城计》都很好,不直接出头的《黄鹤楼》也不坏。

一不等于十,一不能代替十,以一当十是相对的。这一个可以代表其他,却不是代替其他。他可以和千千万万的人相似,却不能相同。为了赞美妇女的争自由,不只描写采取武装斗争的白素贞才是最动人最有意义的。和父亲闹翻了脸的王宝钏或赵艳容,在爱人的坟上碰死了的祝英台,在战斗中选择爱人的穆桂英,在梦里看见爱人的杜丽娘,具体状况的区别很大,但都是动人和有意义的形象。在戏曲里,有许多受了封建势力损害而起来斗争的妇女,有一个大家共通的特点——不妥协。她们的性格,她们受害的具体情况,千差万别,斗争的对象和斗争的方式也千差万别。杜十娘用李甲最关心的东西之一(财富)来羞辱李甲;秦香莲还击陈世美时,借助有利于斗争的社会力量;《三上轿》里的崔氏,忍着一时的屈辱,怀了短刀去同恶霸拜堂;鲁迅介绍旧戏中的《女吊》,说"鬼魂报仇更不合科学",但仍不失为旧社会被压迫者中"带复仇性"的一种典型。

没有特殊也就没有一般,人的阶级性可能通过个别言行来表现。在创作里的那些强调了共性而忽视了个性的形象,是一般化的,也是不真实的。不论在生活实际中还是在艺术中,一般只能通过特殊来表现,共性包含在个性之中。受封建势力蹂躏的李慧娘,她的个性和处境都不像喜儿和小飞蛾,不像祝英台和白素贞,不像所有的要求自由的妇女的典型,这,不是《红梅阁》的缺点而是它的优点。正因为李慧娘与众不同,才不至于被其他艺术品里的妇女典型所代替。李慧娘不像小飞娥一样本来就有爱人,不像喜儿一样本来就有爱人,在游西湖时看见了陌生的然而使她倾慕的少年裴禹,透露出要求改变现状的(哪怕是连她自己也还不明白是什么意义的)愿望,甚至只不过借此集中表明追求幸福的觉醒,无损于作品反封建的意义。不能说贾似道要像黄世仁那样强占别人的未婚妻才是罪恶,依靠合法地位而妨碍了人们的自由和幸福就不是罪恶。更不能说李慧娘本来有爱人才应当反击仇人,她本来没有爱人就该当挨贾似道的杀害。不论事情发生的早晚,也不论当事人的认识是不是明白,李慧娘不安于自由和幸福被妨碍的处境,朦胧地却也是如饥似渴地希望获得应得的爱情,其性质不以具体情况的复杂性为转移。姚安杀绿娥,萧方杀翠娘,贾似道杀李慧娘,这些坏蛋杀人的动机不尽相同,但就蔑视妇女的人格这一点而论,没有根本性质的区别。如果修改剧本时,强求李慧娘这一个妇女向别的妇女看齐,只要一般性而不要特殊性,那么,不能用别的话来解释,只能说是对生活的简单化,艺术内容的一般化;不是扩大艺术取材的领域,而是缩小了它那广阔的领域。

　　艺术所要求的典型化,并不是现实生活的简单化,而且为了适应艺术欣赏者多方面的要求,只有从多方面的生活着眼,反映现实的结果才能适应多方面的要求,着重描写人物的行动可能塑造典型,不写人物行动,只借助于它的影响的描写也不是完全不能塑造典型的。在次要人物身上着力,不见得就是企图避开生活本身的重点,不算是在着重表现主要人物。艺术强调个性的某一方面都关系主题思想,但也不宜因为有所强调而有损于形象的丰满。《思凡》里的小尼,在表演上着重她不安于不幸的现状和着重表现她幻想幸福的未来,都可以是有力量的反封建的形象,都可能是形象完整和主题明确的艺术形象。在加强创作的思想性的同时,但愿在艺术领域中,不是减少而是增加富于代表性而且是富于独创性的形象。

1959 年 2 月 10 日写成
(载《人民日报》1959 年 3 月 10 日)

继续提高质量

　　亲爱的同志们,首先,请允许我向参加这个具有重大意义的展览会的、兄弟国家的美术家们致敬。向所有的与这个展览会的工作有关的同志们致敬,因为你们付出了巨大的劳动。

　　在讨论创作问题的这个会上,听到了许多对我说来也很有帮助的意见。为了互相了解,为了取得同志们的指教,我想谈一谈中国的造型艺术。可是我以为,与其详尽地介绍创作的成就或缺点,不如简略地谈谈我对于成就和缺点的看法,特别是产生缺点的原因,怎样克服缺点的办法的看法。

　　中国现代的造型艺术创作,一般说来还很年轻;可是它也像兄弟国家的造型艺术一样,在反映革命的现实和推动革命的现实前进的艺术事业中,产生了重大的作用。运用民间形式的美术品经过复制送到五亿农民的手里,就是中国造型艺术与人民经常结合的最有代表意义的事情。具有独特风格的中国画与新内容的结合,也赢得了中国人民普遍的喜爱。各种体裁和各种样式的绘画,在"百花齐放"的方针和人民支持之下,得到了迅速的发展,取得了很大的成绩,使得新中国的造型艺术有了史无前例的繁荣。可是,中国的美术家们并不以取得这些成绩为满足,认为必须在改正创作的缺点中继续提高创作的思想水平和艺术水平。而正在前进中的艺术创作,必然存在着不可避免的缺点。

现在，我想谈谈我们的艺术创作中所存在的缺点。一种是简单地理解艺术为政治服务的原则，机械地不顾效果地配合政治宣传；一种是简单地理解艺术反映生活的原则，表面地死板地模仿生活现象。

产生第一种缺点的原因，在我们看来，是有些美术家还不善于从共产主义的思想高度观察现实，不了解社会主义国家的政治是融会贯通在人民生活之中，把造型的手段当成政治概念的图解；不了解艺术的教育作用就是形象的感染作用，把艺术的抒情要求和教育作用作了简单的分割；因而在进行创作的时候，不能自由运用造型艺术的手段，塑造生动活泼的个性鲜明的形象，从而深刻地体现现实生活中的美；相反，却人为地制造情节，将作品中的人物变成不懂得角色内心世界的演员，做出一些矫揉造作的动作，并且通过这些动作来向观众说教，或者作为某种概念的象征。结果是：不只是破坏了造型艺术的规律，丧失了造型的美，而且，离开了文字的注解和口头的解说，就看不出作者企图要用它来说明什么概念。

有人认为这种现象的产生，是提倡艺术为政治服务的结果，是强调艺术的教育作用或宣传作用的结果。在他们看来，为了保护造型艺术，就不能让艺术为政治服务，就不能让艺术有教育作用和宣传作用，因而，也就不要社会主义现实主义的创作方法。显然，这是一种自欺欺人的看法；世界上有哪一种艺术不为政治服务呢？有哪一种艺术不具有影响人们思想的作用呢？在我们看来，任何艺术不是为这种政治服务就是为那种政治服务，不是为多数人服务就是为少数人服务。所谓艺术不要教育作用或宣传作用的主张，它本身难道不是在宣传和推广一种无思想性的艺术吗？难道不是在"教育"人们不要接受有思想性的艺术吗？难道不是宣传艺术应当恢复到为那些吃得太饱、闲得无聊、因而需要官能刺激的人们服务的地位吗？

怎样克服上述缺点，我们的看法是不同的。我们认为：为了避免机械地为政治服务、不顾效果地为政治服务，不是要放弃为无产阶级的政治服务的原则，不是容许资产阶级的形式主义复燃，而是深入人民生活，寻求既符合一般的政治原则，又是新颖的特殊的主题，塑造和这种新颖的主题相适应的特殊的形象。人民生活本身是千变万化的，而且也总是包含着相应的内在意义。例如革命的乐观主义，可以表现在事件发生的各个阶段和各个方面，可以表现在行动中，也可以表现在行动的影响以至人们的心理状态之中。这就是我们需要描写我们壮丽的社会生活的绘画，也不排斥风景画、静物画和肖像画的现实根据。我们认为，正在建设社会主义的人民生活和人民的精神面貌，是艺术家取之不尽用之不竭的源泉，是克服机械地、不择手段地为政治服务的最可靠的依据。

中国美术领域中尚待克服的另一缺点，是一些艺术家以为造型的技术的准确性和熟练性就是艺术技巧的标志，醉心于现象的外表的、偶然的和琐碎的因素，不关心也不了解人的精神面貌，不关心艺术形象和它的原型的区别，以为现象的逼真的记录就是真实反映了生活。把艺术的完整性解释成事务的、详情细节的、冷淡的、不分轻重的、也就是令人生厌的精雕细刻，生产过程的照相式的记录，代替了人的精神面貌的深刻的刻画。即令描写的是重大的政治事件，也不能体现事件的重大意义。

我们反对这种机械模仿生活，拘泥于生活现象的态度。其所以是必须反对的，因为它和艺术的重要任务——典型化不相容。它是现实主义的庸俗化，它不能使艺术形象高于普通的实际生活，甚至反而歪曲现实，因而谈不到高度的思想性。不能激发人民对革命事业的热情，反而有引导人民不关心斗争和取消艺术的战斗性的危险。为了用共产主义精神教育人民，为了培养人民崇高的美感，为了提高艺术创作的独创性，都必须克服这些缺点。

有人夸大这种缺点，把这种缺点笼统地叫做自然主义。我们也是反对自然主义的，正如我们并不喜欢学院派一样。可是他们夸大了自然主义的范围，扩大了自然主义这一概念的含义，他们以为凡是造型比较写实的形象，就是自然主义的。分明具有鲜明思想内容的形象，只要是写实的，也被叫做自然主义了。他们对艺术的看法，是不从内容出发的。这种反对自然主义的说法，如果不是对艺术现象缺少分析的能力，就是对社会主义现实主义的恶意的诬蔑。这种人也可能在口头上拥护社会主义现实主义，实际上是用反对自然主义的名义来反对现实主义。事实证明，社会主义现实主义与自然主义是完全不同的创作倾向；陈列在这个展览会上的，苏联和其他兄弟国家的许多作品就是对于这种错误的说法的有力的驳斥。这些作品充满了感情，不过不是小资产阶级的感情，而是健康的工人阶级的政治热情；真实地反映了生活；以不同的民族传统和个人独特的风格，富于独创性地体现了社会主义现实主义的原则。

关于产生拘泥于生活现象的表面描写的这种缺点的原因，我们的看法和他们的看法也是不同的。我们认为产生这种缺点的原因，一般说来，主要因为有些美术家还没有深入生活的堂奥，还不善于体会劳动人民的思想感情，还拘于个人直接的感受而缺乏从革命的发展中认识现实的敏锐的眼光，还不善于辨别生活的本质意义表现在哪些具体的现象之中；所以就无从判断什么是值得描写的，什么是值得格外着重描写的，在具体的描写中进行概括。

美术家为了克服拘泥于现象描写的缺点，也正如为了克服机械地结合政治的缺点一样，最重要的是深入革命的现实。正如正确地继承传统不妨碍革新一样，深入革命的现实，和革命的美术家各人不同的修养、个性和偏爱不是矛盾的。深入现实至少不会缩小自由创造的领域，损害艺术形式的多样性，妨碍艺术家的个性的发挥；相反，是扩大这种领域，给我们提供了发挥创造性的广阔天地，获得培养才能和智慧的有利的条件。不只是许多前进的美术家的作品证明了这一点，1958年以排山倒海的气概出现在中国许多地区的群众业余的美术创作,也证明了这一点。革命的实践是和人民的理想、幻想紧紧结合在一起的,深入革命的现实的劳动人民,其业余的美术创作,就以非常大胆、非常新颖的创造成果引起观赏者的惊叹。

我们感到幸福和骄傲,因为我们所处的是共产主义精神蓬勃发展的时代,是革命事业在飞跃前进的时代,因而也就是人民最富于想象和幻想、最能产生浪漫主义的时代,是人民的欣赏要求和欣赏兴趣最广泛的时代,那种反对艺术为政治服务,反对用艺术来教育人民,反对艺术真实地反映现实的论调,实际上夸大了我们在前进中的必然会克服的缺点,力图降低我们在艺术创作上的伟大成就,力图挽回颓废的已经受到人们唾弃的资产阶级的艺术的命运,然而这是徒劳的。不断前进的现实,将孕育出更多、更好、更新鲜的花朵。

亲爱的同志们!中国美术家和我们的兄弟国家的美术家一样相信:遵照党的文艺方针的指导,来进行我们的创作活动和创作的准备,第二届社会主义国家造型艺术展览会的成就,一定更加辉煌。

1959年3月26日在社会主义国家造型艺术
展览会创作问题讨论会上的发言
(载《美术》1959年第5期)

不全之全

一

在成都,文联的李累同志对我说,川剧名演员廖静秋的《思凡》和竞华的《思凡》都很好,区别却不小。一个着重表现的是尼姑由生活不幸所引起的苦恼;一个着重表现的是尼姑对于幸福生活的向往。真可惜,我们再也看不到廖静秋的表演了;而竞华的,我还没有机会看到。但我相信这种区别是可能的,而这一切都有利于表现旧时代被压迫人民要求解放的反抗思想,所以在艺术创作上是值得欢迎的现象。

据苏联杜列林的介绍,在奥斯特洛夫斯基的《大雷雨》里,担任卡杰林娜的演员叶兰斯卡雅和波波娃,两人的表演风格也大不相同。"奥氏的《大雷雨》,在叶兰斯卡雅看来是一首抒情诗,在波波娃看来是一出悲剧。""奥氏的《大雷雨》在叶兰斯卡雅看来是一首关于初恋的诗,在波波娃看来是一出关于末日的悲剧。"虽然两人的表演都能够表现出自杀了的卡杰林娜是"黑暗的王国"所毁灭不了的"一线光明"。

以反映现实教育人民为目的的艺术创作,就着重反映什么和怎样着重反映来说,就艺术反映的手段来说,有很广阔的用武之地，供那些有思想有才能的艺术家自由驰骋。吴道子和李思训笔下的嘉陵山水，到底是怎样发挥了各人不同的个性，来歌颂祖国山河的伟大，我们没有欣赏的幸运了。可是齐白石的墨牡丹和着色牡丹的不能互相代替的好处，正如各人的风格不同的《思凡》或《大雷雨》的表演一样，是能让我们体会到那些在一定历史时期里，对现实有正确认识的艺术家，是怎样在无拘无束地发挥独创性的。只要不违反辩证唯物主义反映论的原则，正确处理艺术家的主观能动性与描写对象的客观的关系，不墨守成规，而是标新立异地创作，对于人民有利，是值得欢迎的。可惜因为各种原因，我们的许多艺术家的独创性发挥得还很不够。原因之一，是艺术家还没有摆脱关于艺术创作的某些由机械唯物论形成的成见。比如说，什么是形象的完整性、真实性或准确性，往往看得太狭窄。

不论自觉不自觉，艺术家的创作实践总是受了一定的理论的支配的。片面了解形象的完整性，要求艺术包罗万象、不留余地、一切说尽的看法，是受了资产阶级自然主义的影响的看法。这就好比以为风景画里没有描写人和没有描写经过人力改造过的自然，就不算是在表现人的思想感情一样，工艺美术不附加政治性符号就不算是和政治结合一样……是不了解艺术的特长和局限性的看法。摆脱由于上述影响而形成的偏见，才有可能提高艺术创作的质量，而不是妨碍社会主义艺术创作的繁荣。

二

艺术是生活的反映，这是绝对的。形象是不是完整，则是相对的。生活很丰富，而艺术作品的容量却很有限。如果把完整这一概念绝对化，可以说任何作品永远都是残缺的。

有许多艺术现象，不把欣赏者的反应估计在内就很难了解。不化妆也不舞蹈的清唱，为什么也可能具备表演的真实感呢？我见过好些这样的雕塑、皮影：全身着色，衣饰华美，在脸上却完全不涂胭脂（或者胭脂已经褪色），而是纯白色的或镂空的。与生活现象相比较，应该说这是不完整的形象了吧？可是，观赏者不就因此引起脸色苍白之类的感觉。虽然脸上不着色的雕刻，例如太原晋祠的少女塑像，因为体型、脸型、姿态、表情以及动作再现了人物性格的特色，好比"此时无声胜有声"的音乐，能说它所再现的人是没有生命的，是形象不完整的吗？

但愿不会引起误会，不赞成片面强调完整性的说法，以为连"完整"这一概念也可以取消；以为形象无所谓完整不完整；可以容许把无限丰富的生活加以简单化；原来是规模宏伟的场面，可以割裂为狭小的碎片。向艺术创作提出形象完整的要求并不错，简单化的形体，永远不会是富于表现力的形象。可是，考察形象是不是完整，不能离开一定的创作的目的和作用。凡是运用了具体的形式，塑造了鲜明的性格，揭示了现象的内在意义，适当体现了创造意图，使欣赏者在思想感情上受到应有影响的形象，应该说它就是完整的艺术形象。相反，所要体现的主题不明确，也没有感人的力量，那么，不论形体多么细致和庞大，很难说它也算得是完整的形象。艺术家在复杂的现实里，注意什么，对什么特别感兴趣，这与他的世界观有关系；而对待素材时选取什么和抛弃什么，强调什么和忽略什么，也要看他企图体现的是什么样的思想感情。"见善足以戒严，见恶足以思贤"（唐·张彦远《历代名画记叙论》）；艺术既然是教育人民的，可见形象本身不必面面俱到。离开特定的内容和它对群众的影响来考察某一形象有没有完整性，难免丧失可靠的标准。某些过分卖力，为表现悲哀而在台上一把鼻涕一把眼泪地大哭的演员，不但还不懂得观众的需要，也还不明白什么是最有意义的东西，因而表演时不明白应该着重表现的是什么，从而损害了形象的完整性。

一览无余的形象是不耐看的，耐看的形象是内容丰富的。人们喜爱我国唐代雕刻《昭陵六骏》，喜爱达·芬奇的《蒙娜丽莎》，喜爱科罗的风景画《春天树下的小道》，喜爱列宾的《拒绝临刑前的忏悔》，也因为它们的内容丰富。其他文艺作品，例如"喜心翻倒极，呜咽泪沾巾"的诗句(杜甫《喜达行在所》)，以及既能表现上下级关系又能表现夫妻关系的戏曲《战洪州》①，内容都不简单。内容丰富和内容明确可以统一。画或诗的好坏，不在规模的大小，铺张的以量取胜的作品，很难说它就是内容丰富和形象完整的作品。

丰富和庞杂，完整和铺张之间，正如堂皇和浮华，洗练和简陋，单纯和单调之间，不能没有明确界线的。不顾艺术创作的特点，片面要求形象的完整，那么，与彩色制版术竞争色彩复杂的套色木刻，就一定高于色彩单纯的套色木刻；中国画写生，就只能把天画成蓝色，地画成赭色。以虚见实的画法和传统戏曲的场面调度，难免会被当成落后的东西加以淘汰。李白那首充满了喜悦之情的《早发白帝城》②，也不免被当成自然状态的描写。李白这些诗句，是不是一种胡说呢？三峡，到处是凶滩恶水，有的叫做令人胆寒的"鬼门关"；而曾经写过"蜀道之难，难于上青天"的诗人，竟然在这儿把这些特点置之度外，把三峡之行写得那么轻松、愉快。也许，恰好就是为了明确表现愉快的情绪状态，他才在诗里那样大胆运用缩地法的吧？

把狭窄的完整论当成尺度来看待一切，它的害处不只可能否定本来是富于创造性的艺术形象，而且还可能导致轻视作品应有的高度思想性。戏曲《思凡》里的尼姑的"俊扮"有问题，头上有发怎么还算得是尼姑呢？五十三岁还要出来挂帅的穆桂英，强调她的年龄应该怎样化妆才合理呢？脸上纵然不画上许多皱纹，也不应该搽上胭脂水粉吧？打扮得美观，五十三岁的穆桂英岂不成了

---

① 川剧《战洪州》里的杨宗保，给他的妻子和元帅——穆桂英当先行官，犯了不服从指挥的错误，受了元帅的责罚和妻子的眷恋。

② "朝辞白帝彩云间，千里江陵一日还。两岸猿声啼不住，轻舟已过万重山。"

老来俏,怎么还可以算是英雄呢？描写积肥的画面,纵然不必强求首先诉诸视觉的造型艺术具有嗅觉的效果,至少不应该像古元的版画那样,避免着重描写"肥"本身的特色吧？但是,谢天谢地,幸而我们的那些有见地的艺术家,明白主题在创作中的重要,没有在对象的一切特征上卖力,没有因为处处"充分"和"彻底",给我们造成许多不必要的和有害的刺激,使对象的意义淹没在令人感到烦扰、困惑和讨厌的详情细节之中。画家没有使观众在面对积肥的画面时好像已经闻得着这种对象的气味。从艺术的思想性或社会效果来考察,这至少不是坏事。如果有人以为戏曲中的老生用的胡子不该那样长,《女起解》里的苏三不应该戴那样好看的枷,在磨房中受苦的李三娘的青衣还太齐整了,鼻梁上涂白粉的丑角都不是在扮演正面人物,齐白石的蔬果没有画出早晨或中午光线上的变化,漆器上的山水或竹木不该是出现在朱色的、金色的或黑色的衬底之上,说这一切无非是形式主义的,那么,但愿这种"形式主义"百年长寿,瓜瓞绵绵！

　　要求艺术创作适应群众的审美要求,就要能表现艺术家由描写对象所引起的深切感受和有见地的认识才行。在无限丰富、非常生动的生活之外,其所以还要有艺术,而艺术反映现实又必须概括和集中,创造典型的形象,就是为了突出它的内在意义和美,表现艺术家与特殊事件的特征紧紧结合在一起（基于艺术家的正确观点从实际中形成）的独到的见地。只要它能够让观众体会到或想起这一切,哪怕只是一言半语,也得承认它是完整的。真正懂得角色的演员,有时一声感叹"啊",也能包括千言万语。表现了旧社会里的人民的穷困,和他们对于这种生活的不满的"俗语","有朝一日时运转,两条裤儿重起穿",也应该说它的形象是完整的。在青海的那首藏族民歌里,人民和党的关系虽然没有直接用语言来加以说明,可是它抓住了具体的能够显示人民与党的关系的现象,读者可能从那些动人的诗句中体会出它那庄严的内容。民歌的下半首是：

根根羊毛拧成绳,
绳儿扯到北京城。
千里山水万里云,
草原紧靠天安门。

这是多么富于表现力的形象啊!"草原紧靠天安门",这诗句,多么优美又多么朴素呵!多么自然又多么奇丽呵!不是吗,如果从地理常识的角度来考察,这样的诗句显然是说不过去的。青海和北京之间,隔了"千里山水万里云",怎么可以说是互相"紧靠"着的呢?是的,这是虚构的,但它也是以现实为基础的。从人民与党的关系这一现实的最主要的特征着眼,我以为这样的语言不只用得大胆,而且用得很帖切,非常真实,也很完整。似乎这种字眼再没有别的字眼可代替,它给特定的社会内容以创造性的再现的形式。它是人民感情的结晶,它代表了千千万万劳动人民的声音。既然能够在反复吟诵时体会出它所反映的现实的美,何必要求这种艺术品包罗万象呢?

三

艺术形式的多样性,不只是由它的题材、样式、材料、欣赏者的需要的不同来决定的,同时也是被不同的艺术家的个性和不同的体裁、样式所决定的。各种艺术对于生活的反映,都有其特长和局限性;就形象而论,有的在这方面显得比较完整,在别的方面就显得不够。"银瓶乍破水浆迸,铁骑突出刀枪鸣"或"间关莺语花底滑,幽咽泉流水下滩",对音乐的描写,其实是间接通过人的感受,用比喻来解决问题的。通过感受的表现来再现生活是语言艺术的特长。如果嫌这种描写不"完整",那就除非直接去听音乐;可惜听音乐不见得能像读诗这样便于体会《琵琶行》的音乐的意义。杜甫的《画鹰》,作为诗,视觉形象不可能像画一样直接表现,但它不失为一首完整的诗。戏曲的表演,有的细致极了,可是偏偏要省去道具或简化道具。也许正是为了便于表演或突出表演艺术,才不求道具的"完整",以免造成对表演的干扰吧?《拾玉镯》的台上要是真正有一群鸡出场,《别洞观景》真有许多优美的风景幻灯片,《醉棣》里真有一面大穿衣镜和一口鱼池,演员的表演不见得还有那么动人的力量吧?名丑刘成基在灯戏《请长年》里,一只空碗能使观众觉得它是盛满了饭的。这种以虚代实、虚中见实的表演,就戏曲的虚拟动作这一特色而论,不比真正盛了一碗饭上台更完整吗?中国的或外国的那些虽然没有复杂情节的肖像画或肖像雕刻,例如阎立本的《历代帝王像》,是富于表现力的。因为它是画,不必和传记以至传记电影比赛完整性。

谈形象的完整性,不能离开特殊艺术样式的特点。鲁迅,中国的伟大作家、思想家、革命战士,如果用雕刻来加以表现,怎么才算完整的形象呢?不说别的,单是"横眉冷对千夫指,俯首甘为孺子牛"这两句名言,在雕刻上怎么能够同时完整地得以再现呢?简单说来,这两句话包含着两种对立的态度。一种是对敌人的,一种是对自己人的。而这两种对立的态度又是统一的;统一在鲁迅的革命人生观里,也统一在我们对他的感觉和认识里。雕刻,作为一种视觉的以及触觉的艺术,不可能依靠形体全面、直接、具体地同时再现鲁迅的这种伟大性格的各个方面,只能是从特殊的动作、表情等可视的特点着手,使人联想到这种精神。易卜生的《玩偶之家》的表演说明——"伤心地笑着",重点不在于笑;伤心才笑,笑是为了表现伤心,不论情况多么复杂,总有主导方面,表演时总有所着重,这就是产生苦笑等表情的现实基础。不论是雕刻是戏,艺术反映什么,不能不分主从。如果不顾雕刻的"容量",片面求全,为了"完整"和"充分",企图在一个肖像上把鲁迅性格的复杂因素以及爱憎态度同时具体地表现出来,使一个精神正常的伟大人物的塑像成为同时是在愤怒而又是在慈爱地看着什么的人,其效果一定不会好。

雕刻,对于对象的性格以及其他特征的反映,无例外地应当以一当十、举一反三。它只能使人想起许多,不能同时记叙一切。这,是雕刻的短处也是雕刻的长处。有表现力的雕刻,不企图掩饰自己的短处,而是变这种短处为长处——达到较大限度的概括性。不能在一个形象里同样程度地强调两种对立的精神状态,这是雕塑形式的局限性。如果说雕刻的局限性是可以突破的,它首先必须承认自己是有局限性的。站在观音旁边的护法神——韦驮,他虽然是那样温和,捧着钢鞭或挂着钢鞭,可是这姿态也能令人联想到他一旦不是在自己人面前而是在敌人面前,不会再是这样温和的。如果说温和是直接描写的,勇猛就是间接描写的了。可以使人看见温和而联想到勇猛,可以说这就是雕刻艺术的局限性中的完整性。

文学里动人的形象,和雕刻成功的形象相似,也不片面讲究形象的完整。正如现实生活本身,丰富的内容往往表现在似乎简单其实含蓄的形式里,杜鹏程的小说《在和平的日子里》,描写工地领导人阎兴,面对着他的战友小刘这个"完成了足够许多人做几辈子的事情以后"而死去了的英雄的尸体,运用了一些似乎很不完整的语言来描写阎兴的神气:"老阎对别人说的话,一句也听不清。""他能放声大哭,也许轻松一点。可是他哭不出来。"这些简短的语言是意味深长的,它充满了崇高的阶级感情。它能够使人联想起许多相关的生活实际,远远胜过那些既不能造成深刻印象,也不能突出思想内容的详情细节。在同一作品里,描写那个思想正在蜕化却又还不是完全没有回头可能的梁建,似乎作家也存心要留一手。这个角色的结局如何,小说最后没有任何交代。也许,有人觉得善有善报,恶有恶报,没有把这个正在蜕化中的人的结局交代明白,这个形象也就是不完整的。可是我们知道,我们面对着一个病重的人,不见得比面对一个死了的人好过些。也许正因为梁建本身还存在着起死回生和死路一条的矛盾,也就更能引起读者对他的变化的关心。现实中本来就存在着可能是继续蜕化下去也可能是悬崖勒马,起死回生的人。小说没有明白把梁建的结局交代出来,仍然不失为一个很有概括性的形象。何况即令没有交代他的结局,作者反对什么的思想表现得已经是明确的。只要形象可能在读者思想上引起警惕和反省,它的社会作用不见得低于善恶到头终有报的形象,它在思想上的作用可能是更为深远的。

忽视必要的规模,说盆景可以代替广阔的自然的山水,当然是不对的。可是也有这样的情况:辣椒的劲头,不决定于它的体积的大小。大的泡桐辣椒,不是不及小的朝天椒厉害吗?当一两个角色能够充分表达主题时,何必再把全班人马请到前台来露脸?山水画长卷的长处,小册页当然代替不了。但不见得凡是长卷山水画都能够引人入胜。其实,富于概括性的册页,比大而无当的长卷可爱得多。误解丰富而不顾艺术的单纯,以为多、大、长就是质量高、有出息的作品,至少不能提高创作的思想和艺术的质量。

四

有些美术家争论,说能不能把荣誉军人作为造型艺术的题材。表面看来,这种争论是容易解决的,荣誉军人不是早就出现在美术作品里了吗?但是问题并不这样简单。在这种争论里,也包含对于艺术的完整性和独创性等艺术标准的不同的看法。

我曾经见过这样的美术品:把伤员伤口的形状和色彩都画得特别逼真。也看过这样的电影:突出描写残废的肢体的特点。似乎这些生理现象的突出描写,不至于冲淡作品的思想内容,而是有利于体现作品的思想内容。这种作风,不过是对于艺术的完整性的狭窄认识在实践上的反映。这种作风,不宜于再现荣军,也不宜于再现其他题材，它和揭示客观事物的社会意义的要求不协调。

既然我们所要描写的是荣军，而不是别的军人，如果完全不顾及他们身体残废这一特征，把他们画成身体健康的人，这不过是在说谎，是在做假罢了。既然脱离了现实，再不能冒充革命的浪漫主义的产物。描写荣军的身体残废，可能获得较高的思想性。身体残废了还要和生理上的缺陷作斗争，力图在和平建设中也像在战场上那样为革命事业贡献力量，做出残废的人本来做不出、许多普通人不敢想象的事情，也能显得他们的品格高尚，所以艺术品不回避他们身体残废这一特点。正如传统戏剧里那些在斗争中处于劣势的人物，舍己为人的穆顺、豫让、杨八郎、《马房放奎》里的陈容，因为力图克服在一般人看来是克服不了的困难，其行动就格外令人尊敬。尽管时代不同，观点不同，《把宫搜诏》、《豫让桥》、《禹门关》等戏剧，也能够在某些方面从精神上鼓舞我们教育我们，何况是为了社会主义事业奋斗的荣军。四川有一个在保卫祖国的战场上失去了双手的荣军，不怕一切困难，学习用双臂代替十指，做各种上肢健全的人才能做得到的事，例如"拧"手巾洗脸，"握"笔写字，弹风琴，甚至"拿"镰刀收割庄稼。这一切表明革命者敢于和困难斗争的高贵品质，只要不是自然主义地对待它，都可以描写，而且都可能构成振奋人心，鼓舞群众在社会主义建设中大显身手的好作品。

描写荣军，也正如《比干挖心》、《王佐断臂》以及《岳母刺字》等戏剧一样，不能完全避免生理现象。但是，要不要突出地表现这些生理现象，却是一个重要问题。它影响作品的思想内容，它可能暴露艺术家的修养不足。有修养的艺术家明白艺术的目的，不甘心自然主义地对待他的素材。几年前发表在《战友》杂志上的一篇很短的通讯，记者使用了很简练的文字，把一位荣军手脚都残废了的特点，表现得很感人，方式却很含蓄。荣军走路时特殊的脚步声，和荣军相见时记者习惯地要去握手却又立即改为拥抱的情景的记述，读者完全可以体会，残废的特点是什么。善于辨别轻重主从，在创作上才有创造的自由；敢于灵活地对待荣军的各种特征的这些作品，是和自然主义有鲜明界限的作品，也是真正了解对象的艺术家的成绩。不顾对象的内在意义，斤斤计较外形的周到，不会给人民提供真正有益的精神食粮。从作品的思想性着眼，在形象的外形上的不求全，实质上是为了获得更高意义的完全。

在中国的传统文学艺术里，怎样描写荣军，就是怎样描写英雄人物，怎样避免自然主义和抽象化，也有供我们借鉴的经验。《三国演义》描写关云长在樊城中了毒箭，不接受下级要他回荆州医疗的劝告，只在战地由华佗动手术。小说没有回避生理现象的具体性，也不忽视它所引起的反应（"佗用刀刮骨，悉悉有声。帐上帐下，见者皆掩面失色"）。小说中的关羽，不是社会主义革命的英雄，较之邱少云，在思想上显得十分逊色。小说不回避他那生理方面的现象，但是它所着重描写和反复描写的，不是生理现象的详情细节，而是关羽在艰难之前的精神状态——无畏和冷静。这种艺术技巧的运用，和我们的需要也有相近之处。关羽满不在乎的样子，例如一面让华佗开刀，一面饮酒，吃肉，谈笑，下棋，写得有声有色。也许，正是为了突出关羽的无畏和冷静，所以小说才不回避生理的特征吧？我们可以不喜欢这种手法的过于夸张，说它缺乏生理上的刺激的具体性。可是这一点是很可取的：小说不平均对待各种现象，更不是以生理特征作为重点来对待，这就划清了现实主义与自然主义的界限。小说最后借华佗的口来赞美关羽是"神人"，可见作者的写作目的明确得很。因为有了明确的创造意图，所以才不至于狭窄地了解形象的完整性或真实性等等概念的吧？

不脱离生活，以新颖的思想为内容的创造意图，适应各种艺术样式的特点而创造出来的形象，是深切感受和认识了生活的结果。认真说来，褊狭的完整论者形成偏见的基本原因，在于他认识生活时,对他的反映对象还没有摸底,还不懂得生活的意义,还不明白它如何表现在各种具体现象之中,因而也不明白在创作时要着重描写什么,无从形成不落陈套的别出心裁的创造意图,为创造真正完整的形象准备思想的条件。

1959年5月27日写成
(载《美术》1959年第6期)

钟　馗　不　丑

一

　　艺术,不是充饥的面包,不是育婴的摇篮,更不是吓麻雀的稻草人,而是开启心灵的钥匙。它对人们精神上的作用,也许一下子看不见,摸不着,但不能被其他文化现象所代替。

　　因为艺术影响人们的精神品质,对它要有严格的要求。可是,艺术到底是艺术,不宜向它提出不适当的要求。对于品种不同的艺术,不宜提出没有区别的要求。为工农兵服务的原则必须坚持,如何为工农兵服务的方法也必须深入探讨。反映阶级斗争和社会生活、直接歌颂新英雄的作品,在人们精神上的影响,和其他艺术作品的影响大不相同,今天它仍然是我们必须大力提倡和追求的。我们的方向是不容怀疑的。可是,不能因为这些题材重要而把它和其他也是有利于人民精神生活的题材对立起来,也不能把艺术与政治的关系和艺术与生产的关系看得太简单。

　　据说,有人认为牡丹花和生产无关,不宜入画。要画花,就得画南瓜花。有人认为竹子虽然可以画,不过首先要明白它的用途,画出它与实用的联系。还有一种似乎很雄辩的说法,是风景画里总得出现人,而且人画得不大也不行;理由是人乃生活的主宰。这些好心肠但颇片面的说法，对艺术提出的要求不适当。如果它是正当的，在我们的艺术博物馆里，就只能陈列卫生挂图、交通规则挂图、生物学和生理学模型。虽然这一切都关系人民的健康、生命安全和文化的提高，到底代替不了韩滉的《文苑图》，倪瓒的山水或王冕的墨梅，天回镇出土的汉代《说书俑》和《抚琴俑》。幸而艺术博物馆和其他各种文化工作有显著的区别，我们的精神生活才不至于极度贫乏和单调化。

各种造型艺术，不止有不同的反映现实的方式，而且有不同的具体内容，因而能够适应人民多种多样的需要。人民在生产和战斗之后，需要休息和娱乐。在这方面，花鸟画和山水画也有不可忽视的作用；何况它还不只是一种使人得到休息和娱乐的东西，而且是能够培养人的审美能力和高尚情操的东西。艺术被统治阶级所独占，人民的美的享受被剥夺了的时代，人民对于和生产、战斗的关系比较不密切的艺术，例如花鸟画和山水画，兴趣不很大也不十分能够欣赏，那是可以理解的。特别是在人类的幼年期，自然还没有驯良地受人类所支配，人的力量还不足以战胜它的危害，人对于自然的态度和现在是不同的。对它恐惧还来不及，哪能以奴隶命风月，与花鸟共忧乐？高尔基认为米·普列什文的作品，使人觉得人是大地的全权的君主和丈夫，是大地的奇迹与欢乐的创造者。这样的说法，在人们把自然现象（例如洪水）当成神的威力来看待的时代，决不可能出现。可是，当人与自然的关系已经有了很大的改变，特别是人民当了社会的主人的时代，愈来愈需要自然美的欣赏，也一定是愈来愈会欣赏。齐白石的作品在解放以后更有群众，这不是偶然的。今天人民欣赏艺术还有困难，我们的责任，是帮助人民提高欣赏能力，扩大欣赏的范围，至少不是缩小他们可能接触的欣赏对象。如果以为他们只配看南瓜花而不配看牡丹花，正如以为他们不宜游玩曾经给帝王霸占的颐和园那样，不见得是了解劳动人民的审美需要，也不见得是尊重劳动人民的审美能力的。

人民的需要不简单。我住在什刹海的那年冬天,在一家很小的理发馆里,正在理发,忽然听见虫鸣,像是蝈蝈的叫声。一看,到处都没有,原来它就藏在理发员怀里的小笼儿里。为的是尽可能不让它在不利气候条件下死掉,才给这种不能生活在冬天的虫子保温。多周到的安排呵!蝈蝈是他的孩子吗?这,使我回想起解放前的河北农村,农民家里的玩意。北方的冬天,一片黄土,单调得很。农家没有养花的余暇,却把萝卜挖空,挂起来,盛水,让它长出叶子。把大蒜一瓣瓣地穿成一串,放在盘里,加水,出芽,长叶,成了供欣赏的绿色盆景。理发员和农民是不是想要把漫长的冬天缩短,把宜人的秋季延长呢?很难说。这一点是可以肯定的:人们热爱自然美。对于这些热爱自然的人民,给他们看看以自然为对象的作品,有什么不好呢?

如果有人说,周昉和张萱的仕女可以代替劳动英雄的肖像,宋代的《小庭婴戏图》的意义相当于《八女投江》或《考考妈妈》,分明表现了阶级性的人物画可以被阶级性比较不鲜明的花鸟画和山水画代替,完全没有轻重之分,当然是荒谬的。可是,如果以为不出现人的十三陵水库的描写,以至其他未经人改造过的自然的描写,都不算是人的反映,不值得重视,也不正确。如果为了认识1958年大跃进的现实,向西山的红叶或公园的金鱼找寻根据,当然不行。可是为了培养有利于革命事业的高尚趣味等等,除了读《红旗谱》,也有必要扩大艺术欣赏的范围,使其能够从宋画《群鱼戏藻图》、《鸡雏待饲图》,以至任何动物都不画的山水画里面受到有益的影响。

艺术家心目中的自然的美,是能够使我们联想到人和人的生活,尤其是体现了我们所向往的生活的东西。如果作品里的自然不过是自然本身的一般属性的再现,而不是人的本质和审美理想的对象化,就不能满足以表现人的思想感情为目的的艺术创造的要求。

我们不能简单了解山水画和花鸟画的表现对象；许多山水画和花鸟画里的自然，都属于所谓"有我之境"，这些反映对象都是着了人的色彩的。

用不着解释，列维坦的《符拉季米尔路》虽然没有出现囚人，却也是表现了人的。同一作者的幽静的《黄昏》等等，不只其中的自然是可供人活动的环境，而且正如柯罗、卢梭等风景画家作品中树木和其他自然现象的形象，具有能够使观众想到人的精神的特色。我国的名作，例如马麟的《层叠冰绡图》，那梅花，当成美丽、庄重而宁静的人的化身来看，有什么不可呢？能说《群鱼戏藻图》里的小鱼，《鸡雏待饲图》里的小雏，完全不可能令人联想到可爱的童年吗？能说《昭陵六骏》不表现人的品性，不是人的美感的造型化吗？正如那些充分染上了人的感情色彩的诗词，比如与惜别有关的"晓来谁染霜林醉，总是离人泪"或"飞鸟没何处，青山空向人"，许多美术作品中的自然，是和人的感情密切结合着的。出现在作品里的花鸟和山水，就一定意义而论，都是反映人的。前些日子再看昆曲《单刀会》，觉得关羽的联想有点像艺术家的创作。当周仓称赞了江水时，关羽说这不是水，唱（"驻马听"）："这是那二十年流不尽的英雄血。"关羽眼中的江水，也像中国画里的那些欲语的花、多情的鸟、傲气的松、柔媚的柳、初醒的山、调皮的水、自在的云、含羞的月……描写了特定情势之下的自然现象，同时也渗透了人的感情、愿望和理想，成为间接反映人的一部分。看起来使人觉得冷落无味的花鸟画，也就是说作品中的花或鸟缺少情趣，难道说仅仅因为画家还不了解花或鸟吗？其实，往往也因为他不了解人，不了解人对艺术的需要。不了解人，不能成为好的人物画家，也不见得就一定能够成为有成就的山水画家或花鸟画家。因为，把握不住人的美，也就很难把握自然的美。

就艺术对于人们精神上的影响而论，有的比较直接，明显，有的是当事者受了影响自己还不觉得，看来事后也很难分析，即所谓

"潜移默化"。当荆轲即将离开燕国,去刺杀秦王而唱"风萧萧兮易水寒,壮士一去兮不复还"的时候,立即感动了在场的战士。荆轲的歌(艺术)对于将士(欣赏者)的作用是很明显的。另一种情况是:当普通的观众听了民间音乐《双合凤》、《撒网捕鱼》或《新疆舞曲》的时候,只是觉得好听,不一定能说出为什么受了感动,它好在哪里的。能不能说,前者才是好的作品,后者就不行呢?面对优秀的花鸟画和山水画,好比玩赏风景,人们常常说不出它怎么美,却得到了心胸舒畅,有利于劳动的感觉。此外,哪怕不过是与实用结合在一起的工艺美术的美,例如朴素中的巧妙,变化中的和谐,刚健中的柔和,例如建筑中的雄伟或优美、庄严或秀丽,正如对杂技中与娱乐性因素结合在一起的准确、熟练、机敏、沉着和小心而自信等特性的欣赏一样,不只有利于生产干劲的提高,也有利于高尚性格的培养。戏曲界的老前辈盖叫天关于戏曲的娱乐性与生产和劳动的关系的说法,值得一些不了解艺术怎样为生产服务的艺术家参考。如果因为强调直接描写人的历史画和风俗画的重要性而轻视花鸟画和山水画,完全否定它对人们精神上的作用,其实是不顾人们的各种需要,也就是甘于脱离群众的表现。

二

艺术创造是一种复杂的精神劳动,也可以说是主观与客观的统一。以唯心主义思想为指导的抽象主义,以机械唯物论思想为指导的自然主义,都不可能做到既真实地描写了对象,又适当表现了画家的思想感情。在抽象主义者的手下,哪怕是母性这样的题材,也会搞得莫名其妙。"母性",总应该使人感到慈祥、善良、优美吧,可是,抽象派的那些奇形怪状的造型,只能引起恐怖和厌恶。作品不仅不能引起人们正确认识现实,反而成为认识现实的障碍。不是向观众提供可取的精神的食粮,而是用不尊重观众的胡闹来作恶性的精神刺激。如果说把机械唯物论当成创作实践的指导的自然主义,是把人们的精力阻止在现象的偶然的细节之间,妨碍人们认识现实,不利于创造性才能的培养,那么,把现实消融在主观随意性的臆想里的某些现代派艺术,这种唯心主义的产物,和我们在艺术创作上强调的主观能动性完全是两回事,也不利于创造性的才能的培养。好像热情,实在也不能掩盖作者对生活的无知和冷淡。即令他们是在画人,其实是对于人的戏弄。这种所谓创造,和现实主义的花鸟画的自然的人化完全不能相比。

唯心主义的主观性必须反对,但是不能因此忽视艺术创造的主观能动作用。许多民间传说,例如山东崂山蝎子精的故事(《前哨》1959年第4期),完全不受素材的拘束,描写了一个对于坏事完全不妥协,但又那么优美、善良和坚定的女性。虽然她是蝎子精,听传说的人不会计较这一点。不管记录传说的文学工作者江源和董均仑是不是在语言上作了加工,传说本身的特点非常明白。也许正因为人物是蝎子精,更加使人感到她那许仙或李甲一样软弱的情人,远远不及她的高尚吧?当她明明知道男的听了和尚的怂恿,要用宝蛋里的雄鸡来杀死她,她不只不报复,而且,在鄙视情况下把他赶走之后,也在他有危难时搭救了他。显然,传说作者不是在为昆虫作文艺性的解说,而是人民理想的借题发挥。人民的理想也是现实的反映;如果死揪住这个具有典型意义的女性的"出身",不只不能体会这种传说的美和社会意义,也不能了解反映现实的艺术创造的能动性。

艺术怎样影响人们的精神,情况很复杂。要看是什么人在欣赏什么作品,才能估计作品的作用。就这样的意义来说,欣赏者的立场、观点、态度、方法都很重要,好作品有时不被人所重视。至于艺术创作的形成,它的内容与形式的关系,也不宜作武断的简单化的估计。花鸟画里,有一些复杂的现象,用唯题材论的观点来考察问题,就很难对它作出合理的解释。齐白石不只是也画牡丹、菊花、梅花、各种在生产上"没有用"的花,而且还画了一些用今天除四害的观点看来,就可能引起怀疑的题材,例如麻雀、老鼠、偷油婆、蚱蜢……这一切,出现在齐白石作品里的时候,是不是已经变成漫画中的反派角色,成了画家讽刺或咒骂的对象呢?是不是只有蛤蟆、小鸡、芋头、白菜,才是老画家所尊重的正面角色呢?不见得,看样子愿意"为万虫写照,为百鸟传神"的画家齐白石,不企图把它们当成对于人有危害性的生物来作科学上的评价,甚至给它们作善恶的鉴定。画家们,一般说不过是从这些题材的某一方面的特征着眼,体现自己从现实生活中得来的感受,例如人们对于自然的爱。蚱蜢,是以什么身份出现在齐白石作品里的呢?显然,它既不是被当成昆虫学的对象来描写的现象,也不是被当成农业生产的敌人来攻击的对象。不过是画家从它的某些和人的精神最有联系的特点出发,强调表现它那些令人喜欢的特点,例如活跃的姿态的美。"活跃"这种美,间接与人们的生产斗争以及阶级斗争相联系,作品常常是以这些有趣的特征的描写,寄托了画家爱生活和爱自然的感情。

老虎,一般说来,是与人民为敌的。较之蚱蜢,它对人的威胁更直接。正因为这样,在戏曲《林冲夜奔》里,一再被提到的白虎堂,因为成了高俅权力的象征,那个虎字不给人以好的印象。《白毛女》里,壁上画的那只老虎,其实不过是中国画里的一般画法,可是它和罪恶的地主行为同时出现,成为黄世仁的化身,引起了观众的反感。不过,能不能因此就说,人民只是仇恨老虎而不喜欢老虎呢?不见得,这要看时间、地点和条件。西安美协同志们说画家到农村生活,还有不少群众请他们画老虎的呢。显然,我国历代画虎的画家,不完全是把老虎当成人民的敌人来对待,有时分明是把它当成美的事物看待的。为什么可以这样呢?老虎本来就有两面性,还是画家没有是非观念呢?这是有趣的问题。

在语言艺术里,老虎挨的骂不少。人们为了批评反动统治者的苛政,把老虎也牵连在一起,分明是人们恨它的表现。可是另一方面,老虎常常成为美好的愿望的象征。要是人民完全不喜欢老虎,就不会给自己的孩子作一顶虎头帽,不会在端阳节用雄黄在孩子额上写一个王字,不会把自己的孩子叫小虎、大虎、二虎、三虎。人们也不会对黄飞虎这些带虎字的名字那样有好感,不会用龙行虎步来称赞人的步态。在这样的情况下,人民已经不把老虎笼统地当成有害的野兽,而是抽出了本来存在于老虎身上的某些特征,例如猛勇,有力,沉着,无恐……借以体现人民健康的感情和进步的愿望。也可以说,因为时间、地点和条件的不同,当它已经不仅不是严重地威胁人们的安全,而且它的那些和人们的审美要求相联系的特征占了压倒的优势时,人们觉得虎是美的。因为人对自然的感受常常和自己特有的生活相联系,人们可以通过老虎生活状况的描写,看到或意识到自己生活中那些可贵的精神,老虎才有可能被当成美的事物来描写。本来是动物的老虎,寄托了看起来不完全是老虎能寄托的人的感情。孙万福称赞那即将发挥无比威力的革命力量是"高山顶"上的"蟠龙卧虎",正如高尔基歌颂暴风雨中的海燕一样,为了寄托革命的热情,使自然人格化,是千千万万人民渴望革命和革命必然胜利的信心的形象化。用机械的看法不可能了解作品中的老虎和人们的关系,也不可能了解,为什么老虎可能以不与人民为敌的身份出现在许多艺术作品里。

　　狐狸,按照一般的印象,也是坏东西。不是吗,当人们骂人的时候,叫对方是狐狸精。在民间传说里,它常常是以反面人物的身份出现的,但也不尽然。在《聊斋志异》里,它常常成为美的女性的化身。谁能说这部小说里的小翠、凤仙、莲香,是被当成反派角色来对待的呢?有些艺术攻击狐,有些艺术赞美狐,是矛盾的。《聊斋》就有这种矛盾。如何解释这种矛盾呢?为什么两种性质不同的形象,都能够深深感动艺术欣赏者呢?把注意停止在自然现象本身,正如看雕刻不注意形象而注意材料似的,不会了解上述矛盾。其实，出现在作品里的狐，已经不是原来的狐，不过从某一个侧面和它相近，借它的某些特征来体现作者不同的来自生活实践的创造意图。一般说来，这两种创造意图都是现实主义的。一方面，作者在观察、体验生活中，得到了某些和狐的某些特征相接近的印象，当他进行形象的创造的时候，大胆把狐想象为人，赋予它可恶的或可爱的品性。这就是说，狐，在这样的艺术里，不再单纯是自然物，而是体现人的社会生活以至品格的一种形式。或者说，不过是特定的形式的构成因素。另一方面，也可以说原来存在于狐身上的某些对立的属性和特征，当它和作者特定的创造意图相结合的时候，得到了虽然夸张但也真实的描写。这就是说，尽管作者是借它来寄托由社会生活和斗争得来的感受，按作者的审美观念和是非观念来创造好人坏人的典型，而不是把狐当成自然现象的野兽来描写和为它作科学的评价。但是，其所以可能把它想象成为好人和坏人，也并不脱离形象原型的某些特征，而是它的某些特征的夸张和发展。如果狐不是狡猾的，它不可能变成令人信服的形象——善媚而不老实的坏人。如果狐不是聪明的，它不可能变成令人信服的形象——善于理解人、情感缠绵的好人。残暴的豺狼为什么不能成为优美的女性的形象的原型，大牯牛为什么没有担任过青衣和花旦的角色，小白兔为什么从来没有被想象成为孙悟空那样的英雄，常常担任着不过是善良的甚至是被人怜悯的角色？不论如何，民间传说和《聊斋志异》都没有说谎，何况它的任务不是为了描写狐而是为了表现人。

　　没有想象就没有艺术，而构成想象的基础，是现实生活。只要拟人化的形象是真实可信的，它也是对人们生活的另一种形式的反映。所以把狐表现得像人的作品也是现实主义的。1954年我在访问波兰时带回了几件民间小陶塑，其中之一是"小狐狸"。我试问过好几个到我家来过的朋友，看他们的感觉和我的感觉是不是相同。我还没有听到过把狐狸当成反派角色来对待的。正如捷克版画里的那个睡着了的小刺猬,引人注意的特征,是美而不是丑。这个使人感到有点顽皮的小孩似的小狐狸,正如甜睡的小刺猬,使人想到在爱抚中安眠着的婴孩那样,也像《群鱼戏藻图》里的活泼的小鱼那样,不能说是对自然现象的简单描绘,不寄托人们对于生活的热爱的。陶塑作者的创造意图如何,是不是着重描写还没有独立生活,因而不像狡猾的老狐那样讨厌的小狐的特征呢?我没有打听过。可是,这一点是可以肯定的:它不是自然现象的冷淡的所谓如实的描写。包括齐白石的山鹰和松鼠在内,这些能够使人想起人的生活的生物,其特征,是和人的社会实践与审美需要密切联系的。小狐的顽皮、灵动等特色,正如老虎的勇猛,山鹰的机警,松鼠的敏捷,小鱼的活泼,小刺猬的安详,飞鸟的自由自在等特征那样,和人的生活(生产或战斗)的需要有关。使人联想到人的特点的形象,其所以具有人的味道,既不简单是生物外表的特性的如实的模仿,也不简单是人们主观上的心理特点的反映。不是像唯心主义美学的移情说那样,愿意把它想成什么就是什么,觉得它美就美,也不是自然属性的机械的反映①。作为生活的反映,它是符合先进阶级的美学理想的,不违反辩证唯物主义反映论的原则。

三

为了社会主义现实主义创作的繁荣,对于艺术中以及生活中的复杂现象,需要认真研究。轻易的以至武断的结论,是不利于革命文艺事业的。简单地对待花鸟画和山水画,也可能简单地对待历史画或风俗画。有些以生活中的重大事件为题材的作品,有些有关生产或与战斗有联系的现象的描写,为什么虽然场面很大,人

---

① 这句话是有含糊性的,好像任何移情作用都是唯心主义的,我不便修改,只这样作注:如果说"以眼观物,故物皆着我之色彩"也是一种移情现象,可见承认移情现象不都是唯心主义的。

物不少,可是不能给人以深刻的感动,甚至不能分明表现事件的意义呢?为什么听起来很动人的事件,一画起来便连画家自己也觉得不大有味道了呢?看来不只是技巧问题,而且往往因为自己并不了解究竟是要表现什么。一件作品好不好,题材当然重要,可是,要是对于题材没有深刻的认识,不明白重大意义怎样体现在具体现象之中——意义重大的思想内容,往往包含在仿佛微不足道的具体现象之中,因为抓不住核心难免事务主义地、冷冰冰地、或者故意显得激动也不免装腔作势地对待他的题材,不能为题材构成确切而又多样化的表现形式。

就如何认识对象这一点而论,前人也给我们提供了很多好的经验。类似的题材,例如描写人物在写字,它出现在成功的艺术品里时,因为意义和人物性格及其处境的不同,有多么悬殊的描写啊!《文苑图》里的人物在写字,决不是写字的说明而是借它来表现人物精神状态的。丰子恺画里习字的阿宝,那歪着脑袋,聚精会神的样子,恰好表现了儿童的稚气和认真。列宾的油画《萨波罗什人》中的写回信者,苏平楚克的雕刻《在勒士立夫的列宁》正在起草革命文件的列宁,正在构思、咬着鹅笔管的普希金像,《十五贯》里不忍冤枉好人,感到那枝笔有千斤重的况钟,《红楼梦》里的那个偷偷写意中人的名字的龄官,喝醉酒在金殿上为皇帝起稿的李白,为了和危害人民的官府斗争而把证件抄在衣衫上的宋士杰……许多富于表现力的形象,不只表现了特定的人物,而且,更重要的是成为诱导我们关心现实和认识现实的引线。这是客观实际与艺术家的主观认识相结合的产物,无论如何不是可以不动脑筋看见什么画什么所能够创造出来的。关于创作中的主观与客观的辩证关系,在石涛《画语录》和许多画论、诗论里,有很值得重视的意见。石涛和中国的画家像诗人那样,从来都注意意境。所谓意境,实际上就是创作活动中的主观与客观的关系的统一。山水画需要"山川与予神遇而迹化",其他形式,包括肖像画在内,何尝可以自然主义地或抽象主义地对待素材？

现实中的许多复杂现象，例如外形与本质的矛盾，就不那么容易了解。而艺术恰好是要像《疯僧扫秦》里的疯僧那样，把哪怕是掩盖在不美的外形之下的美揭示出来，从而让人们更便于认识生活中被掩盖着的美（或虚伪的善）。不消说，一经揭示，邋遢和尚那些不守清规的外表之下掩盖着的性格特色是很明白的。谁不能因为他敢于和权臣作对，说了人们想说而不是人人敢说的话，更感到他那灵魂的高尚呢？较之伪君子，这外表邋遢的和尚，显然要洁白得很。如果现实中的这些特点没有经过作家艺术家的集中和概括，而是要观众自己去发现，不见得是容易的。比如说，受了伤的英雄，当他已经不是在战场上，而在日常生活中，他的美是不是容易发现呢？不容易。身体虽然残废，可是内在本质即有决定作用的性格的美，往往被艺术家所忽略。以为生理上的特点最重要，用自然主义的态度来对待这一光辉的题材，结果是作品里题材的意义大为减色，甚至成了现实的歪曲。

并非对立的就是美的，描写了对立面并不就能够给我们带来美的享受。那些并非强调对立面的形象，也可能是反映了现实的美的。可是，在现实中或艺术中，因为具备了对立因素而使某些事物的美显得更加强烈。例如残破了的古塔，例如定县开元寺的"料敌塔"，为什么也会引人注意而且觉得美呢？也因为包含着对立因素的缘故。当然，人们对残破了的古塔感兴趣的原因是复杂的。有的，可能是对于前人的创造性劳动的佩服；有的可能是带着一种怀古的幽情来看它；有的可能是想从力学观点来考察它；有的可能是受了好奇心的支配……不论情况多么复杂，其所以引人注意和喜爱的原因之一，说是从中发现了和人的审美要求有密切联系的因素，说是也由于它的对立因素而可能使人忆起生命力强大的人的力量和意志，不算是毫无根据的玄谈吧？资产阶级学者不顾现象的内在意义和它与多数人精神上的联系，以为物的美在于形式，说凡是有缺陷的就是美的,美的就一定是有缺陷的;这当然是不对的。那么,为什么残缺了的东西也可能是美的呢?我以为在于掩盖在残缺的形式之中的精神。破了的定县"料敌塔",其所以动人,不在于残破这一特点本身,而在于包含在这一特定形式里面的力量(强固和安定)。如果可以和列宾的肖像画《莫索尔斯基》或他的老师的肖像名作《尼古拉索夫》相比较,那么,同样是在分明表现了某些矛盾因素和对立状况而形成的。上述的两幅肖像画,是从病态的外形中显示出旺盛的生命力和斗争性的。残破而没有倒塌的古塔,也是一种力量的象征。经过了时间的考验的这种古建筑,虽然不可能代替完全没有明显损坏的新建筑的美(各有各的特色和美),因为它既残破而又稳固,所以也可能在人的精神上产生不是消极的而是鼓舞的作用。破塔在条件不同的人们的精神上的影响虽然不同,但它正如体现了人的某些特色的花鸟画和山水画那样,人们可能在这种不以人的意志为转移的客观事物的特征面前,仿佛看见了自己所向往的美,"看见"自己倾心的健康的和高尚的东西。

现实生活和人民的欣赏需要都不简单,艺术创作也不简单。在兵法上,有"置之死地而后生"的办法。在艺术上,有时为了揭示美,使美显得更美,偏偏要强调对立因素。我们熟悉的川剧《白蛇传》里面的那个猛而善的青儿(即小青)且不说,昆曲舞台上的钟馗的形象,也就是强调事物本身的矛盾来体现它的特质的。昆曲《嫁妹》中的钟馗,从作者的创造意图来看,不论是他的脸谱、装束,不论是他的随从,不论是他的破伞和灯笼,尽管是按照戏曲的完整性的要求,样式化了的,可是,艺术家不掩盖这个在腐朽的封建主之前,因为面貌丑陋而使他那合理的愿望破灭而变成屈死鬼,他那美的灵魂与丑的外形相对立,形成既可怕又可爱的两重性。只消提到他那不称身的袍服,破伞,倒置了"进士"二字的灯笼,就可以证明艺术家是同时强调表现了丑的。强调人的形体的畸形,至少没有妨碍性格的美。老演员侯玉山在《嫁妹》里演的那个有时还有点孩子气的魁伟的钟馗，不掩盖自己因为遭遇不幸而引起的悲哀，因为克服了阴阳的阻隔就要达到嫁妹的心愿而高兴时的做、唱和舞，使人分明觉得他不再是可怕的丑恶的鬼，而是善良的天真的刚直而又柔情的人。《嫁妹》表明他是负责的人，高尚的人，可爱的人。那高兴时的秧歌舞式的舞步的穿插，使人感到有趣，也使人更同情他的命运（天才被毁灭）。我们不能以为畸形的外貌是美的心灵的变种，也不能说美的心灵只有丑陋的外形在一起才能显示出来，但，因为有了强烈的对比，美的表现更显著，这也是事实。好看不等于美，不论钟馗的外形好看不好看，观众分明感到起决定作用的是内在的性格的美。卓别林这样的电影艺术大师，他一生的成就，几乎可以说没有离开过丑中见美的这一美学原则。我国古典戏曲名作和莎士比亚大戏剧家的作品，就丑角而论，有不少是在可笑的外表掩盖下，透露幽默、机智、聪明、正直，成为某些外表庄严而有权势的反面人物的有力的反衬。川剧《鸳鸯谱》里的乔太守，《一只鞋》里的毛大富，《秋江》里的艄翁，《九锡宫》里的程咬金，《晏婴说楚》里的晏婴，不因为角色是丑扮的而损害了人物的精神品质的美。有人曾经把代表好人的丑角脸上的白粉刷掉，以为它是对于人民的粗暴的嘲笑，这是不了解美的形象的多样性的缘故，不了解这种形象的独创性，其实也是不了解现实的复杂性的反映。

　　当然，丑的外形并不是体现美的内容的唯一的形式，也不是最重要的形式，但也不能否认，这也是表现客观存在的美的一种表现形式。美在生活中的表现形式是多种多样的，反映美的艺术形式也不能简单化。多了解一些艺术中或现实中的复杂情况，至少有利于克服把艺术看得太简单，因而把形象塑造得很单调的毛病。把艺术与生产的关系、艺术与政治的关系看得很狭窄，难免重复这样的现象：强令工厂的烟筒和花卉同时出现在一幅工笔画里，让鱼来担任解释力争上游这样的概念的角色，把花鸟画和山水画与直接歌颂新英雄的创作混为一谈。

如果把艺术的作用看得很狭窄,看不见群众需要的多样性,那么,不只不能了解花鸟画和山水画对于社会主义建设的好处,也不会重视其实也很有作用的肖像画。结果难免脱离人民广泛的审美需要,也不能了解艺术欣赏中的那一些其实并不奇怪的现象;例如,分明是以帝王生活为题材的《长恨歌》,为什么还有可能感动反封建的我们;完全得到婚姻自由和已经得到婚姻幸福的我们,为什么还能深为《红楼梦》所感动,曾经是以象征帝王威力为主要特征的天安门,如今为什么成为站立起来了的人民的伟大精神的象征,可能为共产主义政治服务,为社会主义建设服务。

1959年7月5日写成

(载《美术研究》1959年第4期)

适应为了征服

　　创作是欣赏的对象,没有欣赏就没有创作。欣赏的需要推动了创作,同时创作又创造着欣赏的需要。提高了的创作提高欣赏水平,提高了的欣赏水平又反过来促进创作水平的提高。为人民服务是我们的创作的目的,人民在艺术的欣赏中接受宣传。艺术家为了教育他的服务对象,必须满足对象欣赏的需要。违背了对象的欣赏需要,引不起人们的兴趣。这样的作品不能真正起到教育人民的作用。这是欣赏与创作的辩证关系,这是授者与受者的要求的矛盾统一。

　　一般地说,创作不仅是为了陶醉自己,主要是为了影响别人,从而发挥艺术在思想战线上的作用。怕人看见,偷偷在地上写出意中人名字的龄官,那样不愿公开的"创作"是特殊的。醉了的宋江在浔阳楼上题反诗,实际上是被压抑了的政治要求的自然流露。从社会作用来看,文学艺术创作归根到底是为了满足人民的审美需要。对于革命的艺术家来说,作品的内容必须是正确的、进步的、对人民有益的。但客观的效果如何,是不是仅仅由作品本身的思想性和艺术性决定的呢?当然是它决定的;可是离开了接受者的条件——兴趣,这种作用不能想象。艺术的社会影响如何,要受接受者的制约,正如艺术对他们的欣赏是一种制约一样。艺术品和艺术欣赏互相成为条件,两者是对立的统一。包括抒情诗在内,不论作者创作时意识不意识欣赏者的需要,一切有关内容和形式的推敲,实质上和欣赏者的需要有关。完全可以这样说:诗人修改草稿的时候,他的身份有两重性——既是正在创造的作者,也是作品的第一个读者。有了这个不直接出现的他(读者)在跟自己为难或鼓励自己,作品在政治上和艺术上的质量就多了一层保证。

社会主义的艺术,用什么来教育人民,拿什么来为社会主义建设服务,是创作中的根本问题。可是如何服务得更好,必须结合着服务对象的欣赏需要来考虑。正因为这样,我们就不只要考虑作品的基本内容是不是有益,也要考虑形式的准确、鲜明、生动和有趣。引导人民认识现实的艺术家与服务对象的关系,用不很确切的比喻来说,有点像导游与游人的关系。导游也有水平高低之分。是恰好启发人们自己进行相应的探索,从而了解生活呢,还是不问效果,一味地指手画脚,把他所知道的硬灌给对方呢?这要看授者对于受者的需要、兴趣和能力有没有适当的估计。某些抽象主义作品不用说是脱离人民的。因为看不出它是反映了什么。虚张声势、矫揉造作的表演,也妨碍观众的欣赏活动。要是观众不得不接受那些无谓的刺激,他就难得进入戏剧应该提供的境界。为什么内容正确可是说得太直率的话语,有时还不如带有疑问语气的话语更有煽动性?为什么作画可以意到笔不到?为什么作诗要讲究"意贵透彻而语忌直率"?这一切,离开接受者的心理特征就无从解释,人们愿不愿意接受作品的内容,要看作品中的形象能不能使他们感动。适应不是创作的目的,但是为了征服艺术的服务对象,在内容上和形式上都必须适应服务对象的需要、兴趣和爱好。

如何适应也就是征服欣赏者,可以批判地吸取前人的经验。在传统艺术里,有一种近似战术的以退为进的方法,剧词不只要明白易懂,而且要悦耳动听,有回味,就是为了和欣赏者的要求相适应,构成征服观众的条件的。善于控制观众的演员,有时要用魔术家先松后紧、欲扬先抑的方式①。当听众被周围偶然的刺激所吸引,不再集中注意听相声的时候,为了把听众重新吸引到相声里来,相声演员故意说一些与刚刚出现的偶然现象有关的话,激起听众的笑声,使听众关心逗他们笑了的原因,然后才乘机转到相声的本题②。川剧名小生袁玉堃的经验是这样:当观众被戏里可笑的表演逗笑了,演员为了把戏演下去,这时候也必须把观众"喊醒",不让他们老是沉醉在笑里。怎能"喊醒"观众呢?首先要等他们"笑稳"了之后,才进一步加强应有的表演,使他们集中注意于新的表演,可以说这就是以退为进、欲扬先抑的办法。以退为进、欲扬先抑的这些与人们的精神活动相关的现象,就它的力量而论,和社会主义文艺的基本任务不矛盾,符合事物的运动规律,符合列宁的名言。列宁在《哲学笔记》中说过:"为了更好的一跃而后退。"

　　艺术欣赏者接受作品的内容,不是一种简单的机械的活动,而是一种有其特殊复杂性的精神活动。不论是有意或无意(通常是无意的),欣赏活动同时也是一种想象活动。"景愈藏,境界愈大;景愈露,境界愈小"的画论,其所以合理,因为有欣赏者的想象力在起作用。根据个人的经验,觉得艺术的深而广的境界,不是一下子就能看透的;能够一下子看透的东西,境界可能浅而窄。艺术必须平易近人,人们喜欢"藏"而不喜"露"的表现形式,但"露"也非一览无余,了无余味。不论是一语道破还是寓显于隐,都是以欣赏者的感受能力和想象能力为客观条件的。不论形式多么通俗的作品,完全没有欣赏者的体会、想象以至思索,作品对他说来就没有意义。有欣赏山水画或游山玩水的经验的观者,不只看得懂山水画,而且可能给山水画作无形的补充。这就是传统艺术讲究朴实、含蓄、单纯、洗练……的客观根据。"会心山水真如画,妙手丹青画似

---

① 魔术,最忌露马脚,可是,魔术师常常拆穿西洋镜,让观众明白一些魔术的秘密,似乎为了削弱魔术的魅力,其实是为了进一步引起更大的惊奇。
② 见《戏剧报》1959 年第 11 期侯宝林《谈相声艺术》。

真",这是明朝的文人杨慎说的两句聪明的话。这两句话的内容,表现了艺术家与自然的关系,也表现了欣赏者与艺术的关系。没有想象就没有艺术的创造,没有想象也没有艺术的欣赏。不会想象不易懂得山水画的美之所在,不会想象也不易懂得山水本身的美。没有和形象的特殊性相适应的想象,优美的山水不会引起如画的感觉,没有和形象的特殊性相适应的想象,要体会民族器乐例如《十面埋伏》、《平沙落雁》或《绣荷包》的意境也不可能。

人们在生活中积累起来的各种经验,是想象活动的心理基础。看过新疆舞蹈的人,在单独听到新疆舞曲的时候,就更容易感到它那轻快的美。诉诸视觉的舞蹈,和诉诸听觉的音乐是两种观赏对象。可是这些同一地区风格接近的艺术,都能丰富欣赏者的想象力。和艺术家认识生活一样,人们认识艺术形象,他那直接的和间接的生活经验都在起作用。"云想衣裳花想容"不用说了,"山月随人归"或"心随雁飞灭"这样很有创造性的诗句,其所以是可以读懂和读起来有味的。就因为人们以其生活经验为欣赏准备了条件,不曾坐过船或没有体会过坐船的经验的读者,要体会动人的诗句例如"两岸青山相对出"或"舟人夜语觉潮生"的好处就比较困难。没有旧社会的生活知识的孩子,读起鲁迅名作《狂人日记》来,很难引他入胜和体会它那深远的社会意义。

欣赏者的想象,因时代、阶级、经历、教养、性格和兴趣的不同而千差万别。人们总是以不同的态度和不同的要求来对待客观事物的。在实际生活里,同一种颜色,同一个数目字,对于甲可能成为联想幸福境界的刺激,对于乙可能成为回忆痛苦生活的刺激。尽管是这样,想象之于欣赏的作用,欣赏必然伴随着想象,这却是无可怀疑的。和老虎打过架的小孩,世间难找;评书《武松打虎》却可能使千千万万个小孩听得入迷。这只因为说书人的技巧高明吗?不完全是。高明的说书人,其所以高明,也在于他能够唤起听者相应的形象记忆和情绪记忆,让他们依靠哪怕是很有限的生活经验,体验打虎这种他自己根本没有经历过的生活,从而"参加"到打虎这一艺术形象的"创造"活动中来,成为说书人的"合作者"。深夜,在茶馆里听书而不愿回家的孩子,把可能遇到的家长和老师的责罚置之度外,在那里与想得到却摸不着的武松共忧乐,近似没有出场而又进入了角色的演员。当然,观众是观众而不是演员,但也可以说,在观众席里有不少善于体验而不善于体现的进入了角色的"演员"。对欣赏者思想上的影响如何,决定于艺术形象;但是在一定条件之下,观众的生活经验和脑力劳动如何,决定艺术对他的作用的深浅。

艺术品不是随欣赏者的不同而改变的客观存在,欣赏者不能直接改造既成的艺术品。谁要是给展览室里的古画补一两笔,他可能成为破坏文物的罪人。可是欣赏者总是不可避免地要用他自己的生活经验或欣赏经验来"丰富"艺术形象,"扩大"艺术形象,从而深入体会作品的情感和思想内容。听戏时的击节叹赏,就好比旁若无人地吟诵诗词,不仅仅陶醉于形式的美,也是进一步感受和认识形象的特色,深入领会它所包括的感情和思想。没有欣赏者的想象,很难说艺术形象能够以小见大、以少胜多、由此及彼。民歌里,装得下一座大山的箢箢的形象,是民歌作者对于社会主义劳动热情的赞美。这些没有直接说出的思想内容,要靠听民歌的人首先发挥想象,深入到形象的意境之中。

对作品思想内容的体会,基于形象的"再创造"。形象的"再创造",也就是深入认识形象所反映的生活的过程。欣赏者依靠想象"丰富"了艺术形象,同时加强了他对形象所包含的意义的体会。河北武安平调落子《借髢髢》,不只是农村琐事的叙述,也不单纯是供人娱乐的节目,而且是具有转弯抹角地歌颂劳动的内容的。正如那些描写社会主义成果的民歌一样,这些不直接描写劳动而描写劳动人民对于劳动成果的珍爱(象征美的愿望的头饰髢髢),其所以可能使我觉得它是歌颂劳动的,与其说是依靠理性的分析,不如说因为我自己珍爱过另外的一些劳动成果。这种经验性的心理在看戏时或听民歌时,成为体验人物心情和体会作品思想的一种力量。

如何把欣赏者组织到形象的"创造"活动中来,"丰富"形象和"扩大"形象,是技巧问题,却也关系到社会效果的高低。自然主义的作品妨碍欣赏者的想象活动,概念化的作品没有给欣赏者提供相应的想象活动的线索。前者没有留下"再创造"的余地,后者缺少"创造"什么的诱导。正因为欣赏者接受艺术的过程,同时也就是间接认识现实的过程。所以寓言、歇后语等语言艺术,虽然接触了关系美、丑、善、恶等等重大意义的问题,却只用尽可能洗练的句子。形象的单纯化,也为的是联想的清晰。最近在济南,文联的燕遇明同志告诉我一些有趣的民间传说。泰山村里有父子二人,人称大二大爷,小二大爷。他俩是聪明人,什么难题都会解答。有人要埋人,棺材短,尸首长,没办法。大二大爷不在家,小二大爷作主,说把双脚砍去再放进棺材不就得了。大二大爷回家来,责怪儿子太笨,不该给人家出这种馊主意。他认为这样做使尸首有了两处刀伤,不如把脑袋割下来,只有一处刀伤。好像是说,这样既省事,又完整。不必解释,人们是听得懂它的内容的。可是真要懂得它的意味,不论快慢,多少也要想一想的。

艺术欣赏虽然和读论文不同,却不排斥思索。题材和当前的现实不同的古典艺术,例如戏曲《十五贯》、《生死牌》、《孙安动本》以至《蓝桥会》或《十朋猜》,难道说这些传统剧目的社会内容或思想内容,没有值得批判的方面?但是为什么也能够在无产阶级革命者的精神上产生某些有益的作用呢?我看因为它们的内容在某些方面对我们还有历史的借鉴意义,因而有可能适应新的需要。这种需要成为新的观众的需要,常常是不知不觉的,但也包含着相当的认识。欣赏能力提高了的新观众,不只觉得它是美的,而且还能够透过具体现象,感到和看出它那不是妨碍而是也有利于培养新品质的一定程度的配合作用。欣赏既然不是只靠感受,而且有思索在起着重要作用,那么,假使完全不把读者或听众的探索估计在内,许多有关艺术技巧的问题的研究难免片面,艺术在思想上的作用也很难充分估计。

离开了教育欣赏者的要求和作用,把如实模仿生活作为检验艺术成功与否的标准,不可能理解艺术怎样体现它的情感和思想,也不可能理解艺术中的那些暗示、比喻、象征手法的必要性。

扇子或袖头子,在戏曲艺术中几乎可以说完全不以适用见长,而是一种辅助舞蹈的道具。对于有修养的演员来说,它不是一种动作的障碍,可能成为有力的表演"助手",是为演员的自由创造所提供的有利条件。有时,扇或袖相当于一堵墙。演员可以用它来把同台的角色"隔离"开,单独向观众交心。可是,离开了观众的想象,这一切还有多大意义?真正有修养的演员,善于用表演唤起观众的想象而发掘表演的潜台词。川剧《别宫出征》里的梁武帝,已经不喜欢他的老婆希氏了。可是临别时,他把这个心地狭窄的妇人称赞了一番。演员完全用不着特别向观众作什么暗示,观众也能够联系前后的情节,体会这个唯恐她欺负金苗二妃的皇帝的狼狈心情。戏剧表演中的潜台词,例如话剧《大雷雨》里的卡杰林娜受了妹妹的怂恿,要和情人幽会而又有顾虑的复杂心情,既渴望得到幸福又不愿意犯罪的内心矛盾,可能从她接受钥匙的时候,让观众体验到钥匙似乎烫手的动作"说"出来。演员的动作会不会"说话",虽然要看演员的修养如何,而观众懂不懂得演员的动作在"说"些什么,却要看观众自己是不是进入了戏的境界。善于支配观众的注意力的电影蒙太奇技巧,其实是适应了人们的注意力如何转换这些客观规律的。不以如实地模仿自然形态见长、却又富于暗示性的戏曲中的打击乐器的运用,正如建筑和雕刻的造型在人们精神上的作用那样,和欣赏者的联想、想象分不开。显然,北京西郊明长陵的享堂,用那么粗大的楠木柱子,不是为了适用而是为了表现统治阶级力量的强大；西安顺陵那个站着的石狮，四条腿都有点像是柱子，为什么作者那样强调它的建筑性和形式美而不死抱住解剖学的规格；这一切，都必须从它在人们精神上的影响的预见来解释。而这种影响和预见，是以作者对观者的想象能力的了解为基础的。

　　创作服从群众的需要，似乎受了条件的拘束。其实，相信欣赏者可能和自己"合作"，艺术创造才有很大的自由和信心。戏曲，常常使用和生活现象很不一样的方式来反映生活，也就是懂得与相信观众会和自己"合作"的表现。同时出现在一个空间的现象（例如声音或动作），表演时可以不一次完成而拆开来交代。"在腰间拔出了青锋剑"，是徽剧《淤泥河》里的罗成的一句唱词。唱，作为拔剑时的心理状态，就实际生活而论，它和人物拔剑的动作本来是同时出现的。可是演员把它们拆开了（唱了上半句"在腰间拔出了"之后，拔剑，再唱下半句"青锋剑"）。演员把唱与做分别地向观众交代，看来似乎"不科学"。可是，不愚蠢的观众却综合地把它接受下来，构成完整的形象。在传统的戏曲里，类似的现象很普遍。与唱词有密切联系的"效果"，如果用现实生活来衡量，它应该与表演同时出现，而戏曲，却偏偏要避免它们同时出现。"听谯楼打罢了三更鼓"，有先打后唱的，有唱中夹打的，也有唱后再打的。如果使这一切同时出现，难道就犯了什么清规戒律吗？不相信试试看，至少，这就不免听不清唱些什么和打的什么吧？

　　本来并非同时出现在一个空间的现象，传统艺术有时要把它们压缩地再现在一个空间里。所谓"雪里芭蕉"，我还没有机会看见；而戏曲，却经常把不同时间出现的现象统一在同一时间。徽剧《三挡》里，秦琼才一扬双锏，和他相距好几尺的敌人就倒在地上。这样的艺术形式，也就是属于体现了上述规律的。这种在艺术上拆开来，在欣赏上合拢来的方式，和黄庭坚所记述的李龙眠的作品相似。李龙眠画里的李广，拉满了弓要射杀胡人，箭还在弓弦上，前面逃跑的胡人就应弦落马了。也像电影特殊手法的所谓蒙太奇句子那样,不仅能使特殊内容得到强烈表现,而且习惯了的观众可能看懂它、爱好它。被歌颂的英雄——秦琼或李广的威力,在这儿不是得到了一种(我只说是一种)强有力的而且是和欣赏者的审美兴趣相适应的表现形式吗?

　　戏曲艺术塑造人物,主要依靠人物的行动。对人物所处的环境的描写,常常不依靠大道具和布景,而是依靠表演本身的特殊点,相应地把环境带出来。现代化的舞台装置,例如电光的利用,还不可能代替这种以塑造人物为目的,却也描写了环境的以虚代实、虚中有实的形式。汉剧演员李罗克在《双下山》里的涉水,川剧演员袁玉堃在《迎贤店》里的呵冻,正如周企何在《秋江》里的行船,表演艺术好就好在以虚代实,虚中有实。不只不吃力地塑造了人物(这是主要的),同时也相应地表现了他们行动于其中的环境。要是以为这些可能造成环境的真实感的表演还不够彻底,一定要把实物搬上舞台,其结果难免妨碍更为重要的艺术——舞蹈。要是主从不分,一定要以舞蹈见长的《秋江》有真船真水,恐怕以舞蹈见长的《秋江》再也不成其为群众喜爱的戏曲了。

　　戏曲为了塑造与马有关的人,舞台上没有马,可以依靠在生活上和马有密切联系的马童的各种舞蹈,例如备马、牵马等舞蹈,把马的失蹄、乱跳、赖着不走等特点表现出来。艺术家要着重表现的是骑马的人和马童的心情,而不是马。观众要看的主要是和马相联系的人物的精神,而不是马。忽视表现人这一主要目的,而在次要或不必要的方面卖力,违反传统戏曲的基本要求。要在舞台上挂出许多灯笼来给《夫妻观灯》作布景,这有何难?但要靠演员的表演使人感到他们就是行动在各种彩灯之间,却不容易。恐怖的情节用暗的灯光,喜悦的情节用强光,正如表现悲哀的音乐用缓慢的节奏,表现激情用快速的节奏,拍照片时遇见庄严的对象用仰视镜头,卑微的对象用俯视镜头,正面人物用一般光源,反面人物用反常的脚灯光源,有例可援,并不困难。可是,要靠以塑造人物为主的表演来构成特定的气氛,用舞蹈表现无形的环境,并不容易但很重要。

　　传统艺术塑造型象,不只是在人物本身着力,而且在人物的行动对其所处的环境的影响上着力。人们能够联系地而不是孤立地了解事物,因而只着重描写人物所处的环境,而不直接描写人物,也可能相对地达到描写人的目的。画论有云:"见丹井而如逢羽客,望浮屠而知隐高僧。"不管它的题材,只说方法,这也是强调以实景来虚写人物的绘画手法的。而这一切,都是要依靠欣赏者的"合作"的。只有把欣赏者相应的"补充"联系起来考察,创造性的艺术虚构才站得住脚。《琵琶行》是诗,它不能像音乐本身那样直接创造听觉形象。它利用了比喻手法和着重描写音乐在人们精神上的影响,例如大家熟悉的"大弦嘈嘈如急雨,小弦切切如私语。嘈嘈切切错杂弹,大珠小珠落玉盘……"依靠比喻性的语言,间接向读者提供了音乐形象。也好像画得好的惊涛骇浪,可以间接提供听觉形象那样,必须把欣赏者的作用估计在内,才可说它是巧妙的。有才能的说书演员,明白语言艺术的特长和局限性,不从造型上死死抓住无法抓住的对象,例如鬼。今天我们当然不以为有"鬼"这种东西存在着,但古代艺术家如何描写它,在手法上有值得注意的地方。说鬼如果用"口似血盆,眼似铜铃"等似乎实在,其实浮泛的外形描写,因为听者的想象力被束缚,效果不那么吓人。相反,除了把鬼描写得像人,而且着重描写鬼将出现的环境,着重描写鬼对作品中的人物的精神上的影响,描写在阴森的大观园里的王熙凤的精神状态,说书的人不显得故意要吓人,听故事的人也有身临其境的想象,可能受到恐怖气氛的侵袭。为什么不在主体本身而在其所处环境和事物的影响上着力的这种表现方式,也能吸引听众,有时更加能够吸引听众呢?因为听故事的人的生活经验在起作用。当然,鬼不是客观存在,和鬼打交道的生活经验世间难找；可是生疏的和莫测其究竟的环境所形成的阴森气氛，意想不到的突如其来的精神刺激，例如猫头鹰在深夜的怪叫所造成的刺激等等感性经验，是听众与故事的环境描写相关的和相似的心理基础，是听故事时相应地"丰富"形象的主观条件。要是不从人们的情绪记忆和形象记忆的作用来了解，不说适应艺术欣赏，连消防队为什么要在救火车上配备怪声的喇叭的事情，也会想不通吧？

戏曲演员很讲究表演的轻松。所谓轻松和形式美有关，我以为这既是为了避免造成令人感到不快的刺激，也是为了给观众提供乐于接受所应该接受的内容。比如塑造英雄形象，演唱者常常从容不迫地逐步交代，不作兴猛一下子都揭出来。好比中国山水画长卷，由局部构成整体，适应了观众欣赏心理——逐步加强必要的刺激，避免了不必要的刺激。骆玉笙（小彩舞）的京韵大鼓《桃花庄》，有好几处第三人称的叙述，例如"豪杰说"，较之有些第一人称的对话还要强调鲁智深等不同性格的人物的语调；有些对话，在某几个字上模仿人物特殊的语调，其余的词，放弃这种模拟，只强调叙述的和音乐的特点（"却为何强占民女罪恶昭彰"，只在"强占民女"四个字上强调鲁智深的口气）。她不平均地作声音的模仿，无损于人物形象的刻画，而且为动员听众参与形象的"再创造"提供了恰当的诱导。和这相反，有些滑稽得使人感到吃力的漫画，有些愉快得使人感到吃力的表情，有些好看得使人感到吃力的工艺美术品和建筑装饰，有些为了减少观众不必要的刺激反而加强了不必要的刺激的二道幕，其所以有时不太受欢迎，因为它妨碍了欣赏者"再创造"的想象活动，也因为它使观众失去了着意欣赏什么的快感，和观众的要求不相适应。

强调适应欣赏者的想象力，并不是说艺术形象可以不真实，不完整。如果画里的瀑布像挂在架上的布条那样软搭搭的，看画的人不会"听见"冲击着的水声。如果画里的花朵像纸扎的那样干枯而僵直，看画的人不会"闻见"馥郁的花香。如果大理石的雕像只说明人体的组织而缺乏肉体的质感,接触雕刻的人不会感到它是"有体温的"。艺术虽然不必从各方面和现实接近,却必须在那些具有本质意义的必要着力的方面和现实接近;不然想象活动丧失了必要的诱导,抽象主义的"创作"也可以算是现实主义的了。传统艺术中有好些现象,只要它是令人信服的,总是和欣赏者所理解的现实生活有联系。川剧《杨广逼宫》里的杨广,是演员所批判的个人野心家。当王印到手以后,他在地上打滚。《跪门吃草》里的须贾,相府前下跪时是跳起来跪的。这一切合理吗?就它对人物性格和他的处境的基本特征的反映来说,这一切都是合理的。观众联系着前后的表演,可能体会杨广在地上打滚,是想当皇帝的人的疯狂心理的形象化;须贾跳起来跪,是过去损人利己,现在处于劣势的人物,急于得救的恐慌心理的夸张的描写。在徽剧《齐王点马》里,那个正待援兵解围的齐王,正如山西梆子《血手印》里正在寻找临刑的未婚夫而苦于找不着的王桂英,反复地唱数目字。这种包含着形式美的因素,偏重唱工的表演,如果演员真正懂得人物的性格和处境的特点所形成的特殊的精神状态,是为了有利于人物的塑造,不只为了唱得好听而唱,那么,它就可能构成形象的真实感。演员让人明白,看见援兵而喜出望外的齐王,全神贯注于援兵人马众多这一特点,和急于寻找即将永别的未婚夫,老是没有发现他被绑在第几个木桩的王桂英的心理一样,可能是以特别关心数字的角色的心理为根据的,也是以观众的敏感和理解力为前提的。

　　欣赏者的想象活动,是由艺术形象的直接性所唤起的。唤起什么状况的想象,因欣赏者的个性不同而有差异,其共同性受着特定的艺术形象的诱导和规定。曾经有人按照情绪的类别,划分各种颜色的情绪色彩,以为这样一来就可以构成有力的诱导,使观众仿佛面对实际生活。可惜因为离开了具体条件,各种颜色是孤立的,没有内容的确定性,对人们精神上的作用很不可靠。红色,要看它是什么样的红色,和什么形状、质料的东西相结合,也就是说要看它是和什么特定的生活内容相结合,才能判断它可能在人们的精神上产生什么作用。不规则的红色斑点,可能像看见血手印那样引起恐怖或别的情绪。当我们看见太阳光下的石榴花的红色,可能使人感到幸福和希望。至于在风里飘动着的国旗,好像人民代表大会中包选票的红布那样,尽管它不过是红色的绸或布,因为它的形态和出现在人们面前的具体条件不同,它在劳动人民的精神上的作用,和同样材料做成的别的东西大不相同。

不论面对什么形体,只有当它的某些方面的特征成为特定的诱导,它才有可能引起特定的想象。这就是说,只有当它那些必要的特征成为想象的诱导,才能控制想象的结果,从而避免想象活动丧失应有的趋向。今年春天经过三峡,船长把神女峰指给我们看了。那体态有点近似晚唐的陶俑的神女,在山岩旁边,流云之间,越看越相信前人的幻想的有根据。有人说可惜现在不能近前去前;我以为幸好不能近前去看。近前去看可能看见石质结构不必要的因素,甚至不免使已经得到的优美的印象被冲淡。因为所谓神女,想来其实不过是质地粗糙、形式不规则,却能唤起幻觉的顽石。要是顽石的一切特征突出地引起人们的关心,神女的幻象反而要被挤掉,或者反而显得不明确了。

艺术家有责任让观者依靠形象唤起相应的想象,看见没有直接出现在作品里的生活。可是适当规定欣赏者的想象的趋向,也是艺术家应有的责任。客观决定主观;想象活动受对象的刺激;顽石看起来真有点像优美的女性,神女峰这一名称才得到人同意,才能够流传。如果有人想为这一幻象翻案,把这块顽石叫做狮子峰或别的什么峰,不会得到人们的支持。欣赏者的想象如果是漫无边际的,很难明确体会作品的主题。不只是以造型取胜,而且是以意境取胜的齐白石的许多作品,也给观赏者规定了造成幻觉想象活动的范围。画里一把破了的蒲扇和剥食过了的莲蓬,正如他的另一作品（画的是一盘樱桃，没有画成满盘，似乎有谁动过，在盘外还散放了几颗樱桃）那样，其优点之一，是给观众规定了想象的范围。它使人们看了这样的一些东西，分明感到季节在变化，想起了没有直接出现在画面上的人。鲇鱼的某些自然特征，正如蛇的某些特征一样是可厌的。如果摸摸那冰凉的，滑而粘的外皮，和看齐白石的作品中的鲇鱼得来的感受完全不同。画家有意回避了某些特征，而强调了某些使人喜爱的特征，例如它的灵活，这，不只是懂得观众的审美要求，而且也是善于控制观众想象的表现。

如何控制欣赏者的想象，既关系形象的趣味也关系作品的思想。从征服观众的要求着眼，不应当让欣赏者的想象活动漫无边际，而没有控制。欣赏者的想象要是没有确定的范围和趋向，谈不到思想明确，艺术的战斗性就容易落空。艺术家的理想在典型化中起主导作用；而典型的创造是现实的客观与艺术家的主观的一致。它在思想战线上的作用，也在于它能够控制想象，从而引导欣赏者关心生活的意义。懂得艺术的服务对象的艺术家，为了加强必要的刺激和避免不必要的刺激，决不愿意自然主义地对待创作素材的一切。如果作者不善于对欣赏者规定想象和控制想象，他就既不能明白为什么丰富与单纯都是形象的优点，也不能解释为什么艺术形象必须接近生活而又必须和它的原型有明显的区别。

在艺术欣赏里，欣赏者关心什么，对什么最感兴趣，唤起什么样的联想、想象和幻想，就形象本身而论，是由其特定的重点所规定所控制的。同样是裸体的雕刻，对同一观赏者来说，是激起高尚的情绪，还是受到低级趣味的感染，结果可能大不相同。艺术形象的形态如何，关系作品对人们精神上的影响。古希腊鲁德维奈宝座侧面的浮雕，虽然是裸体女人，可是最吸引人的，是她那陶醉在音乐里的神气，和与表达这些内容相和谐的形体所形成的韵律。相反，即令塑的是穿了衣服的女人，也可能唤起不庄重的想象。同样的东西，出现在不同的时间、地点和条件之下，将严重地影响艺术的意义，将严重地影响艺术的境界，也将严重地影响观者的反应。妇女在一般情况之下的梳头，和王桂英在法场上给未婚夫梳头，所唤起的联想和认识大不相同。同样是鱼，当它出现在宋画《群鱼戏藻图》和八大山人、齐白石的某些画里的时候，和出现在渔翁的钓丝上，草绳上和厨娘的菜板上的时候，它们给人的印象大不相同。画在水里的鱼可以使人想到敏捷、自由、高兴，吊在草绳上或放在菜板上的鱼却会引起完全相反的感觉。

运用形式非常大胆的传统戏曲，其艺术特性是在激发观众的想象的经验之上发展起来的，也是在控制观众的想象的经验之上发展起来的。福建梨园戏的《摘花》，和摘花的动作相配合的，是打击乐器马锣的细碎声音。角色"摘"下一朵花时，清脆的马锣响一声。正如川剧《摘红梅》里描写飞花竟自用了大锣（"沧沧沧"）的边音那样，艺术形式不受自然现象的拘束，用夸张的以至虚拟的方式来加强刺激，唤起相应的想象。和这相反，戏剧家为了避免形成不必要的刺激，避免妨碍必要的联想和想象，也不怕有人怪他的描写不到家，偏偏要以坐代睡，打人不真打，拥抱隔着老远的距离，喝酒吃饭不真吃喝，表现悲哀不作兴哭得满脸眼泪，四个人算是千军万马，转一个身就度过了漫长的行程……这一切表明：为了控制想象，艺术家只着力于最必要的东西，而放弃许多不必要的东西。《八义图》里的婴儿，一切斗争由婴儿引起，能说他不重要吗？当成一个生命来看，用红缎子一卷算数，未免太简单了吧？可是，婴儿在这个以歌颂义士为目的的戏里的地位，不过是一个引线。就各种人物性格的刻画和是非善恶的揭发，其性质，其作用，在于引起一场严重的斗争，在于给观众提供一个认识人（也即是考验人）的机会。如果我这种说法是不错的，那么，不真实地在舞台上出现婴儿而用红缎包代替，正如用马鞭代替真马，不是戏曲落后的表现，而是基于明确的创造意图，从而唤起观众想象和控制想象，以达到在思想上征服观众的这一正当要求。

塑造真实的艺术形象不容易。要按特定的创造意图,达到预期的效果(点燃欣赏者的想象的火焰,使他们遵守作者规定的方向和目标,了解作品的主题,进一步认识生活,受到应有的教育)似乎更不容易,只有真实的形象才能够适当规定想象的范围和趋向,唤起相应的评价。也要看形象是在什么地方具体,怎样具体,才能控制欣赏者的想象。昆曲《渔家乐》《藏舟》一折里,描写正要逃命的刘蒜被大江拦阻,为难。唱词有"你看那波浪掀天,望不见帆樯在江上转,做了吹箫伍相担悉怨,怎能蓦地芦中人自怜!"当演员唱"望不见帆樯"时,用什么舞蹈来配合才比较真实而又比较能够把观众带进戏里,与角色共忧乐,同意作者对生活的评价呢?有的,可能是摊开双手甚至摆一摆手,为"不"字的字义作动作的翻译。这虽是易懂的,却是肤浅的。有的,可能是用完全不同的方式,在唱"望不见"时偏偏还要望,还要望得更迫切些,从而把人物的心情表现得更具体也更深刻,它对观众所唤起的想象就更宽广。在现实生活里,往往有这样的现象:分明知道是不存在的东西,却又幻想它是存在的;分明知道它没有,而又不甘心其没有。《藏舟》的演员不着重表现人物的失望,而着重于表现他不甘失望这一点,为的是形象更有表现力,更有代表性,也是为了形象的内容更易为观众所理解,所接受。

欣赏者的想象活动有共通的规律。艺术家懂得它,才能够创造出真实而又动人的形象。戏曲的道具是死东西,在有才能的演员的掌握之下,它却又是活东西。它可能构成广阔的境界,把人物领进关系是非善恶美丑的重大问题的纠葛之中。有些象征着人物命运的东西,例如敫桂英正要用来自缢的香罗帕,受人欺压的周仁手里的那顶象征压迫或权威的纱帽,小飞娥的爱人送给她的罗汉钱,在有修养的演员看来,它们有很丰富的生活内容,可以在上面做许多戏。可是,本来寄托了丰富的内容的这些实物,如果它是出现在不顾生活的真实,也不顾观众的需要的演员的手里,不只不能变成活东西,还可能成为表演的一种累赘。比如说,有些演员唯恐观众不明白它所包含的意义,不明白它在观众精神上的作用,忽视角色的性格和情绪状态本身,而作多余的交代,例如死盯住它,紧抓住它,其结果不过是强令观众特别关心这些实物本身,而忽视了它所象征的意义。不但是不能把观众领入关系着是非善恶的重大问题的广阔境界,而且会使人感到表演的虚伪和滑稽。

从教育群众的需要来考察,在生活里的精彩东西不少。描写时到底着重哪个环节和哪些方面,才更具概括性,才可以避免造成不耐看和乏味的说明,怎样才能够征服欣赏者,很值得艺术家结合着欣赏者的反应来仔细研究。按照我个人有限的欣赏经验,总希望艺术家在不妨碍易于了解的前提之下,多给我们留下一些想象的机会。这不是为了别的,而是为了便于接受作品的内容。有画处可能成为赘疣,无画处可能成为妙境;构图对形体特征的虚实的安排,也应该把观众的反应估计在内。群众场面的表现力不是只画几个人就可以代替的,可是即令没有出现人物的山水画也可能是诱人入境的。如果唯恐名胜是属于人民的这一主题不明确,不管什么条件,尽可能在风景纪录片中安插一些人,有时难免妨碍观众的想象,削弱他进入名胜的境界的可能性,使他感到自己只能是一个名胜的旁观者而扫兴。如果艺术家把坐在银幕前的观众当成身体上虽然没有进入自然,可是其精神可能进入自然的"游人"来看待,那么,唯恐没有表现人的顾虑会少得多。毛主席的充满了革命乐观主义的诗篇里的诗句,例如"五岭逶迤腾细浪,乌蒙磅礴走泥丸。"(《七律·长征》)仅就如何发挥创造性的想象和可能唤起读者的什么想象这一意义而论,这种气象雄伟和感情豪迈的诗句,是革命艺术尊重读者的伟大典范。

如何适应欣赏者的审美需要的问题,是如何贯彻为人民服务问题中的一个方面。欣赏者的需要在不断变化,他们的审美趣味也在发展,适应中就有着不适应,欣赏与适应之间的矛盾永远存在,但是这并不降低适应欣赏需要的重要性。为了艺术在群众思想上的作用,我们坚决反对把艺术降低到给人抓痒的地位,把适应欣赏者的需要理解成迎合低级趣味。可是如何适应与适应什么一样,仍是重要问题。不论是为了用共产主义思想来教育人民,还是为了满足人民的审美要求,既然要征服服务对象,改造他们的灵魂,就必须研究如何适应他们的兴趣、爱好和需要。思想反动的作品毒害人的心灵,艺术性不高的作品减弱改造人的灵魂的力量。深入研究不断提高的欣赏者的能力和要求,艺术创作的质量一定更有可能迅速地提高。

1959 年 7 月 26 日写成
(载《人民日报》1959 年 7 月 28 日)

附录 劝人自杀的瓦萨

一

《没落之家》,苏联五彩电影;原名是《瓦萨·热烈兹诺娃》。它是一部纪录片,纪录了根据高尔基的剧本排演的舞台剧。它保持了舞台剧的好处,也发挥了电影的特长。虽然也运用特写等手法,并不是为了显示电影的特长,而使舞台剧减色。不强令观众注意那些不一定非特别注意不可的东西,而是给观众留下了由自己去发现值得特别关心的东西。

主角瓦萨·热烈兹诺娃的行动,个性化的情节,使我们看见了资产阶级的罪恶,也暗示了整个资产阶级难免的命运——灭亡。和一切资本家一样,瓦萨把利润看得高于一切,连家庭关系也是冷酷无情的。看了这个电影,容易想起《共产党宣言》开头就写到的资产阶级的特点;不同的是电影依靠的是具体的感性的形象,剧本和电影都没有忽视构成典型的重要特征——个性。思想的鲜明性和形象的真实性,得到了应有的统一。而这,是在一些片面追求主题明确却不顾性格的真实性的作品所最缺乏的。

瓦萨是一个轮船公司的东家。很骄横,也知道自己的罪恶。她长期处于支配人的地位,总以为自己的一切都是正当的,一切人

和事都应该服从她自己。既然金钱高于一切,她能够自由支配着金钱,也就可以任意支配一切人。这是她的特别的逻辑:

> 我是想叫省长给我这样的女人倒尿盆,叫神甫作祈祷的时候,不是对着圣者,而是对着我,对着我这有罪的"凶恶的灵魂"。

金钱到底不是万能的,她不能用百万财产的继承权打动她的媳妇(代表无产阶级观点的人物),也不能买动那个其实爱钱但希望升官的检察官(怕因为受贿而影响升官,拒绝了她那肥厚的贿赂)。在这样的情势之下,她也苦恼。为了渡过难关,只得运用较之贿赂更阴险得多的手段。事情是这样的:她的丈夫犯了强奸幼女的罪,法院要提起公诉。她怕丑事公开出来,轮船公司和她家庭的名誉保全不住,才出钱收买检察官。这个足智多谋的女人,早已估计到事情的两种可能,所以在进行贿赂的时候,已经想好了另一种办法来掩盖可能被公开的丑事。

她用的是什么办法呢?说起这种办法,好心肠的读者可能不相信是事实,至少会觉得太稀奇。她为了免得被告发的丈夫在法庭上出现,事先杀了自己的老伴。谋杀的方式也很不平常,不是熟悉侦探小说的读者猜得到的。我在看电影之前,刚刚读了报纸所揭发的一件奇闻。报道的是暗藏的反革命分子为了灭口和报复,杀害了自己的一家人。正像这个反革命分子一样,瓦萨杀人的方式,也是很狠毒的。她明明白白地劝自己的丈夫"自动地"服毒。为了暴露资产阶级的性格,个人主义发展到了最高度时的精神状态,伟大的高尔基选择了这种骇人听闻的情节。这样的情节,由苏联戏剧大师们介绍在银幕上的时候,采用的不是以骇人听闻为目的而是以揭示原作精神为目的的手法。

这场戏很紧张,却没有强迫感动的故意显得紧张地做戏的毛病。很惊人,但没有脱离人物性格特征、为了吓唬观众的浮夸的表演。一般地说,暗杀,被人暗杀,是尖锐的斗争,总是容易采用激情的或阴郁的表现形式。这部片子不这样。它是按照瓦萨这个精明能干的生意人的性格和她与丈夫的关系来处理这一情节的。节奏缓慢,但并不妨碍艺术效果的紧张。几乎可以说,正因为不采用快速的节奏,更便于细细观察瓦萨的行动的心理根据,也更便于体会她的行动的性质。瓦萨在这种关系着人的生命的时机,仍然不失其特有的镇定,从容,善于掌握对手的魄力。演员用冷静的外形来刻画瓦萨劝人自杀,使资本家的她那伪善和残酷的本性真实地揭示在我们面前,使我们更加懂得"有钱人的世界在崩溃,先从家庭开始,一切都在崩溃"(拉舍里的话)的意义。当瓦萨在暴跳的丈夫面前冷静地进行劝说的时候,也就是按照既定目的,迂回地、毫不放松地、一定要战胜对手的时候。从表面上看来,她简直是在谈家常事,也好像在和人们谈生意,一点恐怖色彩都没有。当然,剧词也写得有性格。她说的话,好像处处在为女儿以及孙子的未来着想,是为了她就要害死的丈夫着想:

> 你要叫人逮去关在监狱里,全城的人都到法庭上去,看着你受审;然后你就成一个被判徒刑的囚犯,慢慢地等待着死亡,你要过一段漫长的羞愧恐怖日子以后才死。(拿出毒药盒)这个,喝下去,不痛苦,不丢丑;只要心脏停止跳动,就像睡着了一样。

瓦萨的言语和行动,照我国习惯的说法,是棉里包针的。我对野兽的生活知道得很少,家畜的情况是了解一些的。见了生人而汪汪叫的狗,不一定狠毒。有些狠毒的狗,不叫,在你不提防的时候,猛一下,够你受的。瓦萨那种好像平平淡淡,随随便便的态度,处处透出冷森森的杀气,也许,正因为她好像是平平淡淡,随随便便地在行动,更显出行动的罪恶意义。艺术家选择了虽然可能令人吃惊、却不见得真正吃人的形式来塑造瓦萨这个狠毒的资本家，是真正懂得艺术的原型，也是真正懂得观众的。"眼似铜铃，口似血盆"的描写，不见得吓人。着力于鬼怪出现时的环境和气氛的描写，即令不在鬼的特点上用力，听众也会吃惊。同样的，不故作紧张的表演，其实是卖劲的表演，真有效果的表演。这种地方是演员了解角色的能力如何，艺术修养如何的考验。

瓦萨的丈夫谢尔杰·热烈兹诺夫，形象刻画得也很有特色。单就充分适应主角瓦萨的表演这一点而论，演员沙明在表演上获得了明显成就。他给我们刻画了一个明知生活得毫无意义，也还想活下去的资产阶级的脓包，粗暴而又软弱的废物，完全丧失了生活的信念的酒色之徒。当瓦萨把强迫包藏在劝说里，要他自杀的时候，他暴跳如雷。而这种暴怒与冷静而凶恶的瓦萨配合在一起，显得多么软弱呵！

  你滚开，叫他们审吧，我不怕！

就是在这一切抗拒里，分明显出他不能不被瓦萨所控制的地位，必然会被征服的未来。老头子是不想就结束他那没有意义的生活的，"就是在地底下，我也要活！"可是，这些话与其说是拥有活下去的权利的人的强烈的反抗，不如说是无可奈何的哀求。好作品里的形象的联系很密切；粗暴的但实质软弱的热烈兹诺夫，他那表面强硬却很无力的反抗，不只表现了资产阶级性格的另一方面，同时也就是进一步衬托了瓦萨的精明，老练，狠毒。

瓦萨像在谈生意一样地劝人自杀，电影里有些台词比原剧复杂些。两句变六句，加强了原剧的力量：

  瓦　谢尔杰，把这粉喝了吧。
  热　不喝。

瓦　把这粉喝了吧。
热　不喝。
瓦　把这粉喝了吧。
热　不喝。

　　优秀演员的表演，使重复了三次的对白获得了微妙的变化。有变化和富于表现力的重复，使人觉得非重复不可。演员使我们能够在这些重复的台词里，分明感到每一句话不相同的含义。按照字义来看，"把这粉喝了吧，"是央求；"不喝"，是拒绝。由于动作、表情和语调的变化，央求的语言变成了强制的命令，拒绝的语言变成了屈服的告白。掌握了人物性格和人与人的相互关系的演员，能够彼此密切配合、互相适应的演员，使台词的潜在意义显得很分明。这是真正的表演艺术的技巧，这是真正体现戏剧艺术的规律性的大师。中国的配音演员，在这几句台词上所起的作用也很重要。热烈兹诺夫的凶劲愈来愈弱，在第三次说"不喝"时的语调简直成了哀求的，无可奈何的了。使抗拒的语言显出屈服的内容，分明暗示服毒的结局的不可免的这种语调，无愧于这一作品的介绍。

　　这部电影的许多人物、场面、插曲以至一切细节，几乎可以说都是精彩的，动人的。单是那个配角——女秘书的表演，其实就足够单独写一篇评介文章。配角，人们以为容易演，其实要演得好，很难。我不准备一一提到这部电影在各方面的成就；但瓦萨和拉舍里的争执的表演，却必须再简略地谈谈。

　　拉舍里和瓦萨的冲突，是全剧的中心。演员们不辜负伟大的高尔基改写这本戏的苦心（1935年完全改写了1910年所写的同名的剧本，插进和着重表现了拉舍里这一重要人物），联系地而不是孤立地强调了这场戏，给观众贡献了成熟的战斗性的艺术，帮助观众具体认识一定历史阶段中的现实。拉舍里，是从流放中秘密回国的革命者。她不是轮船公司的经理（古里）式的假革命，而是真正代表无产阶级的态度和力量的人物。着重表现瓦萨和她的争执，不只是为了充分暴露把财产看得高于一切的资产阶级的无情（为财产承继权而占有对方的孩子），暴露资产阶级对于社会发展的阻碍和不可避免的灭亡，更在于借家庭关系显示两种不可调和、不能妥协的阶级冲突。

　　这儿有一个不可轻轻放过的好处。剧中人代替剧作家说话，剧作家通过正面人物讲他所要讲的道理，这是在艺术上很难对付的问题。不是吗？在不成熟的戏剧或电影里，不顾人物性格及其处境的典型意义，强迫作品里的人物代讲正确的道理，因为戏剧和化装的朗诵不分，结果，本来应该是在思想上产生强大作用的艺术，成了拙劣而生硬的"双簧"。而在《没落之家》里，没有因为要讲道理而使得形象不真实的毛病。从拉舍里嘴里说出来的道理，不显得是硬贴上去的，硬装进去的，矫揉造作的。相反，使人感到她应该这样说，不这样说就是没有真实反映现实，形成创作上的另一种形式的矫揉做作。当瓦萨劝告拉舍里不要东奔西跑，躲躲藏藏，留在家里过资产阶级生活的时候，拉舍里说："世界上有一种比我们的私人关系更高贵的事情。"瓦萨却把这种事情（革命）看成"不过是一种营业"，并说明自己碰到有利可图的生意还"懒得经营"。这就激怒了拉舍里，她痛骂了瓦萨一顿：

> 你经营这个商业，也许有时候感到疲倦，但是你不会感到它是毫无意义的事情。不会的，我了解你。你毕竟是奴才，你精明强干，也是奴才。你们就像蛆虫在腐蚀着财物，财物又腐蚀着你们。

　　从表面来看，这哪里像媳妇对婆婆说话，这简直像是一般论文的理论。但是从人物的关系来看，从爱憎分明的、坚定的、面对着如此顽固和庸俗的敌人因而被激怒了的革命者来看,这些话是自然的,合理的。它和特定的人物、环境的具体状况结合着。

在今天,这部电影所反映的生活还很有现实意义,因为上述的历史阶段还没有完全成为过去。世界上还有不少的瓦萨,也还有不少为瓦萨那种卑鄙的利益服务的人。有些瓦萨还在劝人自杀,有些人像她的丈夫那样服从自杀的劝告。战争贩子——瓦萨的肖子贤孙为了他们的利润,采取了各种方式(包括支持各种傀儡政权和派遣暗害分子),还在不断残酷地杀害、压迫、剥削着善良的人们。拉舍里愈来愈多,瓦萨的死亡完全是注定了的,她的凶恶并不可怕;可是不能等待,要争取促其早日死亡。

1955 年 8 月写成
(载《大众电影》1955 年第 17 期)

图书在版编目(CIP)数据

一以当十/王朝闻著. —上海:复旦大学出版社,2005.5
(经典新读·文学课堂. 第二辑)
ISBN 7-309-04461-4

Ⅰ. 一… Ⅱ. 王… Ⅲ. 文学理论 Ⅳ. I0

中国版本图书馆 CIP 数据核字(2005)第 027502 号

一以当十
王朝闻 著

出版发行 复旦大学出版社
上海市国权路 579 号 邮编 200433
86-21-65118853(发行部) 86-21-65109143(邮购)
fupnet@fudanpress.com http://www.fudanpress.com

责任编辑	邵 丹	
总 编 辑	高若海	
出 品 人	贺圣遂	
印 刷	江苏省扬中市印刷有限公司	
开 本	890×1240 1/32	
印 张	9.875 插页 2	
字 数	248 千	
版 次	2005 年 5 月第一版第一次印刷	
印 数	1—6 100	
书 号	ISBN 7-309-04461-4/I·305	
定 价	19.80 元	

如有印装质量问题,请向复旦大学出版社发行部调换。
版权所有 侵权必究